당신의 비밀

당신의 비밀

**이종관
미스터리
스릴러**

고즈넉
이엔티

❖ 일러두기
* 소설에 언급되는 인명, 지명, 상표명, 사건 내용 등은 실제와 무관한 허구입니다.

차례

0 _____ 7

1 _____ 8

2 _____ 42

3 _____ 65

26 _____ 421

0

비밀이 있는 사람에겐 꼬리가 있다. 그리고 언젠가 그 꼬리가 몸통을 흔드는 순간이 온다.

남자는 1002호 문 앞에서 잠깐 머뭇거렸다. 비밀이 언젠가 몸통을 흔든다 해도 지금이 중요했다.

남자는 디지털 도어록의 비밀번호를 눌렀다. 삐비빅, 경쾌한 소리와 함께 도어록이 열렸다. 긴장 때문인지 손잡이를 돌리는 라텍스 장갑 안으로 땀이 배어났다.

문을 열자 문틈으로 익숙한 냄새가 새어 나왔다. 피 냄새.

현관의 센서등이 켜졌다. 열 평도 안 되는 내부엔 온통 핏자국이 가득했다. 바닥의 핏자국을 피해 이질적으로 족적이 남아 있었다. 신발 바닥의 문양이 3분의 1쯤 지워진 특이한 패턴의 족적.

등 뒤로 도어록이 잠기는 소리가 들렸다. 남자가 뒤돌아보았다. 하지만 그는 길게 이어지는 자신의 꼬리를 보지는 못했다.

센서등이 꺼졌다.

1

 햇볕에 잘 달궈진 조약돌처럼 몸에서 열이 났다. 코끼리를 생각하지 않으려고 아무리 애를 써도 몸이 먼저 반응했다. 등줄기로 땀이 배어났고 손이 떨렸다. 오대영은 손수건으로 목덜미의 땀을 닦아냈다.
 딱, 한 모금이면 불쾌한 열감이나 스멀스멀 올라오는 불안과 초조까지 털어낼 수 있을 텐데.
 거대한 코끼리가 모든 생각을 밀어내고 머릿속을 가득 채웠다. 그는 코끼리처럼 둔탁한 손으로 글러브박스를 열었다. 내용물을 거칠게 헤집었지만 남은 술이 있을 리 없다.
 술에 취해 낯선 곳에서 눈을 뜨는 것도, 단추가 떨어져나가거나 상처투성이 손을 확인하는 것도 그는 두려웠다. 하지만 무엇보다 두려운 건 기억나지 않는 시간이었다.
 "내 손으로 술을 버려놓고도 어떻게 며칠을 못 가냐."
 자괴감. 잠복할 때에도 몇 모금씩 술을 입에 대긴 했지만 그날은 과했다. 손의 상처는 그렇다 해도 아무것도 기억나지 않는 시간이 문제였다.
 대영은 휴대폰의 갤러리를 열었다. 마지막 사진은 초점이 흔들려 붉은색만 가득했다. 그날 술에 취해 찍은 사진이었다. 그때나 지금이나 손의 상처가 아니었으면 피 묻은 손이라는 걸 알아보지 못했을 것이다.

"초점이 흔들려서 붉은색이 과장되게 찍힌 거야. 뭔 일이 있었으면 벌써 난리가 났겠지."

대영은 술을 마시고 기억하지 못하는 시간이 반복되자 습관적으로 사진을 찍었다. 그리고 사진으로 기억나지 않는 시간을 복원했다.

사진 속에 남은 핏빛 가득한 시간은 불길했다. 그는 차 안 여기저기 숨겨두었던 술병을 꺼내 남김없이 하수구에 쏟아부었다.

대영이 글러브박스를 닫았다. 그의 손이 목적 없이 허공을 허우적거렸다. 대책 없는 조바심에 콘솔박스를 열어젖혀 내용물을 꺼냈다. CD 몇 장과 동전, 이제는 필요 없어진 오래된 수사서류 같은 걸 손에 잡히는 대로 집어 조수석에 던졌다. 3분의 2 정도를 꺼내자 콘솔박스 구석에 있는 초록색 구강청결제가 보였다. 에틸알코올? 그가 반사적으로 차량의 실내등을 켜고 구강청결제의 성분표를 읽었다. 알코올 22.57%.

대영은 급하게 실내등을 껐다. 잠복 중에 실내등을 켜다니, 초짜 형사나 하는 실수다. 머릿속의 육중한 코끼리가 그의 이성을 눌러버린 탓이다.

다급히 주변을 살폈다. 새벽이라 차들은 식었고, 움직이는 건 아무것도 없었다. 차바퀴가 주차장 바닥에 미끄러지는 소음도, 별다른 인기척도 없었다.

알코올 22.57%, 대영은 술이 부족해 구강청결제까지 마셔봤다는 이야기를 들은 기억이 났다. 그때는 말도 안 되는 우스갯소리로 넘겼지만 생각해보면 마냥 지어낸 얘기가 아닐지 몰랐다. 어차피 입안을 헹구면 구강청결제를 소량이라도 먹을 수밖에 없으니까, 조금 더 먹는다고 해도 몸에 그다지 치명적일 것 같지 않았다.

대영은 마개를 열었다. 알코올 냄새와 허브향이 코를 찔렀다. 압생트 같은 허브향이 강한 술이라고 생각하면 못 마실 것도 없다.

구강청결제 한 모금을 입안에 머금었다. 하지만 차마 목구멍으로 넘기지는 못했다. 자괴감도 자괴감이었지만 한 모금으로 끝나지 않을 거라는 두려움 때문이었다.

구강청결제를 마시고 취해 용의자라도 놓치는 날엔 형사 생활마저 끝장이다. 용의자를 놓친 거야 둘러댄다 해도 바닥을 기는 실적을 본 형사과장이 그를 그냥 둘 리 없다.

"행시 패스니까 공부 잘한 건 인정. 근데, 현장 나가서 수갑 한 번 안 채워본 책상물림이 베테랑 형사들한테 지적질은 한참 오바지. 우리 회사는 계급이 깡패야. 우스우니까 형사 흉내 그만 내라고 누가 말려봐요, 쫌."

술에 취해 대영은 아무것도 기억하지 못했다. 다음 날 안 팀장에게 듣고서도 믿기지 않았다. 술 좀 그만 마시라고, 안 팀장이 지어낸 장난인가 하고 눈치를 살폈다.

"미친놈아. 너 이제 술 한 방울이라도 입에 댔다간 그날로 옷 벗을 줄 알아."

등줄기로 식은땀이 흘렀다. 장난이 아니었다. 회식 자리에서 형사과장의 연설이 길어지자 술에 취해 머릿속으로 생각한 게 입 밖으로 튀어나온 모양이었다.
"차라리 술이 떡이 된 티라도 나면 다들 그러려니 하지. 넌 발음도 말짱하고 흐트러진 기색이 하나도 없으니 누가 술에 취해 그런 거라고 믿어?"
대영은 술에 취해도 티가 나지 않았다. 필름이 끊겨 아무것도 기억하지 못하는 순간에도 틀리지 않고 구구단을 외고, 발음 하나 새지 않고 논리적으로 싸웠다. 술에 취했다기보다 다른 사람이 된 것처럼 보였다.
그래서 술자리에서 벌어진 일이 실수로 끝나지 않고 커졌다. 그날 안 팀장은 오대영 반장이 잦은 잠복 때문에 불면증이 생겼다고, 그래서 술이 조금 과한데 그래도 알코올중독은 아니라고, 또 잠복을 많이 한 덕분에 실적은 괜찮다고 장황하게 커버를 했다고 한다.
다음 날 대영은 형사과장에게 찾아가 사과했고, 형사과장은 관대한 척 웃어넘겼다. 하지만 그는 나갈 때까지 대영을 책상 앞에 세워두었다. 형사과장은 이런 식의 실수를 기억에서 지울 사람이 아니었다.
대영은 정신이 번쩍 들었다. 돈도 없고 집도 없는, 개뿔도 없는 마이너스 인생에서 아직까지 뭔가 뺄 게 남았다면 '형사'밖에 없었다. 이제 와 강력계에서 밀려나 지구대에서 취객들이나 상대하며 순찰이나 돌고 싶지는 않았다.
그는 차 문을 열고 머금었던 구강청결제를 뱉어냈다. 텁텁하던 입안이 시원해졌다. 구강청결제의 뚜껑을 닫아 다시 콘솔박스에 넣었다.

머릿속을 가득 채우고 있는 코끼리를 몰아내야 했다. 휴대폰으로 전송받은 통화내역을 열었다. 이미 몇 번이나 들여다본 거라 특별한 기대는 없었다. 그저 당장 집중할 거리가 필요했을 뿐이다.

통화내역을 조회한 번호의 명의자는 2년 전 폐업한 무역회사였다. 한마디로 대포폰.

사용한 패턴을 보면, 다수의 사람들과 문자를 주고받거나 짧게 통화를 했다. 지속적으로 중복통화한 번호는 없었다. 인터넷에 올린 광고를 보고 전화를 걸어 온 불특정 다수에게 마약을 팔거나 중고거래 등 소액사기를 치는 놈들의 전형적인 통화패턴이었다. 문제는 마지막으로 발신한 두 건의 문자메시지에 있었다. 해당 문자메시지를 수신한 번호가 대영의 휴대폰이었다. 수사 중인 사건에 슬쩍 끼워 넣어 명의자와 통화내역을 조회했지만 더 이상 쫓아갈 방법은 없었다.

아무리 들여다봐도 통화한 대상은 너무 많았고, 눈에 띄는 특정 번호는 없었다. 한두 건이야 수사 중인 사건의 용의자라고 둘러대겠지만 몇백 건을 그런 식으로 드러내지 않고 조회할 수는 없었다. 지금 그가 할 수 있는 거라고는 대포폰에 실시간 위치추적을 걸어놓는 게 전부였다. 하지만 이마저도 마지막 발신 이후 전원이 꺼져 의미가 없었다.

대영은 작은 글자 때문인지, 휴대폰의 밝은 화면 때문인지 눈이 시큰했다. 그는 눈을 감았다.

금세 코끼리가 머릿속으로 걸어 들어왔다. 대영은 눈을 뜨고 건너편에 주차돼 있는 페라리를 노려보았다. 3억은 가뿐히 넘는 차로 그가 사는 아파트의 전세금을 빼도 살 수 없었다.

사기꾼은 페라리를 몰면서 호의호식하고 형사는 밥도 굶은 채 주차장에서 페라리나 구경하는 삶이 비참했다. 아무래도 사기꾼의 직업 만족도가 형사보다 높을 듯했다. 머릿속 코끼리를 밀어내는 데는 페라리의 우아한 디자인보다 페라리 한 대의 가격이 더 효과적이었다.

페라리의 차주 정두일은 대영과 남다른 인연이 있었다. 지금까지 놈은 두 번 빵에 들어갔는데 두 번 다 그가 잡아넣었다.

처음 놈을 잡은 건 15년 전, 대영이 용산서 형사과 막내였던 시절이었다. 당시 두일은 세상 물정 모르는 아줌마들을 꼬셔서 건당 몇천만 원대의 사기를 치는 잡범이었다. 피해자들은 투자할수록 커지는 이득에 눈이 멀어 사돈의 팔촌의 돈까지 긁어모았고 대출까지 받아 왔다. 결국 대영이 놈을 잡았지만 해먹은 수억 원의 돈까지 되찾을 수는 없었다. 대영은 부적절한 관계로 피해 사실을 숨기려 드는 피해자들 때문에 제대로 된 피해 규모조차 파악할 수 없었다. 놈의 범행은 축소되었고 교도소에서 몇 년 살지 않고 나왔다.

출소한 두일은 모아놓은 돈으로 신축 상가를 분양받아 여러 명에게 동시에 팔아먹었다. 놈은 다시 검거됐지만 이번에도 피해액을 되찾을 수 없었다. 두일은 형을 때우고 나올수록 거물이 됐다.

최근에 놈은 월세로 빌린 집에서 주인 행세를 하며 다수의 피해자와 전세 계약을 맺은 뒤 전세금을 갖고 튀는 수법으로 사기를 쳤다. 특정된 것만 열세 건에 피해액만 48억6000만 원이나 됐다.
"로또도 이런 로또가 없어. 매년 두어 번은 세금도 안 내고 당첨금을 챙기네."
피해자들의 고소가 이루어지기 직전 어떻게 알았는지 두일은 잠적했다. 덕분에 지능팀 형사들은 시작도 못 해보고 추적의 끈을 놓쳤고 대영에게 차례가 왔다.
대영은 두 번째로 놈을 잡아넣었을 때, 내연녀 명의로 등록된 페라리의 차량번호를 파악하고 있었다. 놈은 페라리를 타고 야간에 한적한 도로를 질주하는 스피드광이었다. 하지만 대영은 이를 모른 척했고, 내연녀를 수사선상에 올리지도 않았다. 놈이 사기 쳐 빼돌린 돈을 되찾으려면 내연녀가 대영의 시선 안에 있어야 했다.
대영은 생각날 때마다 페라리의 소재지를 파악했고 내연녀를 미행했다. 돈을 숨긴 곳도, 두일의 새로운 사기도 파악하지는 못했지만 적어도 놈을 검거할 수 있는 마지막 끈은 남겨둔 셈이다.
놈이 최근에 전세사기를 접고 꼬리를 잘랐으니 반드시 페라리 앞에 나타나리라 대영은 기대했다.
대영은 뻑뻑한 눈을 깜박거렸다. 그는 피곤했고, 배가 고팠다. 뜨거운 국밥이 저절로 떠올랐고 반주로 곁들일 소주 생각이 간절해졌다. 다시 코끼리가 머릿속에 들어왔다. 코끼리의 발걸음 소리처럼 쿵쿵 심장이 뛰었다.
코끼리를 몰아내고자 조수석에 아무렇게나 던져둔 노트북

을 열어 동영상을 재생시켰다. 대포폰 수사에 진척이 없는 이상 CCTV에서 뭐라도 건져야 했다. 그는 밖으로 빛이 새어 나갈까 봐 화면을 최대한 어둡게 조절했다. 조도를 낮춘 덕에 CCTV 영상은 대낮임에도 야간에 녹화된 것처럼 어둡게 보였다. 화면 속에서 오피스텔 로비를 사람들이 바쁘게 지나가는 장면이 재생됐다. 비슷한 모습의 사람과 비슷한 움직임이 지루하게 반복됐다.

CCTV 수사는 녹화된 시간만큼 수사하는 데에도 시간이 걸린다. 자칫 결정적인 단서를 놓치기라도 하면 사건은 영영 미제가 될 수 있어 빠른 배속으로 볼 수도 없다.

대영은 흩어지는 집중력을 끌어올려 중복되는 인물이나 부피가 큰 짐을 옮기는 사람을 살폈다. 캐리어를 끌고 나가는 외국인 남녀가 보였다. 그 뒤를 택배회사 옷을 입은 남자가 상자가 쌓인 카트를 끌고 로비를 가로질렀다. 그는 순서대로 동영상의 재생시간을 메모했다. 지금으로선 이런 방식으로 확인해 수사대상을 좁혀야 했다. 그들이 지나가고 난 뒤 눈에 띄는 사람 없이 시간이 흘렀다.

대영은 눈이 침침해 몇 번 더 깜빡거렸지만 혹시라도 놓칠까 봐 아예 감지는 못했다. 로비를 드나드는 몇몇 사람들 사이를 오토바이 헬멧을 쓴 남자가 빠른 보폭으로 지나갔다. 남자는 페이스실드까지 내린 상태라 얼굴이 보이지 않았다. 대영은 동영상을 멈추고 시간을 메모했다. 헬멧을 쓴 남자는 10여 분 후에 다시 나타났다. 그의 손에는 들어갈 때와 마찬가지로 아무것도 들려 있지 않았다. 짧은 시간이었으니 그가 처리할 수 있는 일이란 물건 전달

정도밖에 없을 것이다. 긴장이 풀어졌다. 동영상의 남은 시간을 확인했다. 로비를 찍은 CCTV는 60퍼센트 정도 봤으나 2채널로 녹화된 주차장 CCTV까지 확인하려면 아직도 많은 시간이 필요했다. 대영은 스페이스바를 눌러 동영상을 멈췄다.

진물 같은 눈물이 흘러 눈을 뜨고 있을 수 없었다. 며칠 동안 제대로 자지 못한 후유증이었지만 체력도 예전 같지 않았다. 시간이 날 때면 운동 대신 술을 마신 탓이었다. 이대로 가면 형사질도 오래 못 할 것 같았다.

눈을 감자 다시 불안함과 초조함이 올라왔고 몸의 열감이 뚜렷해졌다. 피곤했지만 불면증 때문에 잠이 오지는 않았다.

정두일, 그 새끼만 아니었어도, 실적이 필요한 인사 철만 아니었어도 이런 시간에 남의 아파트 지하주차장에서 밤을 새우지는 않았을 텐데.

"참, 지랄 맞네."

대영은 짧게 중얼거리고서 입을 다물었다. 생각의 방향이 자신을 향하기 전에, 그래서 스스로를 상처 내기 전에 페라리를 노려보았다. 생각이 많아지면 조건반사처럼 코끼리에게 사로잡혔다. 대영은 후, 하고 숨을 깊게 뱉어냈다.

끼익, 타이어가 주차장 바닥을 미끄러지는 소리가 들렸다. 이 시간에? 대영은 노트북을 덮어 조수석에 내려놓고 몸을 낮췄다. 짙게 선팅을 한 SUV 한 대가 가까워지더니 그의 눈앞을 지나쳤.

SUV는 주차장에 남아 있는 빈자리를 지나쳐 어느 동의 출입구와도 가깝지 않은 구석 자리에서 멈춰 섰다. 대영은 의자를 높혀 밖에서 보이지 않도록 몸을 숨겼다. SUV는 붉은색 브레이크 등을 켠 채 한참을 그대로 있었다. 한순간 그의 팔에 털이 곤두섰다. 늦은 시간에 귀가하는 여느 차와는 달랐다. 서두르는 기색도 없었고, 오히려 무슨 이유에서인지 주저하고 있는 느낌마저 들었다.

대영은 뒤꿈치를 꺾어 신고 있던 운동화에 발을 깊숙이 넣고 제대로 신었다. 늘어져 있던 근육들이 팽팽하게 긴장했다.

SUV가 천천히 앞뒤로 몇 번 움직여 구석 자리에 주차를 했다. 시동이 꺼지고 나서도 운전석의 문은 열리지 않았다. 잠시 뒤 휴대폰을 켰는지 전면 창 너머로 희미한 빛이 새어 나왔다. 휴대폰 불빛에 각진 턱과 흰 치아가 살짝 드러났다. 두일인지 확인할 수 없었지만 그가 남자라는 것과 웃고 있다는 건 알아볼 수 있었다.

10분이 지나도록 SUV의 남자는 운전석에 그대로 앉아 있었다. 두일이라고 하기엔 움직임이 이상했다. 미행을 의심했다면 출입구가 하나뿐인 지하주차장에 들어오지는 않았을 테고, 잠복을 확인하는 거라면 이미 충분히 시간이 지났다.

대영은 휴대폰으로 SUV의 번호판이 보이도록 사진을 찍었다. 이미 SUV의 남자가 두일이 아닐 거라는 쪽으로 생각이 기울었지만 그렇다고 수상쩍은 느낌마저 사라진 건 아니었다.

늦은 귀가에 마누라가 무서워 시간을 끄는 소심한 남편일 수도 있고 뒤늦게 술이 올라와 깨기를 기다리는 사람일 수도 있다. 그런데 그런 일상적인 이유들과 이를 드러내놓고 웃는 남자의 모습은 이질적이었다.

뭔가 일어날 것만 같은 긴장감에 흐릿했던 머릿속이 맑아졌다.

대영은 이대로 아무 일도 일어나지 않아도 괜찮다고 생각했다. 설사 이해할 수 없는 이유로 남자가 차 안에 머물러 있다고 해도 그가 조금 더 그대로 있기를 바랐다. 핏줄을 타고 도는 긴장과 흥분이 이미 머릿속의 코끼리를 밀어냈다. 대영은 휴대폰을 쥐고 있는 자신의 손이 떨리지 않는 걸 확인했다.

SUV 전면 유리창을 통해 휴대폰의 불빛이 잠시 켜졌다 꺼지는 게 보였다. 남자는 여전히 차 안에서 미동도 없이 앉아 있었다. 누군가를 기다리며 휴대폰을 재차 확인하는 것 같았다.

요즘 세상에 간첩은 아닐 테고, 약쟁이? 이 시간에 아파트 지하 주차장에서 사람들의 눈을 피해 만난다면 마약거래일지도 몰랐다.

대영은 기대를 품었다. 운이 좋으면 현행범으로 최소한 두 놈을 검거할 수 있을지 모른다.

SUV의 비상등이 두어 번 깜박이다 꺼졌다. 신호? 대영은 몸을 낮춘 상태에서 조심스럽게 주변을 훑었다. 211동 출입구에서 걸어 나오는 여자가 보였다. 여자는 비상등을 보고 SUV 쪽으로 빠르게 걸었다. 갈색으로 염색한 긴 머리와 흰 피부, 집에서 입는 얇은 홈드레스 차림이 너무 평범해서 오히려 인상적이었다. 여자는 30대쯤으로 보였다. 그녀는 SUV의 조수석에 타기 전 고개를 돌려 주변을 살폈다. 문이 열리자 SUV의 실내등이 켜지면서 남자의 웃고 있는 옆얼굴이 보였다. 두일은 아니었다. 여자는 남자를 따라 웃지 않았다. 조직적인 마약거래 현장으로는 보이지 않았다.

여자가 조수석에 앉아 문을 닫기 전, 남자의 손이 급하게 여자의 옷 속으로 파고들어 젖가슴을 움켜쥐었다. 곧 차량의 실내등이 꺼졌다. 불륜? 대영의 기대감이 한순간에 허물어졌다. 불륜은 범죄가 아니다.

대영은 눈을 감았다. 해인을 떠올렸다. 그의 아내 해인도 불륜을 저지르고 있었다.

신문기자였던 해인은 갑자기 사표를 내고 국회의원의 비서관으로 자리를 옮겼다. 세상을 옳은 방향으로 바꾸려면 '기사'보다는 '정치'가 효과적이라는 이유에서였다. 하지만 세상을 옳은 방향으로 바꾸는 것과 개인의 도덕적인 올바름은 필요충분조건이 아니었다. 정치를 직업으로 하는 사람들의 바닥이 원래 그런 거라면 해인은 빠르게 적응한 건지도 몰랐다.

해인의 잦은 야근과 출장이 불륜 때문이라는 걸 아는 데에는 그리 오래 걸리지 않았다. 해인은 늦게까지 야근을 하면 전화를 받지 않았고, 출장을 가서도 숙소를 알려주지 않았다.

대영은 형사라는 신분과 의원실 공식 일정, 실시간으로 올라오는 SNS, 전화 몇 통으로 아내의 불륜을 쉽게 추론해냈다. 물론, 추론이 사실이 되는 데는 '확인'이라는 절차가 필요하다. 그러나 그는 문을 열고 문 너머를 확인하지 않았다. 뭘 더 기다리는 건지 스스로도 알 수 없었다.

눈을 떴다. SUV의 전면 창으로 여자의 희끄무레한 등이 보였다. 여자의 하얀 등이 천천히 움직였고 그럴 때마다 차가 미세하게 흔들렸다.

대영은 아내의 불륜현장을 직접 목격하고 있는 듯한 착각마저 들었다. 지금쯤 여자의 남편은 피곤에 지쳐 아무것도 모른 채 깊은 잠에 빠져 있을 것이다. 얼마 전의 자신처럼.

대영은 경적을 울리고 싶은 충동을 간신히 참았다. 누군가 보고 있다고 알려서 그들의 쾌락을 방해하고 싶었다. 세상의 잠들어 있는 남편들을 대신해 소심한 복수를 하고 싶었다. 하지만 그는 남편이 아니라 형사로서 잠복 중이었다.

여자의 움직임이 멈췄다. 잠시 후 운전석에서 라이터의 불빛과 붉은 담뱃불이 보였다. 여자가 홈드레스를 머리 위로 입는 모습이 라이터 불빛에 얼핏 보였다. SUV의 엔진음이 울리고 나서 헤드라이트가 켜졌다. 선팅이 짙은 운전석 창문이 절반쯤 내려가고 담배 연기가 새어 나왔다. 주차장의 불빛이 새어들어 전면 창으로 두 사람의 모습이 뚜렷하게 보였다. 남자는 한 손으로는 담배를, 다른 손으로는 여자의 머리카락을 움켜쥐고 있었다. 여자의 머리는 남자의 손에 눌려 핸들 아래로 내려가 있었다. 남자가 담배 한 대를 다 피우고 창밖으로 꽁초를 던질 때까지 여자는 같은 자세였다. 유리창이 올라갔다. 잠시 후, 조수석 문이 열리고 실내등이 켜졌다. 여자가 차에서 내렸다.

대영은 휴대폰으로 사진을 찍었다. 여자와 남자의 옆얼굴이 한 프레임에 들어왔다.

여자는 허리를 굽히고 운전석에 앉아 있는 남자를 향해 손을 내밀었다. 남자가 웃으며 고개를 저었다.

여자가 손을 내밀어 달라고 한 게 뭘까? 역시, 돈인가? 성매매의 현장이라면 불법이다. 대영은 다시 휴대폰을 들어 두 사람의 움직임에 맞춰 휴대폰 카메라의 앵글을 맞췄다.

여자가 주변을 둘러보다 서둘러 차 문을 닫았다. 남자의 얼굴이 다시 어둠 속에 묻혔다. 남자는 여자의 손에 아무것도 쥐여주지 않았다.

대영은 휴대폰을 내려놓았다.

"양아치 새끼."

SUV가 천천히 움직였다. 운전석의 창문이 내려가더니 남자의 손이 차창 밖으로 나왔다. 남자의 손가락 끝에 흰색 팬티가 깃발처럼 날리고 있었다. 당황한 여자가 차를 쫓아가자 남자의 손가락 끝에서 맴돌던 팬티가 저만큼 날아갔다. 남자가 여자를 놀리는 것 같았다. 웃음소리가 들리는 것도 같았다.

빵빵, SUV가 경적을 요란하게 울렸다. 여자는 놀라고 당황한 표정으로 주위를 둘러보았다. 경적의 잔음이 메아리를 만들 뿐 주차장엔 어떤 인기척도 없었다.

SUV는 속도를 내 출구 쪽으로 사라졌다. 연인끼리 하는 장난이라고 보기엔 과한, 희롱에 가까웠다.

여자는 바닥에 떨어진 팬티를 손안에 움켜쥐었다. 그녀는 고개를 들어 CCTV의 위치를 확인하고는 주차된 차량 사이로 걸어 들어가 팬티를 입었다. 여자의 손을 따라 홈드레스 자락이 걷혀 올라가면서 그녀의 허벅지가 살짝 드러났다. 여자가 아무 일도 없었다는 듯이 주차된 차량 유리를 거울 삼아 옷과 머리를 매만졌다. 여자는 211동 출입구를 향해 뛰다시피 들어갔다.

불륜을 저지르는 데 이 시간의 아파트 주차장보다 완벽한 장소는 없었다. 여자는 길어봐야 30분 정도의 알리바이만 둘러댈 수 있다면 어떤 의심도 받지 않을 것이다. 아니, 여자의 남편은 30분 동안의 부재를 알아채지도 못할 것이다.

대영은 시도 때도 없는 잠복이 해인과의 사이에 틈을 만들고 그렇게 생긴 일상의 틈을 다른 남자가 채웠을 거라 생각했다. 하지만 주차장의 남녀를 눈앞에서 보고 나니 그런 것 같지도 않았다. 처음부터 원인은 그렇게 단순한 게 아니었을 것이다. 대영이 경찰서 출입기자였던 해인과 만나 서로 빠졌을 때처럼.

시도 때도 없는 잠복과 해인의 잦은 야근은 불륜의 원인이 아니라 기회가 되었을 뿐이었다. 그가 잠복을 하지 않는 평범한 직장인이었더라도 술에 취해 깨지 않는 둔한 잠귀가 기회를 만들어주었을 것이고, 해인의 장거리 출장이 기회가 되었을 것이다.

몸에 열이 올랐다. 어디서부터 잘못된 걸까? 쿵쿵, 다시 코끼리의 발걸음이 뇌를 울렸다. 초조함으로 심장이 죄어들었다.

새벽 2시를 넘은 지금 두일이 나타날 것 같지는 않았다. 오려면 벌써 왔겠지, 그렇게 그는 애써 합리화했다.

대영은 떨리는 손으로 콘솔박스를 열고 구강청결제를 꺼냈다. 코끼리가 머릿속을 점령했다. 쿵쿵쿵, 심장박동이 코끼리의 발소리처럼 귓속을 가득 채웠다. 민트 맛의 시원한 구강청결제가 목구멍을 타고 넘어가자 곧 뜨거운 불덩이로 치환됐다. 그는 구강청결제가 식도를 따라 내려가 위에 도착하는 과정을 생생하게 느낄 수 있었다. 몇 끼를 건너뛴 건지 기억조차 나지 않는 그의 식도와 위장은 알코올에 민감하게 반응했다. 심장을 죄어오던 조바심이 한 올씩 풀려 흩어졌다.

불륜이 범죄는 아니잖아? 대영은 위에 닿은 뜨거움이 사라지기 전에 다시 한 모금을 마셨다. 손이 떨리는 것이 멈췄다.

"씨발. 인생 참, 더럽네."

생각이 어떤 제어장치도 거치지 않고 입 밖으로 새어 나왔다. 알코올 때문이었다. 회식 자리에서 과장한테 던진 말들이 어떻게 입 밖으로 튀어나왔는지 알 것 같았다. 이 순간이 지나면 기억하지 못하겠지만.

몇 모금 남지 않은 구강청결제를 조금씩 나눠 마셨다. 알코올을 넘길 때마다 입 밖으로 욕설이 튀어나왔고 마지막 한 모금을 넘기고 나서는 눈물이 터져 나왔다.

며칠 밤을 버티던 눈꺼풀이 알코올에 풀어져 내려왔다. 대영은 눈을 감았다. 어설픈 알코올 기운에 기대서라도 잠깐 눈을 붙여야 했다.

※

똑똑, 멀리서 뭔가를 두드리는 소리가 들렸다. 대영은 눈이 떠지지 않았다. 알코올 때문에 몸에 배어 있던 긴장이 풀어져버린 탓이다.

똑똑, 재차 노크 소리가 들렸다. 운전석의 창문을 두드리는 소리였다. 대영은 힘겹게 눈을 떴다. 운전석 옆에서 누군가가 허리를 숙이고 안을 들여다보고 있었다.

망막에 형체가 잡히는 순간, 그 누군가가 정두일이라는 걸 바로 알아보았다. 대영은 반사적으로 운전석의 문을 열었다. 두일의 몸 때문에 문은 꼼짝하지 않았다.

대영은 시동을 거는 동시에 유리창을 내렸다. 유리창이 한 뼘 정도 내려가 틈이 생기자 두일의 눈과 마주쳤다.

'개새끼'. 대영은 입속으로 욕설을 중얼거리며 여차하면 차로 밀어버릴 생각까지 했다. 뼈가 한두 군데 부러져도 잡기만 하면 경위서 두어 장으로 끝낼 수 있을 것 같았다.

대영이 내려간 창문 틈으로 손을 뻗어 안을 들여다보던 두일의 머리카락을 움켜잡았다. 유리창이 완전히 내려가지 않은 상태에서 잡아챈 탓에 두일의 머리통이 유리창 틈에 끼었다.

두일이 신음과 비명을 섞어 급하게 말을 했다.

"아, 아파요. 점, 점잖게 말로 합시다."

유리창이 천천히 내려가자 두일의 머리통이 대영의 코앞까지 당겨졌다. 숨결에 섞인 입냄새까지 맡을 수 있는 거리였다.

"이게, 돌았나 보네. 두일아, 나야. 오대영 반장. 네가 날 가지고 놀아?"

대영은 구강청결제를 마시고 잠이 들었다는 것과 그 잠을 두일이 깨웠다는 것이 수치스러웠다. 그럴수록 두일의 머리카락을 잡은 손에 힘이 들어갔다.

"아, 놓고 말해요. 머리카락 다 뽑히겠네. 이거 한 가닥 한 가닥이 다 돈이에요."

대영이 허리춤에서 수갑을 꺼냈다. 두일의 상체에 막혀 팔목에 수갑을 채우기 어려운 상황이었다.

"머릿가죽 벗겨지기 싫으면 대가리 힘 빼."

대영이 수갑을 두일의 눈앞에 흔들었다.

"자, 스스로 해봐. 어떻게 하는 줄은 알지?"

대영이 내민 수갑을 두일이 받아서 익숙하게 한쪽씩 찼다.

"잘하네. 사기꾼 새끼."

"됐죠? 진짜 머리는 그만 놔줘요."

"양쪽 팔 다 안쪽으로 들이밀어."

대영은 머리카락을 움켜쥔 팔에 천천히 힘을 뺐다. 두일이 머리통을 잡힌 채 엉거주춤 엉덩이를 뒤로 뺐다. 그가 양팔을 얌전하게 차 안으로 들이밀었다.

대영은 수갑의 연결 부위를 한 손으로 잡고 움켜쥔 머리카락을 놓아주었다. 대영은 손아귀에 남아 있는 두일의 머리카락을 털어내고는 거칠게 운전석 문을 열었다. 두일의 몸 때문에 문은 한 뼘 정도밖에 열리지 않았다.

"좀, 살살하라고요."

"뒤로 몸을 빼란 말이야. 아니면 이대로 경찰서까지 뛰어갈래?"

대영이 다시 운전석의 문을 밀자 두일이 문이 열리는 궤적을 따라 주춤주춤 뒤로 물러섰다.

대영은 열린 문틈으로 나와 두일과 운전석 문을 사이에 두고 마주 섰다. 그는 수갑을 당겨 두일의 팔이 차 문에 끼도록 밀어붙였다.

"도망가려고 했으면 제 발로 왔겠어요?"

안 그래도 의아했다. 수배된 줄 뻔히 알면서 굳이 두일이 나타난 의도를 알 수 없었다. 자수? 그럴 리 없다. 사기꾼은 현행범으로 잡혀도 사업가 행세를 하며 혐의를 부인하는 놈들이다. 이런 종류의 인간들에게 뻔뻔함은 일종의 직업적 재능이었다.

"그래서?"

"나태곤."

아내의 내연남 이름이었다. 장원식 국회의원의 수석보좌관. 한 번도 입 밖에 꺼내본 적이 없는 이름을 두일이 뱉어냈다. 대영은 힘을 주어 운전석 문을 닫았다. 닫힌 문에 팔이 끼인 두일의 비명이 고요한 아파트 주차장을 울렸다.

"아, 아, 아파요. 손모가지 잘리겠어요."

"네가 그 이름을 어떻게 알아?"

"실종된 것도 알죠. 그러니까 대화로 풀어보자고요."

국회의원 보좌관의 실종이라면 증권가 찌라시에 살이 붙어 떠돌 만한 루머였다. 그걸 두일이 안다는 것도 크게 이상할 건 없었다. 하지만 두일이 대영에게 와서 나태곤의 실종을 얘기하는 건 전혀 다른 전개였다. 어쩌면 꽉 막힌 수사에 돌파구가 생길지도 몰랐다.

대영은 본능적으로 주변을 살폈다. 출근하기엔 이른 시간이라 아직까지 인기척은 없었다.

"타."

대영은 차 문을 열어젖혀 두일을 운전석에 밀어 넣었다. 두일은 순순히 운전석에 앉아 수갑 찬 손을 운전대에 올려놓았다. 대영이 발로 두일의 어깨를 거칠게 밀었다.
"왜, 네가 운전하게? 조수석으로 안 가?"
두일이 그제야 엉거주춤한 자세로 힘들게 조수석으로 넘어갔다. 대영이 운전석에 탄 뒤 문을 닫고 잠갔다.
"지금부터 나태곤에 대해 어떻게 알았는지 육하원칙에 따라서 얘기해. 여섯 가지 중에 하나라도 빠지면 경찰서 가기 전에 네 무덤부터 팔 거니까."
"'당신의 비밀'이라는 사이트 알아요?"
대영의 손날이 두일의 목젖을 쳤다. 두일이 한참을 캑캑거리며 고통스러워했다. 그가 수갑 찬 손으로 목을 어루만졌다.
"묻는 거에만 대답해. 나한테 질문하지 말고."
"'당신의 비밀'이라는 사이트에서 봤어요."
"그게 뭔데?"
"사람들의 비밀이 거래되는 사이트예요. 회원제로 비밀리에 운영되고 있고요."
"거기에서 나태곤이 실종됐다는 얘기가 돌았다는 거지?"
두일이 고개를 끄덕였다.
"국회의원 보좌관이 실종됐다는 첩보를 주려고 온 건 아닐 테고. 왜 나냐?"
"나태곤이 국회의원 보좌관이에요?"
두일이 놀란 표정으로 되물었다. 꾸며낸 반응은 아니었다. 나태곤이 비밀의 주체가 아니라면 두일이 본 비밀은 누구를 저격하기 위한 걸까?

나, 아니면 해인?

"좋아, '당신의 비밀'이라는 사이트가 실제로 있다고 해. 그리고 백번 양보해서 네가 거기에서 나태곤의 실종에 대해 봤다고 치자. 근데 나한테 그 얘길 하는 이유가 뭐야? 뭔가 알고 있다는 건데, 그것도 거기서 봤냐?"

대영은 무심한 듯 물었지만 이미 겨드랑이가 땀으로 축축하게 젖어가고 있었다.

"그것도 거기서 봤어요."

"접속해봐!"

대영의 목소리 끝이 날카롭게 올라갔다.

"이게, 접속해도 반장님의 비밀은 이미 블라인드돼서 볼 수 없어요."

대영이 차가운 눈빛으로 두일을 노려보았다. 비밀이 저격하는 주체가 대영이라는 뜻이었다. 대영은 자신이 저격당할 만큼 대단한 존재인가 의문스러웠다.

"지금 장난하냐?"

"이 사이트에 올라온 비밀은 누군가 구매를 하는 순간 블라인드가 돼서 아무도 볼 수 없어요. 구매한 사람은 물론이고 올린 사람도요. 거래된 기록만 남고 비밀은 그 비밀을 산 사람에게 온전히 양도되는 거죠."

두일의 말대로 비밀을 거래하는 사이트가 있다면 그 정도 룰은 당연히 있을 법했다. 그런 면에서 두일의 변명에는 디테일이 있었다.

"내 비밀을 네가 샀다?"

두일이 고개를 끄덕였다.

"나태곤이 실종된 얘기를 나한테 와서 떠드는 거 보니 족보 없는 거짓말은 아닌 것 같고."

"애초에 거짓말이나 떠도는 소문을 올리면 등록조차 안 돼요. 나름 확인할 만한 증거까지 첨부해야 등록이 되죠."

"증거?"

"주로 사진 같은 거요."

"요즘 같은 세상에 사진이야 얼마든지 조작할 수 있잖아?"

"그렇게까지 해서 위험부담을 안고 거짓으로 올릴 이유가 없죠. 그래봐야 결국 나한테 필요 없는 남의 비밀이니까요."

"그래도 그럴 수 있잖아? 어떻게 모든 비밀이 사실이라고 확신해?"

"나와 상관없는 남의 비밀을 파는 데 굳이 거짓말을 할 필요는 없거든요."

"파는 게 목적이면 거짓으로 조작할 수 있잖아."

"사이트에 올라온 비밀을 의도적으로 조작한 것으로 밝혀지면 등록한 사람은 그날로 매장당해요. 말 그대로 매장이요."

두일이 목을 손으로 긋는 시늉을 했다.

"사이트에서 활동하다 보면 운영하는 주체가 누군지는 몰라도 조직적이고 힘이 세다는 건 알게 돼요."

사이트가 정상적으로 운영되려면 룰을 지키게 할 나름의 장치가 있어야 할 것이다. 이것 또한 디테일이 살아있었다.

"본 적 있어? 매장하는 거?"

"간혹, 어떤 회원이 탈퇴됐다고 공지가 떠요. 그걸 보고 막연하게 그럴 거라고 생각할 뿐이죠."

"그야말로 사이트에서 탈퇴당한 걸 수도 있잖아?"

"단순히 운영진에 의해 사이트에서 탈퇴당한 것뿐이라면 '당신의 비밀'이 지금까지 유지됐겠어요?"

"개인이 탈퇴했을 수도 있잖아. 자신이 접속한 증거를 지우기 위해서라도."

"그런 경우는 장담컨대 없어요. 한 번이라도 남의 비밀을 쥐고 흔들어보면, 절대 못 끊어요. 비밀은 마약 같거든요."

"그 정도야?"

"경험해보면 알아요."

"그러니까 자의적으로 탈퇴를 했을 리는 없고 사이트를 운영하는 주체에 의해 매장당했을 거다?"

"진짜 매장된 게 아니라면 사회적으로라도 매장당했을 거예요. 회원이 되는 순간, 누구나 치명적인 비밀을 만드는 셈이니까요."

부풀려진 부분이 있겠지만 나름 그럴듯하게 들렸다. 사이트 운영자는 영리하게 사람들의 심리를 이용하는 것 같았다. 대영은 더 이상 두일이 말한 비밀을 거래하는 사이트에 대해 의심하지 않았다. 꾸며냈다고 해도 지금 그의 비밀을 쥐고 있는 건 어쨌든 두일이다.

"좋아, 그럼 내 얘긴 어디까지 본 거냐?"

꿀꺽, 두일의 목울대가 움직였다. 긴장하는 게 역력했다.

"잔머리 굴리지 말고 본 대로 읊어."

"사모님과 나태곤이 불륜관계다. 근데, 최근 나태곤이 실종됐다. 나태곤이 실종되기 전에 사모님을 만났고, 그날 현장에 오 반장님의 차가 있었다. 확실치 않지만 현장 주변에서 몸싸움을 하는 걸 본 사람도 있다. 아무래도 뭔가 벌어진 게 분명하다. 이 정도예요."

두일이 맹세하듯 수갑 찬 오른손을 펴 가슴께로 들어 올렸다. 땀에 젖은 티셔츠가 차갑게 식은 때문인지, 대영의 몸이 부르르 떨렸다.

누군가 해인을 미행하고 있었으며, 대영이 나태곤의 오피스텔 근처에서 잠복하던 것도 알고 있었다. 그런데 그걸 내가 눈치채지 못했다고?

대영이 감방에 보낸 놈들은 많았고, 그중 누군가가 갑자기 나타나 목에 칼을 들이대도 이상할 게 없었다. 그래서 강력계 형사라면 누구나 습관적으로 주변을 경계하고 살폈다. 아무리 기억을 되돌려도 최근에 거슬리는 뭔가를 본 기억은 없었다. 아니, 정확하게는 기억하지 못하는 것일 수도 있었다. 그날 그는 필름이 끊기도록 술을 마셨다.

"그게 다야? 더 없어?"

대영은 대수롭지 않다는 듯이 퉁명스럽게 물었지만 조급함 때문에 재촉하듯 말이 빨라졌다.

"그게……."

"뜸 들이지 말고 빨리 얘기해."

"누군가가 나태곤을 죽인 거 같다는 게 작성자의 코멘트였어요. 물론 이건 확인되지 않았다고 단서를 달았고요."

"문맥상 내가 죽였다는 거잖아?"

"아마도, 그렇죠?"

대영은 두일이 눈치채지 못할 정도로 가늘게 숨을 뱉어냈다. 누군가의 상상만으로 대영을 사건과 엮을 수는 없다. 다만 나태곤의 실종에 대해 수사가 시작되면 마지막 목격자인 해인이 참고인으로 조사받는 건 피할 수 없다. 수사팀은 해인의 행적을 시간 단위로 복원할 테고, 태곤과의 관계 역시 드러날 수밖에 없다.

이 모든 게 공개적으로 밝혀지면 위태롭게 유지되던 해인과의 관계는 파국이다. 거기에 더해 완벽한 살해동기와 현장 주변에 있었다는 대영의 행적이 그를 용의자로 몰아갈 것이다.

"결국 다 뇌피셜 아냐?"

"사진이 있어요."

사진까지 있으면 돌이킬 수 없을지도 모른다. 심장이 미친 듯이 뛰었다.

"핸드폰으로 찍은 거라 얼굴도 제대로 안 보여서 별 가치는 없지만요."

"한 장?"

마른침을 삼킨 대영의 목울대가 움직였다. 두일은 앞을 보고 있어 다행히 그가 긴장하고 있다는 걸 눈치채지 못했다.

"두 장이요. 비밀의 신뢰도를 높이려는 일종의 인증샷이죠."

대영은 사진에 결정적인 뭔가가 찍힌 건 아니라는 사실에 안도했다.
"인증샷이 있으니까 뇌피셜로 떠든 것도 사실로 믿으라는 건가?"
"적어도 불륜과 나태곤의 실종은 사실이란 거죠. 현장 주변에 반장님의 차가 있었다는 것도 사실이고요."
"누가 올린 건지 알 수 있어?"
"비밀을 구매한 사람이라도 출처는 절대 알 수 없어요. 사이트에서 철저하게 보호하니까요."
"알아낼 방법도 없고?"
"없어요. 수 쓰다가 들켜도 매장이에요."
두일이 다시 한번 목을 그었다.
"그러니까 누군지도 모르는 놈이 사이트에 지껄인 말이랑 멀리서 찍은 사진만 믿고, 나한테 딜을 넣으려고 제 발로 찾아왔다는 거지?"
"사이트를 믿는 거예요. 반장님 때문에 아무것도 못 하는데 뭐라도 해봐야죠. 페라리도 너무 오래 세워뒀잖아요."
"안 믿으면?"
"이거."
두일이 수갑을 찬 팔을 들어 보였다.
"하지만 지금까진 사실인 것 같은데요?"
"그래서 뭘 어떻게 하자는 거야?"
두일의 자신만만한 표정에 대영은 말꼬리를 슬그머니 내렸다.

지금은 윽박지를 게 아니라 구슬려서 협조를 얻어야 할 때였다.
"저한테 시간을 좀 주시죠."
"안 된다면?"
"비밀을 산 사람은 비밀을 무덤 속까지 가지고 갈 권리도 있고, 모두에게 풀어버릴 권리도 있어요. 어떻게, 풀어버릴까요?"
협박이었다. 대영은 주먹이 튀어나가려는 걸 간신히 누르며 되물었다.
"사이트에 올라온 거면 너 말고도 내 비밀을 본 사람이 있을 수 있잖아? 내용까진 아니더라도 제목 정도는 말이야."
"제목을 볼 수 있는 사람도 제한적이에요. 원하는 정보의 범위를 미리 설정해놓은 사람에 한해서 노출되거든요."
"그니까 두일아, 네가 내 약점을 잡아보려고 뭔가 설정을 해뒀다는 거네?"
"정확히는 용산서죠. 운이 좋아서 제대로 걸린 거고요."
두일이 사기꾼 특유의 기름진 웃음을 흘리며 대답했다.
"그래도 저니까 다행이잖아요. 거래할 게 있으니까요."
"너밖에 본 사람이 없다는 건 확실해?"
"제목엔 별다른 정보가 없어요. 보았더라도 그게 반장님에 대한 비밀이라는 정도밖엔 알 수 없죠. 만약 반장님의 비밀이 필요했다면 저보다 먼저 비밀을 샀을 거고요."
"네 말이 전부 사실이라고 해도, 내 비밀을 가진 건 너만이 아니지."
두일이 잠깐 멍한 표정으로 생각을 하다 바로 고개를 끄덕였다. 사기꾼이라 두뇌 회전은 빨랐다.

"물론 올린 사람이 있죠. 하지만 그에게 가치 있는 비밀이었다면 팔아먹으려고 올리지도 않았을 겁니다. 비밀의 가치는 나눌수록 작아지니까요."

이것 역시 합리적인 추론이었다. 더는 물러설 곳이 없었다.

"원하는 게 뭐냐?"

"제 사건에서 손을 떼주세요."

"사진부터 보고."

"거짓말 아니라니까 그러시네."

"잊었나 본데 너 사기꾼이야."

"에이, 참."

두일이 입맛을 다시더니 액정을 몇 번 터치한 후에 휴대폰 화면을 보여줬다.

멀리서 찍은 사진이었지만 대영은 여자가 해인이라는 걸 한눈에 알아봤다. 해인은 검은색 무늬가 프린트된 원피스를 입고 회색 캐리어를 끌고 있었다. 배경으로 태곤의 오피스텔이 보였다. 그날의 해인이었다. 핏기가 가시는 느낌이 들었다.

두일이 사진을 넘겼다. 그의 오래된 쏘나타를 뒤에서 찍은 사진이었다. 번호판이 선명하게 찍혀 누구라도 알아볼 수 있을 정도였다.

대영이 본능적으로 휴대폰으로 손을 뻗자, 두일이 그보다 빨리 화면을 닫았다.

"다른 사진은?"

"이게 전분데요?"

"확실해? 사진은 나한테 보내고 폰에선 지워."

"그거야 어렵지 않죠."

"알았다, 네 사건에서 손 떼지. 내 번호 알지?"

"그럼요. 정보는 가치니까요."

"하여간 사기꾼 새끼가 말은 번드르르하게 한다니까."

두일이 화면을 열고 몇 번의 터치를 했다. 윙, 대영의 휴대폰이 진동했다. 대영이 사진을 확인했다.

"폰에서 지워."

"그 전에 이것부터 좀 풀어주시죠?"

두일이 수갑 찬 손을 내밀었다. 수갑을 풀어주자, 두일은 수갑에 눌린 손목을 번갈아 문지르며 느릿느릿 휴대폰을 조작했다.

두일이 간을 보고 있었다. 여기서 대영이 조급하게 굴면 두일이 쥐고 있는 비밀의 가치는 솟구칠 것이다. 그의 미간이 좁아졌다.

"수갑을 너무 조였잖아요. 피가 안 통해서 손가락에 감각이 없어서 그래요."

두일이 느물거렸다.

"그래, 그렇게 해. 나야 어떻게든 너 빵에 골인시키면 되니까."

"좀 전에 거래 성립됐잖아요?"

대영이 기어를 바꾸고 브레이크에서 발을 떼자 두일이 다급하게 되물었다. 블러핑이 통했다.

"그러니까!"

대영이 브레이크를 밟았다. 그는 한 손으로는 핸들을 잡고, 다른 손으로는 두일의 목덜미 옷자락을 틀어쥐었다.

"성격 급하시긴, 바로 지울게요."

두일이 대영에게 보여주며 사진을 삭제했다.

"나한테 보내느라 메시지에 첨부된 것도 지워."

두일이 메시지에 첨부된 사진도 순순히 삭제했다. 그제야 대영은 쥐고 있던 목덜미 옷자락을 놓았다.

"다 지운 거 맞아?"

"저한테 쓸모없는 사진을 남겨서 뭐 하겠어요."

"좋아."

"그리고 반장님, 저에 대한 수사 상황도 공유 좀 해주세요."

"말투 보니까, 따로 꼬불친 거 있네!"

두일이 억울하다는 표정으로 손을 훼훼 저었다.

"진짜, 아니에요. 별 임팩트도 없는 사진인데 꼬불쳐서 뭐 하겠어요."

"임팩트 있는 사진이면 꼬불치고?"

"사이트에서 받은 건 진짜, 그거 두 장뿐이에요."

"근데 넌 뭘 믿고 되지도 않는 걸 요구해?"

"반장님이 수사 상황을 공유해주시면 제 머릿속에 있는 기억까지 삭제해드릴게요."

두일이 다시 느물대며 웃었다. 두일에 대한 수사는 이미 시간 때우기식 수사로 넘어가고 있었다. 늘 사건은 많았고 형사는 적었다. 그가 손을 떼면 어차피 수사는 지지부진할 것이었고 공유할 정보도 영양가 있는 건 없었다.

"좋아."
"또……."
"거기까지만 해라. 이 정도여야 기울지 않은 거래니까."
"비밀의 무게는 지켜야 할 게 많은 쪽으로 기울죠."
두일의 도발이었다. 대영이 미간을 좁히며 두일을 똑바로 쳐다보았다.
"원한다면 먼저 저울에 올라서봐."
"뭐, 또, 그렇게 정색까지 하시고……."
두일이 비굴한 웃음으로 말끝을 흐렸다.
"딜?"
"좋습니다."
"참, 네가 말한 사이트 링크 보내."
"가입하시게요?"
"내 비밀을 팔아먹었다는데, 나도 털어봐야지."
"전 빼줘요. 내 발로 땅속으로 들어가고 싶진 않으니까."
"넌 링크만 보내. 그다음은 각자 갈 길 가자."
윙, 대영의 휴대폰이 진동했다. 사이트의 주소가 찍혀 있었다.
"보통 링크는 24시간 정도 살아있어요. 링크가 열린 지 좀 됐으니까 열 시간 정도 남았을 거예요. 그 안에 회원가입 승인을 받지 못하면 다음은 없어요."
"바뀐 링크를 다시 보내주면 되잖아?"
"반장님의 개인정보로 가입을 시도할 수 있는 기회는 한 번뿐이에요. 다른 사람의 명의로 승인을 요청하면 그걸로 차단이에요. 나름의 방법으로 단계를 거쳐 확인하니까 진짜 가입하시려면 허위정보로는 시도조차 하지 마세요."
"좋아, 내 개인정보로 가입을 한다 치자. 그럼 그걸로 끝나는 거야?"
"개인정보가 확인되면 알고 있는 비밀을 등록하고 운영자의 승인을 받아야죠."
"비밀?"
"다른 사람의 비밀이죠. 그 비밀에 대한 운영자의 평가가 끝나야 가입이 완료돼요. 등록된 비밀이 판매되면 코인으로 지급하고요. 다른 사람의 비밀을 구매할 수 있는 코인이요."
비밀을 팔아서 비밀을 산다, 그럴듯한 체계였다. 내게 쓸모없는 비밀을 팔아서 내게 필요한 비밀을 구매한다면 분명 거래하는 쌍방은 손해 볼 게 없는 장사였다.
"코인이라, 치명적인 비밀을 올릴수록 가치가 높겠네?"
"중요한 인물일수록, 더 치명적일수록, 아는 사람이 없을수록 가치는 높아지겠죠."
대영은 자신도 모르게 짧게 신음을 흘렸다.
"비밀이 진짜인지는 어떻게 확인해? 사람들이 모르니까 비밀인 거잖아."
"그래서 인증샷 같은 게 필요한 거예요. 아니면 가입자의 신분이 증명을 하기도 하고요. 거짓으로 밝혀지면 고위층일수록 치명적일 테니까요."
"그런 고위층이 불법사이트에 자기 신분을 까고 잘도 가입하겠다?"

"그들도 타인의 비밀이 필요하니까요."

"차명으로 된 핸드폰으로 대충 가입하면 되잖아?"

"대충 가입하면 그 수준의 비밀밖에 구매할 수 없어요. 나한테 필요한 비밀을 얻으려면 신분 인증을 감수해야 하는 구조죠. 운영자가 가입을 승인하기 전에 쥐도 새도 모르게 확인해서 등급을 매기니까 다들 신분을 까고 가입할 수밖에 없어요."

"그래봤자 아냐? 사기꾼도 가입을 했는데, 뭘."

"어느 틈에 뒷조사를 했더라고요. 반장님처럼 걔들도 제 약점을 쥐게 된 거예요. 그러니까 오히려 제가 제공하는 비밀을 신뢰할 수 있는 거고요."

"여차하면 쉽게 날릴 수 있으니까?"

"그렇죠. 쓸모없는 타인의 비밀을 조작하는 데 굳이 내 전부를 걸 필요는 없으니까요."

"알고 싶은 비밀은 있는데, 팔아먹을 비밀이 없는 경우도 있잖아. 그럴 때 조작이 필요하지."

"혹시라도 떠도는 루머를 대충 엮어서 간이라도 볼 생각이면 포기하세요. 그런 식으로 귀에 들어왔다는 건 이미 세상 모두가 알고, 더 이상 비밀이 아니라는 거니까요. 만약 그런 걸 가지고 가입을 시도하면 운영진 손에 들어온 반장님의 개인정보가 어떻게 활용될지 장담할 수 없어요."

"그건 내가 알아서 하지."

"사이트에 접속하면 도미노게임이 시작돼요. 자신에게 맞는 위

치를 터치해야 해요. 처음이면…….'

대영은 두일의 설명에 건성으로 고개를 끄덕였다. 그의 시선은 내내 두일이 쥐고 있는 휴대폰을 따라 움직이고 있었다.

두일이 차 문을 열고 내리려고 몸을 틀었다. 대영은 두일의 시야에서 자신이 사라진 순간을 놓치지 않고 휴대폰을 낚아챘다. 두일이 바로 반응했다. 대영은 오른손으로 두일을 막고 왼손으로 운전석 문을 열어 두일의 휴대폰을 주차장 바닥에 힘껏 던졌다. 휴대폰의 파편이 바닥에 튀었다.

"아씨, 왜요?"

"내가 사기꾼 새낄 어떻게 믿냐?"

"사업 밑천인데…….'

두일이 한숨을 쉬고 박살 난 휴대폰을 살피려 차에서 내렸다. 대영은 그 순간 차를 움직여 바닥에 뒹구는 휴대폰을 바퀴로 밟아버렸다. 두일의 욕설이 따라왔다.

지하주차장을 빠져나오자 그는 창문을 내렸다. 차가운 공기가 차 안으로 밀려들었다. 몽롱하던 정신이 맑아졌다.

2

삑, 삑, 삑, 삑, 삐리릭. AM 5시 18분, 디지털 도어록을 해제하는 소리가 들렸다. 해인은 휴대폰 화면을 끄고 머리맡에 내려놓았다.

그날 이후 몇 번이나 톡을 보내도 태곤은 답장을 하지 않았다. 완벽한 잠수였다.

일주일 전 휴가를 갔다 오겠다는 짤막한 단체문자 후에 그와의 연락은 모두 두절됐다. 일방적인 휴가 통보에 화가 머리끝까지 난 장원식 의원의 전화마저 그는 받지 않았다. 보좌관의 생사여탈권을 쥐고 있는 국회의원의 전화까지 받지 않는 건 아무리 태곤이라도 선을 넘는 행동이었다. 해인은 태곤에게 무슨 일이 생긴 거라 짐작했다. 하지만 가족관계도 아닌 그녀가 의심만으로 할 수 있는 건 없었다.

그날 무슨 일이 벌어진 걸까? 불안한 마음이 자꾸 불길한 상상 쪽으로 달려갔다.

대영이 걸을 때마다 소주병이 부딪히는 소리가 났다. 소리가 거실을 지나 방문 앞에서 멈췄다. 대영이 문을 열고 들어올까? 그는 문밖에 서서 망설이고 있었다. 해인은 숨소리조차 죽이고 귀를 기울였다.

방문이 열리는 소리 대신 다시 소주병이 부딪히는 소리가 들렸다. 그녀는 참았던 숨을 뱉어냈다. 발소리는 방문에서 멀어져 주방으로 향했다. 곧 식탁 위에 유리병을 내려놓는 소리가 연이어 들렸다. 59제곱미터의 넓지 않은 아파트라 작은 소리만으로도 그가 뭘 하고 있는지 알 수 있었다.

의자 끌리는 소리가 들린 뒤 따다닥, 소주병의 뚜껑을 따는 소리가 들렸다.

대영은 언제부턴가 술이 없으면 잠을 자지 못했고, 눈을 뜨고 있을 때도 술 냄새를 풍겼다. 해인은 대영이 언제부터 알코올중독이었는지 알지 못했다. 두 사람은 더 이상 밥을 먹었는지 서로 묻지 않았고, 언제 들어오는지 묻지 않았다. 그는 잦은 잠복으로 집에 들어오지 않는 날이 많았고, 그녀 역시 잦은 야근과 출장으로 집을 비우는 날이 많았다. 대영과 마주친 것은 오랜만의 일이었다. 어쩌면 대영은 방문 앞에 서서 그녀가 집에 있는지 가늠해본 건지도 몰랐다.

비닐이 부스럭거리는 소리가 몇 번 난 뒤, 식탁에 유리컵을 내려놓는 소리가 규칙적으로 반복됐다. 한 번, 두 번, 세 번 그리고 다시 한 번, 두 번, 세 번.

따다닥, 다시 소주병의 뚜껑을 돌려서 따는 소리가 들렸다. 유리잔을 식탁 위에 내려놓는 소리가 또 규칙적으로 계속됐다. 다만 아까보다는 소리와 소리 사이에 간격이 멀어졌다.

해인은 하나둘 소리를 세다가 깜박 잠이 들었다.

눈을 떴을 때는 창밖으로 희미한 빛이 들어오고 있었다. 더 이상 술잔을 내려놓는 소리는 들리지 않았다. 그녀는 휴대폰을 들어 시간을 확인했다. 6시 35분.

해인은 인기척 없이 몸을 일으켜 거실로 나갔다. 대영은 거실 소파에서 옷도 벗지 않은 채 잠들어 있었다. 식탁 위에는 빈 소주병 세 개와 투명한 유리잔, 라면 부스러기가 흩어져 있었다.

대영의 고른 숨소리가 들렸다. 그는 늘 잠이 부족했고, 술을 마신 뒤에는 몇 시간 죽은 듯이 잤다. 상태로 보면 잠이라기보다는 기절에 가까웠다.

해인은 거실에 있는 콘센트를 눈여겨보았다. 식탁 쪽의 콘센트에 휴대폰 충전기가 꽂혀 있었다. 늘어진 충전기의 줄을 보면 대영은 휴대폰을 식탁 의자 위에 두었을 것이다.

해인은 방으로 들어가 얇은 담요를 꺼내 잠든 대영에게 다가갔다. 그가 숨을 내쉴 때마다 술 냄새가 코를 찔렀다. 담요를 펼쳐서 덮어주던 그녀의 손끝이 대영의 뺨을 스쳤다. 다분히 의도적인 접촉이었다. 대영이 잠시 눈을 떴다가 다시 감았다. 해인의 심장이 빠르게 뛰었다.

"들어가서 편하게 자."

대영은 눈을 감은 채 미동도 하지 않았다. 아마도 그가 눈을 떴던 건 무릎을 치면 다리가 펴지는 무릎반사 같은 거였으리라.

해인은 돌아서서 식탁으로 향했다. 무의식중에 그녀는 발소리를 내지 않으려고 뒤꿈치를 들고 걷고 있다는 걸 깨달았다.

예상대로 대영의 휴대폰은 식탁 의자에 놓여 있었다. 대영이 잠들어 있다는 걸 알면서도, 심장이 뛰는 소리가 북소리처럼 고막을 울렸다.

해인은 대영의 휴대폰을 집어 들고 홈 버튼을 눌렀다. 비밀번호는 설정되어 있지 않았다.

그에겐 아직까지 숨겨야 하는 비밀이 없는 걸까? 정말 태곤의 휴가와 그가 아무런 연관도 없는 걸까?

해인이 그를 의심하게 된 건 2주 전 빨랫감에서 나온 편의점 영수증 때문이었다. 담배를 산 영수증이었는데 편의점의 위치가 태곤의 오피스텔과 지나치게 가까웠다. 형사는 용의자를 따라 관할 없이 움직인다지만 날짜와 시간이 너무 공교로웠다. 그 시간, 그녀는 태곤의 오피스텔에 함께 있었다.

불안하긴 했지만 해인은 모른 척했다. 대영과의 간극이 커질 대로 커져 굳이 먼저 말을 꺼내야 할 이유가 없었다. 그런데 태곤이 일방적으로 휴가를 떠났다.

편의점 영수증을 버리지 않고 빨랫감 속에 넣어둔 것이 과연 실수였을까? 혹시, 대영이 일부러 편의점 영수증을 흘려 그녀에게 경고한 건 아닐까? 태곤을 강제로 휴가를 보낸 사람이 대영은 아닌지 그녀는 의심스러웠다.

해인은 갤러리를 열었다. 가장 최근 사진은 식탁의 소주병을 찍은 불과 몇 분 전의 사진이었다. 초점도 맞추지 못한 것이 취해서 찍은 사진 같았다.

그녀는 사진을 몇 장 빠르게 넘겼다. 지하주차장에서 SUV를 찍은 사진과 SUV에서 내린 듯한 홈드레스 차림의 여자를 찍은 사진이었다. 잠복 중에 찍은 사진인 모양이었다. 다시 사진을 넘겼다. 핏물처럼 붉게 물든 사진이 떴다. 뭘 찍었는지도 모를 정도로 초점이 맞지 않았지만 색감만으로도 불길해 보였다. 해인은 사진이 찍힌 날짜를 확인했다. 그날이다. 태곤이 휴가를 떠난 날.

해인의 손가락이 머뭇거리다 사진을 넘겼다. 다음은 술자리를 찍은 사진이었다. 역시 초점은 맞지 않아 흐릿했다. 그녀는 짧게 숨을 내쉬었다. 붉은색의 사진은 한 장이 전부였다.

해인은 빠르게 사진을 넘겼다. 여러 명이 함께한 술자리도 있었고, 혼자서 술병을 찍은 사진도 있었다. 대부분 초점이 맞지 않아 흐릿할 뿐 특별히 눈에 띄는 사진은 없었다.

대영은 술에 취하면 평소와는 다른 사람처럼 행동했다. 어떤 날은 평소보다 유쾌한 사람처럼 보였고, 어떤 날은 평소보다 우울한 사람처럼 보였다. 또 어떤 날은 평소와는 다른 전혀 낯선 사람처럼 행동할 때도 있었다. 그런 날 대영은 아무 기억도 하지 못했다.

아마도 술에 취하는 것이 일상이 되고 기억하지 못하는 시간이 많아지자 대영은 이런 식으로 사진을 찍어 기억을 재구성하는 듯했다.

해인은 메신저 앱을 열었다. '강력2팀'이라는 제목의 단체 톡방에 몇 개의 글이 미확인 상태로 있을 뿐이었다.

그녀는 앱을 닫고 통화목록을 열었다. 가장 마지막에 통화한 사람은 안 팀장이었다. 통화목록을 밀어 올렸다. 그녀도 아는 형사들의 이름이 손끝에서 반복되어 올라갔다. 그들의 이름 사이에 간간이 청_김정우 계장, 과_김정수 팀장, K_권창범 PD 등의 이름이 보였다.

대영은 일상적으로 자주 통화하는 사람이 아닌 경우에 이름 앞에 청, 과, K 같은 글자들로 분류해 저장했다. 일회성으로 공조한 동료나 사건 관계자들의 이름까지 일일이 기억하지 못하기 때문에 그는 이런 방식을 썼다.

목록의 마지막까지 밀어 올렸지만 평소 통화패턴과 다른 이름은 없었다.

해인은 통화목록을 닫고 문자메시지 앱을 눌렀다. 목록의 첫 번째에 '사_두일'이라는 이름이 떴다. 대영의 분류체계로 보면 사건과 관계된 동료는 아니었다. 이름 뒤에 직함이 붙어 있지 않은 걸로 보아서 공적인 관계의 인물도 아니었다.

'사'가 뜻하는 게 뭘까? 사적으로 가까운 사이라는 뜻인가? 메시지는 새벽 3시 50분에 수신됐다. 이 시간에 문자를 주고받는 사이라면 어떤 식으로든 친밀한 관계인 건 분명했다.

해인은 메시지를 열었다. 사진이 떴다. 사람들이 걸어가는 도로를 찍은 사진이었다. 그녀는 사진을 보고 전화기를 떨어트릴 뻔했다. 걸어가는 사람 중에 그녀가 있었다. 캐리어를 끌고 가는 그녀의 모습을 멀리서 찍은 사진이었다. 이어지는 사진은 대영의 차를 뒤에서 찍은 사진이었다. 그녀는 차보다 배경이 먼저 눈에 들어왔다. 사진을 확대했다. 차가 세워져 있는 오른쪽 건물에 편의점 간판이 살짝 보였다. 태곤의 오피스텔 근처에 있는 편의점이었다.

이번에도 그날이다. 태곤이 그녀에게 선물 배달을 시키고, 일방적으로 휴가를 가겠다고 통보한 날.

대영이 그날 거기에 있었다. 대영이 영수증을 흘린 것은 우연이 아니었다. 대영의 경고 메시지를 무시한 것이 어떤 식으로든 태곤의 잠적에 영향을 끼친 게 아닐까?

손이 떨렸고, 그 진동이 온몸으로 번졌다. 곧 다리까지 후들거렸다. 그녀는 한 손으로 식탁 모서리를 짚고 몸의 진동이 사라질 때까지 버텼다. 그리고 흩어지는 생각을 모았다.

두 사람이 주고받은 메시지의 패턴이 조금 이상했다. 사진을 전송한 사람이 사_두일이고 대영은 전송을 받고 아무런 답도 하지 않았다. 대영이 사진을 직접 찍은 게 아니다. 대영이 사_두일에게 미행을 사주한 걸까? 그런데 미행을 사주해서 나온 결과물치고는 사진이 너무 평범했다. 이 사진으로는 어떤 결론도 도출할 수 없다. 더군다나 사_두일은 대영의 차도 찍어서 보냈다. 사주한 사람의 사진을 찍을 이유는 없다. 또, 현장에 대영도 있었다면 굳이 해인의 미행을 사주할 필요도 없다.

이상한 점은 또 있었다. 사진을 찍은 날과 대영에게 전송한 날의 사이가 너무 길었다. 대영이 사주했다면 너무 늦은 보고였다.

그럼 대체 누가, 무슨 목적으로 사진을 찍어 뒤늦게 대영에게 보낸 걸까? 메시지의 다음은 사_두일이 대영에게 웹사이트의 주소를 보낸 메시지뿐이었다. 해인은 통화내역을 다시 확인했다. 사_두일과 따로 통화한 내역은 없었다. 메시지는 그대로 둔 채 통화내역만 지웠을 리 없다.

해인은 두 사람이 평소 주고받은 메시지를 보려고 손가락을 움직였다. 사진은 두 장뿐이었고, 자주 메시지를 주고받는 사이는 아닌 것 같았다. 몇 달 간격으로 드문드문 이어진 메시지도 주로 '어디냐?' 하고 묻는 대영의 질문에 사_두일이 '죄송합니다'라며 사과를 하거나 '전화받아라'라는 대영의 문자에 대답조차 하지 않는 게 패턴처럼 이어졌다. 흐름을 보면 사_두일이 대영을 협박하는 관계로는 보이지 않았다. 몇 개의 메시지를 읽고 나니 사_두일이 사진을 찍어서 보낸 이유를 더 짐작할 수 없었다.

해인이 더 읽어보려고 손가락을 움직이는 순간, 등 뒤에서 움직이는 기척이 느껴졌다.

대영이 깼다. 들켰나? 온몸을 돌고 있던 피가 한순간 차갑게 굳는 것 같았다. 등 뒤에선 어떤 소리도 들리지 않았다. 해인은 돌아보지도 못한 채 꼼짝할 수 없었다. 대영이 가까이 오고 있는 건가? 잠시 후 발소리 대신 대영의 신음이 들렸다. 해인은 뻣뻣하게 굳어진 팔을 슬그머니 내려 휴대폰을 숨겼다. 그리고 천천히 몸을 돌렸다. 대영은 소파에서 상체를 일으킨 채 괴로운 듯 머리카락을 움켜쥐고 있었다.

"괜찮아?"

긴장 때문에 목소리의 끝이 갈라졌다. 대답 대신 대영은 쓰러지듯 다시 소파에 몸을 눕혔다.

"그러게 작작 좀 마시지."

해인은 식탁을 치우는 척 허리를 숙였고, 그 틈에 대영의 휴대폰을 식탁 의자에 내려놓았다. 그녀는 술병을 그러모았다. 손이 떨려 소주병이 계속 왈캉거리며 소리를 냈다. 해인은 소주병을 들고 돌아서며 대영을 보았다. 대영은 소파에 누운 채 꼼짝하지 않았다.

소주병을 다용도실 분리수거함에 넣을 때까지 소주병이 계속 부딪히며 소리를 냈다. 해인의 손이 계속 떨리고 있었다.

해인은 긴장으로 차가워진 손으로 얼굴을 쓸었다. 지금 중요한 건 대영이 어디까지 알고 있는지와 태곤의 잠적에 어디까지 개입했는지였다. 아직 확인된 건 아무것도 없었고 미리 최악의 상황을 가정할 필요는 없었다. 그녀는 천천히 숨을 내쉬었다.

사진은 두 장뿐이다. 대영이 설사 거기에 있었고, 그녀가 캐리어를 끌고 가는 걸 보았다고 해도 유추할 수 있는 건 없다. 대영의 사진첩에 태곤과 관련된 흔적은 없었다.

해인은 사_두일이 사진과 함께 보낸 웹사이트에 접속해보면 답을 찾을 수 있을지 모른다고 생각했다. 이어진 두 개의 메시지는 어떤 식으로든 연관되어 있을 것이다.

그녀는 다용도실에서 나와 젖은 행주를 들고 식탁 의자에 앉았다. 한 손으로는 행주로 식탁을 훔쳤고, 다른 손으로는 의자 위에 놓여 있는 휴대폰의 홈 버튼을 눌렀다.

해인은 사_두일이 보낸 사진과 웹사이트의 주소를 자신의 휴대폰으로 전송했다. 별거 아닌데도 계속 겨드랑이가 축축하게 젖어갔다.

따리리잉, 손끝에서 휴대폰이 요란하게 울렸다. 사용한 흔적을 지우고 막 앱을 닫으려던 순간이었다. 액정을 보니 알람이었다.

서둘러 알람을 끄려 했지만 이미 대영이 소파에서 몸을 일으킨 후였다. 해인이 허둥대는 사이 그의 시선이 휴대폰을 어정쩡하게 들고 있는 그녀의 손에 멈췄다. 해인의 손이 눈에 띄게 떨렸다.

"새벽에 들어온 거 같은데 벌써 나가게?"

"어."

대영이 짧게 대답했다. 해인은 알람을 끈 뒤 휴대폰을 들고 대영에게 다가갔다. 그와 가까워질수록 심장 뛰는 소리가 더 크게 들렸다. 그녀는 엄지손가락으로 홈 버튼을 눌러 열려 있던 메시지 앱을 닫았다. 대영이 눈치챘을까?

해인이 대영에게 휴대폰을 내밀었다. 대영은 휴대폰을 받아서 소파에 던지듯 내려놓았다.

그녀는 돌아서며 휘청이는 다리에 힘을 주었다. 대영은 식탁을 치우던 해인이 알람을 끄려고 휴대폰을 집어 든 거라 여긴 듯했다. 잘 넘어간 것 같았다.

"저……."

등 뒤에서 주저하는 듯한 대영의 목소리가 들렸다. 해인은 다시 긴장했고 손끝이 떨렸다. 그녀는 대영에게 들킬까 봐 힘주어 주먹을 쥐었다. 고개를 돌렸다.

"응?"

"요새 별일 없지?"

대영이 그녀에게 목적 없이 근황을 물어본 것은 오랜만의 일이었다. 혹시, 뭔가 떠보는 걸까?

"무슨 일?"

해인은 아무렇지 않은 듯 감정을 담지 않고 되물었다.

"그냥, 자꾸 같은 사람이랑 마주친다든지, 아니면 누가 따라다니는 기분이 든다든지."

미행을 눈치챘냐고 묻는 건가? 해인은 대영이 어디까지 알고 있는지 몰라 초조했다.

"누가 날?"

"요즘 출소한 놈들이 많아서 신경이 쓰이네. 위험할지 모르니까."

그래서 그날 대영이 거기에 있었던 걸까? 해인은 위험할지 모른다는 말에 오히려 안도감마저 느꼈다.

"그래? 없었는데."

"그럼 다행이고. 그래도 혹시 모르니까 조심해. 나도 신경 쓰고 있으니까 너무 걱정하진 말고."

"속 풀 만한 거 뭐라도 좀 줄까?"

"아니, 서에 가서 먹을게."

"먼저 씻을래?"

"아직 시간 좀 있어."

해인은 식탁을 마저 치우고 나서 방으로 들어갔다. 그녀 역시 출근 준비를 해야 할 시간이었다.

해인은 침대 위에 있는 휴대폰을 집어 들었다. 대영으로부터 메시지가 와 있었다. 그녀는 숨이 멎을 것처럼 놀랐다. 그리고 곧, 자신이 대영의 휴대폰으로 보낸 메시지라는 걸 깨달았다. 긴장 때문인지 바보처럼 굴고 있다는 생각이 들었다.

링크된 사이트 주소를 터치했다. 새 창이 열리며 웹사이트가 떴다. 일러스트 이미지의 도미노가 하나씩 연쇄적으로 넘어지며 화면 끝까지 이어졌다. 넘어진 도미노의 블록이 화면 끝에 도착하자 화면이 이동하면서 도미노게임이 계속됐다.

화면 어디에도 로그인이나 페이지를 관리하는 주체에 관한 설명은 없었다. 해인은 도미노가 끝도 없이 넘어지는 걸 기다리지 못하고 화면을 터치했다. 도미노가 멈췄지만 다른 변화는 없었다. 다시 화면을 터치하자 멈췄던 도미노가 다시 쓰러졌다. 몇 번을 더 화면을 터치했지만 변화라고는 도미노가 멈추거나 넘어지는 게 전부였다.

고작, 도미노가 끝도 없이 넘어지는 걸 보여주려고 도촬한 사진과 함께 웹사이트 주소를 보냈을 리 없다. 아무래도 규칙을 알아야 접속할 수 있는 사이트 같았다.

해인은 시간을 확인하고 휴대폰 화면을 닫았다. 제때 출근하려면 서둘러야 했다.

그녀가 거실로 나왔을 때, 대영은 휴대폰 화면을 보고 있었다. 휴대폰에 뭔가 흔적이 남은 건 아닐까? 해인은 대영의 눈치를 살피다 욕실로 들어갔다. 겨드랑이에서 차갑게 식어버린 땀이 옆구리를 타고 흘러내렸다.

해인은 샤워기를 틀고 따뜻한 물줄기 속에 서 있었다. 차갑게 굳은 몸이 풀어지면서 하얗게 질린 손끝도 제 혈색을 찾았다. 몸이 따뜻해지자 떨림도 멈췄고 생각도 긍정적으로 바뀌었다.

'자꾸 같은 사람이랑 마주친다든지, 아니면 누가 따라다니는

기분이 든다든지.'

대영이 말한 대로 사_두일이 보낸 사진은 단순 협박용일 수도 있었다. 어쩌면 대영의 미행도 해인이 아니라 그녀 뒤에 따라오는 사_두일이 목적이었는지도 모른다.

그녀는 물에 젖은 머리를 뒤로 넘겼다. 초조하던 기분이 가라앉았다. 사_두일의 문자와 대영과의 관계가 딱 떨어지지 않았지만 그렇다고 지금 무언갈 더 확인할 수는 없었다.

그날 운반한 캐리어 안에는 무엇이 들어 있었을까? 무게가 꽤 나갔다는 거 외에는 그녀 역시 아무것도 알지 못했다. 캐리어는 잠겨 있었고, 설사 열려 있었다고 하더라도 열어볼 엄두 같은 건 내지 못했다. 찜찜했지만 태곤이 지시한 대로 할 수밖에 없었다. 정치판에선 으레 그러니까. 그래야 비밀이 비밀로 유지될 수 있으니까.

해인이 욕실에서 나오자 대영은 이미 옷을 갈아입고 나갈 채비를 하고 있었다.

"안 씻고?"

"회사 가서 씻어야겠어."

"시간이 좀 있다며?"

"서에서 연락이 왔어."

"사건?"

"응."

"오늘 못 들어와?"

"현장에 가봐야 알 수 있을 거 같아."

"알았어, 가."

"당신은 오늘 들어와?"

돌아서려는 해인을 대영의 질문이 붙잡았다. 일정이나 근황을 물어본 건 몇 달 만이었다. 해인은 대영의 미세한 변화가 의심스러웠다.

"나도 가봐야 알 거 같아."

"그래, 서로 바쁜 거 끝나면 저녁 먹자. 우리 같이 저녁 먹은 지 오래됐잖아."

"그래, 바쁜 거 끝나면."

해인은 대영의 변화가 태곤의 잠적과 인과관계가 있을지도 모른다는 의심이 들어 다시 초조해졌다.

"혹시 모르니까 밤늦게 혼자 다니지 마."

"겁주지 마."

"겁주는 게 아니고 조심하라는 뜻이야. 요즘 분위기가 좀 그래."

"알았어."

마치 협박처럼 들렸지만 해인은 따져 묻지 않았다. 이것저것 물어봐야 대영에게 초조한 마음을 들킬 뿐이었다. 지금까지도 평소보다 충분히 긴 대화였다.

해인은 대영이 나가고 도어록이 잠길 때까지 멍하니 현관문을 보았다. 깊은 불안이 바닥부터 스멀스멀 올라왔다.

※

대영은 낡은 쏘나타의 운전석에 앉아 시동을 걸었다. 해인이 그의 휴대폰을 몰래 확인한 것은 분명했다. 알람 소리에 눈을 떠 그녀가 휴대폰을 들고 있는 걸 보았을 땐 확신할 수 없었지만 휴대폰을 받아 든 순간 알 수 있었다. 휴대폰이 따뜻했다. 열어본 흔적은 지워도 사용한 열기까지 지울 수는 없다. 미리 사진을 SD카드로 옮기고 메시지에 첨부된 사진을 삭제했어야 하는데 술 때문에 또 타이밍을 놓쳤다. 그는 두 손으로 마른세수를 했다.

대영은 메시지 앱을 열어 두일이 보낸 문자를 터치했다. 캐리어를 끌고 도로를 걸어가는 해인의 사진과 잠복 중인 대영의 차, 웹사이트의 링크가 떴다.

해인이 메시지를 열어 사진을 보았다. 티를 내지 않으려 하는 것까지 티가 날 정도로 그녀는 불안해했고, 평소보다 말도 많아졌다.

그녀의 불안이 대영에게 들켰기 때문인지 아니면 나태곤이 실종된 날에 찍힌 사진 때문인지는 알 수 없었다.

협박을 받고 있다는 대영의 말 정도로는 사진에 대한 그녀의 의심을 지울 수 없을 것이다. 하지만 그녀 역시 지금은 그냥 넘기는 수밖에 없었다. 어떤 결론을 내기엔 그녀 역시 가진 정보가 부족했다.

대영이 브레이크에서 발을 떼자 차가 천천히 움직였다. 차가 막 주차선을 벗어나던 순간, 그는 장애물이라도 발견한 사람처럼 급브레이크를 밟았다.

'당신의 비밀'이 장애물처럼 돌발적으로 떠올랐다. 남은 시간 안에 가입 승인을 받아야 한다던 두일의 말도 기억났다. 그는 두일이 보낸 링크를 터치했다. 잔뜩 기대한 것과는 달리 새로 열린 창에 뜬 건 도미노게임이었다. 실소가 새어 나왔다. 사람들의 비밀이 거래되고 거짓 비밀을 올리면 묻어버린다는 두일의 말에 긴장했던 자신이 우습게 느껴졌다.

도미노블록은 차례차례 넘어지며 화면 끝을 향해 달려갔다. 대영은 혹시나 하는 마음으로 화면 끝에 있는 블록이 넘어질 때까지 지켜보았다. 하지만 마지막 도미노블록이 넘어지자 화면이 이동하면서 다시 새로운 게임이 시작됐다.

"이 사기꾼 새끼가 돌았나?"

대영이 혼잣말처럼 중얼거렸다. 그는 화면을 몇 번을 터치했다. 넘어지던 도미노블록이 멈췄다. 하지만 그게 전부였다. 다른 변화는 없었다.

두일은 감옥 밖의 삶을 걸고 대영을 희롱할 만큼 멍청하지 않았다. 분명 뭔가 있었다. 기억을 되살려 두일이 했던 말을 떠올려 보았다. 두일이 도미노가 어쩌고, 처음이 어쩌고 하던 것은 기억했지만 구체적인 말은 떠오르지 않았다. 휴대폰을 박살 내느라 두일의 말을 제대로 듣지 않은 때문이었다.

대영은 두일에게 전화를 걸었다. 두일은 연결음이 끝나고 음성사서함으로 넘어갈 때까지 전화를 받지 않았다. 아직까지 새 휴대폰을 마련하지 않은 모양이었다.

대영은 머릿속으로 두일이 말했던 '도미노'와 '처음'을 가지고 문장을 만들어보려 했지만 빈 괄호가 너무 많았다. 한참을 생각하다 '자신의 위치'라는 말로 괄호 하나를 채웠다. 분명 그런 말을 들었던 것 같았다. 하지만 여전히 남아 있는 괄호 때문에 뭘 어떻게 해야 하는지는 알 수 없었다.

대영은 차를 출발시켰다. 더 이상 시간을 끌다간 출근 시간의 도로에 갇혀 오도 가도 못 할 처지가 될 것 같았다. 그나마 다행인 건 가입 시도조차 안 했으니 두일에게 다시 사이트의 주소를 받을 수 있다는 거였다.

대영은 내비게이션이 시키는 대로 이면도로를 빠져나가 4차선의 중심도로에 진입했다. 강변북로로 진입하는 차선에는 벌써부터 차들이 길게 늘어서 있었다. 그는 급한 마음에 차 간격을 짧게 두고 앞차에 따라붙었다.

가다 서기를 반복하다 보니 내비게이션의 예상 시간보다 30분이나 늦게 이촌한강공원에 도착했다. 남은 숙취 탓에 목구멍으로 쓴물이 넘어왔다.

시체는 한강대교와 가까운 곳에서 발견되었다고 했다. 대영은 주차장에 차를 세우고 걸었다. 자전거전용도로를 가로질러 강변을 따라 이어진 산책로로 들어섰다. 한강의 물살에 쪼개진 햇빛이 사금파리처럼 반짝거렸다. 하루 종일 지하주차장에서 잠복하다 강물과 하늘, 나무, 풀을 보니까 눈이 부셨다. 눈이 시큰해지면서 이유 없이 눈물이 났다. 대영은 햇빛을 가리는 척 젖은 눈가를 닦아냈다. 호르몬 때문인지 요즘 들어 감정기복이 심해진 것 같았다.

뒤에서 발소리가 가까워지더니 짧은 반바지를 입은 외국인 여자가 그를 빠르게 지나쳤다. 일상적이고 평화로워 보이는 풍경이었다. 시체만 없었으면 소풍이라도 나온 듯 그도 들떴을 것이다.

용산서 관할에는 한강의 유속이 구조적으로 느려지는 지점이 몇 군데 있었다. 그곳에서는 투신한 사람들이나 유기된 시체가 드물지 않게 나왔다. 겨울에는 좀 뜸했지만 수온이 따뜻해지는 봄이 되면 자주 시체가 떠올랐다. 겨우내 차가운 강물에 부패가 지연돼 가라앉아 있던 시신들이 수온이 상승해 체내에 부패가스가 차면 뒤늦게 떠오르기 때문이었다.

발견된 대부분의 시체가 자살한 익사체라 과학수사팀이 감식을 하고 강력팀이 신원을 파악하는 것으로 수사는 종결되었다. 하지만 그중 몇 구는 시체에 남은 타살 정황 때문에 감식과 동시에 강력팀의 수사가 시작됐다. 오늘처럼. 하지만 강력팀이 호출된 상황이라도 타살로 밝혀져 공식적으로 사건이 되는 건 많지 않았다. 신체의 훼손은 대부분 물살이나 물고기에 의한 것이었고, 자상(날카로운 것에 찔린 상처)과 절창(날카로운 것에 베인 상처)으로 보여도 강물에 떠내려오면서 생긴 상처일 가능성이 컸다.

대영은 시체를 대강 살펴보고 서로 돌아가는 길에 해장이라도 해야겠다고 생각했다. 술기운 때문인지 갈아입은 속옷이 금방 땀에 젖었다.

멀리 흰색 가림막이 둘러쳐진 것이 보였다. 가까워지자 심상치 않은 사건이라는 걸 직감했다. 가림막 주변을 서성이는 강력팀 형사들이 평소보다 많았다. 최소한 두 개 팀은 출동한 듯 보였다. 단순히 타살 정황만으로는 지휘부가 이렇게 많은 형사들을 출동시키지는 않는다. 살인사건이었다.

"어째, 혼자 잠복하다 허탕 친 꼴이다?"

강력1팀의 정진섭 반장이 비꼬듯 농담 섞인 인사를 건넸다. 티격태격해도 동기인 데다 승진도 같이 해서 둘도 없는 사이였다.

"잘 잤는지 얼굴 때깔이 좋네. 1팀은 용의자 특정하고 소재 파악도 못 했으면서 잠이 오나 봐?"

대영도 비꼬듯 받아쳤다.

"어쩌냐? 오늘도 못 들어갈 것 같은데."

"살인?"

"토막."

예상대로 명백한 살인사건이었다. 해장국은 물 건너갔다. 대영이 입맛을 다셨다.

가림막에서 조금 떨어진 곳에 있던 한 무리의 형사들 사이에서 같은 팀 최정필 형사가 대영을 보고 가볍게 거수경례를 했고, 옆에 있던 막내 강진 형사도 따라서 경례를 했다. 대영이 손을 흔들어 인사를 받았다.

"발견된 건 어느 부분이야?"

대영이 다시 정 반장에게 물었다.

"몸통. 남자고."

"다른 부분은?"

"아직."

"신원은?"

"DNA밖에 없는데 금방 특정되겠어?"

대영이 고개를 끄덕이고 가림막 안으로 들어갔다. 'KCSI' 로고가 선명한 옷을 입고 후드를 뒤집어쓴 채 감식을 하고 있는 과학수사요원의 등이 보였다.

가림막 안 바닥에는 방수포가 깔려 있었다. 그 위에 목과 팔다리가 잘려나가 몸통만 남은 남자의 시체가 풍선처럼 부푼 채 있었다. 부패가스 때문이었다. 시체의 절단면이 깨끗하게 잘린 것이 시간을 두고 날카로운 예기로 훼손한 것으로 보였다.

보통 토막살인은 피해자와 면식관계의 범인이 저지른다. 범행 현장에서 시체가 발견될 경우 자신이 용의자로 특정되는 관계라 시체를 토막 내 운반한다. 그 때문에 발견되더라도 신원을 특정하지 못하도록 개인 식별이 가능한 손가락이나 머리는 따로 잘라 유기하는 게 보통이다. 그런 이유로 피해자의 신원을 특정하면 용의자도 쉽게 특정할 수 있었다.

시신에 대한 1차 감식이 끝났는지 과수요원은 부가적인 것에 집중하고 있었다. 과수요원이 몸을 틀자 회색의 하드케이스 캐리어가 보였다. 과수요원은 여행용 캐리어에서 지문을 현출하기 위해 표면에 분말을 칠하고 있었다.

대영은 회색 캐리어가 눈에 익었다. 그날, 사진 속의 해인이 끌고 가던 캐리어와 같은 디자인이었다. 잠잠하던 위가 급작스레 뒤틀렸다.

"반장님, 괜찮으세요?"

과학수사팀 박원 경사였다.

"어제 잠복하느라 잠을 못 잤더니 속이 안 좋네. 지문은 나왔어?"

"깨끗해요."

공산품이라면 같은 제품은 얼마든지 있을 수 있다. 해인이 같은 캐리어를 끌고 갔다는 것만으로는 어떤 것도 확신할 수 없다. 그걸 알면서도 대영은 이 경사의 말에 묘한 안도감을 느꼈다.

"다른 건?"

"없어요. 캐리어 안쪽에도 별다른 건 없었고요. 피해자 DNA뿐이죠."

"실종자 데이터베이스에서 일치하는 DNA가 나오면 다행인데 말이야."

"토막시체는 실종신고조차 안 되어 있는 경우가 많아서 쉽지 않을 거예요."

"아무래도 그렇겠지?"

토막살인의 경우 높은 확률로 동거인이 없다. 시체를 토막 내고 처리하는 데엔 시간과 장소가 필요한데 동거인이 있으면 상대적으로 어렵기 때문이다. 동거인이 없어 피해자의 실종을 인지해 신고해줄 사람이 없어 수사가 지연되는 것도 토막살인의 특징이었다.

"사망 추정시간 알 수 있을까?"

박원 경사가 고개를 저었다.

"부패 정도로 추정하기엔 변수가 너무 많아요. 캐리어에 담긴 채 유기됐어요. 최근 수온도 들쭉날쭉했고요. 국과수에서 부검하면 위 내용물 같은 걸로 추정해볼 수는 있을 거예요."

"그것도 상황에 따른 변수가 많아서 크게 도움은 안 되지."

"스트레스 상황에 따라 다르고, 개인마다 소화 능력의 차이가 있으니까 그것도 그렇죠."

"결국, 캐리어 구입처에 대한 수사밖엔 없나?"

"워낙 대중적인 브랜드라 구입처를 특정하는 것도 만만치 않을 것 같아요."

"그래도 뭐라도 해야지."

대영이 휴대폰으로 캐리어의 사진을 찍었다.

"DNA 결과 나오면 바로 알려줘. 1팀 정 반장보단 1초라도 빨리."

"알았어요."

박원 경사가 웃으며 대답했다. 대영은 가림막 밖으로 나왔다. 형사들은 이미 감식결과를 알고 있는지 서두르는 기색 없이 삼삼오오 모여 있었다.

대영이 같은 팀 최 경사를 손짓으로 불렀다. 돌아서 있던 강 형사도 같이 걸어왔다.

"주변 CCTV 확인했어?"

"어디서부터 떠내려온지도 모르는데 여기 CCTV 확인한다고 뭐가 나오겠어요?"

"그래도 모르잖아. 일단 부근 CCTV부터 확인해봐. 캐리어 구입처 쪽은 내가 맡을 테니까."

최 경사가 막내와 함께 멀어졌다. 만약 해인이 캐리어를 유기했다면 눈에 띄는 이촌한강공원까지 올 필요는 없었을 것이다. 대영은 보다 가능성이 있는 쪽을 자신이 맡았다.
"최 형사, 팀장님께 현장 상황 대강 보고해. 수사 진행상황도 공유하고."
대영이 목소리를 높이자 최 형사는 뒤를 돌아보지도 않고 알았다는 듯이 머리 위로 손을 흔들었다.
"뭘 그렇게 열심히 하고 그래?"
정진섭 반장이 옆에서 비꼬듯 물었다.
"그냥 손 놓고 있으려면 뭐 하러 여기에 왔겠어?"
"천천히 해. 피해자 신원 특정되면 쉽게 갈 수 있잖아."
"특정 안 되면?"
"그때 가서 하면 되지."
"과장님 총애를 받는 넌 그래도 되지만 난 아니야."
정 반장이 동의한다는 듯이 고개를 끄덕였다.
"그러니까 처음에 잘하지."
"처음, 그래. 첫 회식이 중요하지."
"삐진 거야?"
처음, 대영은 입속으로 되뇌었다. 도미노도 마찬가지였다. 맨 처음 넘어지는 블록이 중요했다. 대영은 어쩐지 두일이 말한 문장의 비어 있는 괄호를 채울 수 있을 것 같았다.
"고맙다. 이렇게 깨달음을 줘서."
정 반장의 당황한 얼굴을 뒤로하고 대영은 주차장 쪽으로 걸었다.

3

 불안이 몸보다 앞서갔다. 덩달아 발걸음도 빨라졌다. 택시에서 내려 태곤의 오피스텔에 도착할 무렵, 해인은 거의 뛰다시피 걷고 있었다.
 그날, 태곤은 문자메시지로 캐리어 배달을 지시했다. 전날 캐리어를 사다 달라고 부탁한 후라 예상 밖의 일은 아니었다.
 지켜보는 눈 때문에 태곤이 직접 배달할 수 없는 상황은 종종 있었다. 그럴 때 얼굴이 알려지지 않은 해인이 대신 배달을 했다. 하지만 이번은 좀 달랐다. 태곤이 문자메시지로 지시한 것도 그렇고, 캐리어를 경비실에 맡겨놓고 찾아가도록 한 것도 그랬다.
 당시엔 누군가 태곤에게 따라붙어 그런 줄 알았다. 하지만 지금 생각해보면 이상했다. 그 정도로 급박한 상황이면 배달을 미뤄야 했다. 은밀해야 할 정치판의 배달에 증인이 될지 모르는 경비원을 끼워 넣는 건 평소의 태곤답지 않았다. 해인은 그날 캐리어를 건네준 경비원을 찾아 맡긴 사람이 태곤인지부터 확인할 생각이었다.
 지하에 있는 경비실에는 머리가 희끗한 경비원이 앉아 있었다.
 "여기 다른 분도 있지 않나요? 머리숱이 좀 없는."

"아, 송 씨 말하는 건가 보네요."
"그분은 오늘 안 나오시나요?"
"송 씨는 어제 낮 근무라 오늘 저녁에 나와서 야간근무를 할 겁니다."
"그분 전화번호 좀 알 수 있을까요? 급하게 확인해야 할 게 있어서요."
"주민이신가요?"
"1002호 동거인이에요."
해인은 주민이라고 대답하려다 그가 입주민 현황을 확인할까 봐 동거인이라고 대답했다.
"아, 예."
경비원은 석연치 않은 표정이었으나 연락망에서 전화번호를 찾아 메모지에 옮겨 적었다. 붓으로 쓴 거 같은 궁서체로 '송태섭'이라는 이름과 휴대폰 번호가 메모지에 적혔다.
"명필이시네요."
경비원이 자부심이 섞인 미소를 보였다.
"전화 좀 빌릴 수 있을까요?"
그가 고개를 끄덕였다. 아직 아무것도 확인되지 않은 상황이었으니 어떤 식으로든 흔적을 남기고 싶지 않았다.
연결음이 몇 번 울리지 않았는데 그가 전화를 받았다.
"무슨 일 있어요?"
송 씨는 인사보다, 상황부터 확인했다.
"저, 1002호 사람인데요, 얼마 전에 회색 캐리어 찾아간 사람이

요."
"아, 기억나요. 여자분."
"맞아요."
"왜, 없어진 거라도 있어요?"
평소에도 입주민들의 이런저런 민원에 시달려서인지 지나치게 방어적인 목소리였다.
"그런 게 아니라, 그때 캐리어를 맡긴 사람 누군지 기억하세요?"
"1002호 남자분이죠."
전화기 너머 남자는 당연한 걸 물어본다는 듯이 대답했다.
"아, 그래요?"
팽팽했던 신경이 느슨해졌다. 편의점 영수증과 대영의 휴대폰에 있던 사진들 탓에 자신도 모르게 최악의 상황을 상상했던 모양이었다. 해인은 적당한 인사와 함께 전화를 끊으려다 수화기를 다시 귀에 바싹 댔다.
두 경비원은 해인의 1002호 동거인이라는 말을 별다른 확인 절차 없이 그대로 믿었다. 애초에 그들이 오피스텔 입주민의 얼굴을 하나하나 기억하는 건 무리였다. 해인은 다시 불안해졌다.
"근데 입주민 얼굴을 다 기억하시나 봐요?"
"아이고, 여기 입주민이 몇 명인데 다 기억하겠어요. 월세가 대다수라 입주민이 언제 바뀌는지도 잘 몰라요."
"그렇겠네요. 근데, 1002호 남자라는 건 어떻게 기억하시는 거죠?"
"캐리어를 맡기신 남자분이 1002호 입주민이라고 하니까 저야 그런 줄 아는 거죠. 그리고 맡긴 캐리어를 1002호 입주민이 찾으러 오셨으니까 틀림없다 생각한 거고요."

"그럼 혹시, 캐리어 맡긴 남자 인상착의 기억나세요?"

"글쎄요, 평범했어요. 잘 기억나지 않을 정도로요."

태곤의 인상착의는 송 씨의 말대로 평범했다. 그 나이 또래의 사무직 남자들과 섞어놓으면 구분할 수 없을 정도였다.

"사진을 보면 알아보실 수 있을까요?"

"옷차림까지 똑같으면 모를까 자신은 없네요."

"알겠습니다. 고맙습니다."

"저, 무슨 일 있나요?"

"아니에요."

"그럼 다행이고요."

"출근하시면 한번 찾아뵙겠습니다."

"진짜 아무 문제 없는 거죠? 제 근무시간에 뭔 일이라도 있었으면 곤란해지거든요."

"없어요. 걱정 마세요."

"그날 형사도 왔다 갔는데, 캐리어랑은 상관없는 거죠?"

송 씨가 걱정스러운 목소리로 다시 물었다.

"형사요?"

"수사한다고 CCTV 녹화된 거 떼 갔거든요."

"CCTV 저장장치요?"

"맞아요. 1층 로비에 달린 거랑 주차장 CCTV 본다고 가져갔어요."

"아."

해인의 입에서 신음 같은 탄식이 새어 나왔다.

"저, 경찰 신분증 보셨어요? 어디 소속이래요? 이름은요?"

다급한 마음에 다그치듯 질문이 이어졌다.

"신분증을 보긴 봤는데 얼핏 봐서 이름은 기억 못 하죠."

"경찰 근무복 차림이었어요?"

"등산복 입고 있었어요."

"무슨 일로 받아 가는지 얘기도 없었고요?"

"어디 우리한테 그런 걸 알려주나요."

"다른 CCTV 카메라로 녹화된 건 안 받아 갔어요?"

"카메라는 달라도 저장장친 그거 하나예요. 다른 것들은 모형이라 많이 필요 없거든요. 엘리베이터 CCTV는 마침 고장이라 녹화된 것도 없을 거고요."

"가져간 CCTV 저장장치는 돌려줬나요?"

"한 시간 뒤엔가 바로 돌려줬어요. 별일 아닌지 다른 얘긴 없었고요."

"같은 걸로 돌려줬나요?"

"그거야 모르죠. 우리야 정상 작동만 되면 되니까."

"CCTV 떼어 간 형사 얼굴 기억하세요? 인상착의라도요."

"피곤해 보였어요. 술 냄새도 좀 났고요."

"술 냄새요?"

"내가 간 때문에 술을 끊어서 술 냄새에 예민하거든요."

해인은 조건반사처럼 대영이 떠올랐다.

"얼굴, 사진 보면 얼굴 알아볼 수 있겠어요?"

"보면 알지도 모르죠. 두 번이나 본 데다 인상이 평범하진 않았으니까요."

"출근하시면 찾아뵐게요. 이따가 확인 좀 해주세요."

"그래요."

해인은 수화기를 내려놓았다. 형사와 술 냄새, 영수증, 휴대폰 속 사진이 머릿속에서 휘몰아쳤다. 그녀는 가속도가 붙어 한쪽 방향으로 달려가는 생각을 멈출 수가 없었다.

그녀는 잠수하듯 눈을 감고 숨을 참았다. 그렇게 한참을 수면 아래로 가라앉았다. 곧 물속처럼 고요해졌다. 머릿속을 휘젓던 단어들이 같이 가라앉았다.

찰캉찰캉, 규칙적으로 작은 금속성이 울렸다. 그녀가 눈을 떴다. 아직 확인된 건 아무것도 없다고 그녀는 생각했다. 참았던 숨을 뱉어냈다.

"괜찮아요? 얼굴이 창백한데."

"괜찮습니다."

경비원이 조바심 나는 듯 경비실 입구를 서성거리고 있었다. 그가 움직일 때마다 허리춤에 달린 열쇠 꾸러미에서 작은 금속성이 울렸다.

"이제 한 바퀴 돌아봐야 하는데, 무슨 문제라도 있어요?"

그가 걱정스러운 표정으로 물었다.

"저, 최근에 오피스텔에 무슨 일이 있었나요? 형사가 왔다 갔다던데요."

"형사가요?"

그의 눈동자가 흔들렸다. 마치 뭔가를 숨기고 있는 사람처럼 불안해 보였다.

"형사가 와서 CCTV 확인을 했다고 하네요."

"송 씨가 그런 말은 안 했는데……."

"별일 아니니까 말을 안 한 거겠죠."

오히려 그녀가 불안해하는 경비원을 안심시켰다.

"저, 로비에 설치된 CCTV 확인 좀 할 수 있을까요?"

"개인정보보호 때문에 아무나 보여줄 수 없어요."

해인은 국회사무총장이 발급한 공무원증을 내밀었다. 소속에 장원식 의원의 이름이 찍혀 있었다.

"캐리어를 맡긴 사람에 대해 알아야 해서요. 의원님 국정감사에 필요한 거예요."

경비원이 신분증을 들여다보고는 파티션으로 구분된 경비실의 한쪽 구석으로 데려갔다. 기계장치가 불빛을 깜빡거리고 있었다.

"언제 게 필요한데요? 오래전 거면 없어요. 자동으로 지워지거든요."

"일주일 전 거예요."

그가 달력 날짜를 흘깃 보고는 손가락 하나로 더듬더듬 키보드를 눌렀다. 오래돼 보이는 컴퓨터 모니터에 영상이 떴다. 3월 27일 PM 5시 18분에 녹화된 영상이었다. 시간으로 보면 그녀가 캐리어를 찾아서 간 뒤였고, 형사가 저장장치를 떼어 갔다가 돌려주고 난 후였다.

"이전 건 없나요?"

"그러게요. 이상하네요. CCTV 확인하면서 누가 건드렸나? 이게 제일 오래된 거예요."

"다른 CCTV에 녹화된 것도 없나요?"

경비원이 마우스를 움직이고 더듬더듬 키보드를 눌렀다. 로비와 엘리베이터 안을 찍고 있는 CCTV, 두 개의 주차장 화면이 4분할로 보였다. 하지만 네 개의 화면 상단에 있는 시간 표시는 모두 같았다. 3월 27일 PM 5시 18분. 아마도 저장장치를 다시 달아놓은 시간인 것 같았다.

"다 같네요."

"엘리베이터 CCTV는 고장 났다고 하던데 아니었나요?"

"이건 원래부터 되다 말다 해요."

그가 불안한 표정으로 자신의 잘못인 양 변명했다. 그가 말을 끝내기도 전에 엘리베이터 화면이 검게 바뀌었다.

"필요한 건 없네요. 고맙습니다."

해인은 서로 어울리지 않는 말을 연달아 뱉어내고는 몸을 돌렸다. 불안하게 눈알을 굴리는 경비원의 시야에서 빨리 벗어나고 싶었다.

해인은 가볍게 목례를 하고 경비실 밖으로 나왔다. 경비실은 지하 1층의 외진 데 있어서 오가는 사람도 없었다. 서둘러 엘리베이터를 타고 10층 버튼을 눌렀다. 지금은 CCTV가 정상적으로 녹화하는 중일까? 그녀는 고개를 숙여 CCTV를 피했다. 엘리베이터는 한 번도 멈추지 않고 올라갔다.

엘리베이터가 10층에 도착하는 순간까지 태곤의 집에 혼자 들어가도 되는지 확신이 서지 않았다. 휴가를 떠난 빈집에 허락 없이 들어간다는 게 걸렸고 원룸 안에 뭐가 있을지 몰라 두려웠다.

1002호의 초인종을 눌렀다. 현관문 안쪽에서 초인종 소리가 들렸지만 인기척은 없었다. 그녀는 디지털 도어록의 번호를 누르려다 망설였다. 지문이 남을지 모른다는 생각이 들었다. 지금껏 오피스텔을 드나들며 키패드를 직접 누른 적도 많았다. 평소에는 의미 없는 행동이었지만 지금은 달랐다. 누군가 태곤의 오피스텔에 침입했고 흔적이 남았다면 그녀가 그 증거를 훼손할지도 몰랐.

해인은 손가락을 굽혀 마디로 노크하듯 키패드를 눌렀다. 삐리릭, 문이 열렸다. 그녀는 옷소매를 길게 늘여 장갑을 대신했다. 현관 손잡이를 돌렸다.

한눈에 실내가 들어왔다. 방 안은 그녀가 나갈 때와 크게 다르지 않았다. 평소 태곤의 성격대로 흐트러짐 없이 모든 게 각 맞추어 제자리에 있었다. 다만 묵은 공기에 옅은 세제 냄새와 뭔가 비릿한 냄새가 섞여 있었다.

그녀는 운동화를 벗고 안으로 들어가 닫혀 있는 화장실 문 앞에 서서 잠시 호흡을 골랐다. 이번에도 소매 끝으로 손잡이를 잡고 돌렸다. 열린 문의 각도만큼 화장실 안으로 빛이 퍼졌다. 안은 흐트러짐 없이 잘 정돈되어 있었다. 그녀는 조심스레 불을 켜고 들어섰다. 환한 불빛 아래 세면대의 수전이 반짝거렸다. 막 욕실 청소를 끝낸 것처럼 물때조차 없이 깨끗했다. 태곤이 깔끔한 성격이기는 했지만 이 정도였나 싶었다.

벽면에 걸려 있는 거울 속에 짧은 단발의 여자가 있었다. 화장기 하나 없이 창백한 얼굴이었다. 해인은 오늘따라 자신감은커녕 초조해 보이는 여자의 얼굴이 낯설었다.

화장실 안은 바싹 말라 있었다. 세면기는 물론이고 욕조나 바닥에도 물기 하나 없었다. 해인은 변기에 고여 있던 물이 증발해 경계선처럼 붉은 물때가 남은 걸 보고 태곤이 집을 비운 지 오래됐다는 걸 깨달았다. 적어도 그가 휴가를 간다고 문자를 보낸 이후에는 내내 비어 있던 게 분명했다.

해인은 화장실의 수납장을 열었다. 칫솔이 보이지 않았다. 치약도 면도기도 아무것도 없었다. 그가 여행을 가면서 칫솔이나 면도기를 챙겼을 수 있다. 그런데 그녀의 칫솔까지 챙겨 간 이유가 있을까?

해인은 밖으로 나와 붙박이 옷장을 열었다. 가지런히 걸려 있는 양복이 보였다. 하나, 둘, 셋, 평소 입고 다니던 양복 중에 한 벌이 없었다. 그리고 그녀의 정장이 보이지 않았다. 태곤이 자신의 정장과 그녀의 정장을 세탁소에 맡긴 걸까.

쪼그리고 앉아 서랍을 열었다. 그가 각을 맞춰 정리해놓은 티셔츠와 속옷이 미세하게 흐트러져 있었다. 그런데 속옷이 줄지 않았다. 뒤진 흔적은 남았는데 챙긴 게 없다? 그녀의 막연한 불안감이 증폭됐다.

서랍을 끝까지 빼서 안쪽 구석을 살폈다. 있어야 할 게 없었다. 거기엔 그녀의 속옷 서너 장이 있어야 했다. 서랍을 닫았다. 길게 늘인 소매 끝에 가려진 손가락이 떨리는 게 느껴졌다. 창가 쪽에 있는 책상의 제일 아래 칸 서랍을 살짝 당겼다. 아무 저항 없이 서랍이 열렸다. 평소와는 달리 잠겨 있지 않았다. 서랍 안은 텅 비어 있었다. 마지막 서랍엔 그녀가 쓰던 스킨로션과 에센스 같은 게 있어야 했다. 그녀는 다른 서랍도 열어보았다. 마찬가지로 잠겨 있지 않았고 모두 비어 있었다. 서랍에는 각종 법안 자료들과 여러 경로를 통해 입수한 국회의원들의 개인 신상에 관한 자료들이 있어야 했다. 그중에는 공개되면 현역 국회의원이라도 감당하기 어려운 비리의 증거도 있었다.

보통 보좌관들은 국회의원의 지역구를 물려받기 위해 죽는 시늉까지 하며 한 우물을 판다. 보좌관들의 최종 목적지는 국회의원이기 때문이다. 하지만 태곤은 조금 달랐다. 그는 국회의원을 꿈꾸지 않았고 보좌관이라는 직업에 만족했다. 덕분에 여러 국회의원을 보좌할 수 있었다. 그는 세상을 가장 빨리 바꾸는 것이 법이라고 믿었고, 국회에서 원하는 법안을 통과시키는 걸 목표로 했다. 그는 주로 소외된 사람들을 위한 입법 활동을 했다.

그가 여러 명의 의원을 보좌하는 동안 얻은 '정보'는 법안을 통과시키는 창이 되고 방패가 되었다.

회기가 끝나면 당의 실세 의원들이 앞다투어 태곤을 보좌관으로 스카우트하려 했다. 정보 때문에 실세들이 그를 원했던 건지, 실세들이 원했기 때문에 정보가 쌓인 건지는 닭과 알의 순서처럼 모호했다. 분명한 건 그가 가진 정보가 법안을 통과시키는 무기였고, 정적을 제거해 실세 국회의원을 계속 실세로 남아 있게 만들어주는 힘이었다는 사실뿐이었다.

서랍 안에는 태곤이 지금까지 모아놓은 정보가 들어 있었다. 출력하거나 복사한 자료는 물론이고 해인도 열어보지 못한 CD나 외장하드디스크, USB가 연도별로 분류되어 있었다. 서랍에서 자료가 사라졌다는 것은 그가 자신의 거처를 옮겼거나 다른 누군가가 자료를 노리고 침입했다는 뜻이었다. 거기까지는 이해가 됐다. 그런데 왜, 아무 의미도 없는 그녀의 물건들까지 가지고 간 걸까?

태곤이 거처를 옮기기 전 해인의 물건을 처리한 거라면 그녀와의 관계 역시 끝내겠다는 의미였다. 해인은 그가 어떤 조짐도 없이 갑자기 그런 결정을 내린 이유를 알 수 없었다.

해인은 싱크대 옆에 놓인 휴지통을 뒤집었다. 아무것도 없었다. 보일러실에 있는 진공청소기를 꺼내 먼지통을 열었다. 마찬가지로 깨끗이 비워져 있었다.

오피스텔 내부를 둘러보았다. 24제곱미터의 오피스텔 내부 어디에도 해인이 머물던 흔적은 없었다. 누군가가 그녀의 흔적을 완벽하게 지웠다. 누굴까? 대영이 오피스텔 주변을 맴돈 건 분명했다. 만약 대영이 태곤을 위협했고, 그가 해인의 흔적을 지우고 도피한 거라면 현장 상황에 부합했다. 중간을 건너뛴 결론이었지만 머릿속에 떠오른 이유 중 가장 그럴듯했다.

해인은 자신이 생각한 최악의 결말이 아니라는 것에 안도했다. 전날 마신 술 냄새를 풍기며 CCTV 저장창치를 떼 가는 형사는 대영이 아니더라도 있을 법했다. 해인은 휴대폰의 시계를 확인했다. 경비원 송 씨 아저씨가 출근하려면 아직도 한참 남아 있었다.

해인은 의원회관으로 가기 위해 오피스텔을 나왔다. 이 시간에 거리를 걷는 건 오랜만이었다. 햇빛이 너무 환해서 오히려 비현실적이었다.

※

오전의 직사광선에 달궈진 차량 내부는 한증막 같았다. 대영은 시동을 걸고 에어컨을 켰다. 요란한 소리와 함께 후덥지근한 바람이 쏟아졌다. 창문을 내렸다. 강변이라 그런지 바람이 시원하게 코끝을 스쳤다.

캐리어에서 발견된 시체가 설령 나태곤이라고 해도 신원을 밝히기까지는 상당한 시간이 필요하다. 시체의 신원이 밝혀지지 않으면 캐리어를 유기한 진입로를 찾는 CCTV 수사나 캐리어의 구매처에 대한 수사밖에 방법이 없다. 이런 노가다식 수사에서 결정적인 뭔가가 나오기를 기대하기는 어렵다.

대영은 차에서 내려 담배를 꺼내 불을 붙였다. 폐에 고여 있던 뱉어내지 못한 한숨이 눈앞에서 풀어졌다. 그는 몇 번이나 깊게 담배 연기를 빨아들여 폐를 비웠다. 조급하던 마음이 누그러졌다.

그는 휴대폰을 꺼내 '당신의 비밀'의 링크를 눌렀다. 창이 열리고 도미노가 쓰러지며 화면 밖으로 달려갔다. 아직 링크가 살아 있었다. 사실, 캐리어보다는 이쪽이 더 급했다. 비밀이 대영을 저격했다는 건 비밀을 사이트에 올린 사람이 주변에 있다는 의미였다. 놈이 누군지 찾아내야 했다. 시체의 신원이 밝혀지기 전에.

창을 닫고 두일에게 전화를 걸었다. 그는 여전히 전화를 받지 않았다. 시간을 끌수록 대영이 부담해야 할 위험은 커질 뿐이다.

다시 사이트를 열었다. '위치'와 '처음'. 대영은 두일의 말을 떠올렸다. 그는 도미노가 처음 시작하는 블록을 터치했다. 새로운 창이 열렸다. 가입자 페이지였다.

가입자 페이지에는 이름, 주민번호를 넣도록 되어 있었다. 그는 망설이다 자신의 이름과 주민번호를 넣었다. 다음 단계로 넘어가자 메일 주소와 휴대폰 인증을 동시에 요구했다. 선택의 여지가 없었다. 두 가지 모두 인증을 하자, 또 다음 단계로 넘어갔다. 직장명과 주소, 유선전화를 입력할 차례였다. 이번에도 역시 한참을 망설였다. 곧이곧대로 용산서 강력계라고 써넣을 수는 없었다. 그렇다고 적당히 적어 넣었다가 확인이라도 하면 가입이 거부될 수 있었다. 어쩌면 두일이 말한 대로 영영 가입할 수 없게 될지도 모른다. 대영은 용산서 강력계라고 써넣었다. 유선전화와 주소도 사실대로 입력했다. 수사를 위해 실명으로 가입했다는 변명을 하려면 그편이 나을 듯싶었다. 직업이 형사라는 걸 알리면 사이트의 운영진들도 섣불리 행동할 수 없으리라는 계산도 깔려 있었다. 다음을 누르자 '가입자 확인 중'이라는 메시지가 떴다. 메시지 끝의 점이 몇 번 깜빡이더니 스피커를 통해 통화연결음이 들렸다.

"예, 용산서 강력계입니다."

귀에 익숙한 목소리가 전화를 받았다. 아마도 3팀의 이주호 반장일 것이다.

"오대영 형사님 자리에 계신가요?"

젊은 여자 목소리가 물었다.

"아, 자리에 없는 것 같아 전화를 당겨 받았습니다. 급한 일이면 휴대폰으로 해보시죠."

"오대영 형사님 휴대폰 번호 끝자리가 5225번 맞죠?"

"맞습니다."

전화가 끊어졌다. 두일의 경고는 전혀 과장이 아니었다. 대영은 운영자가 사이트와 회원들을 어떻게 관리하고 있는지 알 것 같았다.

다음 단계가 떴다.

'3급 회원으로 인정되었습니다. 원하는 비밀에 대한 세 개의 태그를 설정하세요.'

세 개의 빈칸이 떴다. 형사라는 신분 덕에 높은 등급을 받은 것 같았다. 대영은 첫 번째 칸에 용산서를, 두 번째 칸에 국회의원 장원식을, 세 번째 칸에 나태곤이 사는 오피스텔의 이름을 입력했다.

다음을 누르자 장원식을 써넣은 칸이 비워진 채 돌아왔다. 아마도 3급 회원의 자격으로는 국회의원을 태그할 수 없는 듯했다. 그는 장원식 대신 나태곤 국회의원 보좌관이라고 타이핑한 뒤 다음을 눌렀다. 승인되었는지 다음 화면으로 바뀌었다.

'회원님이 설정한 범위에 해당하는 비밀은 지금까지 170건이 판매되었고, 1520건의 비밀이 판매되고 있습니다.'

좁은 범위임에도 불구하고 판매 중인 비밀이 지나치게 많았다.

대영은 공포감을 느꼈다. 비밀의 범위를 확장하면 사이트에서 판매 중인 비밀의 숫자는 기하급수적으로 늘어날 것이다. 대영은 판매 중인 1520건의 비밀 사이에 자신이나 해인과 관련된 것이 있을지도 모른다는 생각에 조바심이 났다. 어떻게든 판매 중인 비밀을 확인해 두 사람과 관련된 비밀을 내려야 했다. 확인 버튼을 누르자 다음 화면으로 넘어갔다.

'판매할 비밀을 입력하세요. 신뢰도를 높일 수 있는 사진 및 기타 자료를 첨부하시면 빠르게 등록됩니다.'

대영은 자신이 수사 중이거나 내사 중인 사건들을 떠올렸다. 공개해도 크게 문제되지 않을 만한 게 뭐가 있을까? 생각을 정리해 대영이 입력했다.

'프라이드건설 회장의 아들 오정민이 여자 친구를 술병으로 폭행해 두개골과 갈비뼈 7개가 골절되는 중상을 입힘. 억대 합의금으로 무마. 관할인 중경경찰서 서장이 프라이드건설 법무팀과 접촉 후 내사 종결함.'

정보 파트를 통해 들은 첩보와 그 후 중경서 서장이 첩보를 듣고도 뭉개버린 것에 대한 내용이었다. 대영은 이 정보가 밖으로 유출돼 관할서 서장이 나락으로 떨어지는 걸 보고 싶기도 했다. 대영이 등록 버튼을 눌렀다.

'검토 중...' 문장 끝에 점 세 개가 깜빡거렸다. 그 밑에는 안내 문구가 있었다.

'해당 비밀에 대한 검토에는 수 분에서 며칠이 걸릴 수 있습니다. 검토가 끝나면 알림을 보내드립니다.'

대영이 메시지를 보고 화면을 닫으려는 순간, 다시 메시지가 떴다.

'해당 정보는 지금까지 13명이 동시다발적으로 등록을 시도했던 것으로 거절(1/3)되었습니다.'

대영은 이 정도의 첩보가 거절되리라고는 예상하지 못해 당황했다. 운영진은 첩보를 '비밀'이 아닌 '정보'로 간주하고 있었다. 대영은 이것이 사실이라면 사이트의 가입자 규모가 짐작보다 어마어마하게 클 수도 있다는 걸 실감했다.

대영은 혼자 알고 있는 비밀이 있는지 떠올려보았다. 직업적으로 혼자만 아는 수사기밀이라는 건 없었다. 수사는 혼자 할 수 있는 것이 아니니 다른 형사들과 정보를 공유할 수밖에 없었다. 입력창의 커서가 재촉하듯 깜빡거렸다.

아, 대영이 탄식 같은 신음을 내뱉고서 빠르게 입력을 시작했다.

'서부지검 홍인규 검사 성폭력 혐의로 긴급체포. 가택과 사무실 압수수색으로 나온 거 없음. 차량에 있던 태블릿에서 소아성애 포르노 나옴. 압수수색 범위를 벗어난 증거이므로 긴급체포한 혐의와 별건으로 기소 못 함.'

대영이 다시 등록 버튼을 눌렀다. 조금 전과 마찬가지로 '검토 중…'이라는 메시지가 깜빡거렸고, 검토에 다소 시간이 걸린다는 안내 문구도 따라 나왔다.

대영이 이번에 던진 비밀은 일종의 미끼였다. 홍인규 검사 건은 그의 팀만 아는 것이었다. 홍인규의 차량을 수색한 것 자체가 영장의 범위를 벗어난 위법 행위였기 때문에 이 건으로 그를 처벌할 수는 없었다. 그 때문에 소아성애 포르노는 자연히 묻혔다. 만약 이마저도 누군가 등록을 시도했다면 가입자 중에 강력2팀 소속이 있을 가능성이 컸다.

아까와 다른 새로운 메시지가 떴다. '추가 자료를 첨부하겠습니까? Y/N' 증거가 될 만한 사진 같은 걸 첨부하라는 뜻인 것 같았다. 대영은 'N'을 터치했다.

화면이 바뀌면서 다시 메시지가 떴다.

'해당 건은 1명이 추가 자료 없이 등록을 시도해 등록된 비밀입니다. 따라서 당신의 비밀은 거절(2/3)되었습니다.'

대영은 경악했다. 그는 같은 팀 형사들의 얼굴을 떠올렸다. 안 팀장은 컴맹에 가까워 이런 사이트에는 가입조차 못 할 것 같았다. 그럼, 최정필 경사나 강진 경장은? 둘 다 오랫동안 같이 생활했고 항상 잘 따라왔으니 딱히 의심 가는 구석은 없었다. 그럼에도 이들부터 조사해 정보가 흘러간 범위를 가늠해야 했다. 그 안에 대영의 비밀을 팔아먹은 누군가가 있을 것이다.

커서가 깜박이며 재촉했다. 대영은 두일의 내연녀 주소라도 까야 하나 고민했다. 놈을 잡고 싶은 경찰이나 두일에게 사기당한 돈을 돌려받으려는 사람들에게는 구매할 만한 비밀이 될 것이다. 하지만 두일의 비밀을 팔았다간 그가 쥐고 있는 대영의 비밀 역시 무사하지 못할 것 같았다.

"아, 진짜 돌겠네."

대영이 급하게 담배를 한 모금 빨고는 불꽃을 튕겨서 창밖으로 날렸다. 에어컨에서 나오는 냉기에 미지근하던 몸이 냉각되었다.

대영은 휴대폰 화면을 들여다보다 등록거절 메시지 끝에 붙어
있는 숫자를 보았다. (2/3). 그는 스크롤을 올렸다. 앞서 프라이드
건설 오정민에 대한 등록거절 메시지에도 (1/3)이 붙어 있었다.
의미는 분명했다. 세 번의 기회 중에 두 번의 기회를 썼다.

두일의 말에 의하면 가입 실패 후에 같은 개인정보로는 다시
가입할 수 없었다. 링크가 유효한 시간이 얼마나 남은 줄도 모르
고, 등록 기회도 한 번밖에 남지 않았다. 혼자 알고 있는 누군가
의 비밀을 빨리 떠올려야 했다.

대영은 어제 주차장에서 보았던 불륜을 떠올렸다. 누군지는 모
르지만 사진까지 있으니까 잘하면 등록이 가능할 것도 같았다.

'서울 서대문구 퍼스트프레스티지아파트 지하주차장 불륜. 새
벽 지하주차장에서 차 안 밀회, 남자가 여자를 희롱하는 분위기.'

대영은 등록을 눌렀다. 검토 중이라는 메시지가 떴다. 그리고
잠시 후 조금 전과 마찬가지로 추가 자료를 첨부할 것인지 물었
다. 대영은 여자와 남자의 옆모습이 찍힌 사진과 남자의 자동차
번호가 찍힌 사진을 선택해 올렸다.

'검토 중...'이라는 메시지가 계속됐다. 대영은 초조하게 글자가
깜박거리는 걸 쳐다보았다. 과연 운영진이 승인할까? 우연히 얻
어걸린, 대영만 알고 있는 비밀이긴 했지만 가치가 있는지는 알
수 없었다. 좀 더 센 걸 찾아야 했나 하는 후회가 들 무렵 새로운
메시지가 떴다.

'비밀이 등록되었습니다. 가입을 환영합니다.'

대영은 자신도 모르게 주먹을 움켜쥐었다. 마치 경기에서 이긴

승자 같은 모습이었다. 곧 그런 자신이 부끄러워 움켜쥔 주먹을 슬그머니 풀었다.

메시지가 사라지자 가입자 주의사항이 가득한 페이지가 떴다. 두일이 말한 대로 비밀에 대한 조작과 부정한 사용 등에 관한 경고였다. 섬뜩한 문구들이 이어졌지만 대영은 대부분 건성으로 넘겼다. 다만 비밀을 많이 등록할수록, 등록한 비밀을 높은 가격에 팔아 경험치를 쌓을수록 등급이 높아진다는 건 기억했다. 등급은 1에서 시작했지만 끝이 어딘지는 알 수 없었다. 등급이 높아지면 태그의 범위를 계속 늘릴 수 있고, 구매할 수 있는 비밀의 등급도 높아졌다.

가치 있는 비밀을 구매하기 위해서는 가입자가 자신의 등급을 높여야만 했고, 등급을 높이기 위해서는 자신이 알고 있는 모든 비밀을 털어놓고 높은 가격에 팔아야 했다. 사이트는 자신에게 필요한 비밀을 얻기 위해서 알고 있는 타인의 모든 비밀을 털어놓게 만들었다.

대영이 가입하자마자 3급을 받은 건 형사라는 직업 덕인 것 같았다.

그는 나태곤의 해시태그를 터치했다. 비밀의 범위가 좁아서인지 한 건의 비밀만 등록되어 있었다.

'나태곤 국회의원 보좌관 실종'

대영이 게시판의 글을 선택해 읽듯 아무 생각 없이 제목을 터치했다. 메시지가 떴다.

'코인이 부족합니다.'

제목을 터치하는 순간 구매가 진행되는 듯했다. 아직 등록한 비밀이 판매되기 전이라 코인이 없어 실제 구매로 이어지지는 않았다. 운영진은 다른 사람의 비밀을 취득할 의지 없이 호기심으로 내용을 살펴보는 걸 막아놓았다.

대영은 제목 밑에 있을 나태곤의 실종에 대한 비밀이 무엇일까 생각했다. 실종에 관련된 용의자들이 있을까? 아니면 실종에 대한 근거나 발생한 이유 같은 게 있을까?

나태곤의 비밀은 등록된 지 5일이 지났지만 구매자가 없었다. 그의 실종은 아직까지 어떤 일에도 트리거가 되지 못했다.

"별거 없겠군."

대영은 오피스텔의 해시태그를 눌렀다. 2등급에 속하는 비밀이었다. 목록에 올라온 비밀은 열한 개였는데 그중 '170X호 거주하는 여자의 성매매'라는 비밀과 '오피스텔에 거주하지 않는 신인 아이돌의 잦은 방문'이라는 비밀이 눈에 들어왔다. 비밀의 제목은 대영과 같이 아무도 모르는 사람이라면 노출되기도 하고, 아이돌이나 170X호처럼 신원 자체가 비밀에 속하는 경우라면 가려지는 것 같았다.

아래로 내려보니 '오피스텔 경비원, 성추행'이라는 비밀도 있었다. 제목 옆에 추가 파일이 있다는 아이콘도 붙어 있었다. 오피스텔 경비원이 성추행을 저지른 모양이었다. 문득 대영은 이런 비밀을 사서 어디에 쓸까, 하는 생각이 들었다.

페이지 상단의 '용산서' 해시태그를 터치했다. 꽤 많은 항목이 떴다. 1508개. 등급이 낮아서인지 어떤 비밀은 제목조차 볼 수 없었다. 대영은 비밀들의 일련번호를 확인했다. 빠진 번호들이 많았다. 판매된 비밀 역시 많다는 뜻이었다.

대영은 비밀을 파는 이들 중에 절반 이상은 경찰 내부 인원일 거라 짐작했다. 제목만 봐도 내부 사정을 모르고서는 올릴 수 없는 종류의 비밀들이었다. 수사과정 공유부터 누군가의 비리, 뇌물, 경찰과 피의자의 사적 만남, 단속정보 유출, 사이버도박, 수배 누락까지 다양했다. 여성청소년계부터 강력계, 사이버수사팀, 생활안전계까지 걸리지 않은 부서가 없었다. 대영은 자신에 대한 비밀을 찾아보았지만 새로 등록된 비밀은 없었다.

대영은 기어를 바꾸고 천천히 차를 뺐다. 사무실에 들어가기보다는 캐리어의 판매처를 확인하는 편이 나을 것 같았다.

띠링, 알람이 울렸다. 평소에 설정하지 않은 알림음이었다.

그의 비밀이 팔렸다.

4

 열쇠를 돌리는 송태섭의 손이 떨렸다. 평소 오피스텔의 옥상 문은 늘 잠가두기 때문에 그도 민원이나 있어야 올라와보는 곳이었다. 태섭은 높은 문턱을 넘어 옥상으로 나갔다. 바람에 소맷자락이 펄럭거렸다.
 도로를 따라 비슷한 시기에 지어진 고층 건물이 빽빽했다. 태섭은 난간을 잡고 고개를 빼서 밑을 내려다보았다. 모델하우스에서 본 미니어처처럼 모든 게 비현실적으로 작았다. 고개를 바깥으로 내밀수록 발가락 끝에 힘이 들어갔다. 난간을 잡은 손에 땀이 났고 현기증 때문에 어지러웠다. 바람이 그의 등줄기와 목덜미에 배어난 진득한 땀을 훑고 지나갔다. 아찔한 높이였다.
 비로소 정신이 돌아왔다. 그가 몸을 뒤로 뺐다.
 그는 주머니에서 휴대폰을 꺼내 메시지 앱을 열었다. 짧은 간격을 두고 연속해서 전송받은 사진 몇 장이 주르륵 떴다.
 첫 사진은 오피스텔 앞에서 찍힌 태섭이 출근하는 모습이었다. 그는 사진을 받자마자 서둘러 경비원 옷으로 갈아입고 사진을 찍은 장소에서 메시지를 보낸 사람을 찾았다. 태섭이 막 오피스텔 로비를 지날 무렵 두 번째 사진이 전송됐다. 사진에는 그가 오래된 취미생활을 즐기는 장면이 찍혀 있었다.

태섭의 유일한 취미는 낚시였다. 돈도 없고 시간도 없는 그에게 낚시는 하나뿐인 즐거움이었다. 그는 바늘 끝에 걸린 물고기가 파닥거리는 걸 좋아했고, 예쁜 물고기를 만지는 것을 좋아했다. 두어 번 손맛을 보고 나면 잡은 물고기를 모두 풀어주었다. 아쉽진 않았다. 물속엔 여전히 예쁜 물고기가 많았으니까.

태섭은 시계추처럼 늘 정해진 시간에 정해진 곳을 순찰했다. 항상 11층을 먼저 돌고 7층으로 내려온 뒤 5층으로 가는 순이었다. 7층에서 5층으로 내려올 때는 비상계단을 통해 내려왔다. 가끔 비상계단에 앉아서 게임을 하는 아이들을 만날 수 있기 때문이었다.

5층과 7층, 11층엔 과외를 하는 입주자가 있는지 아이들이 자주 오갔다. 그곳은 태섭에게 바다였고 강이었고 물고기가 가득한 저수지였다. 그는 거기서 낚시를 했다.

태섭은 엘리베이터 앞에 만 원짜리 지폐 한 장을 접어서 떨어뜨려놓고는 숨어서 아이들을 기다렸다. 그는 그 시간이 설렜다. 예쁘게 생긴 여자아이면 좋았고, 곰상하게 생긴 남자아이도 괜찮았다. 몰래 숨어서 낚시꾼처럼 예쁜 물고기가 미끼를 물길 기다렸다. 어른들이 지나가거나 마음에 들지 않는 물고기가 미끼 주변을 맴돌면 짐짓 바닥을 두리번거리며 나가 미끼를 회수하면 그만이었다.

숨어서 기다리다 예쁜 물고기가 만 원짜리 지폐를 주워 들고 엘리베이터에 타면 그는 낚싯대를 채듯 재빠르게 달려가 닫히는 엘리베이터 문을 손으로 잡았다. 제복을 본 아이들은 지레 겁을 먹었다. 그는 아이가 내리지 못하게 닫힘 버튼을 눌러 문을 닫은 뒤 전원 스위치를 꺼 운행을 정지시켰다.

"너, 점유물이탈횡령죄라고 아니?"

"예?"

"네 것이 아닌 걸 가져가면 그런 죄를 짓는 거야. 경찰에 잡혀가지. 학교에 알리면 퇴학당할걸."

"전 그런 적 없어요."

아이들은 본능적으로 문제 상황을 회피하려고 든다. 하지만 그가 손가락으로 엘리베이터 안에 있는 CCTV를 가리키면 대부분 상황은 끝났다.

"주머니 한번 볼까?"

그가 아이의 주머니를 뒤져 만 원짜리 지폐를 찾으면 아이는 아무런 저항도 하지 못했다.

"돌려주려고 했어요."

"아까는 그런 적 없다며?"

아이는 당황해서 얼굴이 새빨갛게 달아올랐고, 눈에 눈물이 고였다.

"어디 더 숨긴 게 없는지 볼까?"

"진짜 없어요."

그는 운행이 정지된 엘리베이터 안에서 잡힌 물고기의 보드라운 속살을 마음껏 만졌다. CCTV는 먹통이었고, 방해할 사람은 아무도 없었다.

그 뒤로도 마주치면 '숨긴 거 없니?'라는 말 한마디로 마음껏 만질 수 있었다. 아이들은 그가 만지고 난 뒤 아무것도 나오지 않았다는 것에 오히려 안도했다. 아이를 두어 번 만진 후에는 땅에 떨어진 것도 주인에게 돌려주어야 한다는 말을 끝으로 놓아주었다. 아이는 교훈을 얻었고, 그는 즐거움을 얻었으니 그쯤에서 끝내는 게 서로에게 좋았다. 꼬리가 길어지면 아이는 그를 겁내는 대신 뭔가 이상하다는 걸 깨닫게 될지도 모른다. 그렇게 조심한 덕에 그의 취미생활은 아무도 몰랐고, 그래서 안전하게 지속됐다. 그리고 그의 낚시터엔 여전히 예쁜 물고기가 많았다.

누구일까? 그는 아무리 궁리해도 자신의 취미생활을 알아내 아이의 부모한테 알려준 사람의 정체를 짐작할 수 없었다. 태섭은 오피스텔에 근무하는 주변 사람들의 얼굴을 머릿속에 차례차례 떠올려보았다.

엘리베이터의 CCTV 녹화자료를 찾으려면 관리실 직원이나 경비원을 거치지 않고서는 불가능했다. 그래서 그는 의아했다. 경찰이 수사를 시작한 것도 아니었고, 아이의 부모가 찾아온 것도 아니었다. 만약 그런 일이 있었다면 경비원인 그가 모를 리 없다. 게다가 엘리베이터의 CCTV가 고장이라는 건 다들 알아도 부분적으로라도 녹화되고 있다는 걸 아는 사람은 없었다. 경비원인 자신조차 모르고 있었기 때문에 이 사달이 난 것이 아닌가.

엘리베이터 CCTV가 녹화되고 있다는 걸 우리 중에 누가 알고 있었을까? 평소 살갑게 굴던 경비원 이 씨였을까? 아니면 자식 자랑도 정도껏 하라고 면박을 주던 경비원 김 씨였을까? 두 사람

중에 누군가가 엘리베이터 CCTV 영상을 우연히 보고 알게 됐다고 치더라도 아이들과의 연결고리가 없었다. 두 사람은 입주민도 아닌 아이들의 인적사항을 알지 못했고, 아이들의 평소 동선을 알지 못하는 이상 마주치는 것도 쉽지 않았다. 그런 상황에서 아이와 보호자를 연결시키고 또 그들의 전화번호를 알아내 CCTV 녹화 자료를 전달할 방법은 없었다. 더군다나 두 사람은 돈도 안 되는 귀찮고 불편한 일에 먼저 나서서 끼어들 만큼 정의롭지 않았다. 그는 관리실 직원의 얼굴도 떠올려보았다. 하나같이 입주민들의 민원에 귀찮아할 뿐 뭔가 나서서 할 만한 사람은 없었다. 결정적으로 늙은 관리소장이나 세상 귀찮은 표정의 여직원은 CCTV를 어떻게 재생하는지조차 몰랐다.

결국 가장 가능성이 큰 사람은 CCTV 저장장치를 떼어 갔던 형사였다. 하지만 여전히 의문은 남았다. 엘리베이터의 CCTV가 정상적으로 작동했더라도 그가 아이를 만지는 모습은 이미 지워졌어야 했다. 저장장치에 CCTV 영상이 보관되는 기간은 15일이었다. 15일이 지나면 새로운 영상이 가장 오래된 영상을 덮어쓰기 때문에 그의 계산이 맞다면 당시 저장장치엔 자신의 영상이 없어야 했다.

태섭은 메시지로 전송된 사진을 확대했다. 거칠게 얼굴이 지워진 아이의 티셔츠를 그가 걷어 올려 더듬고 있었다. 아이의 얼굴은 지워져 알아볼 수 없었지만 옷차림으로 보아 최근에 잡은 물고기는 아니었다. 15일을 넘기다 못해 기억에서조차 희미해질 정도로 오래된 아이의 영상이 어떻게 저장장치에 남아 있었는지 그는 알 수 없었다.

기계장치의 오류? 그는 그렇게 결론 내릴 수밖에 없었다. 그런데 형사는 왜, 그를 체포하지 않고 피해자 부모에게 증거를 넘겼을까? 사적 복수를 하라는 뜻인가? 그렇다면 모든 아이의 부모가 아니라 왜, 오직 한 명에게 넘겼을까? 메시지를 보내는 상대방은 매번 다른 아이의 사진을 보내 자신이 누구의 부모인지 모르게 했다. 아무리 생각해도 그는 질문들에 대한 답을 찾을 수 없었다.

모르는 게 많을수록 태섭이 아이의 부모와 합의할 가능성은 줄어들었다. 그는 상대가 누구인지 몰랐고, 원하는 게 무엇인지 알 수 없었다. 지금 태섭이 할 수 있는 건 죽는 시늉이라도 해서 비는 게 전부였다.

'죽을죄를 지었습니다. 다시는 그러지 않겠습니다. 시키시는 거라면 뭐라도 하겠습니다. 월세 보증금이라도 빼서 드리겠습니다.'

손이 떨려 몇 번이나 고쳐 썼다. 월세 보증금이라고 해봐야 얼마 되지 않는 돈이었지만 그가 가지고 있는 전부이기도 했다. 그가 메시지를 전송했다.

그는 절박했다. 혼자 감옥에 가는 건 감당할 수 있었다. 하지만 이제 막 로스쿨에 입학한 아들이 그의 취미생활을 알게 되는 건 감당할 수 없는 재난이었다.

아들은 그 어렵다는 공부를, 제 손으로 학비까지 벌어가며 시작했다. 못난 아비를 만난 것도 재수 없는 일인데, 재수 없는 아비가 걸림돌까지 될 수는 없었다.

윙, 휴대폰이 울렸다. 사진과 함께 메시지가 왔다.

'더러운 소아성애자! 아직도 상황 파악이 안 되지?'
'지금 옥상에 있습니다. 책임지겠습니다.'
여지가 없었다. 그는 메시지에 첨부된 사진을 지웠다. 이번 사진에서 그는 얼굴이 지워진 남자아이의 바지 속에 손을 집어넣고 있었다. 예쁜 남자아이가 잡힌 적은 많지 않았다. 이 아이를 풀어준 건 최소한 6개월도 전이었다.
'한 번만 용서해주시면 뭐든 하겠습니다. 죄송합니다.'
그가 다시 문자를 보냈다.
바로 답장이 왔다. 이번에도 사진과 함께였다. 조금 전과 마찬가지로 얼굴이 지워진 초등학생 여자아이의 치마 속에 손을 넣고 있었다. 그는 바로 사진을 삭제했다.
'당신 아들이 사진을 보게 될 거야. 아들의 친구까지도. 당신의 아이는 당신 때문에 평생 아이를 갖지 못하겠지.'
태섭이 두려운 건 상대방이 아들의 과거와 현재 그리고 미래까지 모든 걸 망쳐놓을 수 있다는 거였다. 태섭이 급하게 메시지를 입력했다.
'잠깐만요, 기다려주세요. 제가 목숨을 걸고 사죄하겠습니다.'
태섭은 옥상 난간 밖으로 나가 사진을 찍었다. 그의 발끝이 옥상의 턱에 간신히 걸쳐 있는 모습이었다. 일종의 인증샷이었다. 만약 떨어져도 답이 없는 걸 보고 도망친 거라 오해할까 봐, 그래서 아들에게 아이들의 사진을 보낼까 봐. 전송 버튼을 누르는 그의 손이 덜덜 떨렸다.
태섭은 말 그대로 벼랑 끝에 서 있었다. 무게중심만 살짝 옮겨도 추락할 것 같았다. 어지럽고 두려워 아래를 내려다볼 수조차 없었다. 난간을 잡은 손에 저절로 힘이 들어갔다.

윙, 휴대폰이 진동했다. 사진이 떴다. 이번엔 엘리베이터 속의 그가 아닌 아들의 모습이었다. 사진 속에서 아들은 수업이 끝났는지 유리창이 많은 대학교의 건물을 배경으로 친구들과 함께 걸어 나오고 있었다.

휴대폰 액정 위로 눈물이 뚝, 떨어졌다. 그는 바지춤에 문질러 눈물을 닦아내고는 서둘러 문자를 입력했다.

'부탁드립니다. 저의 죄는 제가 책임지도록 해주세요. 뉴스에서 뵙겠습니다.'

그가 메시지를 전송했다. 태섭은 아들에게 문자라도 남길까 하다가 그만두었다. 아무것도 모르는 게 나았다.

그는 멀리 하늘을 보았다. 어둑해진 하늘 아래 고층 빌딩이 지는 해를 받아 붉게 빛나고 있었다.

※

해인은 보고 있던 문서에서 눈을 뗐다. 전통시장에 관한 특별법이었는데 좀처럼 집중하지 못해 계속 같은 조항을 읽고 있었다. 그녀는 휴대폰을 들어 메시지를 확인했다. 태곤에게서 온 답장은 없었다.

점점 불안해졌다. 막연하게 추측만 할 뿐 상황을 제대로 파악조차 할 수 없었다.

그녀는 잡생각을 떨치고자 읽고 있던 49조 항목을 손가락으로 한 줄 한 줄 짚어가며 다시 읽었다. 재개발을 하는 동안에는 시장 입점상인들을 보호하기 위해 임시시장을 열도록 돼 있었다. 장원식 의원이 추진하고 있는 재개발사업의 구역 안 선인시장이 특별법에서 규정하는 사례였다. 그런데 법안과 시행령을 살펴봐도 임시시장을 여는 위치에 대한 규정은 없었다. 기준이 없다는 건 의원실에서 해결해야 할 게 많아진다는 뜻이다. 건설사는 외곽의 빈 부지에 임시시장을 개설하려는 반면, 상인들은 대형 슈퍼마켓이 들어온다는 소문이 도는 도심과 가까운 건설사 부지에 임시시장을 개설하고자 했다. 양쪽 모두 협상이라기보단 각자의 입장만 큰소리로 주고받는 만남을 이어가고 있었다.

머리가 지끈거렸다. 해인이 흘깃 휴대폰을 봤다. 여전히 휴대폰은 잠잠했다. 태곤의 오피스텔 경비원인 송 씨가 출근하려면 아직 이른 시간이었다.

그녀는 읽고 있던 프린트를 내려놓았다. 이대로 두면 건설사 쪽에서 뭔가 받아먹은 장원식 의원이 도시 외곽으로 밀어붙일 것이다.

해인은 장 의원의 일정표를 확인했다. 시장입점상인대책위를 만나고 나서 건설사 대표를 만나는 일정이었다. 공식 일정만 보면 어느 쪽에도 치우치지 않은 행보였으나 저녁 일정을 보면 그렇지 않았다. 일주일 중 공식 일정이 있는 저녁은 이틀뿐이었다. 아마도 나머지 5일은 이런저런 이권을 요구하는 지역 유지들과 만나고 있을 것이다. 해인은 그중에 하루쯤은 건설사 대표와 일정이 잡혀 있으리라 예상했다. 건설사는 임시시장 위치를 빨리 정하고 다음 스텝으로 넘어가고 싶어 했다. 그들의 초조함이 현금으로 장 의원에게 전달되리라는 건 너무 뻔한 예측이었다. 장 의원은 이번 공천에서 탈락 가능성이 높아 돈이 필요했다. 그가 오랫동안 지역구 일정을 소화하고 있는 이유도 공천에 탈락했을 때를 대비한 포석이었다. 그는 선거자금을 모아 당적을 옮기는 것까지 염두에 두고 있었다.

해인은 선행 사례가 있는지 찾아보고 다른 의원실에서 먼저 발의한 법안에 규정이 있는지 살펴보았다.

그사이에도 틈틈이 문자메시지를 확인했고, 시계를 확인했다. 그러다 송 씨의 출근 시간에 맞춰 사무실을 나왔다. 이른 퇴근이었지만 장 의원은 지역구에 내려가 있으니 문제없었다.

그녀가 태곤의 오피스텔에 들어선 것은 5시 30분경이었다. 낮 근무자인 이 씨와 밤 근무자인 송 씨가 근무교대를 하려면 아직 30분 정도 남아 있었다. 해인은 편의점에서 산 음료수 상자를 들고 지하 경비실로 향했다.

문을 열고 들어서자 아침과는 달리 경비원 이 씨가 사복 차림으로 서성이고 있었다. 퇴근 준비를 끝낸 모습이었다.

"송태섭 씨 출근하셨나요?"

"하긴 했는데, 잠깐 나갔어요."

"잠깐이면 여기서 기다려도 될까요?"

이 씨는 해인이 내미는 음료수 상자를 받으며 반색했다.

"그럼요. 여기 앉으세요."

해인은 이 씨가 가리킨 플라스틱 간이의자에 앉았다. 15분이 지나도 송 씨는 나타나지 않았다. 두 사람은 필요 이상으로 자주 시계를 봤다. 해인이 초조함과 어색함을 참지 못하고 경비원에게 말을 걸었다.
"시간 되면 오시겠죠?"
"근처에 있을 거예요. 인수인계도 끝내고 오피스텔 관리 열쇠도 챙겨서 나갔으니까요."
"관리 열쇠요?"
"기계실이라든가 창고, 옥상 같은 덴 보통 잠가두거든요."
"아, 예."
30분이 넘어서고 교대시간이 지나자 이 씨의 시선이 시계에 계속 머물렀다.
"이 양반이 뭔 일이래? 늦을 거면 말을 하고 가든가."
이 씨는 짜증 섞인 혼잣말을 뱉어내며 전화기를 끌어당겼다. 해인도 앉아 있지 못하고 전화기 옆에 붙어 섰다. 연결음이 계속됐지만 전화를 받지는 않았다. 이 씨가 연이어 키패드를 눌렀다. 다시 연결음이 계속되다 음성사서함으로 넘어갔다.
"이상한 일이네. 교대하러 와선 나타나지도 않고, 전화까지 안 받고."
이 씨는 고개를 갸웃거리다 수화기를 내려놓았다. 그는 채 10분을 기다리지 못하고 경비실 밖으로 나갔다가 돌아왔다.
"화장실에도 없는데……."
이 씨는 다시 전화기의 키패드를 눌렀다. 여전히 송 씨는 전화를 받지 않았다. 해인은 당황스러웠다. 송태섭이 나타나지 않으면 대영의 존재를 확인해줄 사람은 없다. 혹시, 대영이 송 씨를 불러낸 걸까? 그래서 전화를 받지 못하는 건 아닐까?

그녀는 송 씨에게 문자를 보냈다. 전화를 받을 수 없는 상황이라도 문자에는 답을 할 수도 있지 않을까 싶어서였다.

※

위잉, 윙, 위잉, 손에 쥐고 있던 태섭의 휴대폰이 끊임없이 진동했다. 액정에 경비실이라고 저장된 이름이 떴다. 태섭은 전화를 받지 않았다. 진동이 끊어졌다 다시 울렸다.

어서 휴대폰을 초기화시키고 부숴야 했다. 지워진 사진 같은 걸 복원할 수 있는 기술이 있다는 것쯤은 그도 알았다. 태섭은 계속 울리는 전화 때문에 이러지도 저러지도 못하고 난간 밖에 서 있었다.

진동이 멈췄다. 그가 한 손으로 어렵게 설정을 눌렀다. 그는 항목을 내려 초기화 메뉴를 찾았다. 윙, 휴대폰이 짧게 진동했다. 문자메시지였다. 저장되지 않은 사람의 번호였다. 지금까지 그의 사진을 보내던 아이의 부모는 아니었다.

그는 메시지를 열었다. 사진이 떴다. 낯익은 얼굴의 남자였지만 구체적으로 누구인지 기억나지는 않았다. 남자는 피곤해 보였다.

'오전에 회색 캐리어 때문에 전화드렸던 사람입니다. 출근도 안 하시고 전화도 안 받으셔서 문자 보냅니다. CCTV 저장장치

가져간 형사가 이 사람인가요?'

아, 술 냄새! 그제야 그는 남자의 얼굴이 기억이 났다. 대낮에 술 냄새를 풍기면서 와서 저장장치를 가져갔던 형사였다. 죽기 전에 마지막으로 본 사진이 자신의 비밀을 폭로한 형사라는 것이 어쩐지 운명의 장난 같았다.

'맞습니다.'

그가 망설이다 문자메시지를 보냈다. 드러내진 않았지만 여자의 태도가 묘하게 형사에게 적대적인 것 같았기 때문이었다. 윙, 다시 휴대폰이 울렸다.

'혹시, 지금 그 형사랑 같이 있습니까? 도움이 필요하시면 찾아가겠습니다.'

태섭은 문장의 맥락을 이해할 수 없었다. 그는 답장하지 않았다. 누구도 도와줄 수 없는 일이었다.

윙, 다시 휴대폰이 울리며 사진 한 장이 다시 전송됐다. 학창시절 공부를 잘했을 것 같은 평범한 인상의 남자였다.

'회색 캐리어 맡긴 사람, 이 남자였나요?'

그는 옥상 난간에 팔을 걸고 매달려서 사진을 보았다. 기억나지 않는 얼굴이었다. 이번에도 그는 답장을 보내지 않았다. 맞다 아니다 어느 쪽도 장담할 수 없었다. 그는 자신이 뭘 하고 있는지 쓴웃음이 났다. 여자는 보내지 않은 그의 대답을 알아들었는지 더 이상 전화를 하지도, 문자를 보내지도 않았다.

그는 더듬더듬 메뉴를 찾아 휴대폰을 초기화시켰다. 난간에 걸쳐 체중을 지탱하고 있는 팔이 저려왔다. 휴대폰이 꺼졌다 다시 켜지며 초기화됐다. 그렇게 하고도 겁이 나서 휴대전화를 난간에 내리쳤다. 액정의 유리가 깨졌다. 윙, 휴대폰이 진동했다. 깨진 액정유리 안쪽에서 또 경비실이라는 글자가 떴다. 그는 몇 번 더 난간에 휴대폰을 내리쳤다. 진동이 멈췄고, 액정이 완전히 깨졌다. 그가 휴대폰을 난간에 내리칠 때마다 예쁜 물고기들이 그의 손을 떠나 자유를 찾았다. 휴대폰 케이스가 깨지고 내부의 정밀한 부품들이 물고기의 비늘처럼 반짝이며 튀어나갔다.

태섭은 눈을 감았다. 그가 옥상 난간에 걸고 있던 팔을 풀고, 손을 놓았다. 무게중심이 앞으로 쏠렸다. 그가 저지른 죄의 무게였다.

※

기다렸지만 답장은 오지 않았다. 여전히 경비원 이 씨의 전화를 받지 않는 걸 보면 전화를 받기 어려운 상황인 것 같았다. 해인은 더 이상 문자를 보내지 않았다. 그는 분명 처음 질문엔 답을 보냈다. 이어지는 질문에 답을 하지 않은 것은 나름의 답일 것이다.

해인으로서는 CCTV 저장장치를 떼어 간 사람이 대영이라는 걸 확인한 것만 해도 큰 수확이었다. 해인의 머릿속에서 조금씩 어긋나 이해되지 않던 그날의 일들이 톱니바퀴처럼 물려서 굴러가기 시작했다. 그날 대영이 오피스텔에 왔고, 태곤에게 겁을 준 게 분명했다. 그래서 태곤은 오피스텔에 남은 그녀의 흔적을 모두 지우고 캐리어를 경비실에 맡긴 채 비자발적 휴가를 떠난 것이다. 아마도 CCTV엔 대영이 태곤을 위협하거나 폭력을 행사하는 장면이라도 찍혀 있던 모양이었다.

태곤의 행동이 실망스러웠지만 어느 정도 안도감이 드는 것도 사실이었다. 적어도 태곤의 안전에는 문제가 없다는 뜻이니까.

"이상한 일도 다 있네. 전화도 안 받고."

"문자에는 답을 한 걸 보면 전화를 받지 못하는 상황인가 봐요."

"문자에 답장을 했어요?"

"예."

"그럼, 나도 문자를 보내볼까?"

이 씨가 돋보기안경을 꺼내 쓰고 휴대폰에 문자를 입력했다. 그때 요란하게 전화벨이 울렸다. 이 씨가 전화를 받았다.

"누가 떨어졌다고요? 알았어요. 신고는, 신고는 했죠?"

이 씨의 얼굴이 하얗게 질렸다. 그는 전화기를 내려놓고서도 뭘 해야 하는지 모르는 사람처럼 그대로 서 있었다.

"누가 떨어졌어요?"

"어쩌죠? 떨어진 사람이 푸른색 경비원 유니폼을 입고 있다는데."

"예?"

"건물 앞에 누가 떨어졌는데 푸른색 경비원 유니폼을 입고 있대요. 송 씨는 아니겠죠? 누군가 119에 신고는 한 모양인데 죽은 것 같대요. 송 씨면 어쩌죠? 가봐야겠어요."

그는 정신 나간 사람처럼 중얼거리듯 말을 뱉어냈다. 그의 눈동자가 마구 흔들렸다. 나가려고 일어선 그는 몇 걸음 걷지 못하고 주저앉았다.

"방금까지 문자메시지에 답도 하셨는데, 설마 아니겠죠."

해인은 자신의 말처럼 그렇게 믿고 싶었다. 숨도 쉬지 못할 정도로 불안감은 커졌지만 어떤 실감도 나지 않았다.

"그래도 내가 가봐야겠어요."

"저도 같이 가요."

해인은 이 씨를 따라 사고현장에 가려고 걸음을 옮기다 멈췄다. 만약 떨어져 죽은 사람이 송 씨라면 우연일 리 없다. 그는 캐리어를 맡긴 사람이 누구인지 본 유일한 사람이고 CCTV 저장장치를 떼어 간 대영을 확인해줄 유일한 사람이다. 그런 사람이 사고를 당하거나 갑자기 자살할 확률이 얼마나 될까? 해인은 다리가 풀려 제대로 서 있을 수 없었다.

"잠깐만요. 떨어진 사람이 진짜 송 씨 아저씨면 여길 비우면 안 돼요."

이 씨가 해인을 보았다. 그의 눈엔 초점이 없었다.

"어쩌면 누군가 일부러 아저씨한테 전화해서 사람이 떨어졌다고 알려준 건지도 몰라요. 경비실이 비길 노리고요."

"왜요?"

"CCTV죠. 거기에 뭔가 찍혀 있을지도 모르잖아요."

"그, 그러면 사고가 아니라는 겁니까?"

"지금으로서는 알 수 없어요. 그러니까 자리를 비우면 안 돼요. 자리를 비운 사이 누군가가 CCTV 저장장치를 떼어 가거나 자료를 삭제하기라도 하면 아무것도 모르게 돼요."

"경찰에, 경찰에 신고를 해야 할까요?"

"좋은 생각이에요."

이 씨가 경찰에 신고를 했다. 그가 두서없이 얘기하는 통에 몇 번씩 같은 얘기를 되풀이했지만 노련한 상대는 맥락을 알아먹은 것 같았다.

"현장 출동한 경찰관을 이리로 보내겠다고 하네요."

해인은 경비실의 문을 안에서 잠갔다. 이번에도 대영이 CCTV 저장장치를 찾으러 올지도 모른다는 불안감을 떨칠 수 없었다.

이 씨는 같이 근무하던 송 씨가 죽었다는 사실에 충격을 받은 듯 두 팔을 늘어뜨린 채 눈을 감고 앉아 있었다. 얼굴빛이 하얗게 질려 있었다.

해인은 대영이 캐리어를 맡기고 나가는 태곤에게 위해를 가한 건 아닐까 의심했다. 대영의 얼굴을 본 송 씨를 살해할 정도면 단순 협박은 아닐 듯했다. 의심이 커질수록 피가 차가워지며 몸이 떨려왔다. 손과 무릎이 떨렸다. 그녀가 무너지듯 주저앉자 플라스틱 의자의 어느 부분이 부서지는지 짧은 파열음이 났다.

경비실 손잡이가 덜컥거렸다.

5

 대영이 '당신의 비밀'에 등록한 비밀은 10코인에 판매되었다. 대영은 일단 차를 출발시켰다. 한 손엔 휴대폰을 쥔 채였다. 이미 최 형사가 사건 관련 보고를 한 터라 시간을 더 끌었다간 안 팀장이 직접 나설 수도 있었다. 그가 수사지휘를 하기 전에 선수를 쳐야 했다. 대영은 한강공원을 빠져나와 신촌으로 가기 위해 강변북로로 들어섰다. 토막 난 시체가 들어 있는 캐리어를 판매하는 전국 서른 군데 매장 중에 신촌에 있는 백화점이 태곤의 오피스텔과 가장 가까웠다.
 강변북로는 일상적인 정체로 차들이 가다 서다를 반복하고 있었다. 대영은 운전 중 틈틈이 한 손으로 문자를 입력했다. 통화보다 문자로 보고하는 편이 안 팀장이 나설 가능성을 최소화할 방법이었다. 팀원들에게 현장 주변 CCTV 수사를 맡겼고, 토막 난 시체를 담은 캐리어의 구입처 수사를 위해 가까운 판매점으로 이동 중이라고 입력한 뒤 전송 버튼을 눌렀다. 중간에 오타가 섞여 있었지만 의미는 알 수 있었고 그에겐 바로잡을 여유가 없었다. 그는 전송이 완료된 걸 확인하고 쥐고 있던 휴대폰을 조수석에 던지듯 내려놓았다.

대영은 차가 서행하는 틈을 타 다시 휴대폰을 들어 안 팀장에게 문자를 보냈다. 1팀의 정 반장도 이 사건을 노리는 것 같다는 내용이었다. 다분히 안 팀장의 경쟁심을 부추기기 위한 도발이었다.
차가 마포대교를 지날 즈음 안 팀장에게서 답장이 왔다.
'사건 가지고 왔다. 뭐라도 나오면 보고해. 그래야 군히기 들어가지.'
대영이 의도한 대로 안 팀장은 눈치 빠르게 움직여 수사의 주도권을 가져왔다. 그제야 그의 조급하던 마음이 누그러졌다. 다만 어딘가에서 교통사고라도 났는지 멈춰선 차량은 움직일 기미조차 없었다.
'팀장님 덕에 이번에 특진 하나 나올 거 같습니다. 잘하셨습니다.'
대영이 답장을 보냈다. 금방 '잘해서 이걸로 미운털이나 뽑자'라고 답장이 왔다. 대영은 안 팀장이 고마웠다. 그가 '당신의 비밀'에 대영의 비밀을 팔아먹었을 것 같지는 않았다.
차들이 꼼짝도 하지 않자 대영은 휴대폰을 들어 '당신의 비밀'에 접속했다. 도미노게임이 시작됐다. 그는 첫 번째 도미노를 터치했다. 도미노가 멈췄다. 아까처럼 페이지가 열리지 않았다. 몇 번을 다시 해보았지만 도미노가 멈췄다 다시 넘어지는 게 변화의 전부였다. 대영은 당황했다. 그새 사이트에 들어가는 방식이 바뀐 건가? 분명 규칙이 있을 것이다.
대영은 퀴즈를 풀듯 생각했다. 접속 횟수? 아니면 등급? 그는 세 번째 도미노를 터치했다. 페이지가 열리고 메시지가 떴다. 등급이었다.

'당신의 계정에 10코인이 입금되었습니다.'

대영은 메뉴의 여기저기 눌러 확인했지만 비밀을 거래한 흔적은 어디에도 남아 있지 않았다. 당연히 그의 비밀을 구매한 회원에 대한 정보도 없었다. 대영은 10코인의 가치를 알아보기 위해 자신이 태그해놓은 비밀들의 가격을 살펴보았다.

용산경찰서가 태그된 비밀은 블라인드된 것을 제외하곤 대부분 10코인이면 살 수 있었다. 나태곤의 비밀은 7코인이면 충분했다. 대영은 태곤의 오피스텔을 터치했다. 목록에 있는 비밀의 가치는 두 개와 세 개 사이였다. 대영은 비밀의 목록을 살펴보다 그가 기억하는 비밀이 사라졌다는 걸 깨달았다. 오피스텔 경비원의 성추행에 대한 비밀이 블라인드돼 사라졌다. 생각보다 거래가 활발한 모양이었다.

대영은 자신이 등록한 누군지도 모르는 사람들의 불륜이 비싸게 팔렸다는 데 실소가 새어 나왔다. 사이트로 끌어들이기 위한 일종의 미끼 같은 건가?

차가 움직이기 시작하자 그는 휴대폰을 내려놓았다. 서강대교가 가까워지자 조금씩 움직이는 차량 틈에 끼어들어 3차로로 차선을 바꾸었다. 신촌에 있는 백화점 매장이라면 모두가 의심 없이 결과를 받아들일 만한 구입처였다. 사실 특징 없는 공산품의 구입처를 수사해 범인을 특정하는 건 불가능에 가까웠다. 제품이 출시된 이후 지금까지 같은 상표의 동일 제품은 전국적으로 수천 개는 팔렸을 테고 이들 구입자를 일일이 확인하는 건 수사력이 미치지 못하는 영역이었다. 게다가 멀쩡한 놈이라면 시체를 담기 위해 캐리어를 구입하면서 백화점 매장을 찾을 리 없었다.

강변북로를 빠져나오자 답답하던 도로의 흐름이 한결 나아졌다. 대영은 신촌에 있는 백화점 지하주차장에 차를 세우고 캐리어 매장을 찾았다. 매장에서 시체를 담았던 캐리어와 같은 디자인을 쉽게 찾을 수 있었다. 캐리어를 전시해놓은 위치로 보아 아무래도 브랜드의 주력 제품인 듯했다. 구입처 수사는 그만큼 미궁에 빠질 것이다. 대영이 적당히 정보를 수집한 뒤 수사 불가 판정을 내리면 다들 납득할 수밖에 없다.

"보시는 제품은 출시된 지 오래된 클래식 모델입니다."

어느 틈에 매장 직원이 그의 옆에 와 있었다.

"많이 팔렸겠죠?"

"유행을 타지 않는 디자인이라 꾸준하죠."

대영은 장기간 꾸준히 팔렸다는 점원의 말이 반가웠다. 추적 불가능. 그럼에도 그는 점원에게 조심스럽게 다시 물었다.

"혹시, 저 모델 구입한 사람들 명단을 알 수 있을까요?"

매장 직원의 눈빛에 경계심이 어렸다. 대영은 경찰 신분증을 꺼내서 보여줬다.

"무슨 일이죠?"

"수사 중이라 자세히 말씀드릴 수는 없습니다."

"구입자 명단은 개인정보라 본사와 백화점 측에 먼저 얘기를 해봐야 할 것 같은데요."

백화점 직원은 방어적으로 대답했다.

"대충 판매된 제품 개수가 얼마나 될까요?"

"저희 매장에서 팔린 것만 해도 수백 개는 될걸요."
"전국적으로는 얼마나 될까요?"
"직영매장이 30개쯤 되니까 수천 개쯤 되겠죠. 아울렛에서 팔린 것까지 더하면 더 많을 거고요."
"제품이 출시된 시기별로 아주 사소한 점이라도 달라진 게 없을까요?"
"소재나 부품은 조금씩 바뀌었어요."
"아, 그래요? 사진을 보고도 출시 시기를 알 수 있을까요?"
"글쎄요."
매장 직원은 자신 없는 표정이었다. 대영은 휴대폰으로 찍은 회색 캐리어의 사진을 직원에게 보여주었다. 그녀는 사진을 확대해서 보다가 고개를 들었다.
"최근 제품이에요."
"뭘 보면 알 수 있나요?"
"여기 지퍼 고리를 보면 끝이 둥글게 생겼잖아요. 이렇게 바뀐 건 몇 년 되지 않았어요."
수사대상이 수천 개에서 수백 개로 줄어들었다. 지역별 우선순위를 정하고 캐리어를 아직까지 소지하고 있는 사람을 걸러내면 추적해볼 만한 개수였다. 흠, 대영은 자신도 모르게 나지막이 신음을 흘렸다.
"더 범위를 좁힐 수는 없을까요?"
"저로서는 모르겠어요. 소재까지 확인하시려면 본사에 따로 문의해보시는 게 나을 것 같네요."

"고맙습니다. 구입자 명단은 본사 지침이 있어야 한다고요?"
"그렇죠."
"본사에선 모든 지점의 구입자를 파악하고 있다는 거죠?"
"아뇨. 본사에도 판매된 통계만 있지 구입자 명단은 판매점별로 따로 확인해야 할 거예요."

대영은 해인이 구입자 명단에 있든 없든 자신이 먼저 확보해 수사의 속도를 조절하는 편이 나을 것이라 판단했다.

"협조 좀 부탁드립니다."

대영은 직원에게 명함을 건넸다. 매장 직원은 난처한 표정으로 명함을 받아 들고 그의 소속을 확인했다.

"일단 말은 해볼게요. 제 생각엔 아무래도 형사님이 본사에 공식적으로 요청을 하셔야 할 것 같지만요."

"알겠습니다."

대영은 돌아서다 직원에게 다시 물었다.

"혹시, 매장에서 현금으로 결제하는 사람도 있나요?"

"거의 없어요."

"거의?"

"현금 결제는 대부분 외국 손님이고요. 그밖에는 어쩌다 한 번이죠. 아, 백화점상품권으로 구매하는 경우도 있네요."

"외국인을 제외하면요?"

"상품권 포함해서 서너 명 있을까……."

백화점 직원은 기억을 떠올리는지 말끝을 흐렸다.

"최근에 기억나는 사람 있어요?"

"있어요. 한 분. 상품권도 아니고 현금으로 결제해서 기억나요."
"인상착의 기억할 수 있겠어요?"
대영은 자신도 모르게 점원에게 한 발짝 다가갔다.
"여자분인데, 머리는 단발에 가까웠어요. 그렇다고 숏컷은 아니었고요."
점원은 어깨에 닿을락 말락 한 머리카락 길이를 손으로 가늠해 보여주었다.
"그리고요?"
"정장 차림이었어요. 뭔가 전문직 여성 같았어요. 아 근데, 신발은 운동화를 신었더라고요."
정장 차림에 운동화, 대충의 설명만으로도 대영은 현금으로 캐리어를 사 간 사람이 해인이라는 걸 직감했다. 하지만 최대한 실망한 표정으로 반응해야만 했다. 해인이 점원의 기억에 남지 않도록.
"현금이나 상품권 구매자 중에 남잔 없었나요?"
"있긴 할 텐데 최근에 기억나는 분은 없네요."
"잘 좀 기억해주세요. 부탁합니다."
대영은 마치 점원의 기억 속 어떤 남자가 실제 자신이 찾고 있는 사람이라는 듯 간절한 투로 부탁했다.
"자료 좀 볼게요."
매장 직원은 계산대에 있는 컴퓨터를 조작해 구매내역을 확인했다. 그녀의 시선이 대영에게로 옮겨왔다.
"작년부터 일곱 건 있네요. 구체적으로 기억나는 건 없고요."

"여자분 제외하고 최근 구매한 사람 중에 남잔 없었나요?"
"한 달 전에 한 건 있어요. 제 기억엔 외국인 남자였고요."
"출국했겠죠?"
"여행객처럼 보였으니까 아마도 그렇겠죠?"
"아쉽지만 어쩔 수 없네요. 구매자 현황은 본사를 통해 받겠습니다. 협조 감사드립니다."

대영이 꾸벅 인사를 하자 점원도 어색하게 고개를 숙여 인사했다. 대영은 쫓고 있는 용의자가 남자라는 정보를 의도적으로 흘려 매장 직원이 선입견을 갖게 했다. 그녀는 사건이 뉴스에 공개돼도 해인을 사건의 용의자로 떠올리지 못할 것이다.

"저, 혹시 나중에 참고인 조사를 할 수도 있으니까 전화 잘 받아주세요."

"참고인 조사요?"

매장 직원은 겁먹은 표정으로 되물었다. 누구든 경찰서에 출두하는 건 부담스러운 일이다.

"필요하면요."

"아, 알았어요."

직원의 표정이 살짝 펴졌다. 대영은 필요하면 부르겠다는 말로 매장 직원이 능동적으로 수사에 협조할 가능성을 배제시켰다. 이제 그녀는 경찰에서 참고인으로 부르지 않는 한 먼저 나서서 해인에 대해 진술하는 일은 없을 것이다.

대영은 에스컬레이터를 타고 지하주차장으로 내려가면서 습관적으로 CCTV의 위치를 확인했다. 그의 시선이 닿는 곳에는 어김없이 CCTV가 있었다. 백화점을 빠져나가는 동안 CCTV를 피할 방법 같은 건 없다. 해인 역시 피하지 못했으리라.

최대한 빨리 지역별 구매자 명단을 확보해 수사팀에 던져주고 시간을 버는 방법밖에 없었다. 수사팀이 구매자 명단을 수사하는 동안 해인이 찍힌 백화점 CCTV가 보존기간을 넘겨 삭제되면 캐리어에 든 토막시체와 해인이 관련되었다는 연결고리는 끊어지게 된다.

에스컬레이터의 마지막 계단에서 밀리듯 대영이 내려섰다. 이대로 된 건가? 뭔가 개운치 않았다. 일종의 위화감 같은 게 느껴졌다. 생각해보면 해인은 경찰서 출입기자 출신으로 경찰 수사에 대해 빠삭했다. 그런 그녀가 범행에 사용할 캐리어를 백화점에서 구매했다는 게 이해되지 않았다. 자신의 흔적을 너무 드러내놓고 움직이고 있었다. 마치 의도가 있는 것처럼.

대영은 백화점 지하주차장을 빠져나와 용산서로 방향을 잡았다. 제대로 씻지 않은 데다 땀까지 흘린 터라 몸은 끈적거렸고 찝찝한 뭔가가 그의 촉을 기분 나쁘게 건드렸다. 가속페달을 힘껏 밟았다. 지금 그에게 필요한 건 샤워와 나태곤의 오피스텔 CCTV였다.

쾅쾅, 손잡이를 거칠게 돌리던 누군가가 경비실의 철문을 두드리기 시작했다.

"안에 아무도 안 계십니까?"

경비원이 불안한 얼굴로 해인을 돌아보았다. 그녀가 고개를 끄덕이자 경비원이 잠긴 문을 열었다. 근무복 차림의 경찰 두 명이 문을 밀고 안으로 들어왔다. 대영은 없었다. 해인은 힘을 주어 쥐고 있던 주먹을 폈다. 하얗게 변한 손가락이 조금씩 붉어졌다.

"신고하신 분이?"

둘 중 나이가 들어 보이는 경찰이 두 사람을 번갈아 쳐다보았다.

"접니다. 송 씨가 떨어졌다는데 CCTV가 중요할 것 같아서요."

"추락하신 분이 송 씨라고요?"

"경비원 옷을 입고 있다고 들어서요."

"본 게 아니고 들었다고요?"

"전화를 받았거든요. 경비원 옷차림의 사람이 건물에서 떨어졌다고."

"전화를 건 사람이 누군지 아십니까?"

"모르겠습니다."

"통화내역 확인해보면 알겠지요. 그런데 보통 그런 전화를 받으면 현장부터 확인하지 않나요?"

"그러려고 했는데, 저분이……."

경비원의 시선이 해인을 향하자 경찰의 시선도 따라왔다.

"국회의원 장원식 의원의 비서관 이해인입니다. 확인할 게 있어서 왔다가 우연히 통화를 듣게 됐어요."

"그러니까 비서관님이 경비실 문을 잠그고 경찰에 신고하라고 했다는 거죠?"

"누군가 건물에서 추락하는 걸 보고 119에 신고하는 건 이상하지 않아요. 그런데 건물 관리인도 아닌 사람이 굳이 경비실에 전화를 걸어서 알려주는 건 이상하잖아요? 오피스텔 입주민이라고 하더라도 관리실 전화번호를 핸드폰에 저장해놓은 사람은 흔치 않을 텐데 말이죠."

"그렇긴, 하죠."

나이 많은 경찰관이 떨떠름한 표정으로 동의했다.

"그래서 가정을 해봤어요. 만약 전화를 건 사람이 단순 목격자가 아니라면? 만약 송 씨가 떨어진 게 사고가 아니라면? 그러면 경비실에 전화를 걸어 일부러 알려준 목적이 있을 거라 생각한 거죠."

"그 목적이 뭐라고 생각하십니까?"

"전화를 받고 이분이 현장을 확인하러 가면 그동안 경비실은 비잖아요. 누군가가 CCTV 녹화장치를 훼손해 증거를 지울 수 있는 틈이 생기게 됩니다."

"그래서 문을 잠그고 경비실을 지켰다?"

해인이 고개를 끄덕이자 경비원 이 씨도 따라서 고개를 끄덕였다.

"그렇군요, 잘하셨습니다. 비서관님 추리가 맞는지는 CCTV 보면 알겠네요."

나이 많은 경찰이 정중하게 그러나 조금쯤 빈정거림을 담아 말을 끝냈다.

"저, 근데 이 건물에 CCTV가 많지 않아서 찍혔을지 장담은 못 해요."

114

경비원 이 씨가 자신의 잘못이라도 되는 양 조심스럽게 말했다.
"보면 알죠. 어서 봅시다."
이 씨가 CCTV의 재생장치를 조작해 영상을 재생했다. 오피스텔의 로비를 찍고 있는 CCTV 영상이었다.
"엘리베이터나 비상계단 먼저 확인하시죠."
젊은 경찰관이 이 씨에게 답답하다는 말투로 말하자 이 씨의 손이 허둥댔다.
"그게, 비상계단에는 CCTV가 없고, 엘리베이터 내부 CCTV는 고장이라⋯⋯."
"에이, 그럼 결정적인 게 녹화가 안 됐다는 거잖아요."
나이 많은 경찰이 어이없다는 투로 이 씨와 해인을 번갈아 봤다.
"그래도 이 건물 출구는 로비랑 주차장밖에 없으니까 뭐라도 찍히지 않았을까요?"
해인 역시 황당하긴 했지만 저장된 범위 안에서라도 흔적을 찾아야 했다.
"교대 전에 건물에 무슨 문제라도 있었나요? 옥상에 물이 샌다든가, 창문을 수리해야 한다든가요. 있으면 파악하고 인수인계하셨을 것 같은데."
나이 먹은 쪽이 CCTV 화면에서 눈을 떼고 이 씨에게 물었다. 이제라도 탐문수사를 하려는 것 같았다.
"별다른 건 없었어요."
"안전사고는 아니라는 거네."
"우리 같은 경비원은 건물에 문제가 생겨도 확인하는 정도지 직접 나서서 수리 같은 건 안 해요."

"안전사고가 아닌 건 확실해졌네요. 요즘 그분은 어떠셨나요? 개인적인 문제나 우울해하는 기색은 없었나요?"

"없었어요. 근무시간이 겹치지 않아서 깊이 얘기는 못 해봤지만요."

"이분 송 씨 아저씨 아닌가요?"

해인이 CCTV 속 경비원 복장의 남자를 가리켰다. 이 씨가 화들짝 놀라 본능적으로 화면을 정지시켰다.

"맞아요. 송 씨."

"어서 돌려봐요. 누가 따라가는지."

화면 속에서 송 씨는 휴대폰 화면을 보며 빠른 걸음으로 오피스텔 로비를 가로질러 출입구로 향했다.

"출근할 때 경비원 옷을 입고 출근합니까?"

"아뇨, 와서 환복해요. 오늘도 그랬고요."

"그럼, 출근해서 환복하고 난 뒤 모습이라는 거네요. 출근해서 별다른 얘긴 없었고요?"

"잠깐 나갔다 오겠다는 말만 했어요."

화면 속 송 씨가 멈췄다. 그는 휴대폰을 보고는 몸을 돌려 엘리베이터 쪽으로 뛰다시피 걸어갔다. CCTV의 각도 때문에 그가 엘리베이터를 타는 모습은 보이지 않았다. 한참이 지나도 더 이상 송 씨의 모습이 보이지 않자 나이 많은 형사가 해인에게 시선을 옮겼다.

"송 씨를 따라가는 사람은 없는 거 같죠?"

"그런 것 같아요."

해인이 화면에서 눈을 떼지 않고 대답했다.

"자살로 보이네요. 걱정하시던 것과 다르게."

나이 많은 경찰이 빈정거렸다. 해인은 의문스러웠다. 휴대폰을 들여다보며 빠르게 걷던 송 씨의 모습은 극단적 선택을 준비하는 사람처럼 보이지 않았다. 그의 발걸음은 목적이 있어 보였다. 하지만 이 정도의 정황과 추측으로 경찰의 말을 부정할 수는 없었다.

"과수팀 왔는지 체크하고, 유서라도 있는지 옥상부터 훑어보자."

나이 많은 경찰이 몸을 돌려 젊은 경찰에게 나가자는 손짓을 했다.

"옥상 문은 항상 개방해두나요?"

젊은 경찰이 이 씨에게 물었다.

"아뇨. 평소엔 잠가둬요."

"열쇠는요?"

"우리가 관리하죠. 지금은 송 씨가 가지고 있고요."

"옥상 문이 열려 있고 사망한 분이 열쇠를 가지고 있으면 두말할 것도 없네요."

젊은 경찰이 나이 많은 경찰을 보며 동의를 구했다.

"젊어서 머리가 빨리 돌아가네."

모두 눈을 뗀 뒤에도 해인은 여전히 CCTV를 지켜보았다. 급하게 건물을 벗어나려는 사람이 있는지, 혹시 대영의 모습이라도 찍혀 있는 건 아닌지 지켜보았다. 시간이 지나도 대영은 물론, 행동이 어색한 사람도 없었다.

"저 송 씨 아저씨와 마지막으로 통화한 사람 알 수 있을까요? 문자메시지나 메신저로 발신한 사람도……."

"탐정놀이 그만 끝내죠. 우리가 알아서 할 테니까."

젊은 경찰이 귀찮은 티를 내며 해인의 말을 잘랐다. 해인 역시 그의 말이 맞다는 걸 알고 있었다. 하지만 그래도 그들이, 아니 경찰이 못 미더웠다.

해인은 경찰서 출입기자 시절부터 출동한 경찰이 자살사건을 어떻게 처리하는지 많이 보아왔다. 대다수가 자살이라고 결론 내린 사건에 대해 의심하지 않았고 결론에 맞는 증거만 취합해 보강했다.

"그래도 경비실에 전화를 걸어 투신을 알려준 전화번호가 송 씨 아저씨 통화내역에 있는지는 확인해야 할 것 같아요."

"말씀 안 하셔도 우리가 합니다."

젊은 경찰은 노골적으로 기분 나쁜 티를 냈다. 수사에 끼어들지 말라는 일종의 경고 같았다. 젊은 경찰이 이 씨를 향해 고개를 돌렸다.

"아저씬 저희랑 함께 옥상에 올라가보시죠."

권유였지만 젊은 경찰의 말투는 거부할 수 없는 명령에 가까웠다. 이 씨가 주섬주섬 일어섰다.

해인은 그들과 함께 경비실을 나왔다. 그들은 엘리베이터를 타고 각각 1과 20을 눌렀다. 서로 가는 길이 달랐다. 해인은 엘리베이터에 설치된 CCTV를 보았다. 빨간 불빛이 녹화 중임을 알리는 듯 깜빡거렸다.

엘리베이터가 1층에서 멈춰 섰다. 해인은 엘리베이터에서 내리며 왜, 송 씨는 저들처럼 옥상으로 바로 올라가지 않고 1층에 내렸을까 하는 의문이 들었다.

그때까지는 자살할 마음이 없었던 게 아닐까? 그럼, 왜 마음이 바뀌었을까? 그의 자살이 순간적인 감정 때문이 아닌 건 분명했다. 자살하는 순간에 해인이 보낸 문자에 답을 한 것만 봐도 그랬다. 그런데 왜, 갑자기 자살할 이유가 생겼을까? 엘리베이터를 내렸다 다시 탄 그 짧은 순간에 무엇이 그를 자살하도록 만들었을까?

해인은 CCTV 속 송 씨처럼 휴대폰 화면을 보면서 출입구를 향해 빠르게 걸었다. 그러다 멈춰 섰다. 혹시, 송 씨는 문자메시지로 누군가에게 자살을 강요당한 건 아닐까? 가능성이 있었다. 그는 휴대폰을 보고 돌아섰으니까.

해인은 송 씨와는 달리 돌아서지 않고 출입구를 향해 다시 걸었다. 유리문 너머로 30대 초반 정도의 여자가 택시에서 막 내리는 모습이 보였다. 해인은 송 씨가 오피스텔을 급하게 나가려고 했던 이유가 궁금했다. 그리고 때마침 문자메시지로 송 씨를 멈춰 세운 누군가가 그걸 어떻게 알았는지도 궁금했다. 우연의 일치라고 보기엔 너무 정확한 타이밍이었다.

천천히 걸으며 로비를 둘러보았다. CCTV를 피해 몸을 숨길 곳은 없었다. 누군가가 지켜보고 있었다면 오피스텔 밖이었을 것이다. 송 씨도 그걸 알고서 찾으러 나가려던 거였나?

해인의 추정은 상상에 가까웠다. 상상이 사실이 되려면 빈 곳을 채워 넣을 구체적인 증거가 필요했다.

지금으로서는 유력한 용의자인 대영의 현재 위치부터 알아야 했다. 해인은 망설이다 최 형사에게 전화를 걸었다. 경찰서 출입 기자 시절부터 대영과 함께 몰려다닌 사이라 서로 전화를 해도 거리낄 건 없었다. 그녀는 일상적인 안부를 묻고 나서 대영의 근황을 물었다. 최 형사는 오히려 두 사람의 근황을 물어왔다. 해인은 '그냥 그렇죠'라고 얼버무렸다. 해인은 빙빙 돌아가는 것보다 솔직하게 물어보는 게 나을 거라 생각했다. 그만큼 시간이 없었다.

"오 반장, 지금 어디 있는 줄 알아요?"

해인은 최 형사와 얘기할 때에는 예전처럼 대영을 오 반장이라고 불렀다. 그게 말하는 사람이나 듣는 사람이나 덜 부담스러웠다.

"전 방금 서에 복귀해서 잘 모르겠어요. 왜요?"

"바쁜 일 끝나서 같이 저녁 먹으려고 하는데 연락이 안 돼서요. 일 때문에 그런가 하고요."

"오늘 한강에서 토막시체가 발견됐어요. 탐문 중일 거예요."

"많이 바빠요?"

"아직 용의자가 특정된 건 아니니까 저녁 먹을 정도는 될걸요. 반장님 들어오시면 말씀드릴까요?"

"아니요. 제가 다시 전화해볼게요."

"아, 반장님 들어오셨다가 잠깐 자리 비우셨나 봐요. 책상 위에 노트북이 있네요."

"그래요? 고마워요."

그 뒤로도 몇 마디 실없는 농담과 기약 없는 만남을 약속하고 전화를 끊었다. 해인은 밖으로 달려나가 여자가 내린 택시에 올라탔다. 대영이 송 씨가 자살하는 걸 지켜보았다면 서에 도착한 지 그리 오래되지 않았을 것이다. 그것만이라도 확실해지면 가능성을 좁혀볼 수 있을 것 같았다. 대영이 이 모든 일의 배후라는 걸 밝혀내든 대영을 통해 정보를 모아 빈 곳을 채우든 방향이 생길 것이다.

6

 택시가 용산서로 올라가는 경사로에 접어들자 해인은 몸을 잔뜩 낮췄다. 혹시라도 아는 얼굴과 마주치면 곤란했다. 용산서는 기자 시절 그녀의 출입처였다. 덕분에 아직까지 그녀를 기억하는 사람이 많았다. 해인은 택시에서 바로 내리지 않고 주차장을 한 바퀴 돌면서 대영의 차가 있는지 살폈다. 찾자마자 택시에서 잠깐 내려 대영의 차 보닛을 손바닥으로 짚어보고는 다시 탔다. 그녀를 알아보는 사람은 없었다. 택시기사가 룸미러로 해인을 흘깃 보았다. 그녀는 목적지를 말하고는 눈을 감았다. 택시가 용산서를 빠져나갔다.
 해인은 자신의 손바닥에 남은 온기가 증거라도 되는 양 주먹을 꼭 쥐어 움켜잡았다. 대영의 차 보닛은 엔진의 열기가 식지 않아 아직 따뜻했다. 이로써 대영이 송 씨가 추락한 현장에 있었을 가능성을 배제할 수 없게 됐다.
 해인은 대영에게 전화를 걸었다. 연결음이 계속됐고, 그녀의 심장이 마구 요동쳤다. 연결음이 일곱 번쯤 울렸을 때 대영이 전화를 받았다. 전화기 너머에선 어떤 소음도 들리지 않았다. 그녀는 휴대폰 액정을 눈으로 확인했다. 통화가 연결된 건 분명했다.

경찰서가 아닌가? 진공상태 같은 침묵이 계속됐다. 해인이 팽팽하게 유지되던 침묵을 먼저 깨트렸다. 그녀가 '바빠?'라고 묻자 대영은 '조금'이라고 대답했다. 너무 짧은 답이라 말에서 어떤 감정도 느낄 수 없었다. 해인이 같이 저녁을 먹자고 하자 그는 살인사건 수사 중이라며 거절했다. 그때 휴대폰 너머에서 문소리가 들렸다. 그리고 어떤 소리도 들리지 않았다. 최 형사 말에 따르면 저녁을 먹을 시간 정도는 있다고 했다. 해인은 밖이냐고 물었고 대영은 서에 있다고 대답했다. 다시 해인이 서로 갈까, 묻자 이번에도 대영은 CCTV를 보고 있다며 거절했다. 대영은 의도적으로 그녀를 피하려 했다.

곧 전화가 끊겼다. 해인은 오랜만에 경찰서 주차장에서 뻗치기라도 해야겠다고 마음먹었다. 지금으로서는 대영을 지켜보는 것 말고 달리 방법이 없었다. 그가 태곤의 잠적에 개입한 흔적을 찾고 기회가 생기면 대영이 가지고 간 태곤의 오피스텔 CCTV를 회수해야 했다. 적어도 CCTV에는 대영이 떼어 갈 정도로 결정적인 흔적이 남아 있을 것이다.

택시는 해인을 집으로 데려다주었다. 해인은 곧바로 올라가 캐리어에 필요한 짐을 챙겼다. 몇 날 며칠 차에서 뻗치기를 해야 할 수도 있어 여벌의 옷과 속옷, 세면도구 같은 걸 아무렇게나 넣었다. 이것저것 잡히는 것들로 캐리어를 채우다 그녀가 멈칫했다. 자신도 모르게 어디 멀리 떠나는 사람처럼 짐을 싸고 있었다. 집에서 그녀의 흔적이 캐리어의 크기만큼 줄어들었다. 해인은 되는 대로 집어넣은 물건 몇 개를 도로 꺼냈다.

잠시 캐리어를 열어두고 팬트리를 뒤져 오랫동안 열지 않아 먼지 쌓인 상자를 꺼냈다. 상자 안에는 다 쓴 취재 수첩과 디지털 녹음기, 복사한 자료, 명함 같은 기자 시절의 흔적들이 들어 있었다. 그녀는 상자를 뒤집어 물건들을 쏟아냈다. 기억대로라면 대영의 쏘나타 열쇠가 어딘가에 있을 것이다. 같이 살기 시작하면서 대영은 해인에게 여벌의 집 열쇠와 자동차 열쇠를 주었다. 열쇠는 삶을 공유한다는 상징이었다. 해인은 쏟아진 물건을 헤집었다. 물건들에 묻어 있는 기억들이 조금씩 되살아났다. 그러다 작은 종이상자를 보는 순간, 상자 안에 열쇠를 넣어두었다는 걸 기억해냈다. 뚜껑을 열었다. 집 열쇠와 차 열쇠가 흰색 솜 사이에 반지처럼 들어 있었다.

해인은 열쇠 두 개를 물끄러미 보았다. 언제부터 열쇠가 필요 없어졌을까? 집 열쇠는 현관문을 디지털 도어록으로 바꾸면서였고, 차 열쇠는 해인도 차를 사면서였다. 그때부터 우린 같은 삶을 공유하지 않게 된 걸까? 해인은 차 열쇠를 챙기고 나머지 것들은 되살아난 기억을 봉인하듯 상자에 주워 담았다. 그리고 잠깐 망설이다 기자 시절 쓰던 디지털 녹음기를 캐리어에 던져 넣었다.

편한 옷으로 갈아입고 야구 모자를 썼다. 현관에 걸린 거울 속 모습은 평소와 조금 다르게 보였다. 변장까지는 아니어도 한눈에 알아보지 못할 정도는 됐다.

해인은 캐리어를 끌고 현관문을 나왔다. 디지털 도어록이 잠기는 소리가 등 뒤에서 들렸다. 그녀는 집을 돌아보았다. 뚜껑이 닫힌 커다란 상자가 거기에 있었다. 해인은 이번에도 자신이 10여년의 결혼생활을 상자 속에 처박았다는 걸 깨달았다. 하지만 돌이킬 수 없었다.

※

완벽하게 소음이 차단된 진술녹화실이라 휴대폰 너머 해인의 숨소리까지 선명하게 들렸다. 그녀가 짧게 숨을 들이마시고 나서 먼저 말을 했다.

"바빠?"

대영은 해인의 목소리가 비현실적으로 들렸다. 그녀가 먼저 전화한 것도, 일상적인 질문을 한 것도 몇 달 만이었다.

"조금."

대영이 짧게 대답했다.

"오늘 늦어? 바쁜 일이 끝나서 같이 저녁 먹을까 해서."

대영은 짧게 침묵하는 동안 휴대폰 너머에서 자동차의 경적이 언뜻 들렸다. 해인은 이동 중이었다.

"미안. 아침에 터진 살인사건 수사 중이야."

이번에는 해인이 침묵했다. 그때 갑자기 진술녹화실의 문이 열렸다. 대영이 반사적으로 휴대폰의 마이크를 손으로 막았다. 생각해보면 부부 사이고, 비밀스러운 통화도 아닌데 몸이 먼저 반응했다. 최 형사가 문을 열고 들어왔다가 통화하는 대영을 보고 그대로 뒷걸음쳐 나갔다.

강력2팀 사무실과 진술녹화실은 몇 걸음 떨어져 있지 않아 사적인 전화나 손님을 만날 때 다들 부담 없이 사용했다. 하지만 이런 식으로 마주치는 경우는 드물었다. 대영은 전화를 받으러 나가는 자신을 보고 최 형사가 따라 나온 건 아닌지 의심스러웠다.
"그래……."
한참 만에 해인이 가라앉은 목소리로 대답했다.
"다음에 먹자."
대영이 한 톤 밝은 목소리로 말을 이었다.
"밖이야?"
"아니, 서에 있어."
"그럼, 내가 서로 갈까?"
"무슨 일 있어?"
"일이 있는 게 아니고, 일이 끝났다니까."
"지금 CCTV 보고 있어. 언제 끝날지 몰라."
"알았어. 밥은 먹고 해."
"그래."
해인의 목소리에 감정의 변화는 없었다. 대영은 전화를 끊고 진술녹화실을 나왔다. 시간을 내는 것도, 해인과 마주 앉아서 표정을 숨기고 밥을 먹는 것도 지금으로서는 쉽지 않았다.
"반장님은 무슨 전화를 그렇게 은밀하게 받아요?"
최 형사가 진술녹화실 벽에 기댄 몸을 일으켜 세웠다.
"넌 무슨 전화를 은밀하게 하려고 진술녹화실을 찾냐?"
"저야 지극히 사적인 전화죠."
최 형사가 웃으며 대답했다.

"나도 지극히 사적인 전화다."

"나온 김에 담배나 한 대 피우시죠."

"피우고 들어와라. 바쁘다."

"반장님, 구입처 수사에서 뭐라도 나왔어요?"

"본사에 구매자 명단 요청한 게 다지. 공산품인데 결정적인 게 있겠냐?"

"그런데 뭘 그렇게 서둘러요. 피해자 신원이 특정된 것도 아닌데."

"아니니까 서둘러야지."

당분간 피해자의 신원은 밝혀지지 않을 것이다. 태곤의 신원이 특정돼 해인이 용의선상에 올라가기 전에 진범을 잡아야 한다. 대영은 잠시 잊고 있던 조급함이 되살아났다.

"먼저 간다."

대영은 최 형사를 지나쳐 강력2팀 사무실을 향해 걸었다. 그는 최 형사가 왠지 쓸데없는 대화로 시간을 끈 것 같다는 느낌이 들었다. 혹시, 엿들은 건가?

그는 최 형사가 대영의 비밀을 팔아먹은 사람일지도 모른다고 생각했다.

"선 넘었네."

대영은 혼잣말로 중얼거렸다. 구체적인 증거도 없이 의심부터 하는 건 '당신의 비밀' 때문에 생긴 후유증이었다. 막내 때부터 함께한 최 형사가 그럴 리 없었다. 그는 서둘러 생각을 지우고 사무실로 돌아왔다. 안 팀장은 아직 돌아오지 않았고, 막내도 자리에 없었다. 그는 의자에 앉으려다 바닥에 떨어진 수건을 보고 주워 들었다. 샤워를 하고 말리려고 등받이에 걸쳐놓은 수건이었다. 아마도 해인의 전화를 받으려고 일어서면서 떨어진 모양이었다. 그는 수건을 털어서 옷걸이에 건 뒤 서랍을 살짝 빼서 걸었다.

의자에 앉은 대영은 노트북 터치패드를 움직여 태곤의 오피스텔 CCTV 영상을 찾아 클릭했다. 그리고 멈칫했다. 노트북 화면의 각도가 미묘하게 달라졌다는 걸 깨달았다. 늘 사용하는 사람만이 알 수 있는 아주 미세한 눈높이의 차이.

아마도 누군가가 의자에 앉지도 못한 채 급하게 노트북에서 파일들을 열어보다 건드렸으리라. 어쩌면 그래서 수건이 바닥에 떨어졌는지도 모른다. 누굴까? 대영은 길게 숨을 내뱉었다. 정말 비밀을 팔아먹은 사람이 강력2팀 안에 있는 걸까? 아니면 다른 팀? 그가 착각한 게 아니라면 적어도 강력계 형사 중에 놈이 있다.

강력2팀의 출입문에는 안과 밖에 두 개의 디지털 도어록이 달려 있었다. 밖의 건 침입에 대비한 거고, 안의 도어록은 잡아놓은 범인의 도주를 막기 위한 용도였다. 원칙대로라면 2팀의 사무실에 들어오고 나갈 수 있는 사람은 안 팀장과 최 형사, 강 형사뿐이었다. 하지만 실상 각 팀의 형사들은 모두가 서로 비밀번호를 공유했고 드나들었다. 대영도 일부러 알려고 한 건 아니었지만 오랜 시간 같이 지내다 보니 다른 팀의 출입문 비밀번호 정도는 알고 있었다.

대영은 자신의 비밀을 팔아먹은 사람이 주변을 맴돌고 있다는 생각에 찜찜했다.

"무슨 걱정거리 있으세요? 뭔 한숨을 쉬고 그래요."

최 형사였다. 대영이 자신도 모르는 사이 한숨을 쉰 모양이었다.

"너는 아니지?"

"뭐가요?"

"내 수건 떨어뜨려서 먼지투성이 만든 놈."

"에이, 제가 떨어뜨렸으면 먼지라도 털어놨겠죠."

"그래. 너라면 그랬겠지."

"말 돌리시는 거보니까 반장님, 진짜 뭔가 말 못 할 걱정이 있네!"

"걱정은 무슨. 피해자 신원 특정 못 할까 봐 생각이 많아진 것뿐이야."

"걱정 마십쇼. 제가 밤을 새워서라도 뭔가 찾아낼 테니."

최 형사가 과장된 말투로 대영을 위로했다. 대영은 의심한 것을 사과하듯 어색한 미소로 답했다.

최 형사의 시선이 자신의 모니터로 향하자, 대영은 메모된 시간에 맞춰 동영상을 재생했다. 택배회사 직원이 상자가 쌓인 카트를 밀고 들어왔다. 택배기사는 18분 후에 빈 카트를 끌고 돌아갔다. 대영은 메모장에 적어놓은 시간을 지웠다. 그의 혐의는 해소됐다.

해인이 운반한 건 태곤의 몸통이다. 그녀는 캐리어 한 개를 끌고 나간 뒤 다시 돌아오지 않았다. 해인이 태곤의 몸통만 유기한 거라면 몸통에서 잘라낸 나머지를 유기한 사람도 있기 마련이다. 그자를 찾아서 특정하는 게 수사의 시작이자 끝이 될지 모른다.

제법 규모가 있는 오피스텔이라 로비를 오가는 사람들 역시 끊이지 않았다. 대영은 청소도구를 담은 푸른색 통을 밀고 가는 여자를 보고 동영상을 멈췄다. 푸른색 통은 시체를 옮기는 데 충분한 크기였다. 대영은 화면을 캡처해 저장하고 시간을 적어두었다. 그는 동영상을 재생하려다 남은 시간을 보고 멈췄다. 피곤이 몰려왔다. 눈을 감고 손바닥으로 눈자위를 꾹꾹 눌렀다. 술 생각이 스멀스멀 피어올랐다.

대영은 눈을 뜨고 재생속도를 4배속으로 높였다. 사람들의 움직임이 네 배로 빨라졌다. 평소 같으면 CCTV 영상을 이런 식으로 모니터링하는 건 직무유기였다. 하지만 지금 그에겐 도와줄 사람도, 시간도 없었다. 더군다나 자신이 수사팀에 쫓기는 용의자가 된 것처럼 매 순간이 초조했다. 그는 사람들이 운반하는 짐을 확인하는 것뿐이니 4배속으로 봐도 괜찮을 거라고 애써 불안함을 눌렀다.

"몇 시간째 뭘 그렇게 집중해서 보세요? 어디 거예요?"

바로 옆에서 최 형사의 목소리가 들렸다. 대영이 반사적으로 화면을 정지시키고 고개를 돌렸다. 최 형사가 목을 길게 빼고 대영의 어깨너머로 노트북 화면을 보고 있었다.

"정두일이 내연녀 오피스텔."

최 형사가 어색하게 미소를 지었다.

"난 또, 한강 사건 관련된 건 줄 알았잖아요."

"거긴 답이 안 나오니 답 나오는 두일이부터 따보려고."

"두일이 거기 있어요?"

"있으면 잡으러 갔지 여기서 이걸 끝까지 보고 있겠어?"
"까칠하시긴. 근데 저녁 드시러 안 나가세요?"
"왜? 내가 자리 비우면 뭐 하려고?"
대영은 순간 '당신의 비밀'이 떠올라 실수로 날것의 반응을 보이고 말았다.
"반장님, 진짜 집에 무슨 일 있는 거 아니세요? 계속 까칠하시네."
최 형사의 얼굴에 당황하는 빛과 억울해하는 빛이 교차했다. 대영은 또다시 정색하는 최 형사에게 미안해졌다.
"막내 데리고 가서 먹고 와."
"지금 당장 확인해야 하는 CCTV도 아닌 거 같은데 좀, 여유를 가지세요."
"범인 잡는데 안 급한 게 어디 있냐?"
"그래도 밥은 먹어야죠."
"먹고 와."
"누가 저랑 먹재요?"
"그럼 누구랑 먹어?"
"됐습니다, 밥은 무슨. 밤을 새워서 뭐라도 건져보겠습니다."
최 형사는 기울였던 몸을 추슬러 자리로 돌아갔다. 대영은 그의 호기심이 사라질 때까지 동영상을 재생하지 않았다. 우연으로라도 최 형사가 CCTV 속에서 캐리어를 끌고 지나가는 해인의 모습을 보아서는 안 된다.
"근데 반장님, 그렇게 빨리 보셔도 정두일 얼굴을 확인하실 수 있어요? 그 정도면 초능력 아닌가?"
대영이 고개를 돌려 최 형사를 다시 보았다. 그는 모니터를 보고 있었다.
"한가한가 봐. 한강공원 주변 CCTV는 다 확인했어?"
"하고 있긴 하지만 흐르는 게 강물인데 여기 찍혔겠어요?"
"CCTV에 찍히지 않았다는 것도 중요한 정보야."
"알아요. 말이 그렇다는 거지. 찬찬히 보고 있어요. 전 평범하니까 2배속으로요."
"뒤끝 있네?"
"반장님은 절 너무 눈치 없는 막내처럼 대한다니까요."
"알았다. 두일이 위치 특정하면 너랑 같이 갈게."
"두일이든 뭐든 무조건 저랑 가기로 약속한 겁니다."
최 형사가 새끼손가락이라도 내밀 것 같은 들뜬 표정으로 다짐을 받았다. 대영은 최 형사의 시선이 더 이상 자신에게 머물지 않는 걸 확인하고 그제야 동영상을 재생했다.
해인이 로비를 지나가고 나서 한 시간 정도 후에 한 남자가 제법 큰 종이상자를 들고 밖으로 나갔다. 대영은 배속을 낮췄다. 남자의 팔 높이로 볼 때 상자는 제법 무게가 있는 것 같았다. 지금까지 본 대상자 중에 가장 유력해 보였다. 그는 화면을 캡처하고 시간을 메모했다. 동영상을 끝까지 봤지만 용의자로 특정할 만한 사람은 앞서 확인한 세 명이 전부였다. 그는 노트북의 키보드 부분을 책상과 직각으로 맞추어놓고 동영상을 종료했다. 노트북 화면은 열어놓은 채 책상의 끝 선과 일치하게 조절했다. 이제 누군가 건드리면 확실하게 알 수 있을 것이다.

※

해인의 차는 그녀의 얼굴만큼이나 용산서에서 알아볼 사람이 많았다. 해인은 렌터카를 빌려 용산서로 차를 몰았다. 준비하는 데 생각보다 시간이 오래 걸려 도로는 이미 퇴근 차량으로 가득했다.

해인은 답답한 기분에 라디오를 켰다. 6시 뉴스가 흘러나왔다. 정치 관련 뉴스가 끝나자 한강에서 토막 난 사체가 발견됐다는 뉴스가 이어졌다. 최 형사가 말한 한강 살인사건인 것 같았다. 해인은 볼륨을 키웠다. 기자는 심각한 목소리로 한강에서 캐리어에 담긴 남성의 몸통이 발견됐다고 전했다. 기자는 경찰이 사체의 신원을 파악하고 있으며, 시체를 유기하는 데 사용한 캐리어의 구입처에 대한 탐문수사를 하고 있다고 했다.

피해자 특정도 안 됐으니 아마도 밤사이 지리멸렬한 시간이 계속될 것이다. 해인은 새벽녘에는 기회가 올 것이라고 생각했다. 밥은 먹어야 하고 대영은 평소처럼 해장국에 반주로 마시는 소주의 유혹을 떨치지 못할 것이다. 그녀는 이때를 노려 오피스텔 CCTV를 회수하리라 마음먹었다.

용산서 주차장은 민원인들이 빠져나가서 듬성듬성 비어 있었다. 해인은 강력2팀의 창문과 건물 출입구가 보이는 구석에 차를 세웠다. 대영의 차도 보이는 위치라 최적의 자리였다.

해인은 의자를 낮추고 등받이를 눕혔다. 렌터카라 창문의 선팅이 옅어 들키지 않으려면 해가 질 때까지 몸을 낮춰 숨어 있는 수밖에 없었다. 해인은 모자를 눌러쓰고 손거울을 꺼내 밖을 감시했다. 퇴근시간이 지났지만 근무복 차림의 경찰관과 사복 차림의 형사들이 빈번하게 오갔다. 그들 중에는 낯익은 얼굴도 있었다. 살인사건 때문인지 해가 지기 시작했는데도 경찰서에는 묘하게 활력이 돌았다.

해인은 휴대폰의 조도를 최대한 낮춘 뒤 장원식 의원의 일정을 확인했다. 지역구 보좌관이 장 의원을 수행해 시장입점상인대책위와 건설사 대표를 연이어 만나는 일정이었다. 장 의원은 건설사 대표를 저녁시간에 걸쳐 만나도록 일정을 짰다. 사적으로 만남을 이어가겠다는 뜻이었다. 해인은 시간을 확인했다. 7시 30분, 장 의원과 건설사 대표가 저녁을 먹고 있을 시간이다. 해인은 자신이 이메일로 보낸 자료를 지역구 보좌관이 읽지도 않은 걸 보고 허탈했다. 태곤이 있었으면 이런 식으로 일방적으로 흘러가지 못하게 막았을 것이다. 해인은 무력감을 느꼈다. 기사로 세상을 바꾸지 못한다는 무력감 때문에 정치판에 들어왔는데 여전히 그녀는 무력했다. 당장 선인시로 달려가 시장 사람들 편에서 뭐라도 하고 싶었다.

"지금 달려가봐야 아무것도 바꿀 수 없어요."

태곤의 목소리가 들리는 것 같았다. 태곤은 해인이 정치적 이해관계나 이권 때문에 피해를 보는 약자들을 위해 현장으로 달려가려 할 때마다 그녀를 붙잡았다.

"우린 그들이 싸울 수 있는 무기를 쥐어줘야 해요. 법으로."

그런 태곤이 통과되지 않은 법안이 쌓여 있는 이 시점에 자발적으로 사라질 리 없다. 그를 어떻게 했을까? 해인은 몸을 일으켜 차창 밖으로 강력2팀 사무실 창문을 보았다. 밥때가 지났지만 2팀 사무실의 불은 꺼지지 않았다. 해인은 이대로 날이 밝을까 봐 조바심이 났다. 대영이 그녀보다 한발 먼저 움직여 증거든, 증인이든 지워버릴까 봐 두려웠다. 아무것도 하지 못한 채 또 무력감을 느끼고 싶지 않았다.

그녀는 눈을 감았다. 할 수 없는 것들이 가라앉고 당장 할 수 있는 것들이 떠오르기를 기다렸다. 머릿속이 점점 맑아졌다.

한강 토막살인, 대영이 해장국과 반주의 유혹까지 뿌리치고 몰입하는 이유가 있을 것 같았다. 해인은 혹시라도 액정의 빛이라도 새어 나갈까 봐 몸으로 가리고 기사를 검색했다. 비슷한 제목의 기사가 10여 페이지 넘게 생성돼 있었다. 토막살인이라는 자극적인 키워드 때문에 대부분의 매체가 서로 베껴 뉴스의 몸집을 불리는 중이었다. 해인은 가장 최근에 업데이트된 기사를 터치했다. 그녀가 라디오에서 들은 뉴스에서 크게 진전된 내용 없이 지면을 채운 기사였다. 그녀는 기사를 빠르게 올리다 사진에서 멈췄다. 사진 속에 익숙한 캐리어가 있었다. 그녀가 태곤의 지시로 배달한 회색 캐리어와 같은 거였다.

설마, 하는 생각이 먼저 들었다. 태곤의 실종과 관련해서 우연이 너무 많이 겹쳐 불안감을 지울 수 없었다. 대영이 이 사건에 필요 이상으로 집중하고 있는 것도 불안했다. 손가락이 핏기 없이 하얗게 탈색됐다.

※

대영은 자리에서 일어서서 요란하게 스트레칭을 했다. 누군가 노트북을 건드리면 이번엔 분명하게 흔적이 남을 거다. 그는 자리를 비울 동안 아무 변화도 없기를 바랐다.

최 형사와 막내는 한강공원 주변 CCTV를 확인하는지 모니터에 코를 박고 있었고, 안 팀장은 자리에 없었다.

대영이 강력팀을 나와 현관으로 걸어갔다. 새벽의 서늘한 공기가 멍한 정신을 깨웠다. 민원인들의 차량으로 가득 차 있던 주차장에는 빈 곳이 더 많았다.

대영은 주차장 끝까지 걸어가 담배에 불을 붙였다. 숨을 들이마실 때마다 빨간 불꽃이 가까워졌다. 멀리서 최 형사가 걸어오는 모습이 보였다. 최 형사가 대영의 옆에서 담배에 불을 붙였다.

"뭔 일 있냐?"

"일은 무슨……."

"근데, 왜 이렇게 졸졸 따라다녀?"

"고삐리도 아니고 반장님이 담배 피우면 전 어딘 딴 데 숨어서 피워야 해요?"

"뭐야, 할 말이? 너 무슨 사고 쳤지?"

"사고는요. 반장님은 별일 없는 거죠?"

"무슨 일?"

"형수님이랑도 별일 없으시고요?"

대영은 최 형사의 입에서 형수님이라는 말이 나오자 얼굴이 굳었다. 그는 피우던 담배를 털어 불꽃을 날렸다. 조건반사처럼 '당신의 비밀'이 떠올랐다.

"네가 알아서 뭐 하게?"

"일부러 일 만들어서 하지 말고 일찍 들어가서 저녁도 같이 먹고 그러세요."

대영의 눈썹 끝이 올라갔다. 진술녹화실에서의 통화내용을 엿들은 게 분명했다.

"너 남의 통화도 엿듣냐?"

최 형사가 두 손을 휘저으며 대답했다.

"엿듣긴, 누가요? 아니에요. 전화받았어요."

"해인이한테?"

"네. 반장님이랑 같이 저녁 먹으려고 하는데 연락이 안 된다고요."

"그래서?"

"모르겠다고 그랬죠. 막내랑 복귀해보니 사무실이 비어 있었다고 했고요."

아마도 대영이 서로 막 돌아와 샤워실에서 씻고 있을 때 해인이 전화한 모양이었다.

"그랬더니?"

"무슨 일 있냐고 물어보셨죠."

"대답은?"

"한강에서 토막시체가 발견되긴 했는데 수사 초기라 크게 바쁘지는 않을 거라 말씀드렸어요."
"그렇게 대답하니까 알았다고 해?"
"알았다고는 하셨는데, 전화를 끊기 전에 형수님이 혼잣말하는 게 들렸어요."
"뭐라고?"
"진짜 바쁜 건가, 라고 하시더라고요."
"그래서 계속 내 뒤를 졸졸 따라왔다는 거냐? 해인이랑 같이 밥 먹으라고?"
최 형사가 고개를 끄덕였다.
"비극은 안 팀장님에서 끝내야 합니다."
불규칙한 잠복과 잦은 야근 때문인지 강력팀 형사들 중에는 유독 이혼한 사람이 많았다. 안 팀장도 몇 년 전 이혼을 했다.
"왜, 이번에 내 차례일까 봐?"
"걱정되잖아요. 오죽하면 형수님이 저한테까지 전화를 했겠어요. 요즘 반장님 보면 솔직히 딴 데 정신 팔려 있는 거 같아 보이기도 하고요."
"들어가. 아무 일도 없으니까."
"주제넘었다면 죄송합니다."
최 형사가 고개를 숙여 사과하고 돌아섰다. 대영은 다시 담배를 꺼내 물고 불을 붙였다. 그가 해인의 전화를 일부러 받지 않은 적은 없었다. 샤워를 끝내고 휴대폰을 확인했을 때에도 부재중 전화 같은 건 찍혀 있지 않았다.
해인이 의도적으로 최 형사에게 전화를 걸어 대영에 대해 물어본 것이다. 뭘 위해서? 대영은 해인이 최 형사와의 대화로 알 수 있는 키워드를 뽑아냈다. 들은 게 전부라면 '한강', '토막시체', '바쁘지 않다'가 전부였다. 만약 해인이 한강에 시체를 유기한 장본인이면 자신이 유기한 시체를 경찰이 발견했고 아직 결정적인 단서는 찾지 못했다는 걸 알았을 것이다. 순서를 보면 최 형사와 통화를 한 후, 해인은 다시 대영에게 전화를 걸었다.

뭘 더 알아내려고 했을까? 해인이 다시 전화를 걸었던 건 원하는 정보를 얻지 못했다는 뜻이다. 대영은 자신과의 통화에서 해인이 알고 싶어 했던 게 뭘까 생각했다. 워낙 단답형의 짧은 대화라 추려낼 만한 키워드라고는 '살인사건', '경찰서', 'CCTV' 정도였다. 살인사건은 최 형사와의 통화와 겹치는 키워드라 의미가 없었다. 장소가 특정되지 않은 CCTV도 별다른 정보가 되지 못했다. 경찰서? 생각이 거기에 미치자 대영은 담배를 끄고 주차장에 세워둔 자신의 차량을 향해 빠르게 걸었다. 해인이 그를 의심하고 있었다. 그녀가 확인하려 했던 건, 대영의 현재 위치가 아니었을까?

대영은 자신의 차량 트렁크에 열쇠를 꽂고 돌렸다. 덜컥, 트렁크가 열리며 위로 올라갔다.

※

해인은 휴대폰 화면을 터치해 시계를 보았다. 1시 20분이었다. 취객을 넘기고 순찰차가 막 떠난 참이라 주차장은 조용했다. 군데군데 조명이 켜져 있긴 했지만 주차장은 충분히 어두웠다. 해인은 주머니 속에서 대영의 자동차 열쇠를 꺼냈다. 지금이라면 대영의 차를 뒤져도 사람들 눈에 띄지 않을 것 같았다. 설령 누군가의 눈에 띄더라도 수상하다는 생각은 하지 못하리라.

강력2팀의 창문은 여전히 환하게 불이 켜져 있었다. 해인은 차에서 내려 본능적으로 몸을 낮추고 차량과 차량 사이에 숨었다. 다시 호흡이 빨라졌고, 심장 뛰는 소리가 귓속을 가득 채웠다. 누군가 그녀를 본다면 도둑으로 오해하기에 충분했다. 해인은 조심스레 허리를 펴고 천천히 차들 사이로 걸어갔다. 마치 주차해 둔 자신의 차에 타려는 사람처럼 대영의 차 옆에 섰다. 어두워서 열쇠를 들고 있는 손이 떨리는 게 보이지 않아 다행이었다. 달칵, 운전석 문이 열렸다. 해인은 운전석에 앉아 글러브박스를 열었다. 휴대폰 액정의 희미한 빛에 의지해 안에 있는 것들을 헤집었다. 면장갑과 서류 뭉치, 자동차등록증, 빈 구강청결제 병이 보였다. 콘솔박스와 포켓까지 뒤져보았지만 태곤의 실종과 연결 지을 만한 건 무엇도 없었다. 막상 아무것도 나오지 않자 긴장이 풀어지며 오히려 안도감마저 들었다. 마지막으로 밖으로 나와 트렁크에 열쇠를 꽂고 돌렸다. 열쇠가 돌아가며 트렁크가 위로 올라갔다.

부패의 냄새가 코를 찔렀다. 휴대폰 불빛을 비춰보기도 전에 트렁크에 기분 나쁜 뭔가가 들어 있다는 걸 알 수 있었다.

해인은 휴대폰의 희미한 액정 불빛으로 트렁크 안을 비춰보았다. 대용량 쓰레기봉투 두 개가 트렁크를 채우고 있었다. 반투명한 쓰레기봉투 안에 있는 검은 얼룩이 소름 끼쳤다. 피? 해인은 쓰레기봉투를 풀었다. 매듭이 느슨하게 묶여 있었는데도 손이 떨려 잘 풀리지 않았다. 겨우 봉투를 풀자 썩은 내가 진해졌다. 검은 얼룩은 수건으로 닦아낸 피 같았다. 대충 봐도 닦아낸 피의 양이 엄청났다. 단순히 누군가가 코피나 사고로 흘린 피를 닦아낸 게 아니라는 건 그 양만 봐도 알 수 있었다. 이 정도의 출혈이면 누군가는 죽었다. 증거? 사건현장의 증거라면 형사가 직접 수거하지도 않고, 이런 식으로 쓰레기봉투에 넣어서 트렁크에 방치하지도 않는다. 청소도 아니다. 형사가 사건현장을 청소하는 일은 없다.

기분 나쁜 예감에 온몸이 덜덜 떨렸다. 살인일까. 해인은 다른 쓰레기봉투의 매듭을 풀었다. 쓰레기봉투 안에는 피에 젖은 종이 타월과 침대시트, 태곤의 오피스텔에 두었던 그녀의 속옷과 화장품, 칫솔 같은 것들이 들어 있었다.

해인은 자신도 모르게 다리에 힘이 풀려 주저앉았다. 태곤이 살해당한 흔적이 대영의 트렁크에서 발견됐다. 대영이 태곤을 죽였다. 막연하게 대영을 의심하기는 했어도 눈으로 결과를 보는 건 달랐다. 흩어졌던 퍼즐 조각이 하나둘 맞춰졌다. 대영은 태곤을 살해한 흔적이 남은 오피스텔 CCTV를 수거할 수밖에 없었다. 그리고 자신의 얼굴을 기억하고 있는 오피스텔 경비원을 처리해야 했다. 꼬리를 자르려고 경비원을 옥상에서 떨어뜨린 것이다. 한강에서 발견된 토막 난 시체가 들어 있는 캐리어와 해인이 구입한 캐리어가 동일 제품이라는 것도 하나의 조각처럼 딱 들어맞았다.

분명했다. 대영이 나태곤을 살해했다! 게다가 대영은 태곤의 시체를 그녀가 유기하도록 조작해 살인혐의를 덮어씌웠다.

아, 해인은 탄식 같은 신음을 흘렸다. 캐리어를 배달하면서 느꼈던 위화감의 이유를 비로소 알 수 있었다. 태곤이 목격자를 최소한으로 줄여야 하는 정치권의 선물 배달을 지시하면서 캐리어를 경비실에 맡겨놓은 것도 어색했고, 이 모든 걸 문자로 지시한 것도 평소 그답지 않았다. 소름이 팔을 타고 뒷덜미까지 올라갔다. 위가 뒤틀렸다. 해인은 자신이 끌고 가던 캐리어의 무게가 뒤늦게 손끝에 맴돌았다. 태곤의 무게였다. 위액이 넘어왔다. 그녀는 아무것도 모르고 태곤의 몸통이 들어 있는 캐리어를 끌고 걸어가는 자신의 모습을 상상하곤 헛구역질을 계속했다. 비명이 터져 나올 것 같았다.

대영은 그녀에게 토막 낸 내연남의 몸통을 운반하도록 만들었다. 그가 이 잔인한 범행을 계획하고 실행했다.

해인은 몸이 떨려 일어설 수도 없었다. 그녀에겐 불륜이라는 범행동기가 있었고, 캐리어를 사는 장면이 녹화된 백화점 CCTV도 있었다. 캐리어를 끌고 가는 자신의 사진을 대영이 가지고 있었고, 경비원이 옥상에서 떨어지기 전 문자를 주고받은 내역도 남아 있었다. 지금 신고하면 어떻게 될까? 대영의 차에서 태곤을 살해한 흔적이 나왔다는 걸 믿어줄까? 그녀는 자신의 손을 보았다. 맨손이었다. 차량은 물론, 증거물과 쓰레기봉투에서도 해인의 지문만 나올 것이다. 그녀는 주변을 둘러보았다. 이마저도 대영이 파놓은 함정이면 현행범으로 몰릴 것이었다. 대영이든 누구든 그녀를 보기 전에 빨리 경찰서를 빠져나가야 했다. 위험부담이 있지만 대영이 태곤을 살해한 흔적 역시 가지고 가야 했다. 이대로 지문투성이인 증거물을 대영의 차에 두는 건 머리만 커튼 뒤로 숨는 것과 다르지 않았다. 적어도 해인이 이 증거들을 가지고 있으면 대영도 그녀의 범행을 증명할 직접적인 증거는 없는 셈이다.

해인은 트렁크를 짚고 간신히 일어섰다. 그녀는 쓰레기봉투를 렌터카의 트렁크로 하나씩 옮겼다. 두 번째 봉지를 옮기고 나서 렌터카의 운전석을 열었을 때 그녀는 대영의 차를 잠그지 않은 게 생각났다. 해인은 빠른 걸음으로 되돌아가 차 문을 잠갔다. 그리고 그 순간, 모든 걸 보고 있었다는 듯이 현관에서 대영이 걸어 나왔다. 조명을 등지고 있었지만 해인은 한눈에 대영을 알아보았다. 실낱같은 의식에 의지해 움직이던 해인은 줄이 끊어진 목각 인형처럼 무너지듯 또 한 번 주저앉았다. 빨리 숨어야 한다는 생각과는 달리 팔다리가 움직이지 않았다. 공포에 몸이 얼어붙었다. 딱딱딱, 이빨 부딪치는 소리가 들렸다. 그녀는 어금니가 부서지도록 이를 꽉 깨물었다. 찝찔한 피 맛이 입안 가득 퍼졌다.

대영은 천천히 주차장 쪽으로 걸어왔다. 해인은 옆 차의 밑바닥으로 기어들어 숨었다. 조용한 새벽이라 대영이 끌면서 걷는 슬리퍼 소리가 선명하게 들렸다. 찍, 찌익, 찌익, 찍. 소리가 점점 가까워졌다. 바닥의 한기 때문인지 그녀는 자신도 모르게 몸을 부르르 떨었다. 그가 지켜보고 있었을까? 슬리퍼 끄는 소리가 그녀 옆으로 가까워졌다. 해인은 눈을 감았다. 고개를 돌려 옆을 보면 대영과 눈이 마주칠 것만 같았다. 찌익, 찍, 찌익, 찍 슬리퍼 끄는 소리는 그녀 옆을 지나 점점 멀어지다 멈췄다. 심장이 미친 듯이 뛰었다. 해인은 고개를 내밀어 그가 웃고 있는지 확인하고 싶은 충동에 사로잡혔다.

해인은 눈을 뜨고는 고개를 돌렸다. 차와 바닥 사이의 틈으로는 대영의 슬리퍼도, 그의 얼굴도 보이지 않았다. 해인은 재빨리 차 밑에서 기어 나왔다. 두어 대의 자동차 유리 너머로 빨간 담뱃불이 보였다. 함정을 파놓고 해인이 빠진 걸 확인하기 위해서 나온 건 아닌 모양이었다.

잠시 후, 현관 밖으로 누군가 걸어 나왔다. 그는 일직선으로 걸어서 대영에게로 갔다. 띄엄띄엄 켜져 있는 조명 안으로 그가 들어왔다. 최 형사였다. 공포에 질려 정지했던 그녀의 뇌가 생각이라는 걸 시작했다. 대영이라면 최 형사와 같이 있는 상황에 섣부르게 움직여 치밀하게 짠 계획을 망치진 않을 것이다. 해인은 허리를 숙인 채 앉은걸음으로 렌터카 쪽으로 다가갔다. 거리가 가까워졌지만 두 사람의 대화는 들리지 않았다. 10여 분 넘게 얘기를 하다 최 형사가 고개를 숙여 인사를 했다. 인사라기보다는 사과에 가까운 몸짓이었다. 최 형사는 몸을 돌려 현관 쪽으로 걸어갔고, 대영은 남아서 다시 담뱃불을 붙였다. 최 형사라는 안전장치가 사라졌다. 해인은 차 밑으로 다시 기어들어갔다. 심장이 요란하게 뛰었다.

찍찍찍찍, 대영의 슬리퍼 소리가 급박하게 울렸다. 그리고 차량 트렁크를 세게 닫는 소리가 연이어 들렸다. 대영이 트렁크에 있던 쓰레기봉투가 사라졌다는 걸 알았다. 타닥타닥, 대영이 뛰는 소리가 들렸다. 그는 차량들 사이를 이리저리 뛰고 있었다. 아마도 해인의 차를 찾고 있을 것이다. 공포로 이빨이 부딪치는 소리가 들렸다.

덜컥, 덜컥, 차의 손잡이를 당겨 확인하는 소리가 여기저기서 들렸다. 해인은 온몸의 피가 한꺼번에 빠져나가는 걸 느꼈다. 그녀는 경황이 없어 렌터카의 문을 잠가놓지 않았다는 걸 기억했다. 덜컥덜컥, 소리는 점점 더 가까워졌다. 지금에 와서 문을 잠그는 건 차의 위치를 알려주는 것과 다르지 않았다. 손에 쥐고 있던 휴대폰의 액정이 밝아지며 대영의 이름이 떴다. 해인은 전화기를 품속에 넣었다. 다행히 뻗치기를 시작하면서 전화기를 무음으로 해놓아 벨 소리는 울리지 않았다. 하지만 그가 액정의 불빛을 보았을지도 몰랐다. 덜컥덜컥, 해인이 숨어 있는 차 근처에서 잠긴 문을 확인하는 소리가 들렸다. 이제 몇 걸음만 걸으면 렌터카였다. 해인은 눈을 질끈 감았다.

"반장님!"

최 형사의 목소리였다. 대영의 발걸음이 멈췄다.

"왜?"

"좀, 와보셔야겠어요. 기자들 짓인지 사무실에 누군가 들어왔다 나간 것 같아요."

대영은 갈등하는 듯 그대로 멈춰서 움직이지 않았다.

"반장님, 듣고 계세요?"

대영의 슬리퍼를 끄는 소리가 급하게 멀어졌다. 경황이 없어서

인지 대영이 경찰서 출입구를 막지 않은 것은 그나마 다행이었다.

대영이 사라지자 해인은 운전석에 올라타 시동을 걸었다. 대영이 다시 나오기 전에 빨리 경찰서를 빠져나가야 했다. 가속페달을 밟았는데 엔진 소음만 요란할 뿐 차량은 꼼작하지 않았다. 당황해 기어를 P에 둔 채 가속페달을 밟고 있었다. 해인은 기어를 바꾸고 차를 빼서 경찰서 정문으로 향했다. 차단기가 열렸다. 그녀는 경찰서를 빠져나오는 몇 초 동안 땀에 젖은 손을 몇 번이나 바지에 닦았다.

경찰서 앞 좁은 내리막길을 내려가면서 해인은 룸미러로 자주 뒤를 보았다. 따라오는 전조등의 불빛은 없었다. 비로소 떨림이 멈췄다.

해인은 어디로 가야 할지 몰라 무작정 차를 몰았다. 이제 대영과 함께 사는 아파트로 돌아갈 수는 없다.

7

 사무실을 비운 건 길어봐야 20분 남짓이다. 그 짧은 시간 안에 필요한 걸 얻었다? 사무실이 비길 기다렸다가 침입했다는 증거였다.
 "막내는?"
 "출출하다고 야식 사러 갔어요."
 "그래? 없어진 건?"
 "잘 모르겠어요. 뒤진 흔적만 있지 휴대폰이며 지갑 같은 건 그대로 있어요."
 "어떤 간 큰 놈이 강력계 사무실을 털겠냐?"
 "반장님은요?"
 "눈에 띄는 건 없어."
 대영은 자신의 책상 위에 있는 노트북을 보았다. 한눈에 봐도 그가 맞춰놓은 선들과 일치하지 않았다. 뭘 노린 거지?
 "반장님, 팀장님 책상 위에 올려둔 수사보고서가 없어진 거 같은데요."
 "거기 별다른 거 없었잖아?"
 "기자들은 모르잖아요. 아무래도 출입기자 짓인 거 같아요."

"별다른 진전도 없는 상황에 우리 사무실을 털었다?"
"선 넘은 거죠. 내일 첫 단독 달고 나오는 기사를 쓴 놈을 잡아다 족치죠."
"대가리가 있는 놈이면 바이라인에 자기 이름 달고 기사 쓰겠냐?"
"완전범죄네, 이거. 아무래도 사무실 비번은 바꿔야겠는데요."
"그러자."

대영은 살짝 열린 창문으로 밖을 내다보았다. 해인의 모습은 보이지 않았다. 다시 주차장에 간다 해도 해인을 찾을 수 있을 것 같지 않았다. 아마도 트렁크에 있던 쓰레기봉투를 가져간 사람은 해인일 것이다. 그녀만이 쓰레기봉투의 의미를 알 수 있으니까.

대영은 자리로 돌아와 앉았다. 노트북을 건드린 흔적은 뚜렷했다. 침입자는 창문을 통해 밖을 내다보다 최 형사가 들어오는 걸 보고 도망쳤다. 기자라면 팀장님 책상 위에 있던 수사보고서를 가져간 것까지는 납득할 수 있었다. 그런데 시간도 없는 와중에 흔적을 남기면서 형사들의 책상까지 뒤진 건 이상했다. 수사 첫 날이고 수사보고서보다 진전된 내용을 형사들이 가지고 있을 리 없다. 기자가 아니라는 건가? 혹시, 해인이? 기자 시절부터 사무실 비번쯤은 알고 있었으니까 해인이라면 침입하는 데 어려움은 없었다. 차 트렁크에서 쓰레기봉투까지 수거했으면 그가 태곤을 살해했다는 결론을 내렸을 테고, 오피스텔 CCTV를 노리고 침입했을 수 있다. 그렇다면 왜, 노트북을 두고 간 걸까? 파일 용량이 커서 복사할 시간은 턱없이 부족했다. 지금 상황에서 해인은 최

대한 증거를 모아야 했고, 대영이 신고를 하지 못한다는 것 역시 충분히 예상할 수 있었다. 그러니 노트북을 가져가는 게 최선이었다. 더군다나 차량 트렁크에서 쓰레기봉투를 수거한 마당에 대영에게 들킬까 봐 증거를 포기하고 갈 이유가 없었다. 결정적으로 해인이라면 침입한 흔적을 위장할 필요가 없었다. 누굴까? 대영은 '당신의 비밀'을 떠올렸다. 기자나 해인보다는 그편이 더 현장 상황에 부합했다. 대영의 비밀을 팔아먹은 놈이라면 그가 지금 무엇을 하고 있는지 정보가 필요했을 것이다.

사무실 도어록을 해제하고 강 형사가 들어왔다. 그의 손에 검은 비닐봉지가 들려 있었다.

"우리가 사무실 비운 사이에 누가 침입했다."

최 형사가 강 형사의 손에 있던 비닐봉지를 받아 들며 푸념조로 말했다.

"예? 뭐 없어진 건 없어요?"

"팀장님한테 올린 수사보고서."

"그걸 왜요?"

"아무래도 출입기자 중 한 사람인 거 같다."

"이번에 사무실 비번을 바꿔야겠어요."

"그래, 네가 바꿔봐."

최 형사가 책상 위에 족발을 펼쳐놓았다.

대영은 나무젓가락을 뜯어서 족발 한 점을 입에 넣고 우물거렸다. 직접 가서 사 온 것치고는 온도가 미묘했다. 대영은 담배를 피우는 동안 강 형사가 정문으로 나가는 걸 보지 못했다. 혹시?

대영은 고기 한 조각을 더 입에 넣고는 생각을 지웠다. '당신의 비밀'의 후유증 때문에 자꾸 편향적으로 사고를 하고 있었다.
"맨입에 먹으려니 영 안 넘어가네."
최 형사가 나무젓가락을 내려놓으며 투덜거렸다.
"팀장님이 반장님한테 술은 절대 안 된다고 하셔서요."
"알아, 그냥 해본 소리지. 막내야, 눈치는 미리 좀 챙기자."
"죄송합니다."
최 형사가 대영의 눈치를 보며 다시 젓가락을 들었다. 대영은 고기 조각 한 점을 입에 욱여넣고는 자리에서 일어섰다.
"반장님, 좀 더 드시죠."
"됐다. 확인해야 할 게 많다."
대영은 자리로 돌아가 태곤의 오피스텔 주차장을 찍고 있던 CCTV 파일을 재생했다. 주차장 CCTV는 차량이 나가는 진출입구와 주차장 내부를 찍고 있는 두 대가 전부였다. 사각지대가 많아 놈이 찍혔다고 해도 결정적인 장면이 있을지 알 수 없었다. 대영은 초조한 마음에 해인에게 다시 전화를 걸었다. 연결음이 몇 번 계속되다 음성사서함으로 넘어갔다. 그는 문자메시지라도 남기려다가 어떤 말로도 지금 상황을 설명할 수 없을 것 같아 그만두었다. 수사가 진행돼 더 엉켜버리기 전에 빨리 진범을 특정해야 한다는 생각이 초조함으로 변했다.
CCTV 영상에선 번호판만 다른 승용차와 SUV가 반복해서 지나갔다. 특색 없는 차들이 주차장을 빠져나가고 들어오는 걸 지켜보자니 코끼리가 머릿속을 채우기 시작했다. 대영은 코끼리가 머릿속을 가득 채우기 전에 주차장 내부 CCTV를 재생했다. 가끔 사람들이 운전석에 타는 모습과 사각지대에 주차된 차량이 지나가는 모습이 지루하게 반복되었다.

대영이 화면을 멈췄다. 아무래도 사각지대가 많아 파일을 모두 본다고 해도 시체의 나머지 부분을 운반한 용의자를 특정할 자신이 없었다. 다른 식의 접근이 필요했다. 대영은 해인이 로비에서 찍힌 시간을 전후해 24시간 동안 출차한 차량을 대상으로 수사 범위를 좁혀야겠다고 마음먹었다. 그리고 그중에서 입주민으로 등록되지 않은 차량을 우선 탐문하면 어느 정도 견적이 나올 것 같았다. 하지만 그마저도 혼자서 하기엔 시간이 너무 많이 걸렸다. 범위를 더 좁혀야 했다.

대영은 멈췄던 동영상을 다시 재생했다. 지금 당장 할 수 있는 건 없었고, 보다 보면 용의대상을 좁힐 아이디어가 떠오를지 몰랐다. 그는 큰 기대 없이 움직이는 사람을 중심으로 CCTV를 빠르게 돌렸다. 카메라에 잡히는 사람은 몇 되지 않았고, 대부분 운전석에 올라타고 바로 출발했기 때문에 수월하게 볼 수 있었다.

SUV 한 대가 다른 차량과 달리 움직였다. SUV는 주차장에 들어와서 바로 주차하지 않고 한 바퀴를 돌아 다시 제자리로 돌아왔다. CCTV상으로 분명 빈 곳이 있었는데도 SUV는 주차를 하지 않았다. 차량은 비어 있는 주차 칸을 지나쳐 주차장의 벽 끝으로 천천히 갔다. CCTV에서 SUV가 사라졌다. 전조등의 불빛과 브레이크등의 붉은빛이 화면 밖의 사각지대에서 교차되는 게 보였다. 잠시 후 전조등의 불빛이 꺼졌다. 하지만 탑승자의 모습은 화면에 나타나지 않았다. SUV가 처음 주차장을 한 바퀴 돌았던 건 CCTV의 위치를 확인해서 사각지대를 찾기 위한 게 아니었을까? 대영은 초조하게 다시 SUV가 움직이길 기다렸다. 몇 대의 차량이 빈자리에 주차를 했고, 몇 대의 차량이 빠져나갔다. 그중에 짐을 싣는 차량은 없었다.

SUV를 세운 사각지대에서 희미한 불빛이 잠깐 보였다 사라졌다. 전조등의 불빛도, 브레이크등의 붉은빛도 아니었다. 위치로 보면 테일게이트를 열었을 때 켜진 불빛 같았다. 잠시 후 붉은 브레이크등과 전조등이 켜졌고, SUV가 CCTV 화면 속으로 들어왔다. SUV는 들어올 때와는 달리 망설임 없이 출구 쪽으로 사라졌다. 대영은 CCTV에 찍힌 시간을 확인한 뒤 주차장 출구 CCTV를 재생했다. SUV는 15초 후에 주차장을 나갔다. 전면 창의 선팅이 진해 운전자의 모습은 보이지 않았다. 대영은 SUV의 차량번호를 종이에 적었다.

대영은 차량번호를 입속으로 몇 번 되뇌었다. 분명 익숙한 번호였다. 하지만 어디서 보았는지 가물거려 떠오르지 않았다. 그는 최근에 차적조회를 한 기억을 떠올렸다. 용의자로 특정된 놈이 아니면 그가 직접 차적을 조회할 일은 없었다. 대영은 다시 차량번호를 들여다보았다. 조금 전 주차장에서 본 차는 아닐까? 그는 창밖을 내다보았다. 군데군데 보안등이 켜 있기는 했지만 주차장은 상대적으로 어두워 차량번호가 한눈에 들어오지 않았다. 해인의 차를 찾기 위해 주차된 차를 확인했던 터라 번호까지 주목하지는 않았다. 두일의 차량번호도 아니었다.

대영은 간밤에 두일의 주차장에서 본 불륜남의 차가 CCTV 속 차와 같은 SUV라는 걸 떠올렸다. 그는 휴대폰의 사진 폴더를 열었다. 거기에 있었다. 대영이 '당신의 비밀'에 팔아먹은 비밀의 차량번호. 기묘한 우연이었다. 태곤의 오피스텔에도 불륜 상대가 있었나? 하는 생각이 먼저 들어 긴장이 풀어졌다. CCTV를 피해 구석에 주차하는 것도 같았다. 놈이 우연히 SUV의 테일게이트를 열었다 해도 지금까지 확인한 대상 중에서는 가장 유력했다.

"최 형사, 한강공원 CCTV에서 용의차량 추렸어?"

"용의차량이라고 볼 수도 없어요. 특징이 없어서."

"그래서 한 대도 없다고?"

"시간대랑 동선이 좀 이상한 차량을 대충 추리긴 했죠."

"줘봐. 내가 조회해볼 테니까."

"반장님이 직접요?"

"두일이 용의차량 떴다. 확인해봐야겠지만."

"지금 저 못 믿어서 직접 하시겠다는 겁니까?"

"못 믿는 놈 데리고 잡으러 가겠냐? 확실치 않으니까 그러지. 위에 보고하기에도 민망한 정도라."

"알겠습니다. 대신 특정되면 저도 끼워주시는 겁니다."

"걱정 마. 혼자는 안 갈 테니까."

"저도요."

강 형사가 자리에서 일어나 대영을 보고 쑥스럽게 웃었다.

"그럼, 막내도 데리고 가야지."

대영은 경찰 내부전산망에 접속해 최 형사가 넘겨준 용의차량

30여 대와 불륜남의 차량번호를 차례로 입력해 차적을 조회했다. 차적조회는 조회하는 사람의 기록이 남기 때문에 이편이 뒤탈 없는 손쉬운 방법이었다. 조회된 자료를 출력해 최 형사에게 넘겨주고 SUV의 차적은 따로 챙겼다. SUV의 소유주는 '김준'이라는 남자이며, 주소는 성동구 장한평 소재의 오피스텔로 등록되어 있었다.

대영은 휴대폰으로 시계를 확인했다. 4시를 넘어서고 있었다. 피곤이 몰려왔지만 지금 움직이는 게 편할 듯했다.

"다들 잠깐이라도 눈 좀 붙여."

"들어가는 것도 귀찮아요. 전 이렇게 잠깐 자려고요."

최 형사가 의자 등받이를 뒤로 젖히고 책상 위로 다리를 올렸다.

"전 사우나나 갔다 와야겠어요."

강 형사가 연필꽂이에 꽂아놓은 칫솔을 빼서 주머니에 넣고 일어섰다.

"그래. 난 들어갔다가 탐문 갈 거니까 팀장님 나오시면 그렇게 전해줘."

"차적조회에서 뭐 좀 나왔어요?"

"차명 아니면 대포차인 거 같아. 그래도 주소지에 일단 가보려고."

대영과 강 형사는 나란히 강력팀 사무실을 나왔다.

"한강 토막시체 신원 나오면 나한테 바로 연락하고."

"알겠습니다."

"사우나까지 태워줄 테니까 타고 가."

"그럴까요."

대영은 강 형사를 지하철역에 내려주고 집에 들르려다 반포대교 방향으로 차를 돌렸다. 지금 집에 가봐야 해인이 있을 것 같지 않았다. 그는 한 손으로 휴대폰의 통화목록에서 해인의 번호를 찾아 터치했다. 연결음이 몇 번 울리지 않았는데 음성사서함으로 넘어갔다. 수신거부를 한 모양이었다.

신호에 걸려 멈춰 서자 내비게이션에 김준의 주소를 입력했다. 안내가 시작되고 대영의 쏘나타가 한산한 도로를 빠르게 달렸다.

대영은 문득 자신이 올린 김준의 비밀을 비싼 값에 구매한 사람이 누구인지 궁금했다. 누군가에게는 분명 가치 있는 비밀일 텐데 아무리 생각해도 어떤 가치가 있는지 짐작할 수 없었다.

그는 해인에게 다시 전화를 걸었다. 바로 전화기가 꺼져 있다는 안내 멘트가 나왔다. 그녀의 대답이었다. 대영은 휴대폰을 내려놓았다.

대영이 김준의 오피스텔에 도착한 시각은 5시에 가까웠다. 그는 곧장 관리사무소에 가서 야간근무를 하는 직원에게 입주자 정보를 확인했다. 김준은 혼자 살았고, 오피스텔에 등록된 차량번호도 어제 본 불륜남의 것과 일치했다. 대영은 입주자 정보에서 김준의 휴대폰 번호를 찾아 메모했다. 그리고 지하주차장을 돌면서 김준의 차가 입차했는지 찾았다. 지하 3층까지 꼼꼼히 확인했지만 김준의 SUV를 찾을 수 없었다. 이른 감이 있었지만 김준의 집으로 올라가서 초인종을 눌렀다. 현관문 너머로 초인종이 울리는 소리가 들렸다. 몇 번을 더 눌러보았지만 집을 비운 듯 인기척도 없었다. 제풀에 놀라 잠수라도 탄 건가? 대영은 김준의 휴대폰으로 전화를 걸었다. 연결음이 계속돼도 전화를 받지 않았다. 다시 전화를 걸었다. 이번에도 전화를 받지 않았다. 연달아 서너 번 전화를 걸었고, 김준은 받지 않았다.

    그는 오히려 마음이 편해졌다. 이제 놈을 쫓아가서 잡기만 하면 뭐라도 밝혀질 것이다.

    서울을 벗어나자 해인은 조금씩 냉정을 되찾았다. 대영은 치밀하게 범행을 준비했다. 2주 전 대영이 편의점 영수증을 빨랫감 사이에 흘린 것이 시작이었다. 그걸 보고 해인은 대영이 두 사람의 불륜을 눈치챈 게 아닐까 불안해하며 신경을 쓸 수밖에 없었다. 그 불안은 태곤이 잠적하면서 구체화됐다. 해인은 대영을 의심할 수밖에 없었고, 실체를 확인하기 위해 대영의 휴대폰을 몰래 확인했다. 그는 이것까지 계산해서 캐리어를 끌고 가는 해인의 사진을 메시지로 주고받아 흔적을 남겼다. 대영은 태곤을 살해하고 그의 몸통을 해인이 운반하게 한 뒤, 그녀가 이 모든 걸 알 수 있게 사진을 남긴 것이다. 그녀가 충격과 절망을 느끼도록.

    태곤을 살해한 흔적을 자신의 차 트렁크에 넣어둔 것도 다분히 의도한 일이었다. 대영의 계획대로 해인은 쓰레기봉투에 지문을 찍어 증거를 만들어주었고, 그 증거는 지금 해인의 차 트렁크에 실려 있었다. 이대로 검문에라도 걸리면 쓰레기봉투는 살인의 증거가 될 터였다. 그렇다고 쓰레기봉투를 소각할 수도 없었다. 해인의 결백을 증명해줄 목격자인 경비원이 사망한 지금 역설적이게도 그녀의 결백을 증명해줄 증거 역시 쓰레기봉투밖에 없었다. 시간이 지나면 대영이 쳐놓은 덫이 그녀를 옥죌 것이 분명했다.

해인은 갓길에 차를 세웠다. 지금까지 모두 대영의 계획대로 됐다면 지금부터는 조금 다르게 가볼 작정이었다. 그녀에겐 대영이 알지 못하는 카드가 남아 있었다. 해인이 캐리어를 전달한 남자. 그녀가 전달한 캐리어에 시체가 들어 있었다면 그 남자가 한강에 유기했을 것이다. 그를 찾아야 했다. 대영이 태곤의 휴대폰을 사용해 해인에게 문자로 캐리어의 운반을 지시했으면 남자에게도 그렇게 했을 것이다. 남자가 살아있다면 대영과 어떻게든 연결된 흔적이 나오리라 해인은 기대했다.

해인은 휴대폰에서 은색 차량을 찍은 사진을 찾았다. 배달 당시 그녀는 혹시라도 있을지 모르는 사고를 방지하기 위해 캐리어를 전달하고 나서 몰래 남자의 차량을 찍어두었다.

윙, 휴대폰이 진동했다. 해인은 액정에 뜬 이름만으로 공포를 느꼈다. 대영이었다. 그녀는 떨리는 손가락으로 수신거부를 눌렀다.

동기부터 증거까지 완벽하게 만들어놓은 상황이니 대영은 그녀를 한강 토막살인의 용의자로 추적할 수도 있었다. 수사가 시작되면 위치추적도 가능했고 수배까지 내릴 수 있었다.

해인은 휴대폰의 전원을 당장 꺼버리고 싶었지만 캐리어를 전달받은 남자를 찾으려면 휴대폰이 필요했다. 그녀는 캐리어를 전달받은 남자의 차량번호를 종이에 메모했다. 그리고 저장된 번호를 훑어 차적조회를 부탁할 사람을 찾았다. 용산서나 대영과 연결된 형사를 제외하니 남은 사람이 많지 않았다. 그녀의 손끝이 '박철 경위'에서 멈췄다. 그는 장원식 의원의 지역구인 선인경찰서 소속으로 정치적인 인물이었다. 선인시장 재개발로 갈등이 생기자 노골적으로 건설사를 도와 시위대를 해산시켰다. 그녀와는 불법시위로 조사를 받는 상인들 때문에 몇 번 만난 인연이 있었다. 장원식 의원의 부탁이라고 하면 사소한 불법쯤은 눈감고 도와줄 인물이었다.

해인은 통화 버튼을 누르려다 망설였다. 대영이 해인을 용의자로 특정해 휴대폰 통화내역을 확보하면 박철을 통해 그녀가 캐리어를 전달받은 남자를 쫓는다는 걸 알게 될 위험이 있었다. 아직까지 살아있다면 남자도 위험해진다. 그녀는 가장 가까운 위치에 있는 공중전화를 검색해서 찾았다. 얼마 떨어지지 않은 농협 앞에 공중전화가 있었다. 그녀는 휴대폰의 전원을 끄고 공중전화로 차를 몰았다.

박철은 예상대로 장원식 의원의 이름을 꺼내자 이유도 묻지 않고 부탁한 차량의 차적조회를 해주었다.

은색 차량의 소유주는 '고상필'이라는 남자로 서울 영등포에 거주하고 있었다. 해인은 출근시간이 되기 전에 영등포에 도착하기 위해 내비게이션을 켜고 최단시간 경로로 달렸다. 지금까지는 무력하게 대영의 계획에 놀아났지만 목격자인 그를 확보하면 상황을 뒤집을 수 있었다. 그녀는 고상필이 살아있기를 간절히 바랐다.

해인은 차를 돌려 도망치듯 무작정 달려왔던 길을 거꾸로 달렸다. 새벽의 서해안고속도로는 텅 비어 있었다. 내비게이션이 과속을 알리는 경고음을 계속 울려댔지만 속도를 줄이지 않았다.

해인의 차가 가양대교를 건너 올림픽대로에 들어서자 완전히 날이 밝았다. 이른 출근길 차량이 가세해 제한속도 이상으로 속도가 나지 않았다. 해인은 고상필을 만나지 못할까 봐 초조해졌다. 그녀는 올림픽대로에서 여의도 방면으로 빠져나왔다. 평소라면 국회로 가는 출근길이었다.

고상필은 영등포지하차도에서 우회전을 하면 있는 아파트 단지에 거주하고 있었다. 그녀가 고상필의 아파트 앞에 도착한 시간은 6시 20분이었다. 해인은 아파트 출입구에서 차를 세우고 고상필의 은색 차가 나오길 기다렸다. 밤을 새운 탓인지 피곤했지만 잠은 오지 않았다. 날이 선 신경 때문인지 자꾸 위가 뒤틀려 시큼한 위액이 넘어왔다. 따뜻한 커피 생각이 간절했지만 자리를 비울 수는 없었다. 7시 30분이 지나자 주차장을 빠져나오는 차들이 많아졌다. 혹시라도 고상필을 놓칠까 봐 한눈을 팔 수 없었다.

출근길 차들의 교통을 정리하던 경비원이 해인에게 다가왔다. 정문 앞에 주차한 것으로 오해한 것 같았다. 해인은 창문을 내리고 국회의원 비서관 신분증을 내밀었다. 대충 공무 중이라고 둘러대자 경비원은 고개를 끄덕이고는 하던 일을 계속했다. 여전히 고상필의 차는 보이지 않았다. 시간이 지날수록 그녀는 점점 초조해졌다. 오피스텔 경비원을 처리한 것처럼 대영이 이미 고상필도 죽였을지 모른다는 의심이 들었다. 고상필마저 살해당한 후라면 이 상황을 뒤집을 방법은 없었다. 그녀는 9시까지 기다려도 고상필이 나오지 않으면 아파트로 올라가보기로 마음먹었다.

해인이 뻐근한 눈을 손바닥으로 누르려던 순간, 고상필의 은색 차가 나타났다. 해인은 본능적으로 자신의 차로 은색 차량 앞을 가로막았다. 차가 급정거를 했고, 경적을 울려댔다. 해인은 고상필이 운전석에서 내릴 때까지 그대로 있었다. 경적을 울려대던 고상필이 마침내 운전석 문을 열고 내렸다. 정장 차림의 육중한 몸이 눈에 익었다. 해인은 육중한 몸을 흔들며 해인의 차로 다가오는 고상필이 반가웠다. 그때 캐리어를 넘겨받은 남자가 분명했다. 고상필이 욕설을 하는 게 차창 너머로 보였다.

해인은 차의 시동을 끄고 내렸다. 그녀가 고상필에게 다가가자 욕설을 하던 고상필의 얼굴이 일그러졌다.

"저 알죠?"

고상필은 해인을 보더니 차를 버려두고 뒷걸음질 쳤다. 주차장 입구를 막고 있는 두 차량 때문에 다른 차의 운전자들이 경적을 울려댔다.

"저기요, 고상필 씨."

고상필의 얼굴에 핏기가 가셨다. 그는 아예 몸을 돌려 뛰기 시작했다. 해인이 고상필을 따라 뛰었다. 경적을 울려대던 차들이 반대 차선으로 역주행해서 빠져나갔다.

고상필은 육중한 몸 때문에 멀리 가지 못하고 해인에게 따라잡혔다.

"물어볼 게 있어요."

고상필은 해인의 말을 듣지 못하는 건지, 믿지 못하는 건지 멈추지 않았다. 해인은 고상필의 뒷덜미를 움켜잡았다. 고상필의 앞으로 쏠렸던 상체가 한 박자 늦게 뒤로 젖혀졌다.

"난 몰라요. 아무것도 몰라요."

고상필은 옷깃을 잡힌 채 덜덜 떨었다.

"고상필 씨, 저 기억하시죠?"

"내, 내 이름을 어떻게 알았어요? 내가 사는 덴 어떻게 알았고요?"

"대답 좀 해봐요. 저 기억하죠?"

고상필은 저항할 의지조차 없는지 뒷덜미를 잡은 해인의 손을 뿌리치지 못했다. 그가 해인을 흘깃 보고 고개를 끄덕였다.

"저, 물어볼 게 있어요. 조용한 데로 옮길까요?"

"몰라요. 전 아무것도 몰라요. 살려주세요."

힘으로 하면 해인을 내동댕이칠 수 있을 것 같은 큰 덩치의 남자가 살려달라고 매달리는 모습은 기묘했다. 해인은 잡고 있던 남자의 뒷덜미를 슬그머니 놓아주었다.

"제가 살려드릴게요. 이대로 있으면 둘 다 위험해요."

"예?"

"지금 우리 둘 다 같은 처지라고요."

해인은 남자와 함께 아파트 벤치에 앉았다. 주차장 출구를 막아놓은 두 사람의 차 때문에 신경질적으로 경적을 울려댔다. 다행히 아파트 경비원이 눈치껏 출차하는 차량을 입차하는 쪽으로 유도해 큰 소동은 일어나지 않았다.

"뉴스 봤죠?"

"난 아무것도 몰라요. 내용물이 뭔지도 몰랐어요."

"알아요. 나도 몰랐어요."

"그 안에 든 남자를 죽인 사람이 따로 있다는 겁니까?"

"따로 있어요. 그 사람이 고상필 씨를 죽일지도 몰라요."

"누굽니까, 죽인 사람이?"

"아직 확실한 건 아니지만 짐작 가는 사람은 있어요."

"경찰에 신고합시다. 죽는 거보단 나으니까. 우리 둘이 같이 가면 믿어줄 거예요."

"증거가 없어요."

"아……."

신음인지 탄식인지 모를 소리가 고상필의 입에서 흘러나왔다.

"그 사람이 왜 우릴 노리는 거죠?"

"제가 캐리어를 넘겨받는 걸 본 목격자가 이미 죽었어요."

"그 사람 짓인가요?"

고상필은 금방이라도 누군가가 찾아와 자신을 살해할지 모른다는 불안감에 주위를 두리번거렸다.

"목격자를 제거해 살인죄를 저와 고상필 씨한테 덮어씌우려는 거죠."

"왜, 그런 짓을……."

고상필은 불안한지 계속 다리를 떨었다.

"당분간 자택 말고 다른 곳에서 지내세요. 가능하면 회사도 휴가를 내시는 게 좋고요."

"아무래도 살려면 그래야겠죠."

"우리 둘 중 누구라도 사라지면 한 명은 살인범으로 몰릴 거예요. 이제부터 증거를 찾아야 해요."

"어떻게요?"

"누가 캐리어를 전달받아 유기하라고 시킨 거죠?"

"전화를 받았어요."

"누구한테서요?"

"모르는 번호였어요. 모르는 사람이었고요. 근데, 그 사람은 나를 잘 알았어요."

대영이라면 업무상 필요에 따라 고상필의 주소나 휴대폰 번호 같은 건 쉽게 알아낼 수 있었을 것이다.

"번호는요?"

고상필이 통화목록에 있는 휴대폰 번호를 보여줬다. 태곤의 번호도 대영의 번호도 아니었다. 대영이라면 대포폰쯤은 쉽게 구할 수 있으리라. 해인은 휴대폰 번호를 메모했다.

"목소리는 어땠어요?"

"음성변조를 하긴 했는데, 남자 같았어요."

"내용은요? 설마 덮어놓고 누군지도 모르는 사람이 시킨 수상쩍은 일을 한 건 아니죠?"

"당신은 어때요?"

"업무상 잘 아는 사람의 핸드폰 번호로 문자가 왔어요. 맡겨놓은 캐리어를 전달해달라고요."

"혹시, 그쪽도 약점 같은 거 잡혔어요?"

"약점이요?"

고상필은 대답을 망설이는 것 같았다.

"그게……."

"전 형사도 아니고, 우리가 그 남자를 먼저 찾아내지 못하면 살인범으로 몰려요."

해인이 쐐기를 박았다. 지금은 사소한 약점 같은 걸 숨길 상황이 아니었다.

"그 사람은 제 약점을 자세히 알고 있었어요. 제가 회삿돈을 좀 유용한 게 있는데, 경기가 안 좋아서 물렸어요. 아, 물론 투자금을 회수하면 원래대로 돌려놓으려고 했어요."

"횡령을 했군요?"

"객관적론 그렇죠. 그걸 그 사람이 알고 있었어요. 캐리어를 전달받아서 한강에 유기하기만 하면 회사에 횡령 사실을 알리지 않겠다고 했어요. 마이너스된 걸 회복하려면 시간이 필요했어요. 그래서 했죠. 캐리어 안에 시체가 들어 있는 걸 알았다면 절대 안 했을 거예요."

고상필이 두 손으로 얼굴을 감쌌다. 해인은 그의 말이 사실일 거라 생각했다. 토막시체라는 걸 알고도 유기하기엔 지나치게 소심해 보였다.

"회사는 아직 횡령 사실을 모르는 거죠?"

"몰라요. 알았으면 벌써 잡혀갔죠."

"그럼, 그 남자가 어떻게 알았을까요?"

"그래서 들어줄 수밖에 없었어요. 업무구조상 횡령을 눈치챌 수 있는 사람은 많지 않거든요."

대영이라면 떠도는 첩보를 활용해 내사를 하고 이를 이용해 고상필을 계획에 끌어들일 수 있었다.

"좋아요. 지금부터 고상필 씨는 횡령을 알고 있거나, 눈치챌 만한 사람을 찾아요. 거기서부터 전화를 건 사람을 거꾸로 찾아봐요. 전 증거가 될 만한 게 있는지 찾아볼 테니까요."

"연락은 어떻게 할까요?"

"전화번호 알려주시면 제가 공중전화로 할게요. 제 번호는 추적당할지 몰라요."

"저는 추적당하지 않을까요?"

"제가 잡히지 않으면 고상필 씨에 대해 아는 사람은 진범밖에 없어요. 괜찮을 거예요."

"우리 이대로 공범으로 몰리는 거 아니겠죠?"

"캐리어를 전달하고 전달받기 전까지 우린 본 적 없는 사이예요. 연락한 흔적도 없고요. 공범이라고 하기엔 설득력이 부족하죠."

"다른 사람들도 그렇게 생각하겠죠?"

"가볼게요. 그리고 혹시라도 혼자서 자수하진 말아요. 우리 둘 다 서로 증언해주지 않으면 독박 쓸 상황이니까요."

"전 투자금 회수할 때까지는 절대 자수 못 해요."

"좋아요. 다시 전화할게요."

해인은 고상필의 전화번호를 메모하고 자리를 떴다. 고상필은 아직도 손이 떨린다며 그대로 앉아 있었다.

8

 대영은 아이스아메리카노 한 잔을 단숨에 마셨다. 카페인이 들어가자 몽롱하던 정신이 맑아졌다. 대영은 컵에 남은 얼음을 씹어 먹었다. 미지근하게 올라오던 열기가 내려갔다. 김준이 사는 오피스텔은 장한평 중고차시장과 안마업소들이 몰려 있는 유흥가 중간에 있었다.
 윙, 휴대폰이 진동했다. 02로 시작되는 저장되어 있지 않은 전화번호였다. 대영은 스팸전화를 돌리기엔 이른 시간이라는 생각에 전화를 받았다.
 "여보세요? 김준 씨 아시죠?"
 "예, 예?"
 "서대문경찰서 강력팀 김한민 형사입니다. 김준 씨 핸드폰으로 계속 전화를 하셨는데, 어떤 관계이신가요?"
 순간, 대영은 어떻게 대답해야 할지 판단이 서지 않았다. 김준이 한강 토막살인의 용의자로 특정되는 건 좋지 않았다. 다른 이유를 둘러대야 했다.
 "수고하십니다. 용산서 강력2팀 오대영 형사입니다. 김준 씨는 저희 쪽 사건의 중요 참고인이라 전화를 했습니다."

"그래요? 용산서는 무슨 사건입니까?"
"말씀드리기 좀 그런데, 이해하시죠?"
"아, 물론 이해하죠."
강력팀 형사들은 자기 사건을 빼앗기는 것에 예민했다. 그 때문에 상대방은 그런 대영의 반응을 기분 나쁘게 생각하지 않는 눈치였다. 더군다나 김준의 휴대폰에서 대영의 번호를 확인했다는 건 이미 그의 신병을 확보했다는 뜻이니 조급할 이유가 없을 터였다.
"우리도 공조할 수 있는 건 공조하겠습니다."
"공조할 건 없고, 무슨 건인지 몰라도 다른 참고인을 찾으셔야 할 것 같은데요."
"무슨 일 있나요?"
"김준 씨, 오늘 새벽 살해당했습니다."
살해됐다고? 대영은 뒤통수를 세게 얻어맞은 것처럼 한순간 멍해졌다. 김준 역시 진범이 아니라는 뜻이었다. 누군가가 또 있었다.
"범인은, 범인은 잡혔나요?"
"현장에서 자수했습니다."
"자수요?"
"CCTV에 범행 장면이 찍혔고, 자백도 했어요."
대영은 뭐가 어떻게 돌아가는지 감이 잡히지 않았다. 이런 식으로 사건이 해결될 리 없다. 현장으로 가봐야 했다.
"동기는요?"

"치정이죠. 김준이 피의자 와이프랑 아파트 지하주차장에서 바람을 피웠어요. 남편이 눈이 돌아서 망치로 김준의 두부를 수차례 가격했고요. 남편은 김준이 숨이 끊어진 걸 확인하고 112에 스스로 신고해 자수했어요."

대영은 충격을 받았다. 그가 '당신의 비밀'에 팔아먹은 바로 그 비밀 때문에 사람이 죽었다. 대영이 다급하게 다시 물었다.

"혹시, 서대문에 있는 퍼스트프레스티지아파트 아닙니까?"

"어, 맞아요. 뭐 치정 말고 다른 동기가 있는 겁니까?"

"아……."

대영의 비밀을 산 사람이 여자의 남편이었다. 그가 팔아먹은 비밀이 살인사건을 촉발시켰다. 대영은 깊은 늪으로 빠져드는 것 같았다.

"피의자 신원은요?"

"민감한 정보라 말씀드리기가 좀 그렇네요. 이해하시죠?"

서대문서 형사는 대영이 했던 말을 그대로 되돌려주었다. 대영은 지금 시점에서 김준이 살해당한 게 우연일까, 가늠해보았다. 공교롭기는 했지만 살인의 다른 의도를 파고들기에는 치정이라는 인과관계가 너무 분명했다.

대영이 비밀을 올린 시점은 김준이 태곤의 오피스텔에서 뭔가를 가지고 나간 후였다. 한강 살인사건 때문에 김준을 죽인 거라면 시기가 맞지 않았다. 김준이 살해될 줄 예측하고 계획을 세우는 건 점쟁이나 가능한 영역이다. 한강 토막살인과 김준의 살인사건은 별개로 봐야 했다. 그런 까닭에 피의자를 만나봐야 나태곧과 연결된 정보가 나올 것 같지 않았다.

"이해하죠. 신문 끝나고 검찰로 넘어가기 전에 연락 좀 주세요. 형식적이라도 면담을 해봐야 하니까요."

"최대한 협조하죠."

"김준 차량에서 눈에 띌 만한 뭔가가 발견된 건 없죠?"

"없습니다."

"김준 자택에서도요?"

"자택수색은 안 했습니다. 피해자 거주지까지 할 필요는 없으니까요."

잠시 침묵이 흘렀다. 휴대폰 너머의 서대문서 강력팀 형사는 호기심 섞인 목소리로 다시 물었다.

"정확하게 찾는 게 뭡니까?"

"딱히 찾는 게 있는 건 아닙니다. 수고하세요."

대영은 서둘러 전화를 끊었다. 더 이상 그의 호기심을 건드리면 수사를 망칠 수도 있다. 대영은 김준의 집으로 가서 강제로 문이라도 따고 안을 살펴봐야 할까 생각하다 그만두었다. 법적 절차 없이 문을 따면 거기에서 뭐가 나오든 증거의 가치를 의심받을 수 있었다. 그리고 이미 죽은 김준이 증거를 훼손할 수는 없다.

대영은 서대문 쪽으로 차를 돌렸다. 지금은 그날 밤 주차장에서 보았던 여자를 만나는 게 먼저였다. 서대문서에서는 살해된 김준과 피의자인 남편에게 집중할 게 분명했다. 여자는 살인사건의 동기일 뿐 핵심이 아니다. 더군다나 살인의 동기가 현장에서 검거된 피의자 자백으로 밝혀진 마당에 여자에게 요구할 수 있는 건 목격자 진술과 사실 확인 정도밖에 없다. 여자에게는 관할서 개념이 적용되지 않을 테고 지금 찾아가 김준에 대해 물으면 솔직하게 대답할 것이다. 여자에겐 더 이상 숨겨야 할 비밀이 없으니까.

강변북로에 들어서면서 차량의 흐름이 느려졌다. 꼬박 밤을 새운 대영은 피곤했다. 몸속에 들어온 적은 카페인으로는 계속해서 주의력을 유지할 수 없었다. 몇 초씩 졸았고 그때마다 차가 좌우로 출렁거렸다. 음주운전이라고 오해받을 것 같았다. 그는 잠을 깨기 위해 담뱃불을 붙이고 창문을 열었다. 흰 연기가 순식간에 바람에 흩어졌다. 이번처럼 사건에 대해 견적이 안 나오는 건 처음이었다. 증거는 한 사람을 가리키는데 해인은 범인이 아니다. 그런데 정말 아닐까? 이 사건에 그를 끌어들인 게 해인은 아니었을까? 대영이 불륜을 눈치챈 걸 알고 태곤을 살해해 모든 문제를 덮으려 한 건 아닐까?

해인이 그럴 사람이 아니라는 걸 알면서도 불안했다. 대영은 담배 연기를 깊게 빨아들였다. 대영의 머릿속에 손톱만 한 의심이 싹텄다. 그는 필터 끝까지 타들어간 담배를 플라스틱 컵에 넣었다. 치익, 얼음이 녹은 물에 담뱃불이 꺼졌다.

대영은 두일을 잡으려고 잠복하던 지하주차장으로 들어갔다. 이틀 전 김준이 차를 세웠던 한쪽 편에 폴리스라인이 쳐 있었다. 빈 주차구역이 두 칸인 걸로 봐서 과수팀이 정밀감식을 위해 차량을 서로 옮긴 것 같았다.

바닥엔 고인혈흔이 말라붙어 있었고, 비산혈흔이 넓게 퍼져 있었다. 대영은 고인혈흔과 비산혈흔의 사진을 찍었다. 비산혈흔이 잘라낸 것처럼 뚝 끊어진 것으로 보아 김준의 차량 옆 칸에도 주차된 차량이 있었던 모양이었다. 대영은 바닥에 떨어진 잘게 깨진 유리 조각의 사진을 찍었다. 유리 조각 위에도 혈흔이 튄 걸로 봐서 먼저 유리를 깨서 운전을 못 하게 만든 뒤 김준을 끌어내 공격한 것으로 보였다. 대영은 방금 찍은 사진을 확대했다. 비산혈흔의 형태가 한쪽 지름이 긴 타원형으로 중복되어 형성되어 있었다. 타점이 낮을수록 한쪽 지름이 긴 타원형 혈흔이 생긴다. 김준이 쓰러진 후에도 공격을 했다는 의미였다. 또 비산혈흔이 중첩돼 형성된 것을 보면 남편은 김준이 정신을 잃고 사망한 후에도 계속해서 망치를 휘둘렀던 것으로 추정할 수 있었다. 혈흔에도 감정이 드러났다.

　남편이 흉기로 칼이 아니라 망치를 준비한 것이나 유리를 먼저 깨고 나서 김준을 공격한 패턴을 보면 계획적인 범행이었다.

　대영은 관리사무실에 들러 망치를 휘두른 남편의 동과 호수를 탐문했다. 이미 소문이 퍼질 대로 퍼져서인지 직원은 입주자 카드를 확인하지 않고도 동과 호수를 알려주었다.

　대영이 211동 1303호의 초인종을 눌렀다. 안에서는 인기척이 느껴지지 않았다. 다시 한번 초인종을 눌렀다. 문 뒤에서 겁에 질린 여자의 떨리는 목소리가 들렸다.

　"누, 누구세요?"

　"경찰입니다. 참고인 조사 때문에 왔습니다. 잠깐이면 됩니다."

　"이미 다 말씀드렸어요."

여자는 충격과 피곤이 뒤섞인 불안정한 목소리로 대답했다.
"김준 씨에 대해 물어보고 싶은 게 있습니다."
도어체인이 걸린 채 문이 열렸다. 아침부터 여자에게서 술 냄새가 났다. 대영은 문틈으로 경찰공무원 신분증을 보여주었다. 여자가 도어체인을 풀고 문을 연 뒤 한쪽으로 비켜섰다. 여자는 그날과 같은 홈드레스를 입고 있었다. 얇은 홈드레스에 가려진 몸의 굴곡이 그대로 드러났다. 30대 중후반? 대영이 문 안으로 들어가자 여자는 현관문을 닫았다. 김준의 이름이 이웃들에게 들리는 걸 신경 쓰는 눈치였다.
여자가 안내하듯 앞서 걸어가 식탁 의자에 앉았다. 대영은 여자의 걸음이 흔들리는 걸 보았다. 대영이 여자의 식탁 건너편에 앉았다. 식탁 위에는 위스키 병과 마시다 만 잔이 놓여 있었다.
"죄송합니다. 맨정신으론 도저히 있을 수 없어서요."
여자가 위스키를 한 모금 마시고 내려놓았다. 이목구비가 뚜렷한 미인이었다.
"이해합니다. 때론 술이 약보다 도움이 될 때가 있죠."
여자의 표정이 살짝 풀어졌다. 술은 솔직한 대답을 듣는 데에도 좋은 약이었다.
"김준 씨에 대해서 알고 계신 대로 말씀해주세요."
"개인적인 건 잘 몰라요. 혼자 살고, 중고차 영업을 한다는 것, 돈이 궁하지 않은 걸 보면 벌이가 나쁘지 않다는 정도죠."
대영은 여자가 불륜관계를 유지해온 김준에 대해 아무것도 모른다는 게 의아했다.

"관계를 유지한 지 얼마나 되셨습니까?"

"한 육칠 개월 정도 됐어요."

여자는 이미 몇 번 받은 질문인 듯 거리낌 없이 대답했다.

"만난 기간에 비해서 잘 모르시네요."

"만난 이유가 제가 모르는 것들 때문이 아니고 제가 아는 것들 때문이거든요."

"예를 들면요?"

"향수를 가끔 쓰고, 장난기가 있고, 서로에게 바라는 건 없고, 저를 보고 싶어 한다는 정도. 더 필요해요?"

"아닙니다."

관계를 유지하는 이유는 여자가 모르는 것들에 있지 않고 잘 알고 있는 것들에 있었다. 나태곤과 해인처럼.

"김준 씨와는 어떻게 만나게 된 겁니까?"

"술자리에서 알게 됐어요. 서로 다른 모임에서 활동했는데 우연히 합석하게 된 거죠. 내가 먼저 연락처를 줬어요."

대영은 그날 본 두 사람의 관계를 떠올렸다. 분명 김준은 여자를 함부로 대하는 느낌이었다.

"이틀 전 CCTV를 보면 김준 씨가 좀 함부로 대하던데, 혹시 협박 같은 걸 받지는 않았습니까?"

여자의 얼굴이 붉어졌다. 그녀는 위스키를 입속에 털어 넣고는 다시 잔을 채웠다.

"봤구나……. 좀, 부끄럽네."

여자가 혼잣말처럼 중얼거렸다.

"아, 찍힌 건 차에서 내려 들어가는 장면뿐이었습니다."

대영이 덧붙이자 여자가 기억난다는 듯이 고개를 끄덕였다.

"협박까지는 아니고, 힘의 우위라고 해두죠. 난 잃을 게 있는데 그 사람은 잃을 게 없으니까, 거기서 오는 힘의 차이 같은 거죠. 그래서 살짝 일방적인 관계가 된 거고요. 그렇다고 돈을 요구하거나 무리한 걸 요구하진 않았어요. 관계라는 건 내가 좋을 때도 있지만 상대방에게 맞춰줘야 할 때도 있잖아요. 그냥 그런 거라 생각했어요. 그래서 괜찮았어요. 적어도 나를 보기 위해서 새벽이라도 달려와준 거니까요. 뭐, 실상은 내킬 때 아파트 주차장으로 불러낸 게 다지만."

여자의 말이 넋두리처럼 이어졌다. 대영은 그날 밤처럼 자동차 경적을 울리고 싶어졌다.

"최근에 김준 씨가 불안해하거나 멀리 떠나려 한 적은 없었습니까?"

대영의 어투와 목소리가 감정적으로 반응해 건조해졌다.

"전 모르겠어요. 속 얘기를 할 만큼 오랜 시간을 같이 보낸 적이 없어서."

"김준 씨가 이런 식으로 만나는 여성분이 더 있었을까요?"

"아마도요. 책임질 것 없는 프리한 관계니까요."

"그렇군요. 혹시 오늘처럼 문제가 된 적은 없었나요?"

여자가 위스키 잔을 들어 몇 모금 연달아 마셨다. 여자의 눈이 풀려 있었다.

"심각한 건 없었던 걸로 알아요. 문제가 생겨도 관계를 끊으면 되니까요. 관계를 끊은 경우는 좀 있었던 것 같아요."

"최근에 들은 적이 있습니까?"

"지난번에 와서 지나가는 말로 여길 더 자주 올 것 같다고 했어요. 뉘앙스가 누군가를 정리한 거 같았어요."

"혹시, 이유를 아시나요?"

"모르죠. 다만, 여자가 먼저 관계를 끊지는 못해요. 약점이 있으니까."

"짐작되는 이유는 없나요?"

여자가 다시 위스키 잔을 들었다.

"둘 중에 하나 아니겠어요. 들켰거나 싫증 났거나."

김준은 최근에 만나던 누군가를 정리했다. 여자의 말대로 불륜 관계를 들켜서 정리했다고 해도 그걸로 끝이다. 태곤을 살해할 동기가 없다. 태곤은 오피스텔에서 혼자 살고 있었고 유부남도 아니었다.

"좀 조심스러운데, 남편분은 김준과의 관계를 어떻게 알게 된 건가요?"

"모르겠어요. 며칠 전만 해도 술에 취해 자기 바쁘던 사람이 어제는 어떻게 깬 건지."

"미리 흉기를 준비한 걸 보면 우발적인 것 같지는 않은데 말이죠."

"그러니까요. 사랑과 질투는 숨겨도 티가 나는데 전혀 몰랐어요."

대영은 여자가 말한 사랑과 질투라는 말에 실소가 나왔다. 남편이 김준을 망치로 때려죽인 게 고작 질투 때문이라고? 여자는 아이처럼 이차원적 사고를 하고 있었다. 여자가 잔에 담긴 위스키를 비우고 다시 채웠다.

"남편은 단순해서 더 숨기지 못했을 텐데 평소에 전혀 그런 티를 내지 않았어요. 마치 어제 처음 안 사람처럼 말이죠."

남편이 '당신의 비밀'을 본 게 분명해졌다. 대영은 다른 사람의 인생에 무책임하게 끼어들었다는 자책감에 여자를 똑바로 볼 수 없었다. 그가 이 여자의 비밀을 팔아먹지만 않았어도 죽은 사람도, 죽인 사람도 없었을지 몰랐다. 코끼리가 머릿속을 가득 채웠다. 여자가 마시는 술잔에 시선이 머물렀다.

"아이고, 예의도 없이 혼자만 마셨네. 한 잔, 하실래요?"

여자가 취해서 풀린 목소리로 마시던 술잔을 대영에게 내밀었다. 거부하기도 전에 그의 몸이 먼저 반응해 술잔을 받았다. 대영은 술잔에 남아 있던 위스키를 단숨에 넘겼다. 식도를 타고 뜨거운 기운이 흘러내렸다. 여자가 빈 술잔에 위스키를 가득 채웠다. 대영은 다시 술을 목구멍으로 넘겼다.

"보기보다 잘 마시네요."

빈 술잔에 여자가 다시 술을 채웠다. 이번에도 대영은 단숨에 목구멍으로 위스키를 넘기고는 잔을 내려놓았다.

"형사랑 같이 마시니까 좋네요. 안심도 되고. 한 잔 더 해요."

여자가 술을 따라 한 모금을 마시더니 술잔을 대영의 손에 쥐여주었다. 여자의 손가락이 대영의 손에 닿았다. 대영은 연달아 마신 독한 술 때문인지 여자의 행동 때문인지 머릿속이 열기로 가득 찼다. 이상 신호였다. 대영은 남아 있는 술을 한입에 털어 넣고는 일어섰다. 의자가 뒤로 밀리며 소리가 났다.
"협조 감사드립니다. 추가로 궁금한 것이 있으면 연락드리겠습니다."
돌아서는 대영의 팔목을 여자가 잡았다. 손의 끈적한 열기가 피부를 통해 느껴졌다. 술기운과 열기에 정신이 아득해졌다. 블랙아웃의 전조였다.
"저도 묻고 싶은 게 있는데요."
"말씀하시죠."
"일단 앉아보세요."
여자가 대영의 팔목을 잡은 손에 힘을 주었다. 대영은 그대로 서서 여자를 보았다.
"남편은 이제 어떻게 되나요?"
"불륜이 동기고 자수를 했다고 해도 계획적 살인이라 장기형을 피하긴 어려울 것 같습니다."
대답을 듣고도 여자는 대영의 팔목을 놓지 않았다.
"어쩌면 다행이네요. 무서웠는데."
여자가 대영의 팔목을 잡아끌었다. 그의 손이 여자의 젖가슴 앞에 있었다. 여자가 조금 더 당기면 닿을 거리였다. 그는 힘을 줘 여자의 손을 뿌리쳤다.
"질문이 더 있어요. 잠깐이면 돼요."
"전화 주세요."
여자가 일어서서 두 손으로 그의 팔을 끌어안다시피 다시 잡았다. 여자의 젖가슴이 팔에 닿았다.
"아직 무서운데 조금만 더 있다 가면 안 될까요?"
대영은 위가 뒤틀렸다. 머릿속 열기가 임계점까지 팽창했다. 펑, 머릿속에서 뭔가가 터졌다.

※

해인에게 고상필은 안전장치였다. 해인이 범인으로 몰린다 해도 살아있는 한 그가 빠져나갈 작은 틈이 되어줄 것이다. 차를 빼는 동안에도 벤치에 그대로 앉아 있는 그를 보며 해인은 조금쯤 안도했다.
해인은 이면도로를 따라 주변을 몇 바퀴 돌았지만 공중전화를 찾을 수 없었다. 고상필에게 받은 전화번호의 가입자 신원과 통화내역을 알아보려면 내키지 않아도 선인시의 박철 경위에게 부탁하는 수밖에 없었다. 연달아 부탁하는 거라 조심스러웠다. 그가 사건에 대해 눈치채거나 나중에 다른 형태로 갚길 원할까 싶어 찜찜했지만 달리 방법이 없었다. 해인은 내비게이션으로 가까운 우체국을 검색했다. 예상대로 우체국 앞에 공중전화가 있었다.
이번에도 박철은 두말 없이 해인의 부탁을 들어주었다. 오히려 그녀의 부탁에 반색까지 했다. 박철은 전화를 끊기 전 의원님께 잘 말해달라며 비릿한 웃음소리를 흘렸다. 그녀 역시 억지웃음과 함께 그러겠다고 대답했다. 박철에게 가입자 신원과 통화내역을 넘겨받으려면 하루 정도는 시간이 필요했다. 전화를 끊고 나자 긴장이 풀어지면서 피곤과 허기가 몰려왔다. 뜨거운 물에 샤워하고 깨끗한 침대에서 눈을 붙이고 싶었다. 하지만 이제 그녀에게 안전하게 쉴 수 있는 집은 없었다.

해인은 눈앞에 보이는 자판기에 동전을 털어 커피를 뽑았다. 뜨겁고 달달한 커피가 목구멍으로 넘어가자 카페인 때문인지 설탕 때문인지 정신이 맑아졌다. 그녀는 종이컵 바닥에 녹지 않은 설탕까지 마시고는 한 잔을 더 뽑았다. 이번에는 좀 천천히 마셨다. 시계를 보려고 휴대폰을 찾다가 아까 꺼두었다는 걸 기억했다. 우체국이 문을 연 걸로 봐서 9시는 넘은 것 같았다. 그녀는 공중전화로 사무실에 전화를 걸었다. 며칠 휴가를 내야겠다는 생각에서였다.

신호음이 들리고서 한참 만에 전화를 받았다.

"장원식 의원실입니다."

사무실의 자질구레한 행정업무를 하는 9급 오 비서였다.

"이해인이에요."

"비서관님 어디세요? 여기 난리 났는데."

"무슨 일 있어요?"

"모르셨어요? 전 핸드폰이 꺼져 있길래 기자들 때문인 줄 알았어요."

"무슨 일이에요?"

"아직 언론에 보도되진 않았는데, 수석님 시체가 발견됐어요."

"아……."

예상한 일이었지만 타인의 입을 통해 객관화되자 충격이 컸다.

눈물이 쏟아졌다. 해인은 말을 잇지 못했다.

"저, 그 한강에서 발견된 그 시체가 수석님이라고 밝혀진 모양이에요. 기자들이 휩쓸고 갔어요."

해인은 목소리에서 울음이 묻어날까 봐 말을 할 수 없었다.

"비서관님, 괜찮으세요?"

해인은 수화기를 막고 몇 번 헛기침을 했다.

"미안해요. 내가 있어야 했는데……."

해인이 듣기에도 자신의 목소리에 울음이 섞여 있었다. 수화기 너머에서 희미하게 울음소리가 들렸다.

"많이 울었는데, 비서관님 목소리 들으니까 또 눈물이 나오네요."

오 비서가 울음을 참으며 억지로 괜찮은 척 말을 이었다.

"저, 미안한데요, 집안에 일이 있어서 며칠 휴가를 내야 할 것 같아요."

"근데, 상황이 상황이라 의원님이 찾으실 거 같은데요."

"잘 좀 말씀드려줘요."

"할 수 없죠. 저, 그래도 비서관님, 핸드폰은 켜두셔야 할 것 같아요."

"그럴게요."

"참, 비서관님은 수석님 결혼하신 거 알았어요?"

"결혼요?"

"예, 시체의 신원을 확인해준 사람이 수석님 부인이래요."

처음 듣는 얘기였다. 나 보좌관, 아니 태곤이 결혼을 했다는 사실 자체가 믿기지 않았다. 그의 오피스텔 어디에도 그가 결혼을 했고 아내가 있다는 흔적 같은 건 없었다. 오히려 해인의 흔적이 마치 그의 아내인 양 남아 있었다. 호적 정리가 안 된 상태에서 뒤늦게 아내라고 나타나 보험금이라도 챙기려는 수작인가?

"전혀요, 몰랐어요."

"가까운 사이라 아실지도 모른다고 생각했어요."

"사적인 얘기를 할 만큼 가까운 사이는 아니라서요."

말을 해놓고 보니 태곤과 사적인 얘기를 한 적은 없었다. 그 많은 시간을 함께 보내면서 우린 무슨 얘기를 했을까? 쏟아지던 눈물이 차츰 말랐다.

"그렇기는 하죠."

"오 비서, 집안일 때문에 핸드폰을 꺼놓을 때도 있으니까 되도록 문자로 남겨줘요. 늦더라도 확인하고 전화할게요."

"되도록 연락 안 드릴게요. 일 잘 해결하고 오세요."

해인은 한참 동안 공중전화 앞을 떠나지 못했다. 몸의 어딘지 모르는 곳의 뼈가 부러진 것처럼 고통스러웠다. 숨을 쉴 때마다 가슴 어딘가가 아팠고, 관자놀이의 핏줄이 툭툭 불거지는 게 느껴졌다. 해인은 한참을 서 있었다. 눈물이 흐르는 것보다 차라리 고통스러운 편이 나았다.

해인을 다시 움직이게 만든 건 자신이 태곤의 살인범으로 특정될지 모른다는 두려움이었다. 그녀는 우체국의 ATM에서 잔고를 몽땅 찾았다. 800만 원 정도였다. 한강 토막시체의 신원이 태곤으로 밝혀졌으니 그녀가 용의선상에 오르는 건 당연한 수순이었다.

태곤의 통화내역만 뽑아봐도 실종 당일 마지막까지 문자를 주고받은 사람이 그녀라는 건 쉽게 알 수 있었다. 거기에 대영이 확보한 CCTV까지 더해지면 해인은 용의선상에 오르는 정도가 아니라 유력 용의자로 수배까지 떨어질 상황이었다. 어쩌면 벌써 경찰이 그녀를 쫓고 있는지도 몰랐다.

해인은 휴대폰을 켜서 사건에 대해 검색하고 싶은 충동을 애써 눌렀다. 경찰서 출입기자였던 탓에 수사팀이 그녀를 어떻게 추적할지 누구보다 잘 알고 있었다. 해인이 용의자로 특정되면 그녀의 휴대폰과 카드 사용내역 등이 실시간으로 수사팀에게 전달된다. 그들은 결제된 카드내역을 보고 쉽게 그녀가 렌터카를 빌렸다는 걸 알아내고 차량을 특정할 것이다. 그러면 렌터카에 설치된 도난방지 GPS로 현재 위치를 추적할 수 있게 된다. 이곳에 더 머물렀다가는 그녀가 단순히 돈을 찾기 위해 우체국에 머문 것이 아니라 공중전화를 사용한 내역도 들켜 박철은 물론이고 고상필까지 노출될 위험이 있었다.

빨리 움직여야 했다. 해인은 무작정 익숙한 여의도 쪽으로 차를 몰았다. 대영이 알지 못하는 사람 중에 자신을 도와줄 사람이 있는지 필사적으로 생각했다. 친구나 지인들은 금방 추적이 될 것 같았고, 해인을 도와주기에 너무 여렸다. 지금 그녀에겐 살인사건의 용의자로 언론에 공론화돼도 흔들리지 않고 도와줄 사람이 필요했다. 믿고 말고의 문제가 아니라 겁먹지 않고 기다려줄 사람. 몇몇 국회의원 보좌관들의 얼굴이 스쳤지만 하나같이 정치적이라 이런 일에 휘말리고 싶어 하지 않을 것 같았다. 그녀가 기자와 국회의원 비서관을 하며 도움을 주었던 사람들의 얼굴을 떠올려보았지만 곧 그들도 지웠다. 그녀가 도와준 후에도 그들은 여전히 약자였다.

그녀는 마포대교를 지나 광화문으로 방향을 잡았다. 그녀를 도와줄 사람은 신문사 선배밖에 없었다. 그러면 특종에 대한 욕심 때문에라도 해인을 도와줄 것 같았다. 해인은 인간에 대한 믿음보다는 기자로서의 욕심을 믿어보기로 했다.

신문사는 그녀가 기자생활을 하던 때와 크게 달라지지 않았다. 해인은 로비에 새로 생긴 카페 구석에 앉아 선배를 기다렸다. 선배는 밤을 새운 듯한 피곤한 모습으로 카페에 들어왔다. 해인이 손을 들었다.

"내 얼굴 보려고 온 것 같지는 않고?"

"선배, 장원식 의원 보좌관이 토막시체로 발견된 거 아시죠?"

"안 그래도 너한테 전화했는데, 핸드폰 꺼놨더라."

"선배 저 좀, 도와주세요."

"내가 뭘?"

"이제 곧 유력 용의자가 뜰 거예요."

"그게 누군데?"

"저요."

선배의 얼굴이 심각해졌다.

"팩트는?"

"물론 전 안 죽였어요. 근데, 정황증거가 저를 범인으로 몰 거예요."

"흠, 뭘 도와주면 돼?"

"핸드폰이랑 차요. 오래 걸리지 않을 거예요. 짐작 가는 진범이 있거든요. 대신 진범 밝히면 독점으로 드릴게요. 물론 단독으로 인터뷰도 하고요."

"좋아. 차는 내 차 쓰고, 핸드폰은 취재용으로 쓰던 거 내줄게."

그가 탁자 위에 자동차 열쇠와 구형 휴대폰을 꺼내놓았다.

"선배, 고마워요."

"대신 내가 연락하면 꼭 받기다?"

"당연하죠."

"지금은 상황이 안 좋은 거 같으니까 일단 일어서. 자세한 건 핸드폰으로 하고. 나도 애들 풀어서 사건에 대해 알아볼 만한 건 알아볼 테니까."

"밤에 전화할게요."

해인이 휴대폰과 열쇠를 들고 일어섰다.

"해인아, 돈은 있어?"

"있어요. 고마워요."

해인은 주변을 둘러보지 않고 고개를 숙인 채 비상계단을 통해 주차장으로 내려갔다. 선배의 차는 구형 SUV였다. 그녀는 타고 온 렌터카 트렁크에서 쓰레기봉투를 꺼내 SUV로 옮겼다. 자신의 범행이라는 걸 증명할 현장증거를 끌어안고 도피하고 있는 처지에 자괴감마저 들었다.

해인은 렌터카를 되도록 신문사와 먼 반납지로 옮겨 반납했다. 도심의 대형 쇼핑몰 주차장이었다. 그녀는 쇼핑몰에서 모자를 하나 사서 쓰고 신문사로 돌아왔다.

신문사 전광판에 속보로 한강 토막살해사건의 피해자 신원이 밝혀졌다는 기사가 흘러갔다. 해인은 선배가 준 휴대폰으로 한강 토막살인에 대해 검색했다. 최근 기사에서 피해자의 아내가 경찰에 DNA 샘플을 제공해 일치 여부를 확인했고, 신원이 특정되었다고 쓰여 있었다.

해인은 피해자의 '아내'라는 글자를 보고서야 태곤에게 아내가 있다는 걸 실감했다. 그동안 그녀는 태곤이 결혼을 했다거나 아내가 있다는 얘길 들은 적도 없었고, 그가 사적인 통화를 하는 걸 본 적도 없었다. 긴 시간을 붙어 있어서 그녀의 눈을 피하는 것은 불가능했다. 물론 호적 정리를 아직까지 하지 못한 관계일 수는 있다. 그것까지는 이해할 수 있었다. 하지만 그런 관계의 '아내'가 실종신고조차 되지 않은 시점에 튀어나와 신원을 특정할 DNA를 제공했다는 건 아무리 봐도 어색했다. 뭔가 짜고 치는 것 같은 느낌이 들었다. 그녀는 선배에게 전화를 걸었다.

"선배, 나태곤의 아내에 대해서 아는 것 있어요?"

느닷없는 질문에 그는 잠시 침묵했다.

"뭔가 이상한 게 있는 거야?"

"제가 알기로는 나태곤에겐 아내가 없었어요. 밤낮으로 같이 일을 하니까 그 정도는 알 수 있거든요."

"호적 정리를 못 한 걸 수도 있지."

"실종신고도 되지 않았는데 바로 토막시체와 DNA 샘플을 비교한다는 것도 이상하잖아요."

"실종신고도 안 했어?"

"제가 알기로는 그래요. 사무실에선 휴가를 간 줄 알았고, 자주 통화하는 가까운 친인척도 없었거든요."

"이상하긴 하네. 보통은 가출신고를 해도 한동안 기다리는 게 경찰 쪽 관례인데 말이야."

"그러니까요. 그걸 건너뛰고 갑자기 아내가 등장해 DNA 샘플을 제공했단 말이에요. 게다가 실종자 DB에 올린 것도 아니고 바로 토막시체와 비교했고요."

"토막시체의 신체적 특징 같은 걸로 추정한 거 아닐까?"

"시체 사진이 공개된 것도 아니잖아요. 게다가 기사 몇 줄로 알아볼 만한 신체적 특징 같은 건 없어요. 문신도 없고요."

"그래?"

해인은 선배의 질문과 이어지는 짧은 침묵에서 그가 두 사람의 관계를 유추하고 있다는 걸 알 수 있었다.

"정치적인 음모 같은 건 어때?"

"나 보좌관은 입법 관련해 여러 의견을 조율하는 쪽이라서 그를 제거할 이유 같은 건 없어요."

"그렇다면 결국 금전이나 치정인가?"

선배가 지나가듯 물었다. 아마도 그가 진짜 묻고 싶었던 질문이 이거였으리라.

"선배가 나태곤의 아내에 대해서 좀 알아봐줘요. 가능하면 현재 거주지까지요."

"일단 시경캡한테 알아보라고 했으니까 기다려봐."

"다시 연락드릴게요."

해인은 신문사 지하주차장으로 가는 비상계단을 내려가면서도 자꾸 뒤를 돌아보았다. 그녀는 선배의 SUV를 몰고 신문사를 빠져나왔다. 찌든 담배 냄새와 쓰레기봉투에서 새어 나오는 부패의 냄새, 몸에서 나는 땀 냄새가 섞여 숨을 쉬기 힘들었다. 그녀는 창문을 열었다. 씻고 좀 쉬고 싶었다.

9

 오피스텔은 이삿짐을 뺀 방처럼 깨끗했다. 그동안 드나든 사람이 없었는지 묵은 공기에 섞여 빈집의 냄새가 났다. 정진섭 반장은 열어놓은 문밖에 서서 감식을 하는 과수팀을 지켜보았다. 토막살인의 경우엔 대개 면식범이 저지르는 범행이라 피해자가 특정되면 수사는 어렵지 않았다. 범행현장에 시체를 그대로 두고 도주할 수 없는 관계라는 건 뻔하니까.
 "여기가 범행현장 맞지?"
 정 반장은 범행현장치고 너무 깨끗한 실내가 마음에 걸려 루미놀 용액을 뿌리고 있는 과수팀 박원 경사에게 물었다.
 "곧 알게 되겠죠."
 박 경사가 암막커튼을 치고 실내등을 끄자 바닥에 형광빛이 은하수처럼 빛났다.
 "와우, 아주 불꽃놀이구만."
 "화장실 방향으로 문지른 흔적이 있는 걸 보면 실내에서 살해해 시체를 화장실로 옮겨 토막을 낸 거 같아요."
 "피해자 신원도 나오고 사건현장도 특정됐으니까 이젠 검거만 하면 되나?"

"어, 반장님 이거 좀 이상해요."

"왜?"

박 경사가 인혈반응 키트를 정 반장에게 보여줬다. 음성이었다.

"이거 음성인 거지?"

"사람의 혈액이 아니라는 거죠."

"루미놀이 저렇게 번쩍거리는데, 에이, 잘못된 거겠지. 다시 해 봐."

"두 개째 했는데 같아요. 루미놀이 위양성반응을 보이는 거 같아요."

"돌겠네. 흔적이 이렇게 구체적인데 인혈이 아니라고?"

"아무래도 범인이 장난질을 좀 친 거 같아요."

"장난도 아는 놈이라야 치지. 이거 뭔가 좀 꼬이는 분위긴데. 다른 데도 확인 좀 해봐."

박 경사가 화장실 안으로 들어갔다 금방 나왔다.

"어때?"

"몇 군데 샘플 떠서 해봤는데 여기도 마찬가지예요. 루미놀반응은 있는데 인혈반응은 전부 음성이에요."

"혈흔을 지우면 됐지, 일부러 위양성까지 조작해서 우릴 물 먹일 필요는 없는 거 아냐?"

"만에 하나 극히 미량이라도 혈흔이 남아 있을지 모르니까 위양성반응이 나오는 걸로 덮어씌운 거죠. 모든 형광반응을 송곳으로 점찍듯이 일일이 채취해서 인혈반응을 확인하지 않는 한 혈흔은 못 찾아요."

"위양성반응을 쉽게 조작할 수 있는 거야?"

"루미놀에 반응하는 우유 같은 걸 뿌린 것 같아요."

"젠장, 범인이 나보다 더 전문가네. 그럼 여기가 사건현장이란 거야, 아니란 거야?"

"혈흔은 나가리고 지금부터 다른 걸로 확인해봐야죠."

박 경사가 알루미늄 박스에서 지문분말을 꺼내서 붓으로 화장실 문손잡이에 조심스럽게 칠했다. 정 반장은 고개를 빼고 이를 지켜보았다. 그의 길게 뺀 목에서 다급함이 묻어났다.

"뭐 좀 나와?"

그는 참지 못하고 박 경사의 붓질이 미처 끝나기도 전에 물었다.

"깨끗해요."

"여기가 사건현장인 건 맞지?"

"알 수 없죠. 과수요원으로서 사건현장이라는 어떤 객관적 증거도 찾지 못했으니까요."

"과수요원이 아니라고 하면?"

"현장이라는 쪽은 오잖아요. 루미놀 위양성에 생활지문 한 점 없다는 건 누군가 일부러 지웠다는 거니까요."

"증거가 없다는 게 증거네."

"다분하죠."

박 경사는 손이 닿을 만한 냉장고의 손잡이나 책상 표면, 싱크대 손잡이에 차례차례 분말을 칠했다.

"다른 데도 없어?"

"피해자 지문도 없어요. 완벽하게 지웠어요."

"오히려 잘됐어."

"예?"

"보통 범인은 장갑을 끼거나 자기가 만졌을 만한 곳의 지문을 지우잖아. 근데 여긴 가해자는 물론 피해자 지문도 안 나왔어."

"놈은 원룸 안에 손이 닿을 만한 곳은 꼼꼼히 다 지웠어요."

"그렇게까지 지워야 하는 사람은 자기가 어디를 만졌는지 모른다는 거지. 범인은 평소에 사건현장에 자주 드나들었던 사람이야."

"오, 그럴 수 있겠네요."

"이제 나태곤과 가까운 사람 중에서 원한, 금전, 치정과 관련된 누구라도 나오겠지. 수고해."

정 반장이 자신 있게 돌아섰다. 그는 오피스텔 CCTV나 나태곤의 통화내역만 확인해도 용의자를 특정하는 데 큰 어려움이 없으리라 확신했다. 증거가 없다는 분명한 증거가 오피스텔에 남았다. 동기가 있는 용의자만 찾아내면 사건은 끝난다.

정 반장이 경비실에 갔을 때 김 형사는 팔짱을 낀 채 심각한 표정으로 CCTV를 보고 있었다. 문을 열고 들어온 정 반장을 본 김 형사가 작게 고개를 저었다.

"왜, 무슨 문제 있어?"

"가장 오래된 녹화분이 3월 27일 PM 5시 18분이에요."

"벌써 덮어쓰기 된 거야?"

"그건 아니고, 경찰이 저장장치를 떼 갔다가 돌려줬대요."

"어느 서에서?"

"다른 경비원이 근무할 때라서 모른답니다."

"해당 경비원한테 연락해서 확인해봐. 어느 서인지만 알아도 확인되겠지."

"그게 해당 경비원이 이틀 전 자살했답니다."

"자살은 맞고?"

"출동한 서에 확인해봤는데 감식결과나 CCTV나 범죄 의심점은 없답니다."

"유서는?"

"없었답니다. 지인들에게 자살암시를 한 적도 없고요."

"자살자 휴대폰에서 나온 것도 없고?"

"그게, 휴대폰을 고의적으로 파손한 것 같답니다."

"그래? 죽기 전에 뭔가 숨기고 싶은 게 있었나?"

"모르겠습니다. 좀 더 알아볼까요?"

"알아봐. 혹시, 협박이라도 받고 있었는지 모르니까."

"협박받은 흔적이 있으면 벌써 수사를 했겠죠."

"그런가? 뭔 사건이 초장부터 이렇게 계속 꼬이냐."

"오피스텔도 그래요?"

"아무것도 없어. 깨끗해."

"시체가 유기된 시점이라도 특정해야 남은 CCTV 데이터에서 뭐라도 건질 수 있을 텐데 어렵네요."

"촉은 안 좋지만 포기하지 말고 꼼꼼히 확인해."

"현장이 여기가 아닌 거 아니에요?"

"내 촉으론 여기가 확실해."

"아무래도 고생 좀 하겠는데요?"

정 반장의 휴대폰이 진동했다. 액정에 '박은호 형사'라고 떴다. 그가 액정을 김 형사에게 보여줬다. 박 형사는 나태곤의 통화내역을 분석하는 중이었다. 그가 먼저 전화를 했다는 건 용의자가 떴다는 걸 의미했다.

"죽으라는 법은 없나 보다."

정 반장이 전화를 받았다.

"뭐가 나온 거야?"

"일단 다중통화자를 추렸어요. 국회의원 보좌관이라 통화대상이 어마어마해요."

"고생했다. 그래서?"

불안해진 정 반장의 목소리가 한 톤 높아졌다. 이 정도의 내용을 보고하려고 감식현장에 있는 그에게 전화를 하지는 않았을 것이다. 또, 뭔가 꼬여버렸나?

"휴대폰이 꺼지기 전 마지막으로 문자를 주고받은 사람도 특정했고요."

"그럼 뭐가 문젠데?"

정 반장은 빙빙 돌리는 듯한 말투에 짜증이 치밀어 올랐다.

"발신한 마지막 문자는 장원식 의원에게 한 거예요."

"그게 다야?"

정 반장의 질문은 질문이라기보단 힐난에 가까웠다. 보좌관이 소속 국회의원에게 문자를 보내는 건 일상적인 일이었다.

"저, 근데 문자를 주고받은 사람이 또 있어요."

"누군데?"

"이해인 씨요. 오대영 반장님 사모님이요."

"지금 현장 나와 있는 사람 데리고 장난해? 해인 씨도 장원식 의원실에서 같이 근무하잖아."

"근데 통화패턴이 좀 심상치 않아요."

"뭐가?"

"근무시간뿐 아니라 새벽이나 밤에도 통화와 문자를 주고받았어요. 거의 매일 이런 패턴인 건 좀 이상하잖아요."

"국회의원 보좌관이랑 비서관이 하는 일이 밤낮이 따로 있나?"

"그래서 두 사람의 발신기지국을 조회해봤어요."

합리적인 의심에 따라 수사를 하는 건 형사의 기본이었다. 하지만 정 반장은 대놓고 칭찬을 할 수 없었다. 그는 판도라의 상자를 여는 사람처럼 불안해졌다.

"그래서 결과는?"

"같은 날짜 비슷한 시간대에 각각 다른 사람과 통화했는데 동일 발신기지국을 사용한 게 많습니다."

"국회나 의원회관은 아니고?"

"해당 기지국엔 나태곤의 오피스텔이 있습니다."

"너 지금 이게 무슨 뜻인지 알지?"

"죄송합니다."

"좋아, 두 사람이 내연관계라고 쳐. 설사 그렇다 해도 이게 사건이랑 무슨 관계야?"

"이해인 씨가 휴가를 냈고, 핸드폰도 꺼놓은 상태예요. 잠수 탄 거죠."

박 형사는 합리적인 의심이 해소될 때까지 끝까지 가본 뒤에 전화를 했다. 같이 근무하는 동료인 오 반장에 대한 일이라 그도 부담이 됐을 것이다.

"알았어. 내가 오 반장이랑 통화해볼 테니까 일단 이 건에 대해선 입 다물고 있어."

"알겠습니다."

"아, 그리고 이해인 씨 생활반응도 체크해봐. 이것도 말 안 나가게 조심하고."

전화를 끊고 나서 정 반장은 입맛이 썼다. 강력계 형사 중에 가정이 거덜 난 예는 흔했다. 자신 또한 마누라가 언제 바람나도 이상할 게 없는 결혼생활이었다.

후, 정 반장은 한숨을 쉬었다. 그는 대영에게 어떻게 전화를 해야 할지 막막했다. 그가 해인의 불륜에 대해 알고 있어도 할 말이 없었고, 모르고 있어도 할 말이 없었다. 그렇다고 피할 수만은 없었다. 객관적으로 보면 치정은 살인의 가장 흔한 동기였다. 그리고 무엇보다 루미놀의 위양성반응을 이용해 사건현장을 조작한 수법이나 CCTV를 떼어 간 경찰이 있다는 경비원의 진술이 흩어진 퍼즐 조각처럼 서로 들어맞았다.

정 반장은 전화로 해결할 수 있는 문제가 아니라고 생각했다. 일단 대영을 만나는 게 중요했다. 그는 대영에게 전화를 걸었다. 연결음이 계속됐다.

10

 휴대폰의 진동 소리에 눈을 떴다. 어두웠다. 대영은 눈을 깜박였다. 초점이 잡히자 그는 눈앞에 보이는 게 자동차의 천장이라는 걸 깨달았다. 대영은 몸을 일으켰다. 자동차의 전면 유리를 통해 주차된 차들이 보였다. 김준이 살해된 아파트 주차장이었다. 대영은 그제야 술을 마셨다는 것과 동시에 필름이 끊어졌다는 걸 자각했다.
 위잉, 휴대폰이 컵홀더에서 반짝이고 있었다. 그는 휴대폰을 집으려다 손에 통증을 느꼈다. 흐린 지하주차장 불빛에 그의 오른손이 검붉게 물들어 있는 게 보였다. 피? 등줄기를 타고 소름이 올라왔다. 대영은 두 손가락으로 휴대폰을 집어 들었다. 액정을 절반쯤 가린 핏자국 아래로 '정진섭 반장'이라는 글자가 흐리게 보였다. 그는 전화가 끊어지기를 기다렸다. 휴대폰은 몇 번 더 진동하더니 멈췄다.
 대영은 휴대폰 플래시를 켜서 손을 살폈다. 날카로운 예기에 의한 벤 상처가 검지에서 중지로 길게 이어져 있었다. 필름이 끊긴 사이 스스로 지혈을 했는지 말라붙은 피와 함께 상처에 휴지가 붙어 있었다. 대영은 필름이 끊어지기 전 여자가 보여주었던 태도와 그가 느꼈던 적개심이 기억났다. 혹시? 섬뜩한 상상에 심장이 타들어갔다. 그는 핏자국 때문에 제대로 인식이 되지 않는 휴대폰의 액정을 몇 번씩 터치해 사진 앱을 열었다.

첫 번째 사진은 초점이 맞지 않았지만 피 묻은 손이라는 건 한눈에 알아볼 수 있었다. 사진을 찍은 각도를 보면 상처 난 자신의 손을 스스로 찍은 것이었다. 입술이 바싹 말라 갈라졌다. 다음은 깨진 유리 조각을 손에 쥐고 있는 사진이었다. 이 또한 사진에 초점이 맞지 않아 겨우 알아볼 수 있었다. 그는 바로 사진을 넘기지 못했다. 후회와 자책감, 자괴감이 한꺼번에 몰려왔다. 그는 조마조마한 심정으로 다음 사진으로 넘겼다. 식탁 위에 깨진 유리컵이 있었다. 빠르게 다음 사진으로 넘겼다. 술병을 찍은 사진이었다. 대영은 그제야 참았던 숨을 뱉어냈다. 단순히 유리컵이 깨진 정도면 큰 문제는 아니었다.

대영은 기억하지 못하는 시간 속에서 여자가 잡은 팔을 뿌리치다 컵을 깨뜨린 것으로 자신의 기억을 재구성했다. 통화내역과 문자메시지를 봐도 기억이 사라진 시간 동안 여자와 주고받은 연락은 없었다.

대영은 정 반장에게 전화를 걸었다. 연결음이 두 번도 울리기 전에 그가 전화를 받았다.

"오 반장, 지금 어디야?"

"무슨 일인데 이렇게 애타게 찾아?"

"한강 토막시체 신원이 특정됐어."

으음, 대영은 목구멍을 타고 올라오는 불쾌한 기분을 서둘러

삼켰다. 정황상 토막 난 시체의 신원을 밝히기란 쉽지 않다. 보수적으로 잡아도 태곤의 신원이 밝혀지려면 지금보다 몇 배의 시간이 필요했다.

"누군데?"

"나태곤, 장원식 의원 보좌관."

"아, 그래?"

"그게 다야? 안 놀라네."

"형사가 시체 신원이 밝혀졌다는 말에 놀라야 해?"

"나 지금 나태곤의 오피스텔에 와 있어."

"뭐 좀 나왔어?"

"어디야? 만나서 얘기해."

정 반장이 만나자는 건 뭔가 쥐고 있다는 뜻이었다. 긴장으로 휴대폰을 쥐고 있는 손에 땀이 배어났다.

"지금 서대문이야. 여의도면 얼마 안 걸리겠네."

"빨리 와."

"알았어. 근데 뭐가 나온 거야?"

"아무것도 안 나왔어."

"그래? 그럼 왜?"

"만나서 얘기해. 나태곤 오피스텔 어딘지 알지?"

"알아, 해인이 때문에 몇 번 가봤어."

"근처 오면 연락해."

정 반장이 어떤 여지도 두지 않고 담백하게 전화를 끊었다. 대영은 오히려 그런 정 반장의 태도에서 말로 꺼내지 않은 의심을 읽을 수 있었다. 평소의 그라면 장난치듯 '네가 죽인 거 아니지?'라고 물었을 것이다. 지금 그는 대영이 나태곤을 살해했을지 모른다고 합리적으로 의심하고 있었다. 정 반장이 어디까지 알고 있을까? 대영은 머릿속으로 정 반장이 자신에게 혐의를 두고 있는 근거에 대해 정리했다. 토막시체의 신원이 나태곤이라고 밝혀진 건 불과 반나절 정도밖에 되지 않았을 것이다. 그사이 그가 알 수 있는 것들은 한정적이었다. 현장감식에서 아무것도 나오지 않았으니 살인에 대한 직접 증거는 없다는 뜻이다. 수사팀이 오피스텔 CCTV를 확보했다 해도 해인이나 김준이 찍힌 건 대영이 이미 수거했으니, 이것도 아니다. 정 반장이 알 수 있는 건 누군지 특정되지 않은 경찰이 CCTV 저장장치를 떼어 갔다는 정도다. 경비원이 대영의 얼굴을 기억할까? 기억이라는 건 늘 확신할 수 없다. 또 형사의 인상착의란 거기서 거기다. 이것 역시 대영에게 혐의를 둘 만한 충분한 증거가 되지 못한다. 남은 건 나태곤의 통화내역이다. 정 반장이 통화내역에서 해인과 태곤의 불륜을 유추해냈다면 치정이라는 살인의 동기를 가진 대영에게 원초적인 혐의를 두는 건 자연스러웠다. 정 반장은 치정이라는 동기를 바탕으로 살인현장이 조작된 것과 범행 추정시간대의 CCTV를 경찰이 떼어 갔다는 정보를 종합해 대영을 합리적으로 의심하고 있었다. 하지만 딱 거기까지다. 반대로 생각해보면 정 반장이 구체적으로 쥐고 있는 건 아무것도 없다는 뜻이니까.

　대영은 차에 시동을 걸었다. 이 정도의 정황으로 대영을 체포하지는 못한다. 하지만 현장수사에서 배제시킬 수는 있었다. 서

둘러 정 반장을 만나야 했다. 수사에서 배제되고 나면 수사에 대한 정보를 줄 만한 사람은 정 반장밖에 없었다. 대영은 핸들을 돌리다 자신의 피투성이 손을 보았다. 이대로 정 반장을 만났다간 현행범으로 수갑을 채울 것 같았다. 그는 글러브박스를 열어 면장갑을 꺼내 오른손에 꼈다. 그리고 휴대폰 액정의 피를 닦아냈다.

 대영은 한 손으로 해인에게 전화를 걸고 다른 손으로 핸들을 조작하며 지하주차장을 빠져나갔다. 연결음이 울리기도 전에 해인의 전화기가 꺼져 있다는 안내 메시지가 나왔다. 그녀는 여전히 도피 중이었다.

 대영의 차가 연희동을 거쳐 신촌으로 들어섰다. 도로는 상습 정체로 꽉 막혀 있었다. 대영은 휴대폰을 조작해 '의원보좌관', '토막살인'이란 키워드로 기사를 검색했다. 그는 몇 개의 기사를 읽고 나서야 나태곤에게 아내가 있고, 그녀가 DNA 샘플을 제공해 토막시체의 신원이 밝혀졌다는 걸 알았다.

 "자연스럽지 않은데……."

 대영은 혼잣말로 중얼거렸다. 신원불상의 시체가 발견되고 신원을 확인하는 일련의 과정이 지나치게 축약된 것 같았다. 마치 잘 짜인 플로차트처럼 사건이 흘러가고 있었다. 사건이 발생한 후 인과관계 없이 다음 정보가 주어지고 다음 단계로 넘어가는 느낌이랄까. 수사의 주도권이 경찰에 있는 것처럼 보이지만 실제로는 보이지 않는 손에 끌려다니고 있다는 위화감을 지울 수 없었다.

 서강대교에 들어서며 대영은 정 반장에게 전화했다. 그는 태곤의 오피스텔 앞에 나와 있겠다는 말로 통화를 끝냈다. 지나치게 건조하고 짧은 대화였다. 그는 아무리 처참한 사건현장에서도 늘 실없는 농담을 던질 정도로 유쾌한 사람이었다. 대영은 그가 긴장하고 있다는 걸 알았다. 정 반장이 대영을 검거하려고 미끼를 던진 건 아닌 것 같았다. 만약 그랬다면 그는 실없는 농담이라도 던지며 평소처럼 대했을 것이다.

오피스텔 앞에는 정 반장 혼자 서 있었다. 대영은 차를 세우고 도어록을 풀었다.

"뭐가 그렇게 날이 서 있어?"

정 반장이 대영을 보고 어색하게 웃었다. 대영은 차를 출발시키며 흘깃 정 반장의 기색을 살폈다.

"어디로 갈까?"

"한강공원 주차장으로 가지 뭐. 강물이라도 좀 보게."

"무슨 일이야?"

"나태곤의 통화내역을 분석했어. 근무시간을 제외하고도 나태곤과 해인 씨의 발신기지국이 상당 부분 겹쳐."

"사적인 관계라는 건가?"

"알고 있었어?"

"어렴풋이."

"미안하다."

"정 반장이 사과할 일은 아니지."

"그래……. 요즘도 술 많이 마셔?"

"걱정 마. 일할 땐 입에 안 대니까."

"술 마시고 감정 컨트롤이 안 되거나 필름이 끊어진 적은?"

대영은 핸들을 잡고 있던 장갑 낀 오른손을 슬그머니 아래로 내렸다.

"정신과 상담을 해주는 건 아닐 테고, 신문하는 거야?"

"곧 통화내역에 대한 분석이 다른 팀에도 공유될 거야. 나태곤을 살해할 동기를 가진 유력한 용의자로 오 반장이 특정될 거고."

"알리바이라도 증명해야 하는 건가?"

대영은 불안함을 감추기 위해 냉소적으로 되물었다.

"나태곤의 오피스텔은 루미놀 위양성반응으로 조작돼 혈흔조차 찾을 수 없었어. 범행 유력시간대의 오피스텔 CCTV는 특정되지 않은 경찰이 떼어 갔고. 유일한 목격자였던 당시 근무자였던 경비원은 투신으로 사망했어."

"경비원이 투신했다고?"

대영은 자신의 얼굴을 본 유일한 목격자인 경비원이 죽었다는 사실에 안도감보다는 당혹감을 느꼈다. 김준에 더해 경비원마저 죽었다.

"공교롭긴 해도 감식결과 이견 없는 자살이야."

"이유는 밝혀졌어?"

"우울증도 아니고 신병비관도 아니야. 객관적으로 특별한 이유는 없어 보여."

"유서는 없었어? 핸드폰은?"

"유서는 물론이고 아들한테 문자 한 통 없었어. 뛰어내린 옥상에서 깨진 핸드폰 조각이 발견된 걸 보면 자살자가 일부러 부숴버린 거 같아. 복원이 불가능할 정도야."

"너무 작위적인데, 통화내역은?"

"별다른 얘기가 없던 걸 보면 특별한 건 없었나 봐."

"자살이 확실하니까 일일이 확인하지 않은 거겠지. 통화내역도 확인해줘."

"관할도 아니고, 그럴 필요가 있을까?"

"경비원 말고 사건 관계자가 한 사람 더 죽었어. 우연이라고 하기엔 촉이 좋지 않아."

"죽은 사람이 누군데? 거기도 자살이야?"

"나태곤을 살해한 놈이 해인에게 혐의를 뒤집어씌우려 하고 있어. 계획대로 안 되면 해인일 죽여서라도 뒤집어씌울 거야."

"그 사람이 너는 아니고?"

정 반장이 정색하고 대영을 보았다. 그가 내내 묻고 싶었던 말일 것이다. 대영은 한강공원 주차장에 차를 세우고 시동을 껐다.

"나였으면 나태곤의 신원이 밝혀지기 전에 해인이도 죽었겠지."

대영의 담담한 반응에 정 반장은 고개를 끄덕였다. 그가 내내 듣고 싶었던 말일 것이다.

"그래, 나였어도 그랬겠지."

대영이 창문을 열고 담배를 꺼내 불을 붙였다. 정 반장도 담배를 꺼내 불을 붙였다.

"이제 어쩔 거야?"

"어쩌긴 진범 잡아야지."

"수사배제는 당연한 거고 너에 대한 수사가 시작될 거야."

"대놓고 공개수사는 못 할 거야. 현직 국회의원 보좌관이 죽었고, 용의자가 현직 경찰간부면 파장이 클 테니까."

대영이 한숨처럼 담배 연기를 길게 내뿜었다. 정 반장이 동의한다는 듯이 고개를 끄덕였다.

"해인 씨에 대한 수배는 곧 시작될 거야. 용의자도 목격자도 될 수 있으니까. 무엇보다 핸드폰 꺼놓고 잠수 중이니 우선순위가 될 거야."

"진범 잡을 때까지만 나 좀 도와줘."

"좋지, 이참에 사건 해결하고 나도 특진 한번 해보자."

"고마워."

"뭐부터 할까?"

"나태곤의 신원이 밝혀진 과정이 좀 석연치 않던데, 어느 팀이 한 거야?"

"나태곤의 아내가 수사팀을 무작정 찾아온 모양이야. 직접 DNA를 제공해서 과수팀이 확인한 거고."

"한강에서 발견된 토막시체가 나태곤인 줄은 어떻게 알았는데?"

"연락이 끊겨서 실종신고를 하려고 했는데, 시체가 발견됐다는 뉴스를 보고 수사팀을 찾아왔나 봐."

"다짜고짜?"

"여자의 직감이라고 하더라고. 실제로 일치했고."

"그걸 액면 그대로 믿어?"

"어쩌겠어. 그렇다는데."
"범행동기가 치정이면 나 말고 범행동기를 가지고 있는 사람이 또 있지."
"피해자의 유가족이라 좀 조심스러운데……."
"이름이랑 주소, 보험가입 여부, 통화내역 같은 것 좀 모아줘."
"알았어. 들어가는 대로 해보자. 그쪽이 진범이면 오래 끌 것도 없지."

대영은 담뱃불을 끄고 차의 시동을 걸었다. 그 순간 정 반장의 휴대폰이 울렸다. 그는 그래, 알았어, 계속 지켜봐 등의 짧은 대꾸를 하고는 전화를 끊었다.

"해인 씨가 영등포 쪽에서 잔고를 모두 인출했대. 아무래도 잠수를 오랫동안 탈 모양이야. 너하고도 연락 안 되지?"

대영은 대답 대신 고개를 끄덕였다. 그는 차를 출발시켰다. 돈을 출금한 장소에 가보면 데이터에는 나타나지 않는 것들이 보일지 몰랐다.

"출금한 장소 좀 알려줘. 가보게."
"장소 찍어달라고 했으니까 오는 대로 보내줄게."

11

 수사의 기본은 현장에 있다. 데이터만으로는 결코 볼 수 없는 단서가 현장에선 보인다. 대영은 해인이 예금을 인출한 우체국 앞에 서서 CCTV의 위치를 찾았다. CCTV가 있으면 그녀의 행동을 재구성할 필요는 없다. 하지만 우체국 CCTV는 객장과 현금인출기를 찍고 있어 외부를 향하는 것이 없었다.
 대영은 우체국 앞을 둘러보다 그녀가 흔하게 있는 현금인출기를 두고 굳이 여기까지 와서 돈을 찾았는지 의아했다. 시야가 좋고 정차나 도주로 확보가 쉽다는 장점은 있었지만 이 정도의 조건은 다른 곳도 많았다.
 해인이 돈을 찾아서 떠난 동선을 따라 대영의 시선이 움직였다. 특별한 의미는 없었던 걸까? 현장에 와서도 단서가 보이지 않는 경우가 보이는 경우보다 더 흔했다.
 대영은 출발하려고 기어를 바꿨다. 손의 상처가 벌어져 쓰라렸다. 대영은 통증이 느껴지는 동안에는 술을 마시지 않으리라 다짐했다. 브레이크에서 발을 떼려는 순간, 다시 기어를 주차로 바꾸고 급하게 내렸다. 공중전화가 있었다. 해인은 휴대폰을 꺼놓은 채 움직이고 있었다. 통화내역이 실시간으로 파악될 위험이 있으니 급하게 전화를 걸어야 할 경우라면 공중전화를 사용할 수밖에 없었다. 그는 공중전화의 고유번호를 메모한 뒤 정 반장에게 전화를 걸었다.

"왜, 또?"

웅웅거리는 소음이 겹쳐서 들리는 걸로 봐서 청으로 복귀 중인 듯했다.

"정 반장, 나태곤의 아내에 대해선 좀 알아봤어?"

"아직 청에 들어가지도 못했는데 뭔 자료를 벌써 내놓으래."

"알아보긴 했어?"

"나태곤의 아내 이름은 설수연이고 주소지는 인천광역시 중구 모원동이야."

"문자로 좀 찍어줘. 그리고 보험은?"

"나태곤 명의로 두 건의 보험이 있는데, 사망보험금을 합치면 대충 1억 정도 돼."

거액이라고까지 할 수 없어도 사람을 죽일 만한 금액 정도는 됐다.

"동기가 될 수는 있겠는데?"

"평범한 여자가 단순히 보험금만 노리고 살인을 했다고 보기엔 좀 그렇지."

"평범해?"

"데이터상으론 그래. 전과도 없고."

"데이터 너무 믿지 마. 신혼에 바람난 남편을 죽이는 대가로 1억이면 평범해도 할 만하잖아?"

"거야 그렇지."

"통화내역은?"

"담당 팀이 있는데, 전화 한 통으로 잘도 주겠다. 게다가 대상이 유가족인데?"

"알았어. 확보되는 대로 알려줘. 그리고 설수연에 대해 아는 거 있는지도 확인해주고."

"아주 이젠 대놓고 명령질이네."

"대신 진범 잡으면 넘겨줄게. 너 먼저 팀장 해."

"팀장, 생각만 해도 좋다."

"아, 그리고 02-851-519X번 통화내역도 부탁해. 공중전화야."

"현장에 공중전화가 있었어?"

"출금시간 전후로 사용한 내역이 있는지 봐줘. 번호 특정되면 가입자도 확인해주고. 거기까지만 해서 넘겨줘. 그리고 이거 비공개인 거 알지?"

"일단 알았어."

대영은 전화를 끊고 신월지하차도를 지나 경인고속도로 쪽으로 방향을 잡았다. 그는 짜증스럽게 핸들을 꺾었다. 오른쪽 손의 상처가 벌어지면서 통증이 느껴졌다. 젠장, 탄식 같은 혼잣말이 흘러나왔다.

CCTV를 통해 특정한 김준이 살해되면서 아무런 수확도 없이 수사의 초점이 설수연으로 옮겨갔다. 수사는 한 걸음도 앞으로 나가지 못하고 다시 초기화됐다. 만약 설수연이 나태곤을 살해한 진범이라면 오피스텔 경비원과 김준을 끌어들여 공범으로 만들고 이들 역시 죽음으로 내몬 것도 그녀여야 했다. 어떻게? 정 반장 말대로 전과도 없는 평범한 여자가 계획하고 실행하기엔 사건의 사이즈가 너무 컸다. 공범? 수학의 명제처럼 그녀가 진범이라면 공범 역시 있어야 성립하는 명제였다. 대영의 생각은 거기서 끊겼다. 뭔가 놓치고 있었다. 설사 공범이 있다고 해도 경비원과 김준을 끌어들이고 이들을 죽음으로 내몬 과정이 지나치게 우연에 가까웠다. 머릿속에서 '어떻게'가 계속 맴돌았다.

윙, 휴대폰이 짧게 한 번 울렸다. 문자메시지였다. 문자의 내용은 '당신의 비밀'에서 온 것으로 새롭게 바뀐 URL이 찍혀 있었다. URL을 터치하자 도미노가 쓰러지기 시작했다.

대영은 휴대폰을 내려놓다가 그가 태그해놓은 나태곤의 오피스텔 항목이 떠올랐다. 그는 거기서 오피스텔 경비원에 대한 비밀이 등록됐고, 거래됐다는 걸 기억해냈다. 대영은 이번 사건과 관련돼 죽은 사람들의 공통점을 뒤늦게 깨달았다. 그는 주먹으로 핸들을 내리쳤다. 경적이 요란하게 울렸다.

'당신의 비밀'에서 경비원과 김준의 비밀이 거래됐고, 거기에 더해 해인과 대영의 비밀도 거래됐다. 범인은 '당신의 비밀'을 이용해 사람들을 범행에 끌어들이고 있었다.

만약 설수연이 '당신의 비밀'을 이용했다면 혼자서 하기 어려운 토막살인도 가능해진다. '당신의 비밀'이 있으면 그녀의 범행은 공범 없이도 성립이 가능한 명제가 됐다.

대영은 설수연이 '당신의 비밀' 회원이라는 걸 어떻게 확인할지 궁리했다. 막연하긴 해도 뭔가 방법이 있을 것 같았다. '당신의 비밀'을 이용해 설수연이 단독으로 저지른 범행이라면 오피스텔 CCTV에 찍혀 있을 가능성도 있다. 당장이라도 차를 세우고 노트북에서 CCTV 파일을 확인하고 싶었다. 그러나 곧 자신이 설수연의 얼굴조차 모른다는 걸 깨달았다.

대영은 고속도로 톨게이트를 빠져나오며 해인에게 전화를 걸었다. 여전히 휴대폰은 꺼져 있었다. 해인 역시 뉴스를 보고 태곤의 아내인 설수연에 대해 알았다면 어떻게든 그녀를 만나려 할 것이다. 그만큼 설수연의 존재는 뭔가 어색했고, 해인도 그 어색한 뭔가가 사건의 단서라고 여길 수밖에 없었다. 대영은 설수연을 지켜보면 해인을 만날 수 있을 거라고 생각했다. 만나기만 하면 어떻게든 지금까지 벌어진 상황에 대해 해명할 수 있을지 모른다.

인천시 모원동은 인천항을 끼고 있는 원도심의 주택 밀집구역이었다. 낙후된 동네인지 아파트보다는 낮은 층의 빌라가 대부분이었다. 설수연이 사는 빌라는 분홍색 페인트로 칠한 외벽 때문에 골목에서도 단연 눈에 띄었다. 대영은 분홍색 빌라의 창문에서 정면으로 보이지 않는 각도에 차를 세웠다. 그는 정 반장에게 설수연의 사진을 보내달라고 문자를 보내려다 그만두었다. 아무리 경찰이라도 피해자 유가족의 사진을 확보하는 것은 쉽지 않았다. 설사 확보한다 해도 오래된 증명사진을 원본으로 CCTV 자료와 대조하기엔 무리였다. 빌라는 4층으로 총 여덟 가구가 살았다. 하루 이틀 잠복하면 설수연의 사진은 어렵지 않게 찍을 수 있을 터였다.

대영은 의자를 뒤로 젖혔다. 피곤함과 함께 시장기가 느껴졌다. 며칠째 제대로 된 걸 먹지 않았다는 걸 깨달았다. 그는 골목 안에 있는 편의점에 가볼까 하다가 그냥 눈을 감았다. 시장기를 느낀 것과 동시에 술 생각도 간절해졌다.
윙, 휴대폰이 진동했다. 정 반장이 보낸 문자메시지였다. 공중전화 통화내역 중에 해인이 돈을 찾은 시점에 두 건의 발신이 이루어졌다며 해당 번호를 보내왔다. 하나는 휴대폰 번호였고 다른 하나는 유선전화의 번호였다. 대영은 유선전화의 번호를 보고서 장원식 의원실의 번호라는 걸 알아보았다. 그의 휴대폰에도 저장되어 있는 번호였다. 대영은 정 반장에게 전화를 걸었다.
"문자 봤지?"
"유선전화는 의원실 전화번호야. 해인이 발신한 게 맞아."
"그렇더라고. 핸드폰 번호는 어때?"
"모르는 번호야. 명의자 파악됐어?"
"이게, 경찰관 전화번호야. 선인경찰서 정보과 박철 경위."
"선인시면 장원식 의원 지역구야. 아무래도 해인이 뭔가 도움을 요청한 거 같아. 따로 연락하진 않았지?"
"조회도 눈치 보며 하는 거라 확인만 했어."
"잘했어. 내가 알아볼게."
전화를 끊고 대영은 심호흡을 했다. 안면 있는 경찰관을 통해 해인이 알아보려고 했던 게 뭘까? 그녀는 어디까지 알고 있는 걸까?
대영은 망설이다 박철 경위에게 직접 전화를 걸어 물어보기로 했다. 시간을 끌 여유도 없었고, 해인이 개인적으로 부탁한 거라면 사소하더라도 불법이기 때문에 압력을 행사할 수 있었다. 몇 번의 연결음이 들리고 박철이 전화를 받았다.

"정보과 경위 박철입니다."

"수고하십니다. 영등포서 강력계 오대영 경위입니다."

"영등포서 강력에서 무슨 일로?"

강력계라는 말에 그가 경계심을 담은 목소리로 반응했다. 찔리는 게 있는 듯했다.

"이해인 씨 아시죠?"

대영은 생각할 여유를 주지 않고 바로 직진했다.

"무슨 일 때문에 그러시죠?"

"이해인 씨가 개인적인 부탁을 했을 텐데, 구체적으로 뭡니까?"

이번에도 틈을 주지 않은 직진이었다.

"대답해야 합니까?"

"최근 직권으로 조회한 내용을 확인해 직무 관련성이 없으면 책임지셔야 합니다."

"아, 참. 같은 공무원끼리 뭘 그렇게 빡빡하게 굽니까?"

"이해인 씨, 강력사건 용의자로 추적 중입니다."

"용의자요?"

박철의 목소리가 높아졌다. 그가 변명하듯 덧붙였다.

"전 장 의원님 비서관이라 살짝 도와줬을 뿐입니다."

"뭘 부탁했는지 말씀해주시면 그 부분에 대해선 따로 문제 삼지 않겠습니다."

"차적조회를 부탁해서 알아봐줬고, 오늘 핸드폰 번호의 명의자와 통화내역을 부탁했습니다. 폰에 대한 건 아직 결과를 알려주지 않았고요."

"차적조회 내용은요?"

"고상필이라고 영등포에 거주하는 사람이었습니다. 특이점은 없었고요."

"조회한 핸드폰 번호와 명의자는요?"

"0402로 폐업한 무역회사 명의인 대포폰이었습니다."

0402는 대영도 아는 번호였다. 그의 휴대폰으로 나태곤의 몸통이 들어 있는 캐리어와 해인이 그 캐리어를 끌고 가는 사진을 보낸 번호였다. 해인은 이 휴대폰의 번호를 어떤 경로로 알게 된 걸까?

"이 번호라면 저희가 수사 중입니다."

"귀찮은 일에 엮였군요. 이해인 씨로부터 연락 오면 어떻게 할까요?"

"자료 넘겨주세요. 단 우리가 추적 중인 티를 내면 안 됩니다. 아셨죠?"

"알겠습니다."

"협조 부탁드립니다."

전화를 끊었다. 해인은 차적조회로 고상필에 대해 알아내고 나서 대포폰의 명의자와 통화내역을 알아봐달라고 부탁했다. 흐름을 보면 해인이 고상필에게서 대포폰의 번호를 알아냈다고 보는 게 자연스러웠다. 고상필은 대영이 모르는 이 사건의 관계자가 분명했다. 생각해보면 경찰서 출입기자였던 해인이 아무리 나태곤의 부탁이라고 해도 캐리어를 운반하고 아무 의심 없이 한강에 유기까지 했을 것 같지 않았다. 고상필이 해인에게 캐리어를 전달받아 한강에 유기한 마지막 고리라고 보는 게 타당했다.

고상필과 해인은 서로의 범행을 증명할 증인인 동시에 서로의 결백을 증명해줄 증인이기도 했다. 그렇기 때문에 나태곤을 살해한 진범이 고상필을 노리고 있을지도 몰랐다. 고상필마저 죽는다면 해인의 결백을 증명하기란 더 어려워질 것이다. 대영은 고상필의 존재를 수사팀에 숨겨야 할지, 아니면 캐리어를 한강에 유기한 혐의로 잡아들여서 보호해야 할지 판단이 서지 않았다.

대영은 고상필의 존재를 당분간 숨기기로 했다. 진범을 잡지 못한 상황에서 고상필을 잡아들이면 해인의 범행을 증명하는 증거가 될 게 분명했다. 지금은 설수연에게 집중해야 했다.

좁은 골목길이 끝나는 곳으로 해가 지고 있었다. 못사는 동네의 골목은 금방 어두워졌다. 제때 퇴근하는 사람이 많지 않은지 겨우 몇 개의 창문에만 불이 켜졌다. 설수연이 살고 있는 4층 빌라에서 불이 켜진 창문은 두 개였다. 1층에 한 개와 4층에 한 개. 설수연이 사는 2층 창문엔 불이 켜지지 않았다.

늘 하는 잠복이었지만 언제부턴가 해가 지면 견디기 힘들었다. 해가 져서 힘들다기보다는 혈중알코올농도가 낮아져 금단현상이 나타났다. 손이 떨리기 시작했고, 조급함과 불안함이 섞이면서 코끼리가 머릿속을 채웠다.

대영은 차에서 내려 빌라에 들어갔다. 뭐래도 해야 할 것 같았다. 201호는 2층의 두 집 중 열려 있는 오른쪽 창이었다. 전기계

량기가 도는 속도를 확인했지만 불조차 꺼진 집이라 이걸로는 그녀가 집에 있는지 알 수 없었다.

대영이 층계를 내려가려는 순간, 현관 유리문이 열리는 소리와 발자국 소리가 들렸다. 가까워지는 발자국 소리에 맞춰 대영은 3층으로 계단을 올라갔다. 발자국 소리가 계단을 타고 2층으로 올라왔다. 대영은 계단참으로 올라가 난간의 틈새로 지켜보았다. 흘깃, 긴 머리가 보였다. 발자국 소리는 2층으로 올라와 멈췄다. 곧 디지털 도어록을 누르는 소리가 들리고 문 닫는 소리가 들렸다. 계단 사이의 틈으로는 여자가 어느 쪽 문으로 들어갔는지 보이지 않았다.

대영은 발자국 소리가 나지 않도록 소리를 죽여 밖으로 나갔다. 2층 창문 중에 설수연 집의 창문이 희미하게 밝아졌다. 그녀는 집에 돌아와서도 불을 켜지 않았다. 차로 돌아가면서도 창문을 지켜보았다. 불이 켜지지 않는 창문이 그녀의 불안한 심리상태 같았다. 얼굴을 보았으면 CCTV를 확인할 텐데 잠깐의 조바심 때문에 기회를 놓쳐버린 게 못내 아쉬웠다.

밤이 깊어지고 창문의 불빛이 몇 개 더 켜지긴 했지만 여전히 골목 안은 어두웠다. 설사 설수연이 집 밖으로 나온다 해도 얼굴을 알아볼 수 없을 정도였다.

30대 정도의 남자가 들어가고 나서 빌라의 3층 창문에 불이 켜졌고, 중년의 여자가 들어가고 나서 1층 창문에 불이 켜졌다. 평수가 좁은 원룸 빌라라 주로 혼자 사는 사람들이 거주하는 듯했다.

대영은 코끼리가 머릿속으로 걸어 들어오기 전에 배를 채우기로 했다. 배가 부르면 코끼리도 둔해지니까. 그는 차에서 내려서도 설수연의 빌라 현관에서 눈을 떼지 않았다.

편의점엔 알바로 보이는 남자 직원이 휴대폰으로 스포츠 동영상을 보고 있었다. 그는 삼각김밥 두 개를 집어 들고 물을 사기 위해 냉장고 문을 열었다. 그런데 어느새 소주병을 손에 쥐고 있었다. 습관적으로 몸이 먼저 반응했다. 대영은 소주병을 도로 냉장고에 넣고 물을 꺼냈다.

대영이 계산을 하기 위해 돌아섰을 때 편의점 유리문 너머로 걸어오는 여자가 보였다. 그제야 대영은 술에 눈이 멀어 설수연의 빌라를 놓쳤다는 걸 깨달았다.

여자가 편의점 문을 열고 들어섰다. 몸에 붙는 티셔츠에 짧은 반바지를 입고 있었다. 여자는 자다 나왔는지 머리는 헝클어져 있었고, 일정치 않은 보폭으로 불안하게 걸었다. 30대 정도의 미인으로 볼륨감 있는 체형이었다. 대영은 시선을 돌려 아르바이트생을 보았다. 그도 휴대폰에서 눈을 떼고 여자를 보고 있었다. 여자는 냉장고에서 소주 세 병과 맥주 두 캔을 꺼내 두 번에 걸쳐 계산대로 옮겼다. 여자가 뭐라 불분명한 발음으로 웅얼거리듯 말하자 알바가 담배를 꺼내 바코드를 찍었다. 대영은 여자가 알코올중독이라는 걸 한눈에 알아보았다. 불면증으로 눈 밑에는 짙은 다크서클이 있었고 피부는 푸석했다. 불분명한 발음과 카드를 내밀 때 떨리는 손 역시 전형적인 알코올중독의 증상이었다. 대영은 누군가 자신의 떨리는 손을 볼까 봐 물병을 든 손에 힘을 주었다.

여자가 비닐봉투를 들고 나갈 때까지 대영은 기다렸다. 그리고 삼각김밥 두 개와 물 한 병을 카드로 계산하고 밖으로 나왔다. 여자의 불안한 발걸음이 설수연의 빌라로 향했다. 대영은 여자가 빌라에 들어가고 설수연의 집 창문에 희미한 빛이 새어 나올 때까지 지켜보았다. 여자가 설수연이었다.

대영은 차에 타 시동을 걸었다. 기억이 흐려지기 전에 노트북에 있는 CCTV 확인해야 했다. 하지만 그러려면 지금 위치는 곤란했다. 설수연이 편의점에 가는 동선에 차가 있었고, 골목이 어두워 노트북 화면에서 새어 나오는 불빛이 사람들의 이목을 끌기에 충분했다. 대영은 차를 움직여 천천히 골목을 지났다. 골목을 3분의 1 정도 지난 지점에 불이 꺼진 설비업소의 주차장이 보였다. 골목에서 살짝 들어간 이면에 있는 곳이라 안쪽을 들여다보지 않는 한 사람들의 시선을 끌지 않을 위치였다. 대영은 차에서 내려 주차장 입구를 막아놓은 콘과 대형 화분을 옆으로 치우고 차를 세웠다.

운전석의 전면 유리 너머로 설수연의 빌라 입구와 2층 창문이 틀어진 각도로 살짝 보였다. 잠복을 하는 데 좋은 위치는 아니었다. 하지만 CCTV를 확인하는 것이 먼저였다. 대영은 태곤의 오피스텔 CCTV를 재생했다. 몇 번이나 봐서 익숙한 영상이 시작됐다. 전에는 시체의 나머지 부분을 운반한 사람을 찾기 위해 봤다면 지금은 여자의 얼굴에 주목해서 보았다. 몇 명의 여자가 오피스텔 현관으로 들어오고 대영은 그때마다 CCTV를 멈추고 조금 전 보았던 여자의 얼굴과 비교했다.

세 시간이 지나면서 대영의 집중력이 흐트러졌다. 어두운 곳에서 화면을 집중해서 보느라 진물 같은 눈물이 흘렀다. 그는 화면을 멈추고 삼각김밥을 먹었다. 설수연의 창문은 여전히 불이 켜지지 않았고, 그나마 켜져 있던 골목 창문들도 하나둘 꺼졌다.

대영은 이내 동영상을 다시 재생했다. 젊은 여자가 술에 취한 것처럼 흐트러진 걸음으로 로비를 가로질렀다. 여자는 모자를 쓰고 있어서 얼굴을 확인할 수 없었다. 긴장감에 눈도 깜박이지 않은 채 지켜보았다. 모자 쓴 여자는 엘리베이터를 타고 올라갔다. 대영은 초조하게 모자 쓴 여자가 다시 나오기를 기다렸다. 세 시간이 지나도 여자는 나타나지 않았다. CCTV 속에선 여전히 사람들이 오고 갔지만 모자를 쓴 여자도 설수연도 없었다. 그러다 해인이 캐리어를 끌고 나오는 것을 보고 대영은 CCTV를 멈췄다. 모자 쓴 여자가 설수연이고 그녀가 나태곤을 살해했다면 해인이 움직이는 시간과 겹쳤다. 모자 쓴 여자의 혐의가 해소됐다. 대영은 노트북 화면을 닫았다. 설수연의 혐의를 확인할 방법이 생각나지 않았다. 막막한 기분이었다.

대영은 의자를 눕히고 눈을 감았다. 이미 설수현은 술에 취해 잠들었을 시간이었다. 그는 토막잠이라도 자보려 했지만 조바심 때문인지 심장 뛰는 소리가 고막을 두드려댔다. 눈을 감고 있는 것조차 괴로웠다.

천천히 몸을 일으켰다. 설수현의 빌라에서 마지막까지 불이 꺼지지 않고 남아 있던 3층 오른쪽 창문의 불이 꺼졌다. 이제 골목을 향한 창문 중에 불이 켜진 곳은 몇 군데 되지 않았다. 골목은 편의점 주변을 제외하고는 어두웠다.

"이 시간에 별일이야 있겠어? 짧게라도 나도 눈을 붙이는 게 낫지."

말도 안 되는 변명이라는 걸 알면서도 그는 차 문을 열고 나왔다. 몸에 열이 나는지 새벽 공기가 시원하게 느껴졌다. 대영은 담배를 한 대 피우고 편의점에 가서 소주 두 병과 생수 두 병을 샀다. 계산을 하는 알바가 젊은 남자에서 고단해 보이는 중년의 남자로 바뀌어 있었다. 그는 생수병의 물을 버리고 소주를 옮겨 담았다. 형사가 잠복을 하면서 술을 마시려면 사람들 눈을 피할 필요가 있었다. 그는 편의점 밖으로 나왔다. 사람들 눈엔 그가 생수 두 병을 사서 집으로 돌아가는 사람으로 보일 것이다.

대영은 운전석에 앉자마자 생수병 마개를 열고 한 모금 마셨다. 알코올이 목구멍을 타고 위로 흘러가는 과정이 생생하게 느껴졌다. 곧 머릿속을 가득 채우던 조바심이 옅어지고 고막을 두드리던 심장 소리가 사그라들었다. 몇 모금을 더 마셨다. 평화가 찾아왔다. 죄책감이 가득한 지옥 같은 평화였다.

"인생 참, 거지 같네."

머릿속에 떠오른 말이 입 밖으로 그대로 튀어나왔다. 그는 자신이 취했다는 걸 깨달았다. 금단증상이 온 것처럼 손이 떨리고 있었다. 멈춰야 한다는 생각과는 달리 대영은 생수병의 뚜껑을 열어 연달아 마셨다. 술이 물처럼 아무런 자극 없이 목구멍으로 넘어갔다. 슬슬 졸음이 왔다. 그래도 그는 졸음을 참으며 술을 마셨다.

이미 자제할 이유나 명분 같은 건 없었다. 오히려 어설프게 마시면 깊이 잠들지 못해 내일 더 힘들 뿐이었다. 빠르게 두 번째 생수병이 비어갔다. 그는 무슨 생각인가를 하고 있었던 거 같은데 자꾸 까먹었다.

12

 가래 끓는 소리와 바람이 새는 듯한 소리가 계속됐다.
 "하나, 두울, 세엣, 네엣, 다섯, 여섯……."
 남자가 낮은 목소리로 천천히 숫자를 셌다. 그는 어둠 속에서 거친 숨소리가 멈출 때까지 그대로 서 있었다. 남자가 세는 숫자가 60을 넘기기 전에 소리가 멈췄다. 그가 한 걸음 내디뎠다. 현관의 센서등이 켜졌다. 서너 걸음 떨어진 바닥에 티셔츠에 짧은 반바지를 입은 젊은 여자가 쓰러져 있었다. 여자가 두 손으로 움켜쥔 목 주위로 피거품과 함께 피가 울컥거리며 흘러나오고 있었다.
 그는 불빛에 드러난 자신을 살펴보았다. 그는 막 이 집의 현관에 들어온 사람처럼 깨끗했다. 경동맥을 피해서 여자의 목을 찌른 덕에 동맥분사혈이 남자에게까지 튀지 않았다. 깨진 소주병을 타고 두어 방울의 피가 바닥에 떨어져 낙하혈흔을 만들었다.
 숨이 끊어진 여자의 머리카락을 움켜쥔 그가 욕실로 성큼성큼 걸어 들어갔다. 목을 쥐고 있던 여자의 손이 바닥으로 힘없이 툭, 떨어졌다. 바닥에는 여자가 끌려간 흔적 그대로 붉은 궤적이 남아 있었다.
 남자는 좁은 욕조에 여자를 구겨 넣고 스위치를 찾아 불을 켰다. 현관의 센서등이 꺼져 집 안에서 욕실만 환하게 빛났다.

그는 욕실 밖으로 나와 싱크대 서랍을 열었다. 현관의 센서등이 꺼졌다가 그의 움직임에 다시 켜졌다. 그는 제법 날이 선 과도를 들고 욕실로 돌아왔다. 여자의 티셔츠를 칼로 잘라냈다. 여자의 몸은 뼈가 보일 정도로 앙상한 데 비해 가슴만 유난히 도드라져 보였다. 남자가 가볍게 한숨을 쉬었다. 여자의 신원을 파악하지 못하게 지워야 할 게 하나 더 늘었다. 가슴에 삽입된 보형물에 찍힌 일련번호는 여자의 신원을 추적할 단서가 된다.

그는 한 치의 망설임도 없이 여자의 어깨관절에 칼을 깊이 찔러 넣었다. 칼끝이 단단한 뼈에 닿았다. 그러자 칼날을 움직여 뼈와 뼈 사이를 찾아 정밀하게 방향을 틀었다. 뼈가 보일 정도로 마른 체형의 여자라 칼날이 뼈 사이에서 길을 잃지 않고 나아갔다.

그가 잘라낸 여자의 조각은 여행의 짐처럼 캐리어에 빈틈없이 차곡차곡 담겼다. 그는 모든 작업을 끝내고 허리를 폈다. 상당한 시간이 걸렸는지 허리에 통증이 느껴졌다.

남자는 여자의 신원을 파악할 수 있어 따로 분리해놓은 나머지 조각들을 하나씩 쓰레기봉투에 넣었다. 잘린 머리와 두 개의 가슴 보형물, 열 개의 손가락을 주섬주섬 주워서 쓰레기봉투에 넣었다. 그리고 욕조와 화장실 바닥의 혈흔을 오랫동안 샤워기의 물줄기로 씻어냈다. 검붉은 핏물이 하수구로 흘러들었다. 그는 화장실의 수건을 꺼내 거실 바닥에 남은 핏자국을 꼼꼼히 닦아냈다. 전문가가 찾으려고 들면 못 찾을 정도는 아니었지만 그는 크게 개의치 않았다. 혼자 사는 여자의 토막시체가 발견되고 신원이 확인돼 거주지까지 감식하는 데는 오랜 시간이 필요했다. 그 정도 시간이면 미처 피하지 못해 찍힌 CCTV 데이터가 삭제되기에 충분했다. 실종신고로 여자의 신원이 특정되거나 살해된 현장이 먼저 발견되는 순서에 문제가 생기지 않는 한 완벽한 살인이었다.

현관의 센서등이 꺼졌다 켜지기를 반복했다. 남자는 집 안을 둘러보며 이제 누군가가 집에 들어오더라도 한눈에 살인의 흔적을 알아볼 수 없을 것이라 생각했다. 그는 바닥의 핏자국을 닦아낸 수건을 쓰레기봉투에 넣고는 라텍스 장갑까지 벗어 던져 넣었다. 땀에 젖은 손을 바지춤에 문질러 닦았다. 상처가 벌어져 통증이 느껴졌다.

남자가 주머니에서 휴대폰을 꺼내 사진을 찍었다. 찰칵, 휴대폰의 스트로보가 터졌다. 반투명한 쓰레기봉투 속에서 여자가 눈을 부릅뜬 채 남자를 보고 있었다. 설수연이었다.

13

해인은 눈을 몇 번 깜박였다. 방 안이 너무 어두워 눈을 떠도 뜬 것 같지 않았다. 익숙지 않은 시트의 감촉에 여기가 무인모텔이라는 걸 깨달았다. 해인은 선배가 준 휴대폰을 들어 시간을 확인했다. 6시 10분. 평소 눈뜨는 시간과 비슷했다. 그녀는 검색창을 열어 '한강 토막살인, 국회의원 보좌관, 용의자' 등을 차례로 입력해 뉴스를 검색했다. 해인은 헤드라인만 보고도 수사팀이 피해자의 통화내역에서 유력한 용의자를 특정해 쫓고 있다는 걸 알 수 있었다. 의심할 여지도 없이 특정된 유력한 용의자는 그녀였다.

수사팀은 곧 해인을 전국에 수배할 것이다. 국회의원 보좌관과 토막살인이라는 화제성 때문에 공개수배라도 되는 날엔 범인으로 확정된 거나 마찬가지였다. 고상필의 증언 정도로는 뒤집기에 역부족이었다. 공개수배로 팔다리가 묶이기 전에 상황을 반전시킬 증거를 찾아야 했다. 우선 나태곤의 아내를 만나야 했다. 느닷없이 튀어나온 태곤의 아내는 사건을 풀어낼 단서이자, 변수가 될 거였다.

해인은 선배에게 전화를 걸었다. 그는 기다리고 있었다는 듯 연결음이 울리자마자 전화를 받았다.

"어, 이 기자."

선배는 옆에 누가 있는 듯 과장된 목소리로 기자라는 호칭을 붙였다.

"선배, 알아보셨어요?"

"자세한 사항은 문자로 찍어줄게. 그리고 유력 용의자가 떠서 수사팀이 추적 중이야."

"알고 있어요."

"혹시라도 공개수배라도 되면 유력 용의자 쪽은 발이 묶일 테니까 그쪽은 그냥 두고, 이 기자는 계획대로 유가족에 붙어봐. 혼인신고한 지 5개월밖에 안 됐다고 하는데, 영 신혼부부 같지 않으니까."

"그래요? 만나볼게요."

"카메라 기자라도 하나 붙여줄까?"

"아니요. 제가 녹취를 할게요."

"그래, 새로운 거 나오면 바로 공유해. 특종이라고 혼자 쥐고 있으면 묻힐지도 모르고 위험해."

"고마워요."

전화를 끊었다. 선배 말대로 경찰이 쫓고 있는 유력 용의자가 사건의 진범을 혼자 알고 있는 건 위험했다. 그 진범이 대영이면 더 위험했다. 대영이 태곤의 살인죄를 해인에게 뒤집어씌우는 데 실패하면 그녀를 살려둘 이유가 없었다. 뭐든 처음 한 번이 어려울 뿐이다.

해인은 선배의 휴대폰이 자신을 지켜주는 무기라도 되는 양 움켜줘었다. 손에 쥐고 있던 휴대폰이 진동했다.

'인천 중구 모원동 18-1 201호, 설수연'

해인은 설수연이라는 이름을 한참 동안 들여다보았다. 이름은 있지만 조금도 현실감이 느껴지지 않았다. 그냥 이름만 남은 허구 같았다. 선배의 말에 따르면 호적 정리가 되지 않은 것도 아니고 5개월 전에 혼인신고를 했다. 해인은 상식적이지 않은 이 관계에 사건의 핵심이 가려져 있다고 직감했다.

그녀는 서둘러 옷을 챙겨 입고 모텔을 빠져나왔다. 차에 올라 곧장 자유로를 탔다. 길은 막하지 않았지만 그래도 한 시간은 족히 걸릴 거리였다. 해인은 앞의 차들을 추월하며 미친 듯이 내달렸다. 목적지가 가까워질수록 태곤에게 아내가 있다는 것이 구체적으로 와닿았다. 내비게이션이 계속해서 과속 경고를 했다.

인천에 들어서고 나서야 속도를 줄이고 주변을 살폈다. 원도심에 속하는 모원동은 오래된 동네였다. 골목은 좁았고, 오래된 빌라들이 다닥다닥 붙어 있었다. 곧 재개발을 시작하는지 재개발과 관련된 현수막이 곳곳에 보였다. 해인은 주차된 차들 때문에 겨우 차 한 대가 지나갈 수 있는 좁은 골목길을 지나 내비게이션이 안내한 곳에 멈췄다. 낡은 건물 외벽을 밝은 분홍색 페인트로 가려 더 낡아 보이는 4층짜리 빌라였다.

해인은 설수연에게 어떻게 접근해야 할지 막막했다. 막무가내로 초인종을 눌러서는 경계심만 높일 것 같았다. 더군다나 설수연이 진짜 태곤의 아내고 해인과의 관계를 눈치채고 있었다면 사태는 걷잡을 수 없이 꼬여버릴지도 모른다. 설수연이 그녀를 신고한다고 해도 이상할 게 없었다.

해인은 일렬 주차된 차량 뒤에 주차를 하고 시동을 껐다. 문을 잠그고 사이드미러를 접었다. 예민한 사람이라면 사이드미러가 접히지 않은 차를 경계할 수 있었다. 뭘 어떻게 해야 할지 몰라 방법이 생각날 때까지 기다리기로 했다. 빌라의 현관문을 무작정 지켜보았다. 설수연의 얼굴조차 몰랐지만 가구 수가 많지 않아 드나드는 사람을 지켜보면 오래지 않아 파악할 수 있을 것 같았다. 2층에는 창문이 두 개 있었는데, 두 집 모두 빈집처럼 어두웠다. 해인은 창문이 열려 있는 쪽이 설수연의 집이기를 바랐다. 창문이 열려 있다는 건 집에 있다는 뜻이니까. 그녀는 빌라에 들어가 어느 쪽 창문이 설수연의 집인지 확인해보려다 그만두었다. 혹시라도 입주민과 마주치면 일을 그르칠 수 있다.

빌라의 현관 유리문이 열리고 짧은 간격으로 30대로 보이는 남자와 50대로 보이는 여자가 나왔다. 두 사람은 빠른 걸음으로 골목을 빠져나갔다. 시간으로 봐서 출근하는 듯했다. 여자를 끝으로 한참 동안 빌라의 유리문은 움직이지 않았다. 시간이 지나자 올이 풀려나가듯 집중력까지 흐트러졌다. 해인은 자신이 이틀 동안 먹은 거라곤 커피 몇 잔이 전부라는 걸 깨달았다. 기약 없는 잠복을 하려면 체력이 필요했다. 다행히 낡고 좁은 골목길에도 편의점이 있었다. 그녀는 몸을 일으켰다. 뭐라도 먹고 기운을 차려야 했다.

대영은 비명 소리를 듣고 반사적으로 눈을 떴다. 날이 밝아 있었다. 그는 술이 깨지 않아 멍한 머리 때문에 비명 소리를 들은 것이 꿈인지 현실인지 가늠할 수 없었다. 차창 밖으로 보이는 골목은 평온했다. 차량 앞을 지나가는 정장 차림 남자의 걸음 어디에서도 급박한 무언가를 느낄 수 없었다.

비명은 밖에서 시작되지 않은 게 분명했다. 그는 자신이 들은 비명 소리가 반투명한 비닐에 가려진 설수연의 눈 때문이라는 걸 깨달았다. 신음 같은 비명이 입 밖으로 흘러나왔다. 꿈이라고 단정 짓기엔 그녀의 눈이 너무 생생했다. 그는 더 큰 비명이 터져나올까 봐 입을 앙다물고 손을 내려다보았다. 희미하게 상처만 남았을 뿐 깨끗했다. 꿈인지 기억인지 구분할 수 없는 장면들이 토막토막 끊겨 떠올랐다.

대영은 피 묻은 라텍스 장갑을 벗고 바지에 손을 닦았던 장면이 기억났다. 그는 바지 자락을 꼼꼼히 살폈다. 손이 닿았던 위치에 전이된 혈흔은 없었다. 그는 참던 숨을 내뱉었다. 아무래도 그가 보았던 모든 것이 꿈인 듯했다. 그럼에도 대영은 미심쩍은 마음에 손이며 옷, 신발 바닥, 얼굴과 머리카락에 피가 튄 흔적이 없는지 꼼꼼히 살폈다. 혈흔은 없었다. 대영은 비로소 긴장했던 몸을 의자 등받이에 기댔다. 옷이 축축하게 젖어 있었다.

"꿈에, 비명에, 식은땀까지 골고루 하네."

대영은 근육이 빠져 점점 가늘어지는 팔다리를 보며 스스로 혀를 찾다. 그는 담배를 꺼내려고 주머니에 손을 넣었다가 휴대폰이 만져지자 당황했다. 차에서 내린 기억이 없었고, 차에서 내리지 않았으면 휴대폰은 조수석이나 컵홀더에 있어야 했다. 식은땀이 옆구리를 타고 흘렀다.

휴대폰을 꺼내 사진 폴더를 열었다. 손끝이 떨렸다. 마지막 사진은 초점도 맞지 않은 데다 어둠 속에서 찍은 사진이라 알아보기 힘들었다. 그는 한참 만에 설수연의 빌라 외관을 찍은 사진이라는 걸 알아보았다. 눈앞에 설수연의 빌라가 있지 않으면 알아볼 수 없을 정도로 초점이 맞지 않은 사진이었다. 사진의 각도로 보아 차에서 내려 빌라 앞까지 가서 찍은 듯했다. 대영은 사진을 확대했다. 설수연의 2층 창문에 희미한 불빛이 보였다. 대영은 설수연의 현관 센서등이 켜졌다 꺼졌다를 반복했던 걸 기억했다. 현실감 있는 장면이 머릿속에 떠오르자 그는 다시 불안해졌다.

대영은 빠르게 사진을 몇 장 넘겼다. 조각난 사체가 들어 있는 캐리어나 설수연의 머리가 들어 있는 쓰레기봉투를 찍은 사진은 없었다. 대영이 어젯밤에 찍은 사진은 빌라 외관 사진 한 장이 전부였다.

다급히 차에서 내려 트렁크를 열었다. 덜컥, 트렁크가 올라가며 천천히 열렸다. 트렁크가 열리는 몇 초 동안 그는 숨을 쉴 수가 없었다.

트렁크 안에는 아무것도 없었다. 대영은 다리에 힘이 풀려 트렁크를 짚고 섰다. 그는 당장이라도 설수연의 빌라에 가서 그녀가 살아있는지 확인하고 싶었다. 그녀가 살아있는 걸 눈으로 봐야 털끝만큼의 찜찜함도 털어버릴 수 있을 것 같았다. 대영은 머릿속의 초조함을 지우려 고개를 빼고 설수연의 창문을 보았다. 창문은 죽은 사람의 표정처럼 아무 변화도 없었다.

 대영이 트렁크를 닫고 돌아섰을 때 골목 안으로 SUV 한 대가 들어왔다. 대영의 시선이 SUV를 따라 움직였다. SUV는 초행길이거나 주차할 자리라도 찾는지 지나치게 서행하고 있었다. SUV가 설수연의 빌라 앞에서 멈췄다. 대영은 긴장한 채 SUV를 지켜보았다. SUV는 그대로 후진해서 일렬 주차된 차량 뒤에 바짝 붙여 주차를 했다. 대영은 긴장을 풀고 차에 타려고 걸음을 옮겼다. 하지만 다음 순간, SUV의 사이드미러가 접히는 것을 보고 그는 반사적으로 허리를 숙여 차량 옆으로 몸을 숨겼다. 운전자가 내리지도 않은 채 사이드미러가 접혔다. 주차가 목적이 아니라는 뜻이다. 잠복?

 SUV가 잠복을 위해 온 거라면 대영이 눈에 띄어서 좋을 게 없었다. 대영은 허리를 숙인 채 운전석 문을 열고 올라탔다. 그는 SUV와 마찬가지로 자동차 사이드미러를 접었다.

 어느 팀이 나선 걸까? 뒤늦게 설수연에 대한 용의점을 파악해 나선 거라면 대영이 속한 2팀이나 정 반장의 1팀은 아니다. 3팀이나 4팀이라면 대영의 입장에선 운신의 폭이 좁아질 수밖에 없었다. 그들에게 대영은 동료가 아니라 사건 관계자였고 유력한 용의자일 뿐이었다. SUV의 눈을 피해 설수연의 집을 찾아가는 것은 물론이고 당장 편의점이나 화장실에 갔다 오는 것도 어려워졌다.

대영은 목이 말랐다. 출근을 하는지 골목을 지나는 사람들이 늘었다.

대영은 꼼짝하지 않았고, SUV에 타고 있는 누군가도 꼼짝하지 않았다. 둘 중에 먼저 움직이는 쪽이 지는 치킨게임을 하고 있는 것 같았다.

빌라의 현관 유리문이 열리고 짧은 간격으로 젊은 남자와 나이 든 여자가 나왔다. 두 사람은 빠른 걸음으로 골목을 빠져나갔다. 두 사람을 끝으로 골목은 다시 한적해졌다. 대영이 주차를 한 설비업소의 주인은 공사현장에 갔는지 가게 문을 열지 않았다.

SUV에 탄 누군가는 한 번쯤 내려서 화장실이라도 갈 법한데 꼼짝도 하지 않았다. 갈증 때문에 입에서 단내가 났지만 목마른 게 문제가 아니었다. 치킨게임에서 지면 대영은 사건에서 손을 떼고 참고인으로 조사를 받아야 했다.

잠시 설수연의 창문으로 시선을 돌린 사이, SUV의 운전석 문이 열렸다. 대영이 치킨게임에서 이겼다. 운전석에서 내린 사람은 3팀도 4팀도 아니었다. 야구 모자를 눌러써 얼굴의 절반이 가려져 있었지만 해인이었다.

해인은 몇 걸음 걷지 못하고 비틀거렸다. 그녀의 새것 같은 흰색 운동화가 햇빛을 받아 더 도드라져 보였다. 그녀는 바람에 흔들리는 종이인형처럼 걸어서 편의점으로 들어갔다.

대영은 뭐라고 정의할 수 없는 감정에 사로잡혔다. 눈을 감고 등받이에 몸을 기댔다. 알 수 없는 감정들이 말라가길 기다렸다. 해인은 그가 눈을 떴을 때도 편의점에서 나오지 않았다.

아무리 몸을 내밀어도 대영의 위치에선 편의점의 내부까지 보이지 않았다. 해인은 편의점에서 라면이라도 먹는지 좀처럼 밖으로 나오지 않았다.

제철 딸기를 판다는 확성기 소리가 점점 가까워졌다. 곧 딸기를 가득 실은 트럭 한 대가 대영의 시야를 완전히 가렸다. 트럭은 걷는 속도보다 느리게 움직였다. 대영은 혹시라도 편의점에서 나온 해인을 놓칠까 봐 차에서 내려 편의점 안을 살폈다. 해인이 창가에 서서 삼각김밥을 허겁지겁 먹고 있는 게 보였다. 딸기 트럭은 해인이 삼각김밥 한 개를 다 먹고 두 개째 입에 넣을 즈음 편의점 앞을 지나갔다.

해인이 삼각김밥을 마저 먹고 컵라면의 면발을 휘휘 저을 때쯤 트럭이 설수연의 빌라를 가렸다. 대영은 트럭이 가린 빌라의 출입구를 보기 위해 몸을 틀었다. 트럭에 가려 제대로 보이지 않았지만 빌라 출입구에서 누군가 걸어 나왔다. 천천히 지나가는 트럭 뒤로 설수연이 나타났다.

"살아있구나……."

대영은 비로소 안도했다. 어젯밤 그가 본 모든 장면은 알코올이 만들어낸 환상이거나 꿈이었다. 대영은 머릿속에 남아 있는 토막 난 시체의 잔상이 지워질 때까지 설수연이 걸어가는 걸 지켜보았다. 그녀가 편의점 안으로 들어갔다.

대영은 사람들의 시선에 온전히 자신이 드러난다는 것을 알면서도 차 안으로 숨을 수 없었다. 해인도 설수연이 분홍색 빌라에서 나오는 것을 창가에 서서 보았을 것이다. 이제 두 사람이 한 공간에서 마주칠 수밖에 없다. 대영은 두 사람이 어떻게 반응할지 짐작할 수 없었다.

아무리 길게 고개를 빼도 여전히 편의점 깊숙이까지는 보이지 않았다. 편의점 창가에는 그녀가 먹다 만 라면만 있었다. 대영은 편의점 안을 보고 싶었지만 밖으로 나오는 두 사람과 마주칠까 봐 운전석으로 돌아갔다.

몇 분 지나지 않아 설수연이 비닐봉지 하나를 들고 편의점을 나왔다. 편의점에 머문 시간을 보면 해인과의 사이에서 어떤 이벤트가 발생했다고 볼 수 없었다.

설수연이 비닐봉지를 왼손으로 바꿔 들었다. 부피를 보니 어제와 마찬가지로 소주 몇 병과 맥주를 산 듯했다. 매일 마시기는 하지만 정해진 양의 술을 사는 걸로 보아 그녀가 아직 일상생활을 유지하려는 의지가 있다는 걸 알 수 있었다. 설수연이 빌라 안쪽으로 완전히 사라지고 나서도 해인은 편의점에서 나오지 않았다. 두 사람은 서로 면식관계는 아니었다.

해인이 나무젓가락으로 라면을 휘휘 젓는 순간, 30대 여자가 좁은 길을 건너왔다. 지나가는 트럭에 가려 정확하게 볼 수 없었지만 분홍색 빌라에서 나온 것 같았다. 해인은 직감적으로 여자가 설수연이라는 걸 알았다. 여자는 홈드레스 차림에 헝클어진 머리로 편의점을 향해 걸어왔다. 여자가 점점 가까워질수록 더 또렷하게 볼 수 있었다. 여자는 푸석한 피부에 성형한 얼굴이었지만 미인이었다. 마른 몸매와는 어울리지 않는 글래머라 한눈에 봐도 사람들의 시선을 끌기에 충분했다. 유리문이 열리고 여자가 편의점 안으로 들어왔다. 해인은 호기심 섞인 시선으로 여자를 뜯어보며 자신과 비교하고 있다는 걸 깨닫고 고개를 숙였다. 부끄러웠다.

여자는 편의점의 매대 사이를 가로질러 냉장고 문을 열었다. 그녀는 망설임 없이 소주 세 병과 맥주 두 캔을 사서 나갔다. 편의점 남자 종업원의 시선이 여자의 뒷모습을 쫓았다. 종업원이 여자를 아는 건 분명해 보였다. 해인이 물과 커피를 사서 계산대에 설 때까지 종업원의 시선은 여자를 따라가고 있었다.

"저 여자분 자주 오시나 봐요?"

남자 종업원의 앳된 얼굴이 붉어졌다.

"집이 바로 앞이라 자주 오세요."

"예쁘죠?"

남자 종업원은 자신의 시선을 들킨 것이 부끄러웠는지 우물거리며 바로 대답하지 못했다.

"예쁜 사람한테 눈이 가죠. 저도 보게 되더라고요."

해인은 공감한다는 의미로 미소를 지었다. 억지로 만들어낸 자신의 미소가 일그러져 보이지 않도록 애썼다.

"아, 예."

남자 종업원이 쑥스럽게 웃으며, 물과 커피의 바코드를 찍었다.

"여자분, 늘 혼자 오나요?"

"거의요."

해인은 현금으로 계산을 하고 커피를 남자 종업원에게 내밀었다.

"알바 하느라 고생하는 동생 같아서요."

"고맙습니다."

해인이 생수병의 뚜껑을 따서 한 모금 마셨다.

"저, 전에 여자분이랑 같이 오던 남자 기억나요?"

종업원의 표정이 굳어졌다. 단순히 호기심으로 물어보는 말이 아니라는 걸 그도 눈치챈 듯했다.

"저, 사진 한 장만 확인해줄래요?"

"무슨 일 때문에 그러시죠?"

종업원은 경계심이 묻어나는 딱딱한 말투로 되물었다. 해인은 휴대폰에서 태곤의 사진을 찾아냈다. 국정감사를 준비하면서 산처럼 쌓여 있는 자료를 확인하는 모습이었다.

"바람 난 남편을 찾고 있는데, 상간녀가 저 여자 같아서요."

종업원은 휴대폰을 보려고 하지 않았다. 그의 얼굴엔 귀찮은 일에 말려들기 싫다는 표정이 역력했다.

"아이가 아빠를 찾는데, 연락도 안 되고 그래서요. 미안하지만 확인 좀 부탁드릴게요."

종업원은 마지못해 휴대폰을 받아 들고 사진을 한참 보았다.

"아닌데요."

"저 여자분이 아닌가?"

"저 여자분 여기 이사 온 지 얼마 안 됐어요. 문제가 생겨서 왔는지 짐이라고 할 것도 없이 차 한 대로 조용히 이사 왔어요."

"아, 그래요?"

"그동안 한 번인가 남자분이랑 같이 편의점에 왔는데 사진이랑은 달랐어요. 더 젊었어요."

"그래요. 고마워요."

"남편분이랑 저 여자분은 끝난 거 같은데 곧 집으로 돌아가시겠죠."

종업원이 그녀를 위로했다. 해인은 살짝 미안해졌다.

"고마워요."

해인은 다시 창가로 가서 불어버린 라면을 입에 욱여넣었다. 맛이 느껴지지 않아 오히려 먹을 만했다. 설수연이 빌라에 들어가고 나서 오른쪽 창문에서 잠깐 희미한 불빛이 비쳤다. 창문이 열려 있는 쪽이었다. 아마도 현관의 센서등이 켜진 듯했다. 그녀는 먹다 남은 라면을 버리고 편의점을 나갔다. 유리문이 닫히기 전, 등 뒤에서 남자 종업원의 목소리가 들려왔다.

"밥 잘 챙겨 드세요."

종업원의 마지막 인사로 해인은 자신의 모습이 어떻게 보였을지 짐작할 수 있었다. 그녀는 차마 돌아보지 못하고 못 들은 척 걸음을 옮겼다. 설수연을 볼 때와는 다른 종류의 시선이 그녀를 따라왔다.

해인은 차에 타고 나서 습관처럼 문을 잠그고 사이드미러를 접었다. 따라오던 편의점 종업원의 시선도 이제는 다른 곳으로 옮겨갔을 것이다. 그녀는 보조석으로 다리를 뻗고 빌라의 출입구를 지켜보았다.

편의점 종업원이 태곤을 기억조차 못 한다는 건 설수연과의 관계가 일반적인 부부 사이가 아니라는 증거였다. 결혼 5개월 차의 신혼부부가 서로 만나지도 않고 각자 다른 상대가 있다는 건 정상적이지 않았다. 태곤이 혼인신고를 한 이유가 뭘까? 그가 동의는 한 걸까? 설수연이 사망보험금을 노리고 혼인신고를 한 거라면 5개월 전에 이미 태곤이 사망할 줄 알았다는 뜻이 된다. 그녀 단독으로 이 모든 걸 계획하고 범행하는 게 가능할까? 그녀는 고개를 저었다. 계획을 세운다 해도 사람들을 움직이고 실행을 하는 건 다른 문제였다. 해인이 보기에 그녀는 알코올중독자일 뿐이었다.

대영과 설수연이 공범? 가능성은 있었지만 대영이 설수연을 끌어들일 이유가 불분명했다. 설수연이야 대영이 필요했지만 그는 설수연이 필요하지 않았다. 설수연의 역할이라고 해봐야 토막 시체의 신원 확인이 전부였다. 불륜에 대한 공동의 복수? 대영은 치밀한 사람이었다. 감정적인 이유 때문에 설수연을 끌어들이는 건 그답지 않았다.

어떤 논리에도 설수연은 딱 들어맞지 않는 존재였다. 마치 다른 상자의 퍼즐 조각이 섞여 들어온 것 같았다. 그래서 해인은 설수연이 퍼즐의 중요한 조각이라고 확신했다.

해인은 선인시의 박철 경위에게 전화를 걸었다. 큰 기대는 없었지만 뚜껑을 열어보기도 전에 포기하는 건 옳지 않았다.

"경위 박철입니다."

"저, 장원식 의원님 비서관 이해인이에요."

"아, 예, 비서관님."

해인은 박철의 반응이 미묘하게 달라졌다는 걸 느꼈다. 뭐랄까, 지난번처럼 반기지 않는다고나 할까.

"부탁드린 거 알아보셨을까요?"

"대포폰인 건 확인됐어요."

그녀의 예상대로 대포폰이었다. 형사가 직접 나선다 해도 발신번호를 역추적해 대포폰의 실사용자를 밝히는 건 불가능에 가까웠다.

"역시 그렇군요. 통화내역은요?"

실망한 티를 내지 않으려고 해인은 목소리를 쥐어짰다.

"통화내역을 받기는 했는데……."

그가 망설이듯 말끝을 흐렸다.

"대포폰 통화내역인데 문제 될 게 있을까요?"

"그래서 문제죠. 이게, 범죄에 연루된 폰이면 통화내역을 제공받은 이유를 나중에 제가 소명해야 해서요."

해인은 그의 태도가 앞뒤가 맞지 않다고 생각했다. 이미 통신사에 공문을 보내 사용자를 확인했다면 통화내역 역시 받았을 것이다. 그는 이미 가지고 있는 자료를 두고 핑계를 대고 있었다. 생색을 내고 싶은 건가?

"의원님 개인 폰에 상습적으로 욕설 문자를 보내는 사람이에요. 부탁 좀 드려요."

"아, 그렇습니까? 그러면 의원님을 봐서라도 드려야죠."

"고맙습니다."

"이런 부탁은 이번이 끝입니다. 대신 정식으로 사건접수를 하면 제가 직접 나서서 해결하겠습니다."

"의원님과 상의해보겠습니다."

박철은 선인시에 오면 연락 달라며 전화를 끊었다. 잠시 후, 메신저로 그가 파일을 보냈다.

해인은 파일을 열어 고상필의 번호를 찾았다. 고상필의 말대로 통화를 한 번 한 후에는 문자메시지를 주고받았다. 그녀는 그 즈음 통화를 하고 문자를 주고받은 고상필과 비슷한 패턴의 다른 전화번호 하나를 발견하고 메모를 했다. 부탁하지 말라고는 했지만 박철 경위에게 다시 부탁해보는 수밖에 없었다.

해인은 통화내역을 더 살펴보다 대포폰으로 문자를 주고받은 마지막 전화번호를 보고 몸이 굳었다. 그녀가 아는 번호였다. 대영이다.

혼란스러웠다. 대영이 대포폰의 실사용자라면 자기 명의의 휴대폰으로 문자를 보낼 리 없다. 사건을 설계한 진범이 따로 있다는 건가? 고상필처럼 협박에 못 이겨 대영 역시 시키는 대로 움직인 걸까? 대포폰이 대영에게 발송한 메시지는 연속으로 보낸 두 개가 전부였다. 그리고 대영으로부터 세 개의 메시지가 수신됐다. 단 두 개의 일방적인 메시지로 대영을 협박해 범행을 사주했다는 게 어색했다. 그 정도의 치명적인 협박이라면 대영이 당하고만 있을 리 없다.

해인은 어느 쪽도 확신할 수 없었다. 생각할수록 앞뒤가 똑같은 모양의 동전을 계속 뒤집고 있는 느낌이었다. 그녀는 정보가 부족하다는 걸 깨닫고 동전 뒤집기를 멈췄다.

얼마나 시간이 지났는지 가늠이 되지 않았다. 빌라의 2층 창문은 어떤 변화도 없었다.

해인은 집에만 있는 설수연에게 어떻게 접근해야 할지 몰라 답답했다. 그나마 태곤의 직장 동료라며 찾아가는 게 가장 자연스러웠다. 하지만 그렇다고 해도 원하는 답을 듣기는커녕 집 안으로 들어갈 수 있을지조차 불확실했다. 망설이던 그녀는 결국 신문사 선배에게 설수연의 과거에 대해 좀 더 알아봐달라고 문자를 남겼다.

해인이 휴대폰을 내려놓는 순간, 눈에 익은 차가 SUV 옆을 지나갔다. 대영의 회색 쏘나타였다. 대영의 차는 분홍색 빌라를 지나쳤다. 대영은 해인을 발견하지 못한 것 같았다.

해인의 심장이 미친 듯이 뛰었다. 대영이 쫓아온 건 설수연일까, 아니면 그녀일까. 해인은 의자를 젖히고 몸을 낮췄다. 분명 대영은 다시 돌아올 것이다. 해인은 거울을 꺼내 골목을 살폈다. 일분일초가 지나가는 데에도 신경이 타들어가는 것 같았다.

14

해인이 들고 있던 손거울 안에 대영의 쏘나타가 다시 나타났다. 쏘나타는 점점 가까워지고 있었다. 대영은 미행하는 차나 잠복하는 사람이 있는지 확인하듯 한 바퀴 돌아 다시 골목에 나타났다. 그는 조심하고 있었다.

해인은 대영의 등장으로 설수연과 사이에서 곧 이벤트가 생길 거라 기대했다. 그녀는 가방에서 디지털 녹음기를 꺼냈다. 결정적인 증거를 손에 쥐게 될지 모른다. 다행히 설수연의 집은 2층에 있어 차를 밟고 올라갈 수 있었고, 창문이 열려 있어 대화를 녹취할 수도 있었다. 해인은 숨을 고르고 손거울을 내렸다.

다시 3분이 지났다. 대영의 차가 지나가기에 충분한 시간이었다. 해인은 손거울을 다시 들어 밖을 확인했다. 대영의 차가 운전석 옆에 바싹 붙어 있었다. 심장이 내려앉았다.

아무것도 할 수 없었다. 대영의 차 때문에 차를 뺄 수도 운전석 문을 열고 도망칠 수도 없었다. 너무 안일했다.

해인은 차에 시동을 걸었다. 여차하면 앞뒤의 차를 들이받아 사람들의 이목을 끌 생각이었다.

대영이 조수석의 창문을 내렸다. 그가 운전석에서 해인을 보고 있었다. 해인은 그가 운전석에서 내리는 순간 경적을 울리며 앞차를 들이받으려고 기어를 D로 바꾸었다. 그런데 대영은 그대로 기다리기만 했다. 대화를 하자는 뜻 같았다.

손을 뻗어도 닿지 않는 거리가 그녀를 조금쯤 안심시켰다. 해인은 디지털 녹음기의 녹음 버튼을 눌렀다. 그리고 창문을 눈높이만큼 내렸다. 잘만 유도하면 대영의 범행을 녹취할 수 있다.

"내가 나태곤을 죽이지 않았어."

대영의 말에 해인은 아무런 반응도 보이지 않았다. 되도록 그가 더 말하도록 유도해야 했다. 그런 의미에서 침묵은 그녀가 보일 수 있는 유일한 반응이었다.

"내가 나태곤을 죽이고 당신한테 혐의를 뒤집어씌우려 했으면 사건현장의 증거를 조작하지도 않았을 거고 조작한 결정적 증거를 소각했지 차에 두지도 않았을 거야."

디지털 녹음기의 빨간색 불빛이 깜박거렸다. 대영이 사건현장을 조작했다는 것과 현장을 정리한 유류물을 자신의 차량에 보관했다는 증언이 녹음됐다. 이로써 SUV 트렁크에 있는 쓰레기봉투가 적어도 해인의 범행을 증명하는 증거물이 되는 것은 막을 수 있게 됐다.

해인은 자신에게 불리한 증언을 쉽게 털어놓는 대영에 대해 의구심이 생겼다. 모르는 뭔가가 더 있나? 논리적으로 보면 그의 말은 일정 부분 사실과 부합했다. 하지만 여전히 그가 태곤을 죽였다는 가정이 훨씬 더 논리적이고 설득력이 있었다.

"증명할 수 있어?"

"없어."

"믿을 수 없어. 지금으로선 당신이 죽이지 않았다는 증거보다 죽였다는 증거가 훨씬 많아."

"알아. 내겐 살해동기도 있지."

"……미안해."

"알아."

"당신이 결정적인 증거를 다 지웠어. 현장증거는 물론이고 오피스텔 CCTV까지 떼어 갔고."

"맞아."

디지털 녹음기에 대영의 대답이 빠짐없이 녹음되고 있었다. 이제 대영이 태곤의 오피스텔 CCTV를 떼어 간 경찰이라는 것도 증명됐다. 하지만 아직까지는 결정적인 한 방이 부족했다.

"당신이 오피스텔 CCTV를 떼어 간 걸 입회한 목격자인 동시에 내가 경비실에 맡긴 캐리어를 넘겨받았다는 걸 증언해줄 경비원이 자살했어. 이게 단순히 우연일까?"

"당신이 어디까지 알고 있는지 모르겠지만 경비원 말고 사건과 관련된 사람이 또 살해됐어."

"고상필 씨?"

살해됐다는 말에 놀라서 해인은 불쑥, 이름부터 뱉어냈다. 그리고 곧 실수를 깨닫고 입을 다물었다.

"아니, 김준이라는 사람이야."

해인은 안도했다. 그리고 고상필이란 이름을 대영에게 섣부르게 알려준 것을 후회했다. 대영이 이 모든 것의 배후라면 고상필이 위험해진다.

"난 모르는 사람이야."

"김준은 당신이 유기한 몸통 외에 나머지 부분을 유기한 인물이야."

해인은 대영이 태곤을 살해하고 살인죄를 그녀에게 덮어씌우려고 몸통을 유기하도록 설계한 거라 의심했다. 그렇기 때문에 태곤의 나머지 부분을 유기한 인물이 따로 있을 거라고는 생각하지 못했다.

"아, 생각 못 했어."

"김준을 살해한 사람은 현장에서 잡혔어. 물론 나태곤 살인사건과는 무관해."

"이것도 우연이라는 거야?"

"아니, 짐작 가는 게 있기는 해. 고상필은 누구야?"

"지금은 대답해줄 수 없어."

"이해해."

"그보다 짐작 가는 게 뭔데?"

"오피스텔 경비원과 김준에겐 한 가지 공통점이 있어. 나까지 포함해서 현재까진 셋이네."

"그게 뭔데?"

뒤에서 신경질적인 경적 소리가 들렸다. 소형 트럭이 길을 막고 있는 대영에게 차를 빼라고 재촉하고 있었다.

"'당신의 비밀'이라는 사이트야……모두 여기에…… 비밀이 공개……치명적인 약점……."

대영의 차가 움직이지 않자 경적이 길게 이어졌다. 경적 소리에 묻혀 대영의 말이 부분적으로 뭉개졌다.
"설수연에게 잠복을 들키면 안 돼."
대영이 소리 지르듯 말을 하고는 차를 움직였다. 트럭 운전사의 욕설이 해인에게까지 들렸다. 대영의 말대로 설수연에게 들키면 안 된다. 해인은 창문을 올렸다. 대영의 쏘나타는 골목길에서 한참 더 가서 빈자리에 멈춰 섰다. 잠시 후 대영이 차에서 내려 걸어오는 모습이 보였다.
해인은 차를 빼서 도망쳐야 할지 그대로 있어야 할지 판단이 서지 않았다. 머릿속에서 위험신호가 울리는데 지금까지 들은 대영의 말을 무시할 수 없었다. 그녀는 차를 후진시켜 여차하면 빠져나갈 수 있도록 공간을 확보했다. 대영이 점점 가까이 다가왔다. 그의 손에는 아무것도 없었다.
대영이 몇 걸음 떨어진 곳까지 왔다. 해인은 긴장으로 몸이 움츠러들었다. 그녀는 티를 내지 않으려고 어깨를 펴고 엄지손가락으로 조수석 쪽을 가리켰다. 해인이 도어록을 푸는 대신 조수석 쪽의 창문을 눈높이까지 내렸다. 창문을 통해 허리를 숙인 대영과 잠깐 눈이 마주쳤다. 그의 눈빛은 무섭기보다는 공허해 보였다. 그는 차에 기대서서 담배를 피워 물었다.
"'당신의 비밀'이라고?"
"사람들의 치명적인 비밀을 거래하는 사이트야."
"그 사이트에서 경비원이랑 김준이란 사람의 비밀이 거래됐다는 거지?"

"나까지."

고상필은 자신이 저지른 횡령 때문에 해인에게 넘겨받은 캐리어를 한강에 유기했다고 했다. 대영이 말한 내용과 같은 맥락이었다. 대영의 말에 어느 정도 개연성이 생겼다. 하지만 원래 거짓말이라는 건 대부분의 진실에 자신이 원하는 거짓말을 살짝 섞는 게 가장 효과적이다.

"당신도 거래된 비밀 때문에 사건현장을 조작했고?"

"비밀이 거래된 건 맞지만 그것 때문에 조작한 건 아니야."

대영이 휴대폰을 꺼내 보여줬다. 첫 번째 사진은 초점이 맞지 않아 흔들린 사진으로 팔다리가 잘린 몸통이 들어 있는 캐리어였다. 흐릿하기는 했지만 태곤의 시체 사진이었다. 기자 시절부터 사건현장 사진은 많이 봐왔다고 자부했는데, 토막 난 태곤의 시체를 보는 순간 해인은 고개를 돌려 피하고 싶었다. 하지만 고개를 돌리지도 눈을 감지도 않았다.

그녀가 고개를 끄덕이자 대영은 또 다른 사진을 보여주었다. 이 사진 역시 초점이 맞지 않았지만 캐리어를 끌고 가는 해인의 모습이라는 건 알아볼 수 있었다. 해인이 며칠 전 대영의 휴대폰을 확인했을 때에는 보지 못한 사진이었다. 대영은 중요한 사진을 휴대폰의 다른 폴더에 따로 저장하고 있는 듯했다.

"이 사진 때문에 사건현장을 조작했다는 거야?"

"그대로 두면 당신이 빠져나갈 구멍이 없었어."

"나를 위해서 현장을 조작했다고?"

"당신은 누군가를 살해할 사람이 아니라는 걸 아니까."

해인은 당혹스러웠다. 대영이 그녀를 위해 현장을 조작하고 오피스텔 CCTV를 수거했다는 게 믿기지 않았다. 아니, 부정하고 싶었다.

"그런 사진을 가지고 있는 것 자체가 당신이 이 모든 걸 계획했다는 증거가 될 수 있어."

"사진은 메시지로 전송받았어. 번호는 대포폰이었고."

대영은 허리를 펴고 담배 연기를 한숨처럼 뱉어냈다. 그는 담뱃불을 손가락으로 튕겨 불꽃을 바닥에 날렸다.

"메시지 전송이야 얼마든지 조작할 수 있잖아."

해인은 그가 알리바이를 만들기 위해 일부러 흔적을 남긴 것은 아닌지 의심했다. 그녀는 대영의 반응을 살폈다. 그는 예상했다는 듯 담담하게 말을 이었다.

"그럴 수 있지. 그럼, 앞으로 설수연을 어떻게 잡을지 생각해 봐. 무작정 기다리기에는 시간이 없어."

"설수연을 잡는다고?"

"내가 죽이지 않았고, 당신도 죽이지 않았다면 남은 사람은 설수연밖에 없어."

대영의 말대로 지금으로서는 설수연에 대한 혐의를 확인하든지, 털어내든지 해야 했다.

"계획이 있어?"

"설수연이 독자적으로 나태곤을 살해하고 사람들을 조종해 시체를 유기한 건지, 아니면 설수연조차도 비밀에 꼬리를 잡혀 맡은 역할을 한 건지 알아봐야지."

"어떻게? 가서 물어봐?"

해인은 냉소적으로 되물었다. 그녀 역시 도착한 후로 수도 없이 생각해보았지만 딱히 떠오르는 방법이 없었다.

"'당신의 비밀'에 설수연의 현재 위치를 올릴 거야. 설수연이 사건의 진범이면 비밀을 구매해 블라인드한 후에 여기서 몸을 피하겠지."

"아니면?"

"진범이 찾아오겠지."

"그럼 설수연이 위험해질 수도 있어."

"우리 둘이 지켜보고 있잖아."

해인은 대영의 계획에 동의할 수밖에 없었다. 대영이 말한 전부를 믿을 수는 없었지만 설수연을 지켜보기만 해서는 끝이 나지 않는다는 걸 인정할 수밖에 없었다.

"'당신의 비밀' 링크를 보내줘."

"당신 핸드폰은 실시간으로 위치추적 중이야."

대영은 '당신의 비밀'에 로그인을 한 뒤 휴대폰을 열린 창틈으로 내밀었다.

"가입 절차가 까다로워. 당신이 가입해서 승인받을 시간이 없어."

몸을 기울여 해인이 휴대폰을 받았다. 대영에게서 술 냄새가 났다.

"일할 때도 술 마셔? 좀 살펴볼 테니까 당신은 편의점에 가서 입이라도 헹구고 와."

"괜찮아."

대영이 다시 담배에 불을 붙였다.

"갔다 와. 아까의 소동으로 충분히 눈길을 끌었어. 설수연이 당신을 보면 시작도 하기 전에 계획은 끝이야."

대영이 고개를 끄덕이고 편의점을 향해 걸어갔다. 해인은 선배의 휴대폰을 꺼내 대영의 휴대폰을 동영상으로 촬영했다. 나중에 동영상을 보며 복기하기 위해서였다.

대영의 말대로 '당신의 비밀' 사이트엔 세상의 온갖 비밀이 거래되고 있었다. 대영이 태그해놓은 목록은 '나태곤'과 태곤의 거주지인 '여의도 오피스텔', '용산경찰서'였다.

태곤에 관한 비밀은 블라인드돼 제목도 볼 수 없었고, 오피스텔 항목엔 성매매와 아이돌의 출입에 관한 비밀이 거래를 기다리고 있었다. 용산경찰서 태그에는 너무 많은 비밀이 판매되고 있어 제목만 보고는 누구의 비밀인지조차 유추할 수 없었다. 이 정도면 '당신의 비밀'에 세상의 모든 비밀이 있다고 해도 과언이 아니었다.

해인은 대영의 통화목록을 확인하고 메시지를 확인했다. 통화목록에 있는 사람들은 대부분 같은 서 동료였고, 메시지를 주고받은 사람들도 대영의 분류체계로 이름이 정리된 사람들이 대부분이라 크게 의심스러운 점은 없었다. 해인은 최근에 메시지를 주고받은 사람 중에 서_김한민이란 이름을 터치했다.

'김준 살해사건의 피의자 조사는 끝났습니까?'

'선임된 변호사가 까다로워서 시간이 날지 모르겠습니다.'

'상황이 되면 연락 주세요.'

주고받은 문자를 보면 살해된 김준과 관련해서 진행상황을 확인하는 것으로 보였다. 다음 문자는 주식 관련 정보를 제공하는 스팸이었다. 해인은 목록의 아랫부분에서 며칠 전 확인한 사_두일이란 이름을 확인하고 터치했다. 상대와는 그날 이후 주고받은 기록이 없었다.

해인은 목록을 계속 올려 저장되지 않은 번호를 찾았다. 대영의 말대로라면 태곤의 시체 사진을 보낸 번호가 남아 있어야 했다. 해인은 메시지 목록을 한참 밀어 올린 뒤 저장되지 않은 번호를 찾아 터치했다. 개별 메시지창이 열렸다.

사진은 삭제했는지 없었지만 정황상 대영이 말한 번호가 맞았다. 대영이 누구냐고 두어 번 묻고, 문자가 욕설로 바뀐 걸 보면 그랬다. 대포폰은 연속으로 사진을 보낸 뒤에 더 이상 연락하지 않았다.

해인은 상대방의 번호와 고상필에게 캐리어를 운반하도록 시킨 대포폰의 번호를 맞춰보았다. 일치했다. 대포폰의 사용자가 '비밀'을 무기로 이 모든 걸 설계했다고 보는 게 타당했다. 해인은 대영의 위치를 확인했다. 편의점 문이 열리고 대영이 손에 물한 병을 들고 나왔다. 그녀는 조급해졌다.

해인은 메시지 앱을 닫고 사진 앱을 열었다. 토막 난 태곤의 사진을 저장한 폴더를 찾고 싶었지만 휴대폰 기종이 달라 익숙하지 않았다. 해인은 섬네일의 마지막 사진을 터치했다. 어두운 데다 술에 취해 찍었는지 초점이 맞지 않아 한참을 보고서야 설수연의 빌라 외관이라는 걸 알아볼 수 있었다. 해인은 사진의 부가정보를 확인했다. 사진을 찍은 시점이 오늘 새벽이었다. 해인은 선배의 SUV를 타고 온 자신을 대영이 어떻게 알아보았는지 비로소 알 수 있었다. 그는 그녀가 도착하는 순간부터 편의점에 다녀온 것까지 보고 있었다. 해인이 사진을 넘겼다. 피투성이 손이 찍혀 있었다. 초점이 맞지 않아 디테일한 것은 뭉개졌지만 찍은 각도로 보아 대영이 자신의 손을 찍은 것 같았다.

본능적으로 대영과의 거리를 가늠했다. 그와는 20여 미터도 남아 있지 않았다. 사진을 넘기는 손이 떨렸다. 다음 사진도 초점이 맞지 않았지만 깨진 유리 조각을 쥐고 있는 손이라는 건 알아볼 수 있었다. 또 사진을 넘겼다. 어느 가정집 식탁 위에 깨진 유리컵이 찍혀 있었다. 유리컵이 깨지면서 손을 다친 건지, 깨진 유리 조각을 손에 쥐어서 다친 건지 사진으로는 알 수 없었다. 다시 사진을 넘겼다. 다음은 혈흔이 가득한 주차장 바닥을 가까이에서 찍은 사진이었다. 피가 흐른 양만으로도 누군가가 죽었다는 걸 알 수 있었다. 시체는 없었지만 대영의 피 묻은 손과 선명하게 찍힌 주차장 바닥의 피가 원인과 결과처럼 이어졌다. 온몸이 덜덜 떨렸다.

해인은 손가락이 떨려 헛발질하는 사람처럼 사진을 넘기는 동작을 몇 번이나 되풀이했다. 다음은 조각조각 깨진 유리와 핏자국이 찍힌 사진이었다. 바닥에 그어진 주차선과 유리 조각으로 보아 차량 유리가 깨진 흔적이었다.

해인은 사진에 찍히지 않은 프레임 밖이 두려웠다. 자신이 대영에게 속고 있는 건 아닌지 의심스러웠다. 대영이 다가올수록 차 안의 공기가 빠르게 줄어드는 것 같았다. 해인은 동영상으로 찍고 있던 선배의 휴대폰을 시트 밑으로 내렸다. 대영이 조수석 창문으로 와서 허리를 숙였다.

"확인했어?"

대영이 열린 창문 틈으로 생수병을 내밀었다. 해인은 생수병을 받고 휴대폰을 돌려주었다. 여전히 손이 떨렸지만 살짝 열어둔 창문 때문에 진동이 대영에게 전해지지는 않았다.

"응."

"어떻게 할 거야?"

"앞으로 이 번호로 연락해. 내 명의가 아니니까 추적당하지는 않을 거야."

해인이 통화 버튼을 누르자 대영이 쥐고 있던 휴대폰이 진동했다.

"좋아. 이제 '당신의 비밀'에 설수연에 대해 올릴 거야. 주소와 받게 될 보험금까지."

"비밀이 거래되면 바로 공유해줘."

"알았어."

대영이 몸을 돌려 주차해놓은 자신의 차로 걸음을 옮겼다. 해인은 물에 빠졌다 나온 사람처럼 급하게 숨을 몰아쉬었다. 늦은 오후의 햇빛이 골목 끝까지 낮게 깔렸다.

해인은 촬영된 동영상을 되돌려 보았다. 그녀는 '당신의 비밀'을 대영이 알게 된 경위부터 의심스러웠다. '당신의 비밀'의 규정을 보면 팔린 비밀은 블라인드된다. 그런데 대영은 자신의 비밀이 팔린 걸 알고 있었다. 해인은 대영의 말을 그대로 믿을 수 없었다. 어쩌면 '비밀'을 지렛대로 사람들을 범행에 끌어들인 사람이 대영일 수도 있었다.

동영상은 해인의 손이 문자메시지를 확인하는 장면으로 넘어갔다. 대영이 누구냐고 묻고, 바로 욕설을 했다. 대포폰이 사진을 보낸 시간과 대영이 답을 한 시간은 세 시간 이상 벌어져 있었다. 일반적이진 않았지만 그럴만한 이유야 있을 법했다. 더 이상 메시지가 없는 걸 보면 상대는 대영이 어떻게 움직일지 확신하고 있었다.

해인은 동영상을 멈췄다. 객관적인 사실로만 보면 대포폰 사용자의 의도대로 대영은 현장증거를 조작한 사람에 불과했다. 그녀는 동영상을 빠르게 돌려 피투성이 손을 찍은 사진부터 재생했다. 흔들린 사진의 끝은 식탁을 찍은 사진이었다. 해인은 사진에서 깨진 유리잔 외에 조금 전에 보지 못한 빈 양주병을 보았다. 정황상 이 사진들은 대영이 술에 취해 기록용으로 찍은 사진이었다. 동영상이 지하주차장의 살인현장을 찍은 사진을 비추자 그녀는 멈췄다. 사진의 초점이 잘 맞은 데다 핏자국의 모양이 보이도록 공들여 찍은 사진이었다. 게다가 피투성이 손을 찍은 사진보다 먼저였다. 이 사진들을 순서대로 해석하면 살인이 먼저고, 술에 취한 것이 나중이었다.

결정적으로 주차장의 깨진 유리 조각 위에 튄 피는 말라서 검붉은 빛을 띠고 있었다. 이것으로 주차장에서 벌어진 일과 피투성이 손은 인과관계가 없다는 게 증명됐다.

해인은 피투성이 손을 찍은 사진으로 동영상을 되돌렸다. 정황상 술에 취해 유리컵을 깨트려 손을 베인 것이라고 보는 게 타당했다.

그녀는 동영상을 끝내려다 대포폰에서 대영에게 전송했다던 두 장의 사진 역시 초점이 맞지 않았다는 걸 깨달았다.

대영이 취했을 때 사진을 찍는 패턴이었다. 전율이 온몸을 타고 흘렀다.

해인의 머릿속에서 술에 취한 채 흔들리는 손으로 토막 난 태곤의 시체를 기록용으로 찍어서 전송하는 대영과 해인이 걸어가는 모습을 먼발치에서 찍는 대영의 모습이 겹쳐졌다.

혹시, 대영이 술에 취해 자신도 기억하지 못하는 건 아닐까? 형사인 그가 태곤을 살해했다면 현장에서 자신의 휴대폰을 들고 들어가는 어설픈 행동을 할 리 없다. 지금까지 한 번도 해보지 못했던 의심이 뇌리를 섬광처럼 스쳤다.

대영은 술에 취해서도 말이 흐트러지거나 행동이 흐트러지지 않는다. 그는 술에 취한 사람이라기보다는 아예 다른 사람처럼 보였다. 마치 술이라는 매개로 그의 내부에서 다른 사람이 튀어나오는 것 같았다. 해리성인격장애의 알코올 버전이라고나 할까.

어쩌면 사건을 아예 다른 관점으로 보아야 할지도 모른다. 공격적인 대영의 다른 인격이 튀어나와 태곤을 살해하고, 자신이 저지른 짓을 수습하도록 통제권을 가지고 있는 평소의 대영에게 문자를 보낸 걸 수도 있다. 말도 안 되는 억지라는 생각도 들었지만 이런 전제하에서라면 조금씩 어긋난 조각들도 무리 없이 맞춰졌다.

아직 가설일 뿐이지만 설수연을 아무런 대책도 없이 대영의 영역 안에 그대로 두는 건 위험했다. 그는 잠복을 하던 어젯밤에도 설수연을 지켜보며 술을 마셨고, 초점이 맞지 않은 빌라의 외관을 찍었다. 대영이 다음에 찍을 사진이 설수연의 토막 난 시체가 아니라고 누구도 장담할 수 없었다. 해인은 대영에게서 술 냄새가 지워질 때까지, 새로운 가설을 확인할 때까지 시간을 벌어야 했다.

해인은 대영을 설수연에게서 떼어놓을 방법을 생각해내려 애썼다. 그를 떼어놓으려면 설수연보다 더 유력한 용의자가 필요했다. 장원식 국회의원 같은.

해인은 장원식 국회의원을 용의자로 만들기로 마음먹었다. 생각해보면 장원식도 태곤을 살해할 동기는 충분했다. 태곤은 장원식의 감추고 싶은 치부에 대해 속속들이 알고 있었다. 그 때문에 보좌관이었지만 오히려 장원식의 정치적 생명을 움켜쥐는 모양새가 될 때도 있었다. 해인은 한 박자 늦게 태곤이 보관하고 있던 장원식을 비롯한 정적들의 비밀과 비리에 관한 자료들이 사라졌다는 걸 깨달았다. 대영이 수거한 현장 유류물 중에 서류나 외장하드디스크는 없었다. 정황상 태곤을 살해한 범인이 모든 자료를 가져갔다고 보는 게 합리적인 의심이었다. 혹시, 살인의 목적이 그 자료였던 건 아닐까? 설수연을 움직인 배후가 장원식은 아니었을까? 질문이 이어지자 해인은 점점 더 장원식이 의심스러워졌다. 장원식이라면 동기도 있었고, 이 모든 걸 실행할 만한 힘도 있었다. 새롭게 그럴듯한 가설이 만들어졌다. 그리고 이 가설 역시 확인해볼 필요가 있었다.

해인은 바로 대영에게 전화를 걸었다. 신호음이 한 번도 울리기 전에 그가 전화를 받았다.

"설수연의 비밀, 올렸어?"

"응."

"반응은?"

"아직 없어."

"생각해봤는데, 나 보좌관을 살해할 동기가 있는 사람이 또 있어."

"누군데?"

"장원식 국회의원. 나 보좌관은 장원식 의원의 비리에 대해 속속들이 알고 있었어. 증명할 자료도 가지고 있었고. 혹시 당신이 오피스텔 책상 서랍에 있던 자료들을 치웠어?"

"아니, 모두 비어 있었어."

"그것 봐. 아무래도 나 보좌관을 살해한 사람의 짓인 거 같아."

"목적이 살인이 아니고 자료였다는 거지?"

"장원식 의원은 이번에 공천에 떨어질 가능성이 커. 그래서 당적을 옮기려고 간을 보고 있어. 그러기에 나 보좌관은 걸림돌이거든."

"의원과 보좌관은 같이 움직이는 거 아냐?"

"나 보좌관은 입법으로 세상을 바꾸려고 했어. 웩 더 독(Wag the

dog), 그는 개의 몸통을 흔드는 꼬리가 되고 싶어 했거든. 장원식을 따라 당적을 옮기면 추진하던 법안은 폐기돼. 노선이 다르니까."

"보좌관을 그만두면 추진하던 법안이 폐기되는 건 마찬가지잖아?"

"그를 원하는 의원들은 많아."

"요약하면 같이 탈당하는 걸 거부하는 나태곤을 장원식이 살해했고, 비리 관련 자료를 챙겼다는 거네?"

"맞아."

"지금 장원식은 어디에 있어?"

"선인시에서 자기 지역구를 돌고 있어."

"만약 장원식이 진범이면 그도 '당신의 비밀'을 알고 이용하고 있을 거야."

"확인해야겠지?"

"물론, 확인해야지."

"설수연은 내가 맡을게. 선인시엔 내 얼굴을 알아보는 사람들이 많으니까 당신이 장원식을 쫓아."

"알았어. 시간 없으니까 바로 움직일게."

"장원식은 아마도 오늘 저녁쯤 옮겨 갈 민국당의 지역위원장을 만날 거야."

"두 사람이 만나는 걸 찍어서 '당신의 비밀'에 올리면 그가 유저인지 알게 되겠지."

"당신이 출발하면 장원식의 오늘 스케줄을 확인해서 알려줄게."

"설수연의 비밀이 판매되면 바로 공유할게."

해인의 계획대로 됐다. 그녀는 대영의 쏘나타가 골목을 완전히 벗어나는 걸 보고서야 등받이에 기댔다. 딱히 거짓말을 한 것도 아닌데 긴장했는지 등이 젖어 있었다.

15

 선인시에 들어서자 남쪽이라 그런지 밤공기에도 따뜻한 기운이 섞여 있었다. 대영은 해인이 보내준 장원식의 동선을 따라 한정식집으로 차를 몰았다. 해인은 장원식의 저녁 일정이 빈 이유가 당적을 옮기려는 민국당의 지역위원장을 만나는 것이라 했다. 아직 당적을 옮기는 건 확정되지 않았지만 적당히 정보를 가공하면 장원식에게 감추고 싶은 비밀이 될 것 같았다. 장원식의 지역 보좌관이 저녁식사를 예약한 한정식집은 일반적인 손님은 받지 않는지 간판조차 없었다. 밖에서 보면 잘 가꾸어진 주택으로 보였다. 집 앞에 고급 차량 몇 대가 주차돼 있는 게 그나마 눈에 띄는 점이었다. 한정식집 앞의 2차선 도로 건너편에는 3층짜리 오래된 상가건물이 다닥다닥 붙어 있었다.
 대영은 불이 꺼진 공인중개업소 앞에 차를 세웠다. 살짝 삐딱하긴 해도 한정식집의 입구가 잘 보이는 위치였다. 그는 전조등을 끄고 사이드미러를 접었다. 영업 중인 치킨집 앞에서 쪼그리고 앉아 담배를 피우던 남자가 일어섰다. 남자는 기다려도 대영이 차에서 내리지 않자 도로 쪼그리고 앉았다. 아마도 손님을 기다리는 치킨집 사장인 모양이었다.

번화가도 아닌 데다 영업 중인 점포 앞에 주차하는 걸 막는지 주차된 차량이 많지 않아 잠복하기에 좋은 자리는 아니었다. 대영은 휴대폰으로 민국당 지역위원장의 이미지를 검색해 얼굴을 눈에 익혔다. 저녁식사 시간이 지나고 밤이 깊어도 장원식과 지역위원장은 나오지 않았다. 식사에 이어 바로 술자리로 이어지는 모양이었다. 치킨집과 한 집 건너에 있는 국밥집에 손님들이 오면서 대영의 차 뒤에 다른 차들이 주차를 했다.

대영은 휴대폰의 줌으로 한정식집의 입구를 시험 삼아 찍어보았다. 거리가 있는 데다 어두워 화질이 썩 좋지 않았다. 그나마 한정식 입구에 현관 조명이 켜져 있어 그 주변은 알아볼 수 있었다. 어차피 사진은 '당신의 비밀'에 올리는 용도라 장원식 본인이 알아채고 발이 저릴 정도면 충분했다.

자정이 가까워지자 한정식집에서 한 무리의 사람들이 나왔다. 현관 조명 아래 여자들에게 둘러싸여 배웅을 받는 인물의 얼굴이 보였다. 장원식 의원이 분명했다. 그의 뒤를 붉어진 얼굴의 민국당 지역위원장이 따라 나오고 있었다. 대영은 휴대폰으로 사진을 찍었다. 장원식은 허리를 숙이며 깍듯하게 민국당 지역위원장과 악수를 나눴다. 대영은 웃으면서 악수하는 두 사람의 얼굴을 클로즈업해 다시 사진을 찍었다.

그들이 세 대의 차량에 나누어 타고 떠나자 한정식집 현관의 조명이 꺼졌다. 오늘 영업이 끝난 모양이었다.

대영은 '당신의 비밀'의 새로운 URL로 접속했다. 그는 '장원식 의원, 의혹의 인물과 만남'이라고 입력했다. 다분히 낚시성 제목이었다. 그는 제목을 다시 읽어보다 '의혹의 인물과 만남'을 지우고 '철새정치, 이번엔 민국당?'으로 수정했다. 비밀을 팔아먹는 게 아니라 장원식의 반응을 보는 게 목적이라 선명한 제목이 나을 것 같았다. 대영은 조금 전 찍은 사진을 첨부해 등록 요청을 했다.

잠시 후, '장원식 의원, 철새정치?'라는 제목으로 등록이 완료됐다는 메시지가 떴다. 민국당까지 들어가면 중요 정보가 노출돼 비밀의 가치가 떨어질까 봐 운영진이 수정한 모양이었다.

대영은 차를 조금 떨어진 곳으로 이동시켰다. 장원식이 비밀을 구매하면 제일 먼저 사진을 찍은 위치로 달려올 것 같았다.

띠링, 알림음이 울렸다. 그가 등록한 비밀이 팔렸다. 대영은 '당신의 비밀'에 접속했다. 장원식의 비밀이 팔렸는지, 설수연의 비밀이 팔렸는지 확인해야 했다. 그가 메시지를 확인하기도 전에 다시 알림음이 울렸다. 두 건의 비밀이 모두 팔렸다.

대영은 해인에게 장원식과 설수연의 비밀이 거의 동시에 팔렸다고 문자를 보냈다.

해인은 장원식이 '당신의 비밀' 회원인 것은 분명한데, 그가 설수연의 비밀까지 구매할 이유가 있는지는 불분명하다고 답장을 보내왔다. 대영의 생각도 그랬다. 토막시체의 신원이 이미 나태곤으로 밝혀진 이상 장원식에게 설수연의 존재는 크게 의미 없었다. 대영은 곧 알 수 있을 거라 답장을 보냈다.

한정식집 앞에 요란한 소리를 내며 리터급 오토바이 한 대가 멈춰 섰다. 이 시간에 혼자서 오토바이를 타고 한정식집을 찾는 사람은 업소의 관계자이거나 장원식이 보낸 사람 둘 중 하나였다. 남자는 오토바이 헬멧을 쓰고 페이스실드만 올린 채 한정식집으로 들어갔다. 그리고 이내 나와서 2차선 도로를 건넜다. 장원식이 보낸 놈이었다. 남자는 길 건너편에 서서 휴대폰과 한정식집 입구를 번갈아 보며 위치를 가늠했다. 가로등이 있기는 했지만 거리가 있어 남자의 얼굴은 보이지 않았다. 남자는 몇 걸음 움직이더니 대영이 사진을 찍은 자리에 서서 사진을 찍었다. 그가 '당신의 비밀'에 올린 사진을 공유받은 게 분명했다. 이제 장원식이 교사해 나태곤을 살해했는지를 확인해야 했다.

헬멧 쓴 남자는 휴대폰을 들여다보더니 주변에 주차된 차 안을 일일이 확인했다. 밤이라 차 안이 보이지 않는지 일일이 손잡이를 당겨 확인하고 운전석 창문을 주먹으로 두드렸다.

헬멧 쓴 남자는 헬멧을 벗어 손에 들고는 아직까지 영업 중인 치킨집으로 들어갔다. 목격자를 탐문하는 모양이었다. 대영은 조금 전 담배를 피우던 치킨집 사장이 마음에 걸렸다. 잠시 후, 헬멧을 손에 든 남자가 대영의 차 쪽으로 걸어왔다. 가까워지는 남자의 덩치가 생각보다 컸다. 남자는 운전석 옆으로 오더니 들고 있던 헬멧으로 가볍게 창문을 두드렸다. 단순히 노크한 것뿐이나 차 안에 있는 대영에게는 위협적이었다. 남자가 헬멧으로 두드리는 강도가 조금씩 세졌다. 대영은 헬멧의 디자인이 낯이 익었다. 최근에 어디선가 본 거였다.

"안에 있는 거 알아. 문 열어."

통, 통, 남자가 창문을 두드리는 강도가 더 세졌다.

"말로 할 때 문 열어라."

남자의 얼굴이 일그러졌다. 남자가 짜증을 내듯 헬멧을 휘둘렀다.

"아, 뒤지기 싫으면 문 열어!"

텅, 텅, 소리가 커졌다. 운전석의 유리창보다 헬멧과 페이스실드의 연결 부위가 먼저 깨져 덜렁거렸다. 페이스실드! 대영은 얼마 전 나태곤의 오피스텔 CCTV에서 같은 헬멧을 쓴 채 로비를 가로지르던 남자를 기억해냈다. 그 남자와 같은 헬멧이었다. 이런 식으로 우연이 겹칠 리 없다.

남자는 덜렁거리는 페이스실드를 떼어내고 신경질적으로 창문을 두드렸다. 쾅, 쾅, 헬멧으로 창문을 두드리는 소리가 점점 커졌다. 좋은 구경거리라 생각했는지 치킨집 사장이 밖으로 나와 남자를 지켜보았다.

대영은 남자에게 확인할 게 생겼는데 목격자가 있는 상황이 마음에 들지 않았다. 그는 열쇠를 돌려 시동을 걸었다.

남자가 바로 반응해 헬멧을 치켜들었다. 지금까지와는 다른 궤적이었다. 대영이 핸들을 꺾어 차로 남자를 밀어붙이며 그대로 튀어나가는 순간, 남자가 헬멧을 휘둘렀다. 퍽 소리와 함께 운전석 유리가 깨져 산산이 조각난 파편이 쏟아졌다. 대영은 왼쪽 팔을 들어 얼굴로 튀는 파편을 막고, 다른 손으로 핸들을 꺾어 2차선 도로를 빠르게 질주했다. 깨진 유리창으로 바람이 쏟아져 들어왔다.

룸미러에 헬멧을 쓴 남자가 오토바이로 뛰어가는 모습이 보였다. 대영은 내비게이션의 지도를 보며 일부러 좁은 이면도로를 택해 핸들을 꺾었다. 헬멧 쓴 남자의 오토바이가 대영의 차를 빠르게 추격했다. 도로가 좁아지면서 대영은 티 나지 않게 속도를 줄였다. 이제 룸미러로도 남자의 오토바이가 보였다. 잘 따라오고 있었다. 대영은 여유 있게 머리카락 사이에 손가락을 넣어 유리 조각을 털어냈다. 오토바이가 차간거리를 좁혔지만 골목이 좁아 더 이상 옆으로 오지도 추월하지도 못했다. 대영은 남자가 따라오는 모습을 룸미러로 보다 급브레이크를 밟았다. 남자의 오토바이도 급하게 속도를 줄였다. 깨진 창문을 통해 쏟아져 들어오는 바람에 섞여 남자의 욕설이 희미하게 들렸다.

"쫄았냐?"

대영도 소리 지르듯 혼잣말을 했다.

대영이 가속하며 일부러 골목에 내놓은 쓰레기봉투와 재활용 쓰레기들을 들이받았다. 차량 뒤로 플라스틱병과 쓰레기들이 날렸다. 남자의 오토바이가 날아오는 쓰레기를 피하느라 속도를 줄여 차간거리가 더 멀어졌다.

대영은 룸미러로 남자가 오토바이 타는 모습을 여유 있게 지켜보았다. 머릿속에서 남자가 기어를 변속하는 모습과 나태곤의 오피스텔에서 발견한 족적이 자연스럽게 겹쳐졌다.

당시 대영이 현장에서 발견한 족적은 3분의 1 지점만 바닥 문양이 지워져 있었다. 그때도 평소에 보던 족적과 달라 특이하다고 생각했다. 대영은 족적의 문양이 왜 지워졌는지 지금에서야 깨달았다. 오토바이를 타는 남자가 발을 올려놓은 발판과 변속하기 위해 기어체인지 레버를 밟는 위치가 신발의 3분의 1 지점이었다. 오토바이를 타는 일련의 동작이 신발 바닥의 문양을 지웠다는 걸 알 수 있었다. 이것으로 대영은 그날 나태곤의 책상 서랍에서 비밀을 꺼내 간 사람이 누군지 알 수 있었다. 형편없는 미끼로 월척을 잡은 느낌이었다.

대영의 차 뒤를 남자의 오토바이가 바싹 쫓아왔다. 대영은 브레이크를 한 번 더 밟아 오토바이를 위협했다. 골목길이 넓어지자 남자는 오토바이를 능숙하게 운전해 운전석 옆으로 따라붙었다.

"차 세워!"

남자가 소리 질렀다. 대영은 기다렸다는 듯이 핸들을 꺾어 오토바이를 압박했다. 오토바이가 속도를 높여 차를 추월했다.

남자가 골목 끝에서 급하게 오토바이를 돌렸다. 오토바이가 배기음을 키우며 위협하듯 조금씩 전진했다.

놈이 다치면 안 된다. 대영은 항복의 의미로 비상등을 켜고 차를 세웠다. 그가 시동까지 끄자, 헬멧 쓴 남자가 오토바이에서 내려 걸어오며 삼단봉을 펼쳤다.

대영은 차 안에 무기로 쓸 만한 게 있는지 찾았다. 콘솔이나 글러브박스에 가스총이나 삼단봉은 물론이고 손에 쥐고 휘두를 만한 것도 없었다. 조수석 바닥의 뒹굴고 있는 생수병도 페트병이라 무기가 되지 않았다.

"이럴 줄 알았으면 뭐라도 챙겨오는 건데."

대영은 글러브박스에서 오래된 수사서류 뭉치를 발견하고는 이를 둘둘 말아 아쉬운 대로 지검(紙劍)을 만들었다. 이걸로 급소를 노리면 해볼 만했다.

헬멧 쓴 남자가 전면 유리를 삼단봉으로 내리쳐 깼다. 앞 유리가 조각조각 깨지며 앞을 가렸다.

"아, 새끼. 일부러 비상등도 켰구만 유리창을 깨고 난리야."

헬멧을 쓴 남자가 나오라는 듯 삼단봉으로 보닛을 내리쳤다. 텅, 텅, 텅 쇠가 울리는 소리가 점점 커졌다. 대영은 의자의 등받이를 눕혀 몸을 숨겼다. 그는 남자가 허리를 숙여 안을 들여다보는 순간을 노렸다. 남자가 삼단봉으로 차를 내리치는 소리가 운전석 위에서 들렸다. 텅, 텅, 타닥 삼단봉이 유리가 깨진 운전석의 창틀을 때렸다. 대영은 한 박자 늦게 몸을 일으켜 허리를 숙이고 안을 들여다보는 남자의 인중에 힘껏 지검을 찔러 넣었다. 남자는 비틀거리며 몇 걸음 물러나 주저앉았다. 대영은 차 문을 박차고 나가 남자가 아직까지 손에 쥐고 있는 삼단봉을 발로 차 날려 버렸다.

남자는 뜻밖의 상황을 미처 받아들이지 못해 공격 자세를 취하지도 방어 자세를 취하지도 못했다. 대영이 수갑을 꺼내 남자의 손목에 채웠다. 남자는 얼빠진 얼굴로 대영을 보았다. 아직도 그는 지금 벌어지는 상황을 이해할 수 없는 눈치였다.

"나태곤 알지?"

남자는 그제야 자신이 처한 상황을 부족하게나마 인식하는 눈치였다. 남자의 눈에 초점이 잡혔다.

"잘, 압니다."

"나태곤 씨를 살해한 혐의로 긴급체포합니다. 변호사를 선임할 수 있고, 불리한 진술을 거부할 수 있습니다. 그리고 체포적부심을 법원에 신청할 수 있습니다. 다 들었죠?"

"제가 안 죽였습니다."

대영은 남자의 신발 바닥을 확인했다. 그의 예상대로 3분의 1 지점의 문양이 일자로 지워져 있었다. 나태곤의 오피스텔 바닥에 남아 있던 족적과 일치했다.

"최근에 나태곤 오피스텔에 간 적 있지?"

남자의 눈동자가 위쪽을 향하며 흰자위가 많아졌다. 어떻게 대답해야 유리한지 머리를 굴리고 있다는 뜻이다. 대영은 윽박지르지 않고 기다렸다. 남자가 거짓말이든 변명이든 하면 할수록 모순은 더 선명하게 드러나기 마련이다.

"그날 거기에 간 건 맞습니다. 맞는데…… 제가 죽이지는 않았습니다."

"피의자가 아니고 목격자다? 좋아, 뭘 봤어?"

"제가 갔을 땐 핏자국밖에는 없었습니다."

"또?"

"그게 전부입니다. 시체는 보지도 못했어요."

"거기엔 왜 갔는데?"

"그게…….'

다시 남자의 눈에 흰자위가 많아졌다. 지금은 머리를 굴려 그럴싸한 대답을 만들어낼 틈을 주면 안 된다.

"아직 여유가 있네? 이대로 경찰서로 넘어가면 끝이야. 증거가 있으니까, 네가 했건 안 했건 하나도 안 중요해. 형사들은 사건을 빨리 해결하고 싶어 하거든."

"정말 제가 안 죽였습니다."

"우발적으로 사람을 죽인 놈들은 그래도 죄책감이라는 게 있어. 그래서 범행을 인정하지. 근데 머리 굴려서 죽인 놈들은 절대 인정 안 해. 왜? 어차피 밑져야 본전이거든."

"그날 의원님 지시로 오피스텔에 간 건 맞아요. 의원님이 당적을 옮기려는 걸 알고 나 수석이 일방적으로 휴가를 냈거든요. 의원님 입장에선 좋지 않은 시그널로 본 거죠. 그래서 나 수석이 가지고 있는 서류를 가져오라고 시켰어요. 나 수석이 적이 되면 서류는 치명적인 흉기가 되거든요."

"동기 나왔고, 범행을 사주한 배후도 나왔네."

"아니에요. 그런 거. 그냥 서류만 챙겨 올 생각이었어요. 나 수석이 집에 있을 거라 생각 안 했어요."

"근데, 집에 있었어. 그래서 몸싸움이 벌어졌고, 넌 나태곤을 살해한 거야."

사건현장에 몸싸움의 흔적은 없었다. 남자의 족적과 현장의 혈흔이 겹치는 것도 없이 따로 놀았다. 하지만 남자를 몰아세우려면 이 정도의 압박은 필요했다.

"제가 갔을 땐 이미 핏자국밖에 없었다니까요. 서류도 없었고요."

"오피스텔 문을 강제로 연 흔적은 없었어. 문을 열어준 사람이 있었다는 거잖아?"

"의원님을 모시면서 나 수석의 오피스텔에도 몇 번 심부름을 간 적이 있습니다. 그때 현관문 비번을 알았습니다."

대영은 긴장이 풀어졌다. 나태곤의 집 바닥에 남은 족적을 보면 흐트러진 흔적 없이 책상 서랍을 물색한 후에 되돌아 나왔다. 족적의 동선과 남자의 말이 일치했다. 그리고 무엇보다 시신을 토막 내기에는 시간이 부족했다. CCTV를 보면 남자가 나태곤의 집에 머문 시간은 고작 10여 분에 불과했다. 그는 진범이 아니다.

"현장에서 네 족적이 나왔어. 동기도 있고, 범행 당일 현장에 있던 것도 확인됐어. 이대로 수사팀에 넘기면 넌 빼도 박도 못 하고 진범으로 기소될 거야. 기회를 줄게. 누가 죽였어?"

"전 정말 모릅니다. 나 수석은 좀 껄끄러운 사람이었어요. 장 의원뿐만 아니라 여러 의원의 약점을 쥐고 있었으니까요."

"그를 죽일 만한 사람이 장 의원 말고도 많았다?"

"시체가 없으니 목적이 있는 살인이라는 뜻이고, 서류가 몽땅 사라졌으니 이유도 분명하잖아요. 전 그렇게 생각하고 보고했죠."

"네 말대로면 넌 오피스텔에서 아무것도 가지고 나오지 못한 거네?"

"제가 갔을 땐 서류 한 장 없었습니다. 나 수석이 죽었고 서랍도 비어 있으니 더 있을 이유가 없죠. 내가 뒤져서 찾아낼 곳에 숨겼다면 나 수석을 살해한 놈이 이미 가져갔을 테니까요."

대영은 남자의 말에 할 말이 없었다. 남자의 말은 논리적이었고 그날 본 현장 상황과도 부합했다.

"내가 따라붙은 건 어떻게 알고 온 거야? 장 의원과 움직이던

일행도 아닌데."

대영은 '당신의 비밀'을 드러내지 않고 자신이 마치 나태곤 살인사건의 용의자로 장 의원을 따라붙은 것처럼 물었다. 질문의 초점이 꺾였다.

"의원님이 한정식집 앞에서 민국당 지역위원장과 같이 찍힌 사진을 보내셨습니다. 사진 찍은 놈을 잡아서 단도리 좀 하라고요. 그래서 일단 현장에 가서 뭐라도 찾아보려 한 건데, 그대로 있을 줄은 몰랐습니다. 이상하다고 생각은 했지만 경찰은 예상 밖이었죠."

"다른 지시는 없었어?"

"무슨……."

남자가 끝말을 흐렸다.

"나태곤의 아내에 대해서라든가, 뭐 그런 거."

"없었습니다. 의원님에겐 나 수석이 죽었다는 것과 가지고 있던 비밀이 어디로 흘러갔는지가 중요하지, 나 수석 아내에 대해선 관심 없습니다. 아마 있는지도 모르고 있을걸요."

장 의원이 '당신의 비밀'의 가입자인 건 분명했다. 하지만 토막 살인과 일련의 사건을 장 의원 쪽에서 저질렀다고 보기엔 아귀가 맞지 않았다. 대영은 마음이 급해졌다. 나태곤을 살해한 게 장 의원 쪽이 아니라면 설수연의 비밀을 구매한 쪽이 진범이다. 설수연이 도망치지 않으면 찾아올 사람이 생겼다는 뜻이다. 설수연은 물론이고 잠복하고 있는 해인까지 위험했다.

대영은 해인에게 전화를 걸었다. 연결음이 계속되다 음성사서함으로 넘어갔다. 대영은 불안한 마음에 다급하게 문자를 남겼다.

'장 의원 쪽에서 나태곤을 살해한 것 같지 않아. 설수연이 도망치지 않으면 노리는 진범이 있는 거야. 조심해.'

"핸드폰 줘봐."

남자가 수갑 찬 손으로 주머니에서 어렵게 휴대폰을 꺼내 내밀었다. 대영은 남자의 휴대폰으로 자신의 휴대폰에 전화를 걸었다. 곧 그의 휴대폰 액정에 남자의 전화번호가 떴다.

대영이 휴대폰을 돌려주고 주고 수갑을 풀어주자 남자는 불안한 눈빛으로 그를 올려다봤다.

"내가 전화하면 어떤 상황이든 받아. 안 받으면 바로 증거 모아서 수사팀에 넘길 거니까."

"예?"

"아, 그리고 오토바이 열쇠?"

"오토바이에 꽂혀 있습니다."

"벗어."

"예?"

대영이 손가락으로 남자가 쓰고 있는 헬멧을 가리켰다.

"아, 예."

남자가 헬멧을 벗었다. 짧게 자른 머리에 두꺼운 목이 힘깨나 쓰는 사람처럼 보였다.

"네가 깬 내 차 유리 깨끗하게 갈아서 용산서로 가지고 와."

"믿어주셔서 감사합니다."

대영이 오토바이의 시동을 걸었다. 묵직한 배기음과 함께 오토바이의 진동이 그의 몸을 공명하듯 울렸다.
 낮은 집들의 지붕 너머로 하늘이 푸른빛을 띠었다. 날이 밝고 있었다. 대영은 아직 어두운 길을 오토바이 전조등의 불빛에 의지해 달렸다. 가시거리가 좋지 않아 불빛이 닿지 않는 너머가 두려웠지만 그는 점점 속도를 냈다.

※

 골목은 순식간에 어두워졌다. 해인은 분홍색 빌라의 2층을 올려다보았다. 여전히 불은 켜지지 않았다. 그녀는 마치 아무 곳에도 존재하지 않는 사람처럼 그렇게 있었다.
 해인은 신문사 선배와 진척상황을 짧게 공유하고 전화를 끊었다. 휴대폰이 구형이라 배터리 잔량이 빠르게 줄어들었다. 그녀는 배터리를 아끼기 위해 휴대폰 액정을 껐다. 대영에게서 연락이 없는 걸로 봐서 '당신의 비밀'에 올려놓은 설수연의 비밀은 아직 그대로인 모양이었다.
 만약 이대로 설수연의 비밀이 팔리지 않는다면 진범에게 설수연의 존재는 의미가 없다는 뜻이다. 그리고 상대적으로 대영이 술에 취해 블랙아웃된 상태에서 저지른 범행일 가능성이 커진다. 자신도 기억하지 못하는 범죄를 과연 증명할 수 있을까? 해가 져 쌀쌀해진 기온 탓인지 팔에 오소소 소름이 돋았다.
 웡, 들고 있던 휴대폰이 진동했다. 대영의 문자였다. 그는 장원식과 민국당지역위원장이 만나는 장면을 사진으로 찍어 '당신의 비밀'에 올렸고, 바로 팔렸다고 했다. 그리고 거의 동시에 설수연의 비밀 역시 팔렸다고 했다. 해인은 장원식이 '당신의 비밀' 회원인 것은 분명해졌다고 답장을 보냈다. 정황상 설수연의 비밀도 장원식이 구매했을 개연성은 있었지만 그가 구매할 이유는 불분명했다. 문자를 보내고 나자 배터리의 잔량이 그새 또 줄어들었다.

해인은 긴장한 채 분홍색 빌라의 출입구를 지켜보았다. 설수연의 비밀이 판매됐다는 건 그녀가 도망칠지 모른다는 뜻이었고, 누군가 나타날지 모른다는 뜻이었다.

새벽이 가까워지면서 인적조차 끊겨 골목의 시간은 멈춰버린 것 같았다. 분홍색 빌라의 3층과 4층에 켜져 있던 불빛이 꺼졌다. 골목은 더 어두워졌다.

설수연은 '당신의 비밀'의 유저가 아닌 듯했다. 그녀가 유저였다면 자신의 위치가 밝혀진 지금, 불도 켜지 못하는 집에 숨어 있을 리 없다.

골목 끝에서부터 자동차의 전조등 불빛이 가까워졌다. 뭔가 움직이는 것이 눈에 들어오자 해인은 긴장감보다 반가운 마음이 먼저 들었다. 대형 세단이 해인의 옆을 아무 긴장감 없이 천천히 지나갔다. 전조등의 밝은 불빛 때문에 눈이 부셔 운전자의 모습은 보이지 않았다. 골목 안은 다시 어두워졌고 조금 전과 무엇 하나 달라지지 않았다. 그리고 잠시 후, 다시 골목 끝에서 전조등의 불빛이 보였다. 이번에는 해인을 지나쳐 골목의 중간쯤에서 멈췄다. 세단은 방향을 돌려 해인과 대각선으로 마주 보이는 위치에 주차를 했다. 곧 전조등이 꺼졌다. 설수연의 빌라와 창문이 보이는 위치였다.

해인은 긴장했다. 그는 이 골목에 사는 사람이 아니었다. 주민이라면 일방통행 골목에서 굳이 반대 방향으로 차를 세우지는 않는다. 비밀을 산 누군가가 왔을지도 모른다는 생각에 몸이 굳었다. 휴대폰을 쥐고 있는 손가락 끝에서조차 심장이 뛰는 게 느껴졌다.

한참을 지켜봐도 세단에선 아무도 내리지 않았다. 의심이 더 짙어졌다. 해인은 세단이 다시 골목에 나타나기 전에 편의점에서 일회용 배터리를 사 오지 않은 걸 후회했다. 눈에 보이진 않지만 시계의 초침처럼 배터리 잔량이 줄어들고 있었다. 당장이라도 휴대폰이 꺼질까 봐 조마조마했다.

세단은 주차를 한 뒤부터 아무런 움직임도 없었다. 간혹 전면 창을 통해 푸르스름한 빛이 보이는 것으로 봐서 운전자가 휴대폰을 확인하고 있는 것 같았다.

해인은 오랫동안 긴장한 채 있어서인지 몸이 저렸다. 그럼에도 손에 쥐고 있던 휴대폰을 내려놓지 못했다. 휴대폰은 그녀가 살인범에게 대항할 수 있는 유일한 무기였다.

골목 끝의 하늘부터 점차 푸른빛이 돌기 시작했다. 날이 밝고 있었다. 해인은 시큰하고 뻑뻑해진 눈을 감았다. 반작용처럼 눈물이 흘러나왔다. 자괴감과 자책감이 한꺼번에 몰려왔다. 한번 엉켜버린 삶을 풀어내는 건 엄두가 나지 않았다. 해인은 눈을 뜨고 젖은 눈가를 닦았다. 뻑뻑했던 눈동자가 한결 편해졌다. 해인은 풀 수 없는 실타래라면 깨끗하게 잘라버리는 것도 나쁘지 않은 선택이라 생각했다. 하지만 생각의 속도를 감정이 따라가지 못했다. 생각은 명쾌했지만 눈앞이 다시 흐려지는 것까지 조절할 수는 없었다.

설수연의 집에서 희미한 빛이 새어 나왔다. 그리고 빌라의 계단에 불이 켜졌다. 설수연이 집 밖으로 나오고 있었다. 공동현관에 불이 켜지고 설수연이 모습을 드러냈다. 어제와 같은 옷차림에 헝클어진 매무새였다. 그녀는 뭔가에 취한 사람처럼 흐트러진 걸음으로 편의점을 향해 걸어갔다. 누군가 잡아주지 않으면 금방이라도 넘어질 것처럼 위태했다. 해인은 멈춰 서 있는 세단과 설수연을 번갈아 지켜보았다. 세단의 전면 창으로 푸르스름한 빛이 새어 나왔다. 해인은 여차하면 뛰어나가려고 SUV의 잠금장치를 해제했다.

설수연이 편의점에 들어갈 때까지 세단에선 아무도 내리지 않았다. 해인은 문손잡이를 잡고 있던 손에 밴 땀을 바지에 닦았다. 휴대폰 배터리의 잔량이 마지막 칸으로 떨어졌다. 이런 속도로 떨어지면 눈에 보이는 잔량도 믿을 수 없었다.

편의점에 들어갔던 설수연의 모습이 언뜻 유리문 너머에 비쳤다. 그리고 그 순간 멈춰 있던 세단의 바퀴가 틀어지며 살짝 움직이는 걸 해인은 똑똑히 보았다. 세단이 설수연을 차로 치려는걸까. 휴대폰이 울렸다. 대영이었다. 해인은 전화를 받을 새도 없이 휴대폰을 조수석에 팽개치고 시동을 걸었다. 밝은 전조등이 골목길을 밝혔다.

유리문이 열리고 비닐봉투를 든 설수연이 나왔다. 그녀는 여전히 불안정한 걸음으로 고개를 숙인 채 두어 걸음 걸었다. 전조등조차 켜지 않은 세단이 급가속을 했다.

설수연은 정신을 빼놓고 있는지 세단이 위협적으로 달려오는 걸 바로 알아채지 못했다. 해인이 요란하게 경적을 울렸다. 설수연이 고개를 들어 해인의 SUV를 보았다. 그녀는 뭔가가 잘못되었다는 걸 깨닫고는 도망치기 위해 뒤로 돌아섰다. 그리고 그제야 마주 달려오는 세단을 보았다. 설수연은 자신을 사이에 두고 양쪽에서 무서운 속도로 달려오는 차를 번갈아 보았다. 그녀는 회로가 고장 난 로봇처럼 길 중간에서 한 발자국도 움직이지 못한 채 굳어버렸다. 들고 있던 비닐봉지를 떨어트렸다. 비닐봉투에서 초록색 소주병과 캔 맥주가 굴러 나왔다.

해인은 결투를 하는 중세시대의 기사처럼 세단을 마주 보고 달렸다. 그러면서 경적을 요란하게 울렸다. 지금까지처럼 '당신의 비밀'을 통해 아무 상관 없는 사람을 끌어들였다면 이쯤에서 멈출 가능성도 있었다. 하지만 세단은 멈추지 않았다. 마주 오는 해인에게 퇴로까지 막힌 상황인데도 속도를 줄이지 않았다.

경적을 올리던 해인이 경고하듯 상향등을 점멸시켰다. 멈춰 있던 설수연이 정신을 차린 듯 도로를 빠르게 건넜다. 해인은 세단이 속도를 줄여 충돌을 피하길 바랐다. 세단과의 거리가 5미터도 남지 않았다. 3미터, 세단이 멈추지 않는 한 충돌을 피할 수는 없었다.

그 순간, 세단이 핸들을 꺾어 길을 건넌 설수연을 덮쳤다. 설수연의 몸이 떠서 세단의 보닛에 떨어졌다.

해인은 그대로 방향이 꺾인 세단의 후미를 들이받았다. 쾅, 요란한 폭음과 함께 세단에서 유리 조각이 쏟아졌다. 세단은 SUV에 밀려 15도 정도 회전한 뒤 멈췄다. 가속페달을 계속 밟고 있는지 요란한 엔진 소리가 계속됐다.

충격 때문에 목뼈와 갈비뼈가 뒤틀린 것처럼 아팠다. 해인은 핸들을 잡은 채 숨을 골랐다. 하지만 정신을 놓고 있을 시간이 없었다. 사람들이 몰려들면 끝이다. 전면 창 너머로 바닥에 쓰러진 설수연이 보였다. 언뜻 보기에 큰 부상은 아닌 것 같았다. 해인의 SUV가 추돌하면서 세단의 진행 방향을 바꾼 탓에 보닛을 타고 바닥에 떨어진 설수연을 세단이 재차 가해하지 못했다. 해인은 추돌할 때의 충격으로 조수석 바닥으로 튀어나간 휴대폰을 집기 위해 상체를 숙였다. 뼈가 어긋났는지 몸을 움직일 때마다 신음이 새어나왔다. 손을 뻗어 간신히 바닥의 휴대폰을 집어 들었다. 대영으로부터 부재중통화와 메시지가 와 있었다. 그녀는 문자를 확인할 새도 없이 119에 신고하려다 멈칫했다. 좋은 생각이 아니었다. 상황이 더 꼬일 게 분명했다. 운전석 문이 사고에 뒤틀렸는지 삐걱, 소리가 났다.

해인은 세단의 운전석을 살폈다. 운전자는 40대 중반의 남자였는데, 충돌할 때의 충격 때문인지 안전벨트에 의지한 채 고개를 한쪽으로 떨구고 있었다. 남자는 기절한 것처럼 보였다. 해인은 운전석 문을 조심스레 열고 남자의 경동맥을 확인했다. 손가락 끝에 남자의 맥박이 느껴졌다. 이어 허리를 숙여 차량의 열쇠를 돌려 시동을 껐다. 요란하던 엔진음이 조용해졌다. 블랙박스의 전원은 이미 꺼져 있었다. 해인은 컵홀더에 있는 남자의 휴대폰을 챙겨서 빠르게 주머니에 넣었다.

세단의 운전석 문을 닫고 돌아서자 시끄럽게 울린 경적 때문인지 사람들이 모여들어 있었다. 편의점 종업원을 비롯해 트레이닝복을 입은 청년과 파자마 차림의 중년의 남자, 파마머리를 한 40대의 여자였다. 해인은 설수연의 옆에 앉아 코에 손을 가져다 댔다. 숨이 느껴졌다. 세단이 설수연을 쫓아 핸들을 꺾으면서 충격한 터라 속도가 크게 줄어 치명상은 피한 듯 보였다.

"누가 119에 신고 좀 해주세요."

해인이 사람들을 향해 소리쳤다.

"제가 할게요."

편의점 종업원이 119에 전화를 걸어 차분한 목소리로 사고 신고를 했다. 해인은 119가 오기 전에 자리를 피해야 했다. 객관적인 시각으로 보면 내연남을 살해한 용의자가 그의 아내까지 죽이려다 미수에 그친 것으로 보일 것이다.

해인은 슬그머니 사람들을 헤집고 빠져나왔다. 이대로 현장을 빠져나가는 건 어렵지 않았지만 차가 문제였다. 정확하게는 SUV 트렁크에 실린 나태곤의 피가 흥건하게 묻어 있는 쓰레기봉투가 문제였다. 경찰이 사고현장 수습을 끝내고, 운전자가 사라진 SUV 안에서 혈흔이 묻은 쓰레기를 발견하는 건 당연한 수순이다. 그리고 거기에 몇 가지 정보가 조합되면 해인은 나태곤을 살해한 범인으로 확정될 상황이었다.

해인은 차를 빼기 위해서 SUV의 운전석 쪽으로 걸어갔다. 그녀가 운전석 문을 막 연 순간 누군가의 손이 그녀의 팔을 잡았다. 삐걱, 소리와 함께 차 문이 열렸지만 붙잡힌 해인은 탈 수 없었다. 해인이 고개를 돌렸다. 편의점 종업원이었다.

"얼굴이 창백한데 지금 운전하실 수 있겠어요?"

해인은 대답 대신 가볍게 고개를 끄덕였다.

"병원에 가보셔야 할 것 같은데요?"

"제가 알아서 갈게요. 고마워요."

해인이 남자의 손을 가볍게 뿌리치고 운전석에 앉았다. 편의점 종업원은 해인을 잠시 지켜보다 차 문을 닫아주었다. 시동을 걸었지만 사람들이 몰려 있어 차를 뺄 수 없었다.

"차는 경찰 올 때까지 그대로 둬야 하는 거 아냐?"

중년의 남자가 누구라고 할 것도 없이 사람들을 향해 물어보자 몇몇이 이에 호응해 고개를 끄덕였다.

"제가 봤는데 세단이 역주행해서 쓰러진 아가씨를 치었어요. 여자 운전자분은 아가씨한테 피하라고 경적도 울리고 헤드라이트도 번쩍거리면서 알렸고요. 백 프로 세단 과실이에요."

"맞아, 나도 봤어."

"정신을 잃은 거 보면 음주운전이나 마약인가?"

편의점 종업원의 말에 누군가 맞장구를 쳤고, 또 몇몇이 고개를 끄덕이며 수긍했다.

"SUV가 세단 뒷부분을 일부러 부딪쳐서 방향을 바꾸지 않았으면 이 아가씨는 세단에 깔렸을 거예요. 여자분이 큰 사고를 막은 거예요."

"의인이네, 의인."

"그래도 뺑소니 아닌가?"

"자기 차 부숴가며 사람 살리려고 사고를 막았는데 도망친다는 게 상식적이지 않잖아요."

술렁거리던 사람들이 편의점 종업원의 말에 동조하기 시작했다. 그가 해인을 위해 마지막 한 방을 날렸다.

"목격자가 이렇게 많고, 차량번호도 다 봤는데 이게 뺑소니겠어요? 자, 비켜주세요. 이분 병원 가신대요."

편의점 종업원의 말에 모여 있던 사람들을 한쪽으로 길을 터주었다. 편의점 종업원이 후진을 유도하는 손짓을 했다. 해인이 후진을 하며 편의점 종업원에게 고개를 숙여 인사를 했다. 그가 어서 가보라는 듯 손을 흔들었다. 해인은 기어를 바꾸고 골목길을 천천히 빠져나갔다. 룸미러로 보니 누군가 해인의 SUV의 번호판을 휴대폰으로 찍는 것이 보였다.

해인은 휴대폰을 들어 대영이 보낸 문자를 확인했다.

'장 의원 쪽에서 나태곤을 살해한 것 같지 않아. 설수연이 도망치지 않으면 노리는 진범이 있는 거야. 조심해.'

몇 박자는 늦은 경고였다. 해인은 당장 대영에게 전화를 걸어 장 의원 쪽 상황을 확인하고 싶었다. 해인은 통화 버튼을 누르려다 그만두었다. 배터리의 마지막 칸마저 비어 있었다. 이제는 언제 꺼져도 이상할 게 없었다. 해인은 휴대폰의 전원을 껐다. 사고 현장의 목격자에 의해 SUV의 차량번호가 특정됐다면 해인의 신원이 밝혀지는 건 시간문제였다. 수사팀이 차량 명의자인 선배를 밝혀내고 그가 사용하던 휴대폰까지 타고 올라가는 데 시간이 얼마나 걸릴까? 만약 선배가 해인을 신뢰하지 못해 휴대폰 번호를 바로 넘겨주었다면 실시간으로 통화내역을 모니터링할 것이다. 선배의 특종에 대한 욕심을 믿는다 해도 수사팀이 해인이 가지고 있는 휴대폰의 존재를 확인하는 데는 그리 오래 걸리지 않을 것 같았다.

 해인은 골목을 빠져나와 큰길이 나올 때까지 천천히 차를 몰았다. 뒤늦게 핸들을 잡은 손이 떨렸다.

16

　내연남의 조각난 시체를 운반하고, 내연남의 아내를 살해하려던 현장에 있었다. 끝난 게임이다.
　해인은 뒤통수를 붙잡는 불안감에 자주 룸미러를 흘긋거리며 쫓아오는 차량이 있는지 살폈다. 그녀는 움직이고 있는 순간에도 어디로 가야 할지 갈피를 잡지 못했다. 신원이 특정되면 도로 위에 촘촘하게 설치된 CCTV를 피해 서울까지 가는 건 불가능했다. 자칫 고속도로라도 탔다가 동선이라도 파악되면 그야말로 독 안에 든 쥐 신세가 된다. 간선도로를 탄다 해도 시 경계를 빠져나가는 지점에 설치된 방범용 CCTV를 피할 수 없다. 차가 문제였다. 어떻게 보면 차를 버리면 되는 간단한 문제였지만 트렁크에 실려 있는 증거물 때문에 그럴 수 없었다. 쓰레기봉투를 양손에 들고 도피할 수는 없었고, 폐기할 수는 더더욱 없었다.
　먼저 안전하게 차를 유기할 만한 곳을 찾아야만 했다. 한동안 방치해도 사람들의 이목을 끌지 않는 곳.
　형사들의 추적이 시작돼 차량 동선이 파악되면 흔적이 끊어진 마지막 지점을 중심으로 광범위한 수색이 시작된다. 수색범위가 정해지면 의경들과 지역 경찰을 동원해 차를 찾아내는 건 그리어려운 일이 아니었다. 경찰이 유기한 차량을 찾아내고 증거물을 확보하면 그녀는 용의자에서 진범으로 확정되고 만다.

해인은 초조하게 주변을 살피며 차를 몰았다. 단속카메라에 찍히지 않기 위해 텅 빈 도로를 규정 속도에 맞춰 운전했다. 사거리 신호등이 주황색으로 바뀌자 해인은 정지선에 차를 세웠다. 그녀는 한 손으로 세단에서 빼 온 휴대폰을 꺼냈다. 휴대폰은 잠겨 있지 않았다. 통화내역에 '박 원장'이나 '이 원장' 등으로 저장된 이름이 있는 것으로 보아 병원과 관련된 일을 하는 사람을 보였다. 그녀는 디지털 녹음기의 녹음 버튼을 누르고 최근 통화한 번호들을 순서대로 읽어 녹음했다. 언제 어떤 방식으로 쓰일지 모르는 자료였다.

문자메시지는 눈에 띄는 게 없었고, 메신저에는 비밀번호가 설정돼 있어서 확인할 수 없었다. 해인은 사진 앱을 열었다. 의사 가운을 입고 치과 진료를 하고 있는 남자의 사진이 떴다. 그는 사진을 섬네일로 축소한 뒤 빠르게 훑었다. 아이의 사진과 가족사진 같은 일상적인 사진들이 이어졌다. 해인은 사진을 끝까지 올렸다. 사고 나기 전 편의점을 향해 걸어가는 설수연을 찍은 사진이 마지막이었다. 그가 설수연을 노린 건 분명했다. 누가 평범한 치과의사를 사주해 설수연을 죽이려고 했을까? 그도 '당신의 비밀'에 꼬리를 잡힌 걸까? 해인은 사진을 앞으로 넘겼다.

깊이 파여 가슴골이 드러난 옷을 입고 있는 설수연의 사진이 떴다. 원본 사진의 일부를 잘라내 설수연만 따로 편집한 듯했다. 사진 속 옷차림으로나 실내 분위기로 보나 설수연은 텐프로쯤 되는 업소의 접대부처럼 보였다. 다시 사진을 넘기자 중학생 정도로 보이는 교복 입은 아이를 찍은 사진이 떴다. 해인은 종료 버튼을 길게 눌러 남자의 휴대폰 전원을 껐다. 추적을 피하기 위해서였다.

신호가 파란색으로 바뀌자 해인은 차를 출발시켰다. 오래된 고층 건물과 상대적으로 낮은 상가들이 들쭉날쭉 서 있는 구도심을 지나 이면도로로 빠져나갔다. 이쯤이면 가장 마지막에 찍힌 단속 CCTV와는 꽤 떨어져 있어 수색범위를 넓힐 수 있을 것 같았다. 이면도로로 진입한 뒤 CCTV가 눈에 띄지 않는 갓길에 차를 세웠다. 동선을 지우고 차량을 숨겨두기 위해서는 먼저 주변을 돌아볼 필요가 있었다. 그녀는 방범용 CCTV가 설치되지 않은 안전한 동선을 찾기 위해 발품을 팔았다. 걷는 도중 몇몇 사설 CCTV가 눈에 띄었지만 그마저 피하면서 갈 수는 없었다.

해인은 무인차단기로 주차장을 관리하는 대형빌딩을 찾았다. 소규모 빌딩은 주차관리원이 상주해 경찰의 추적이 시작되면 금방 발각될 위험이 있었다. 가뜩이나 해인의 SUV는 추돌사고의 여파로 범퍼가 내려앉았고 전조등이 깨져 있어 사람들의 시선을 끌 수밖에 없었다.

해인은 차가 다닐 수 있는 좁은 골목 몇 개를 지났다. 갈림길이 많아질수록 경우의 수도 늘어난다. 수사 속도를 늦추는 데는 거리보다는 갈림길의 숫자가 더 중요했다. 다행히 이 지역은 구도심을 확장하면서 개발된 곳답게 좁은 골목길이 여러 갈림길로 이어졌다. 건물들도 작은 상가부터 대형 오피스빌딩이 공존하고 있었다.

꽤 많은 갈림길을 지나 오래된 창문을 가진 빌딩 앞에 섰다. 한때 대기업 보험회사가 있던 곳인지 지금은 쓰지 않는 오래된 회사 로고가 빛이 바랜 채 창문에 남아 있었다. 해인은 지하주차장으로 들어섰다. 무인차단기로 관리되는 주차장은 지하 4층까지 이어져 있었다. 아직 출근시간 전이라 한산했지만 지하 4층 구석에 먼지를 뒤집어쓴 채 방치된 차량이 있는 것으로 봐서 주차난이 심각한 건물은 아닌 듯했다. 그녀가 찾는 적당한 곳이었다.

해인은 주차장을 나와 SUV를 주차해놓은 곳으로 향했다. 가는 도중 그녀는 공중전화를 찾아서 주변을 두리번거렸다. 대영과 통화를 해야 했다. 그녀는 제법 큰 규모의 쇼핑센터를 발견하고 안으로 들어갔다. 아직 영업 전이라 진열된 물건들을 천으로 가려놓은 채였다. 화장실로 가는 복도 끝에서 공중전화를 발견했다. 대영에게 전화를 걸었다. 두 번이나 연달아 걸었지만 그는 전화를 받지 않았다. 다시 걸어 음성사서함에 메시지를 남겼다. 설수연이 자동차로 피습당했다는 것과 생명에는 지장이 없다는 것, 설수연을 차로 치려고 했던 사람은 치과의사인 것 같다고 빠르게 말했다. 그녀는 차를 숨기려는 빌딩의 이름과 대략적인 위치, 지하 4층에 있을 거라 알려주고 전화를 끊었다. 그렇게 돌아서려다 충동적으로 다시 대영에게 전화를 걸었다. 연결음이 계속되다 음성사서함으로 넘어갔다. 해인은 망설이다 입을 열었다.

"미안해."

해인은 전화를 끊었다. 진심이었다.

혹시라도 차량의 위치가 노출돼 형사들이 잠복하고 있을까 봐 왔던 길과는 다른 쪽으로 돌아서 갔다. 그녀는 멀찌감치 떨어져 차 주변을 살폈다. 주차된 차가 한 대 빠진 걸 제외하곤 그녀의 기억과 달라진 풍경은 없었다. 그녀는 빠르게 걸어가 차에 탔다. 시동을 걸고 미리 파악한 경로대로 운전해 오래된 빌딩 주차장 입구에 도착했다. 그런데 차가 진입해도 차단기가 열리지 않았다. 이마에 땀이 뺐다. 아무래도 추돌로 찌그러진 번호판을 인식하지 못하는 것 같았다. 해인은 차에서 내려 구겨진 번호판을 손으로 둥그렇게 폈다. 그녀는 차를 빼서 다시 인식시켰다. 입술이 바싹 말라 갈라지는 것 같았다. 다행히 차단기가 열렸다. 그녀는 마른 입술을 혀로 축이며 곧장 지하 4층까지 내려갔다.

해인은 먼지를 뒤집어쓴 차량 옆 구석 자리에 전면주차를 했다. 옆자리에 차가 있어 사고 난 흔적이 가려졌다. 그녀는 운전석을 뒤로 젖힌 후 눈을 감았다. 비로소 안전한 곳에 있다는 생각에 피곤이 몰려왔다.

정신이 희미해지는 사이에도 나태곤 살인사건과 관련된 사람 중에 죽은 사람들과 살아있는 사람들의 공통점과 차이점을 찾아내려 애썼다. 무엇이 그들의 생사를 갈랐는지 따져보았다. 자살한 송 씨 아저씨, 불륜녀의 남편에게 살해당한 김준, 오늘 사고를 당한 설수연이 죽거나 다친 사람에 속한다면 해인과 대영, 고상필 그리고 치과의사는 살아있는 사람에 속했다. 이들의 공통점은 '당신의 비밀'이었다. 해인을 제외한 모두는 '당신의 비밀'에서 꼬리를 잡혀 사건에 개입한 사람들이 분명했다. 그런데 이들이 사건에 개입한 정도를 보면 각각 달랐다. 시체의 몸통을 운반한 해인과 고상필은 어떤 위협도 없이 살았다. 마찬가지로 시체의 몸통을 제외한 나머지를 운반한 김준은 살해됐다. 사건현장을 훼손한 대영 역시 살았다. 살인사건에 직접적으로 개입하지 않은 사람 중에 송씨 아저씨는 자살했고, 설수연은 사고를 당했다. 그리고 설수연을 죽이려 했던 치과의사는 살아있다. 사건에 개입한 정도에 따라서 그들의 생사가 갈린 게 아닌 건 분명했다.

도대체 뭘까? 이들의 삶과 죽음에 어떤 패턴이 있는 것 같기도 했고, 또 이 모든 게 우연의 일치거나 진범의 기분 탓에 발생한 의미 없는 결괏값 같기도 했다. 생각들이 엉키면서 그녀는 잠이 들었다.

맞바람에 무감각해지자 속도에도 무감각해졌다. 주변 풍경이 지워지고 도로 끝에 소실점만 남았다. 대영은 소실점을 향해 달려가다 의식적으로 스로틀을 풀어 속도를 늦췄다. 이대로 가다간 길 밖으로 튕겨나갈 것만 같았다.

속도가 줄어들자 비로소 주변의 풍경이 보였다. 그는 마침 보이는 주유소 사인을 따라 핸들을 틀었다. 주유소에 오토바이를 세우고 시동을 껐다. 셀프주유소라 종업원은 보이지 않았다. 그는 열쇠를 뽑아 주유 캡을 열고 주유 건을 꽂은 뒤 손잡이를 살짝 당겼다. 기름이 탱크 안에 천천히 차오르는 소리가 들렸다.

대영은 휴대폰을 확인했다. 안 팀장의 번호와 저장되지 않은 번호로 부재중통화 네 건이 찍혀 있었다. 아마도 안 팀장은 수사가 해인에게로 번지자 전화를 했을 것이다.

먼저 문자메시지를 확인했다. 안 팀장과 통신사에서 발송한 문자메시지가 각각 와 있었다. 안 팀장은 해인이 수배될 거 같다며 과장이 대영의 소재 파악을 지시했다고 문자를 남겼다. 대영은 곧 진범을 잡을 것 같다고 그동안만 막아달라고 답장을 보냈다. 통신사에서 발송한 문자메시지는 음성사서함에 두 개의 음성메시지가 도착했다는 내용이었다. 삐삐가 사라지고 문자메시지나 메신저를 쓰는 시대에 음성으로 된 메시지라고? 그는 음성메시지를 받아본 게 얼마 만인지 기억도 나지 않았고, 어떻게 메시지를 들을 수 있는지도 기억나지 않았다. 아마도 해인일 것이다. 그녀가 휴대폰을 쓸 수 없어 공중전화로 전화를 했고 받지 않자 음성메시지를 남겼으리라.

대영은 오래전 삐삐의 음성메시지를 들을 때처럼 자신의 번호로 전화를 걸었다. 바로 비밀번호를 입력하라는 안내 메시지가 흘러나왔다. 그는 잠깐 망설이다 자신의 휴대폰 뒷자리를 입력했다. 노출이 쉬운 비밀번호라며 바꾸기를 권유하는 안내 메시지가 흘러나왔다. 그는 아랑곳 않고 비밀번호가 맞았다는 것에 안도했다.

곧 해인의 목소리가 흘러나왔다. 그녀는 설수연이 자동차로 피습당했지만 다행히 생명에는 지장이 없는 상황이라고 했다. 그리고 설수연을 피습한 사람은 치과의사인 것 같다며 빠르게 덧붙였다. 뜬금없이 치과의사가 동원된 것으로 보아 '당신의 비밀'에서 꼬리를 잡힌 인물인 듯했다. 해인은 은신처로 삼은 빌딩의 이름과 위치를 알려주고는 전화를 끊었다. 그는 두 번째 메시지를 들었다.

"미안해."

한 마디뿐이었다. 그는 다시 듣기를 했다.

"미안해."

대영은 전화를 끊었다. 사과는 두 번이면 충분했다.

"불륜은 범죄가 아니다."

대영이 주문을 걸듯 중얼거렸다. 그는 배터리가 방전된 장난감처럼 그대로 서 있었다. 정신이 아득해졌다.

"저, 무슨 문제라도 있습니까?"

주유소 사무실에서 정유사 로고가 박힌 조끼를 입은 남자가 나와 물었다. 대영은 얼마나 시간이 지났는지 알 수 없었다. 1분? 아니 5분? 혹은 그 이상?

대영이 괜찮다는 뜻으로 한 손을 들어 보이자 그는 다시 사무실로 들어갔다. 대영은 오토바이에 시동을 걸고 1단 기어로 주유소를 나갔다. 들어올 때 보지 못했던 차량 두어 대가 기름을 넣고 있었다.

그가 스로틀을 감아서 오토바이의 속도를 높였다. 길이 빠르게 뒤로 흘러갔다. 눈에 보이는 것이 단조로워지자 그의 시선의 자꾸 내면으로 향했다. 해인이 사과한 것은 과거일까, 현재일까? 아니면 미래일까? 대영은 자신이 과거와 현재와 미래 중 어느 지점에 살고 있는지 알 수 없었다. 왜인지 화가 치밀어 올랐다.

오토바이가 터널로 들어섰다. 배기음이 귀를 먹먹하게 울렸다. 잡생각이 사라졌다. 짧은 터널 끝에서 빛이 번졌고 순간 빛 속으로 그가 들어섰다. 페이스실드가 깨져 있어 아무것도 보이지 않았다. 모든 사물이 지워졌다.

그는 본능적으로 스로틀을 풀었다. 그리고 간발의 차이를 두고 리어 브레이크와 프론트 브레이크를 잡았다. 차체의 진동이 온몸으로 전해졌다. 조금이라도 핸들이 꺾이는 순간 차체와 함께 미끄러져 도로를 따라 흘러갈 것이다. 넘어지지 않고 살아남기 위해선 매 순간 중심을 잡고 긴장해야 했다. 대영은 후회할 겨를도 없이 양팔에 힘을 주었다. 다행히 차체가 옆으로 미끄러지는 것을 가까스로 면했다. 시동이 꺼지며 오토바이가 섰다. 그는 오토바이를 갓길로 천천히 옮겼다.

"진짜 뒤질 뻔했네."

비속어가 대영의 입 밖으로 튀어나왔다. 최근 들어 그의 삶은 정상궤도를 벗어나 온통 엉망이었다. 벼랑 끝을 달리는 위태로운 시간이 계속되었다. 이 모든 게 해인의 불륜 때문이었고, 술 때문이었고, '당신의 비밀' 때문이었다. 다만 불륜이 먼저인지 술이 먼저인지 비밀이 먼저인지는 알 수 없었다.

대영은 문득, 보이지 않는 손이 자신의 꼬리를 쥐고 몸통마저 흔들고 있는 건 아닌지 의구심이 들었다. 돌이켜보면 사기꾼 두일이 '당신의 비밀'을 이용해 자신의 꼬리를 잡고 나타나고, 해인과 불륜관계인 나태곤이 토막시체로 발견되고, 살인사건과 연관된 인물들이 '당신의 비밀'에서 꼬리를 잡힌 사람들이라는 게 우연치고는 너무 작위적이었다. 그는 내려서 오토바이를 세웠다.
"우연이 아니라는 거지?"
대영은 혼잣말로 중얼거리며 두일에게 전화를 걸었다. 연결음이 계속되다 음성사서함으로 넘어갔다. 재차 전화를 걸었지만 두일은 전화를 받지 않았다. 박살 낸 휴대폰을 두일이 고치든, 새로 개통을 하든 충분한 시간이 지났다.
"이렇게 나오면 방법이 있지."
대영이 문자메시지를 남겼다.
'전화해라. 5분 안에 전화 안 오면 네 내연녀 주소랑 페라리 차 넘버 '당신의 비밀'에 깔 거니까.'
대영은 오토바이에 기대서 담뱃불을 붙였다. 비로소 강처럼 흘러가던 길이 멈춘 것 같았다. 담배 연기가 폐를 가득 채웠다 허공으로 흩어졌다. 뾰족하게 서 있던 신경이 서서히 무뎌졌다. 그의 앞을 스치듯 지나가며 화물차가 만들어낸 바람이 보이지 않는 손처럼 몸을 흔들어댔다.
휴대폰이 울렸다. 두일이었다.
"반장님, 접니다."
"내연녀 주소 깐다니까 전화를 하네."
"무슨 일 때문에 반장님 기분이 상하셨을까요?"
두일의 말투는 느끼할 정도로 여유가 있었다. 아직까지 두일은 대영의 꼬리를 잡은 채 자신이 몸통마저 흔들 수 있다고 믿고 있었다.
"너한테 나 작업 치라고 시킨 사람이 누구야?"

"예?"

일순, 휴대폰 너머에서 두일이 긴장하는 것이 느껴졌다.

"누가 나를 협박해 '당신의 비밀'로 끌어들였는지 묻는 거야."

"시키긴 누가 시켜요. 그냥 우연히 '당신의 비밀'에서 보고 써먹은 거죠."

"지금부터 3분 후에 네 내연녀 주소랑 페라리 넘버를 '당신의 비밀'에 올릴 거야."

"아, 진짜 왜 그러세요? 시키는 대로 전화했잖아요."

"너 나한테 그곳에 대해서 설명해줄 정도로 사이트에 대해 잘 알잖아. 내가 지금 올릴 거라고 알려줬으니까 네가 사서 블라인드하면 되겠네."

"……그게, 요즘은 잘 안 한단 말이에요."

"요즘 잘 안 한다고 쳐. 그래도 블라인드할 정도의 코인은 가지고 있을 거 아냐?"

"코인이 없어요."

"정보가 생명인 너 같은 놈이 팔아먹을 비밀이 없을 리는 없고."

"……다 썼어요. 비밀을 구매하느라."

짧은 침묵 후에 두일이 대답했다. 이 짧은 침묵은 놈이 '당신의 비밀'의 오래된 유저가 아니라는 걸 뜻했다.

"비밀을 사느라 코인을 다 썼다고?"

"그게 반장님 같은 분의 비밀은 워낙 가격이 세니까요."

애매한 웃음으로 넘기려 했지만 거짓말이다. 대영의 비밀 같은 건 사기꾼의 코인을 모두 탕진시킬 만큼 비싸지 않다.

"그건 네 사정이고. 작업 친 놈을 까든, 아니면 내연녀 주소랑 페라리 넘버를 까든 선택해. 피해자들이 내연녀랑 페라리를 그냥 둘까 모르겠네. 1분 준다."

휴대폰 너머에서 두일의 숨소리가 들렸다.

"자, 시작! 째깍째깍째깍째깍."

"반장님, 이러시면 저도 그냥 있을 순 없죠. 반장님 비밀을 다시 내다 팔아야 할 수도 있고요."

대영의 압박에 놈이 걸려들었다. '당신의 비밀'에선 팔렸던 비밀의 재판매는 물론이고 같은 비밀의 등록조차 거부한다. 두일은 '당신의 비밀'에 가입해서 비밀을 거래했다면서 가장 기본적인 규칙을 모르고 있었다. 그는 대영에게 사이트에 대해 오래된 유저처럼 설명해줄 정도로 잘 알고 있었지만 진짜 유저는 아니었다.

"그래, 그럼 팔아봐."

"아니, 제 말은 대화를 하자는 거죠. 그걸 이렇게 극단적으로 받으시면 안 되죠."

대영의 대답에 두일이 당황해서 꼬리를 내렸다.

"한 번 팔린 비밀은 그걸로 끝이야. 의심스러우면 지금 팔아봐. 장담하는데 넌 '당신의 비밀' 유저가 아니야."

"……."

두일의 침묵이 길어졌다.

"뭘 걱정하는지 몰라도 나를 작업하라고 시킨 놈을 내가 그냥 두겠어? 판단 잘해. 아, 그리고 넌 지금 내 관심사가 아냐."

"반장님, 죄송합니다."

두일이 백기를 들었다.

"네가 주는 정보가 많을수록 놈을 더 빨리 잡겠지? 그래야 네 근심도 빨리 사라질 테고."

"근데 저도 아는 게 진짜 없어요. 며칠 전 갑자기 모르는 번호로 전화가 왔어요. 사실 제가 노후자금으로 조금 묻어둔 게 있는데 놈은 그걸 알고 있었어요."

사기꾼에게 돈은 절대적이다. 감방에 가는 것보다 사기 친 돈을 뱉어내는 게 더 두일의 입장에선 더 최악의 결과였다.

"좋아, 그래서?"

"놈은 반장님이 저를 쫓고 있다고 알려줬고, 반장님에 관한 비밀로 협박하라고 했어요. 반장님이 비밀의 출처를 물어보면 '당신의 비밀'을 알려주라고 했고요."

"그리고?"

"저야 골치 아픈 걸 한꺼번에 털어낼 수 있고 손해 볼 게 없으니까 시키는 대로 했을 뿐이죠."

"좋아, 네가 숨겨놓은 돈을 아는 사람은?"

"그걸 모르겠어요. 알 만한 사람 중엔 저를 협박할 사람이 없어요. 대부분 저랑 엮이거나 본인들도 구린 게 있거든요. 그리고 반장님한테 '당신의 비밀'에 대해 알려주는 게 그들에게 무슨 이득이 있겠어요."

두일의 비밀을 알고 있는 사람과 협박한 사람이 다르다면 누군가 '당신의 비밀'에서 두일의 비밀을 구매했다고 보는 게 타당했다. 대영은 두일의 비밀을 판 사람으로 내연녀가 의심스러웠지만 그가 상관할 바는 아니었다. 이로써 두일을 협박한 놈이 대영을 '당신의 비밀'에 끌어들였다는 건 기정사실이 되었다. 그런데 왜? 대영은 아무리 생각해도 나태곤을 살해한 진범이 자신을 끌어들인 이유를 알 수 없었다. 대영이 '당신의 비밀'을 아는 순간, 다른 각도에서 수사가 진행되리라는 건 예측 가능한 수순이었다. 어쩌면 대영이 '당신의 비밀'을 이용하게 만들어 수사의 흐름을 유도한 것인지도 모른다. 놈은 무엇을 드러내고 무엇을 숨기려고 했을까?

"다른 건 없어?"

"통화 이후에 한 번도 연락받은 적은 없어요. 전화번호야 드릴 수 있는데 대포폰이에요. 저도 살짝 알아봤거든요."

"그래도 일단 넘겨. 너 '당신의 비밀' 가입한 적 없지?"

"실명이랑 전화번호, 직장까지 인증하라고 해서 패스했죠. 우린 그런 식으로 흔적을 남기는 거 싫어하거든요."

"근데 해본 사람처럼 잘도 지껄였네?"

"콩을 팥이라고 팔 수 있어야 이 바닥에서 살아남아요."

"사기꾼 새끼, 전화 잘 받아. 또 안 받으면 진짜 내연녀 주소랑 페라리 넘버 깔 거니까."

"언제 어디서 무슨 일이 있어도 받겠습니다. 그리고 놈한테 혹시라도 연락 오면 바로 보고드리고요."

두일이 사기꾼답게 너스레를 떨었다. 전화를 끊자마자 두일이 문자메시지로 대포폰 번호를 보내왔다. 사건과 관계된 어떤 번호와도 겹치지 않는 번호였다. 대영은 팀원 대신 정 반장에게 해당 번호의 통화내역 조회를 부탁했다. 이 상황을 같은 팀원이 아는 건 꺼려졌다. 그가 두일을 쫓고 있다는 건 팀원이 아니면 알 수 없는 정보였다. 강력2팀의 누군가가 '당신의 비밀' 유저라는 심증이 점점 굳어지고 있었다.

대영은 오토바이에 시동을 걸었다. 해인이 기다리고 있는데 시간을 너무 지체한 것 같았다. 곧바로 스로틀을 감았다. 속도가 올라갔다.

17

대영이 인천에 도착했을 때는 출근시간을 한참 넘긴 시점이었다. 해인이 말한 빌딩은 오래된 건물이었지만 주차관리원을 따로 두지 않는 기계식 주차장이었다. 경찰의 추적을 따돌리기 위해 일부러 관리원이 없는 곳을 골랐을 것이다. 모두가 출근한 시간임에도 주차장은 빈 곳이 많았다. 지하 4층엔 차보다 빈자리가 더 많았다. 그녀의 SUV는 쉽게 찾을 수 있었다. 그는 먼지를 뒤집어쓴 자동차 옆에 오토바이를 세웠다. 오토바이 헬멧을 벗어서 내려놓고 SUV로 다가갔다. 차의 전면부에는 충돌의 흔적이 고스란히 남아 있었다. 말은 안 했지만 그녀가 설수연의 사고를 막은 모양이었다.

대영은 SUV의 전면 창 너머로 운전석을 살폈다. 해인이 시트에 기대 잠들어 있었다. 설수연을 지켜보느라 뜬눈으로 밤을 새웠으리라. 그는 안쓰러운 마음에 해인을 깨우지 않고 돌아섰다.

지금쯤이면 설수연의 사고에 대해 수사팀에서도 인지했을 것이다. 대영은 오토바이로 돌아가 걸터앉았다. 그는 정 반장에게 전화를 걸기 위해 휴대폰을 꺼냈다. 액정에 정 반장으로부터 온 부재중전화가 찍혀 있었다. 그가 통화 버튼을 눌렀다. 연결음이 계속되다 음성사서함으로 넘어갔다. 지금으로선 기다리는 수밖에 없다. 대영은 휴대폰을 내려놓았다. 담배 생각이 간절했지만 밖에 나갔다가 올 여유까진 없었다.

채 5분이 지나기도 전에 휴대폰이 울렸다. 저장되지 않은 휴대폰 번호였다.

"너 어디야?"

정 반장의 격앙된 목소리가 튀어나왔다. 대영과의 통화가 부담스러워 누군가의 휴대폰을 빌려 전화를 한 모양이었다.

"인천."

"해인 씨는?"

"같이 있어."

"너 미쳤어?"

"설수연 차로 친 용의자 현장에서 잡았지? 신원 파악은?"

"순서가 그게 아니지. 해인 씨가 왜, 사고현장에 있었는지 설명하는 게 먼저지."

"기자 출신에 현직 국회의원 비서관이야. 그 정도 알아볼 사람이 없었겠어?"

"그걸 묻는 게 아니잖아. 본인이 용의자인 건 알지?"

"아니까 거기에 갔겠지."

"곧 해인 씨 수배 떨어질 거야. 이런 기막힌 우연이 있을 리 없으니까."

"해인이 막지 않았으면 설수연은 현장에서 죽었어."

"그럼 증언을 해야지, 왜 현장에서 이탈을 해?"

"믿어주겠어?"

"그래도 구급차 도착하기 전에 도망가는 건 누가 봐도 아니지. 현장 뜨면 변명의 여지가 없잖아."

"그만하고 진도 좀 나가자. 설수연을 차로 친 놈을 타고 올라가야 사주한 진범까지 가지."

휴대폰 너머에서 정 반장의 숨소리만 들렸다.

"사주한 진범이 있긴 한 거야?"

"차로 친 놈에 대한 신원 파악 끝났으면 설수연이랑 연결고리가 없다는 것도 파악됐을 거 아냐? 그럼 진범이 있다는 얘기잖아."

"진범이 해인 씨나 네가 아니고?"

이번에는 대영이 바로 답을 하지 못했다.

"미안하다."

정 반장이 바로 사과했다.

"설수연을 차로 친 건 해인이나 내가 아니야."

"알아. 그래도 위에선 해인 씨에게 집중할 수밖에 없어. 차로 친 남자와 설수연과의 연결고리가 하나도 없거든. 통화내역 같은 것도 없고, 신용카드 사용내역도 그 동네에선 없어. 심지어 그 남잔 설수연의 이름도 몰랐어. 해인 씨 없었으면 급발진이나 운전 미숙 같은 걸로 끝날 상황인 거지."

"갑자기 아무런 연고가 없는 인물이 설수연을 노렸어. 사주한 놈이 따로 있다는 거잖아."

"그렇다고 보기엔 사고 낸 사람의 인적이 너무 깨끗해. 전과도 전혀 없어. 심지어는 치과의사야. 양아치도 아닌 치과의사가 살인을 청부받을 리 없잖아. 치과의사가 주장한 사고 경위에 신뢰가 갈 수밖에 없는 상황이야."

"뭐라는데?"

"초행길이라 역주행을 했는데 정면에서 SUV가 경적을 울리고 헤드라이트 위협적으로 번쩍거리면서 달려들어 충돌을 피하려고 핸들을 꺾었는데 설수연이 거기 있었다고 증언했어."

"그렇다는 건 반대편에서 달려오는 해인이 운전하는 차를 인지했다는 거잖아. 보통이라면 위협을 느낀 순간 그 자리에 급정거를 하고 경적을 울린다든가 회피하는 게 상식적인 행동이야. 그러니까 단순 사고가 아니라 설수연을 치는 게 목적이라는 거지."

"그 점은 이상하게 보고 있어. 우연인지는 모르겠는데 블랙박스도 꺼져 있고. 근데 드러난 동기가 전혀 없잖아. 상식적이진 않지만 믿는 수밖에 없지. 당황해서 상식 밖의 행동을 할 수도 있으니까."

"그 동네에 연고가 전혀 없다며? 그 골목길엔 왜 간 거래?"

"길을 잘못 들었다는데 사고 직후라 그런지 횡설수설해."

"치과의사 통화내역이랑 핸드폰 포렌식 해봤어?"

"통화내역은 분석 중이고, 핸드폰은 현장에서 발견되지 않았어."

"핸드폰을 가지고 있지 않았다고?"

"아니, 가지고 있었는데 사고 이후 병원으로 이송되는 중에 없어졌대. 핸드폰은 사고가 난 후에 현장 인근에서 꺼졌어."

"본인이 숨긴 거 아냐?"

"그쪽보단 해인 씨가 가져갔다고 보는 게 더 합리적이지."

대영은 SUV를 흘깃 보았다. 해인이 깨어난 인기척은 없었다.

"확인해볼게. 설수연 상태는?"

"큰 사고는 아니라서 정신은 차렸는데 별거 없어. 심한 알코올 중독이라 정신이 오락가락해."

"짐작 가는 이유나 사람도 없고?"

"모르겠대. 치과의사도 전혀 모르는 사람이고. 결국 범행동기가 안 나오면……."

"해인이 다 뒤집어쓰겠군."

정 반장이 어물거리며 생략한 뒷말을 대영이 받았다.

"지금 돌아가는 상황으로는 너도 피하긴 힘들게 됐어."

"넌 어떻게 보여?"

"뭐가?"

"설수연을 친 사고 말이야."

"법률적으로 아니면 개인적으로?"

"개인적으로."

"이상하긴 해. 네 말대로 회피하려고 들면 할 수 있었거든. 근데 굳이 설수연을 치면서 회피를 했어. 관할서에서 목격자 탐문을 했는데 치과의사의 차가 좁은 골목길을 과속으로 역주행했다는 증언을 확보했어. 목격자 말에 따르면 저러다 사고 나겠다는 생각이 들 정도였다고 해. 그때 해인 씨의 차가 반대편에서 경적을 울리면서 달려오지 않았으면 달려오던 속도로 피해자를 치었을 거라는 증언도 있고. 골목 반대편에서 차가 달려오니까 충돌 전에 본능적으로 속도를 줄인 모양이야."

"거봐, 해인이 아니면 큰 사고 날 뻔했다고 했잖아."

"그래봐야 법률적으론 소용없어. 목격자 진술 자체도 주관적인 느낌이라 과속 여부를 증명할 수 없으니까."

"시간 좀 벌어줘. 치과의사 통화내역이랑 주변 털어서 연결고리가 있는지 알아보고. 지금까지 패턴을 보면 대포폰 통화내역이 나올 거야."

"그래? 근데, 동기가 뭐야? 동네 양아치도 아니고 치과의사가 이런 식의 청부를 받을 이유가 없잖아."

"협박. 치과의사가 청부를 받은 정황은 짐작 가는 게 있어. 다만 아직까지 사주한 진범의 동기를 모르겠어."

"빨리 뭐라도 찾아. 나태곤이 사망했는데 와이프인 설수연까지 노린다고 하면 동기가 치정밖에는 떠오르질 않으니까."

치정이라, 의도한 건 아니지만 이런 복잡한 치정극처럼 보이는 사건에 대영을 끼워 넣은 건 해인이었다. 대영은 그녀에게 화가 났다. 아니, 어쩌면 억지로 가라앉혀 켜켜이 쌓여 있던 감정의 찌꺼기들이 '치정'이라는 말에 뒤늦게 수면 위로 떠오른 건지도 몰랐다.

"오 반장, 듣고 있어? 내 말은 꼭 치정이라는 게 아니라 사정을 모르면 그렇게 접근할 수밖에 없다는 거지."

정 반장이 변명하듯 말을 이었다.

"그렇게 단순한 사건이 아냐. 치정이 동기면 벌써 결판났지. 나태곤을 살해하고 설수연까지 노린 걸 보면 진범이 숨기고 싶은 걸 그녀가 아는 거야."

"그게 뭔데?"

"아직 그걸 모르겠어."

"다시 제자리네. 서둘러. 벌써부터 과장이 네 소재 파악하라고 난리 치고 있으니까."

"우리 팀장님은?"

"너네 팀장이 곧 결과 가지고 온다고 간신히 진정시킨 모양이더라. 얼마나 갈지 모르겠지만."

"정 반장이 설수연이랑 나태곤 주변 좀 파봐. 두 사람이 어디서 어떻게 만났는지부터. 아무래도 정상적인 부부관계는 아니었던 것 같으니까."

"뭐라도 나오면 알려줄게."

"아, 그리고 부탁한 전화번호 확인해봤어?"

"그거 폐업한 회사 명의의 대포폰이야. 통화내역은 뽑았는데 살펴보진 못했고. 이번 사건과 연관된 번호야?"

"아마도."

"다른 도움 필요하면 말해. 빨리 잡아야 소주잔이라도 기울이지."

"고마워."

"그건 그렇고, ……괜찮지?"

정 반장의 목소리에서 걱정이 묻어났다. 아마도 해인의 불륜 때문에 묻는 말이리라.

"뭐가?"

"아니다. 밥이라도 잘 챙겨 먹으라고."

정 반장이 전화를 끊었다. 대영은 문득 궁금해졌다. 해인은 왜 나태곤에게 빠져들었을까? 감정의 찌꺼기들이 마구 떠올라 공기 중에 떠다니는 먼지처럼 부유했다.

대영은 SUV의 전면 유리창으로 안을 들여다보았다. 해인은 조금 전 그 모습 그대로 잠들어 있었다. 그녀의 갸름한 턱선과 희고 긴 목이 도드라져 보였다.

대영은 오른손을 들어 손등으로 천천히 그녀의 옆얼굴을 쓰다듬었다. 살을 맞대어본 게 언제인지 기억나지 않았다. 그의 손이 뺨을 타고 내려가다 가늘고 흰 목에서 멈췄다. 손의 각도가 틀어지며 힘이 들어갔다. 비현실적인 감각이 계속되며 그의 의지대로 몸이 움직여지지 않았다. 눈을 뜬 채 가위에 눌린 기분이었다. 눈앞이 캄캄해졌다.

"불륜은 범죄가 아니야."

누군가가 중얼거리는 듯한 목소리가 멀리서 들렸다. 다시 눈앞이 환해졌다. 몇 초? 아니면 몇 분? 대영은 자신이 얼마나 이런 상태로 있었는지 알 수 없었다. 눈앞엔 힘을 줘 핏줄이 튀어나온 손이 그가 통제하지 못하는 별개의 생명체처럼 부들부들 떨고 있었다. 그는 나쁜 짓을 하다 들킨 아이처럼 화들짝 놀라 치켜든 손을 등 뒤로 감췄다. 쥐가 난 것처럼 뻣뻣하게 굳은 손가락을 간신히 접었다.

"불륜은 범죄가 아니야."

목소리가 다시 들렸다. 손의 떨림이 멈추고 굳었던 손가락이 서서히 풀어졌다. 대영은 주위를 둘러보았다. 시선이 닿는 어디에도 사람은 없었다. 대영은 자신이 중얼거린 걸 들은 건지, 아니면 머릿속에서 떠오른 생각을 들었다고 착각한 건지 구분할 수 없었다. 술에 취하지 않은 맨정신임에도 머릿속의 생각이 걸러지지 않은 채 밖으로 튀어나왔다.

18

 똑, 똑, 똑 창문을 두드리는 소리에 해인은 눈을 떴다. 대영이 허리를 숙인 채 미소를 짓고 있었다. 해인의 눈에는 그의 미소보다 창문을 두드리는 손이 먼저 보였다. 그녀는 몸을 부르르 떨었다. 조금 전 대영이 정신이 나간 사람처럼 자신 쪽으로 손을 뻗어 허공을 움켜쥐던 모습이 떠올랐기 때문이었다. 그때의 대영은 마치 다른 사람처럼 보였다. 핏발이 서 붉게 충혈된 눈으로 해인을 보고 있었다. 혹시, 술에 취해 그가 통제할 수 없는 다른 자아가 튀어나온 걸까? 해인은 허리를 숙이고 차 안을 들여다보는 대영의 얼굴을 살폈다. 조금 전과는 다른, 평소와 다르지 않은 표정과 눈빛이었다. 그녀는 순식간에 바뀐 두 얼굴 중 어느 쪽이 진짜인지 혼란스러웠다.
 똑똑, 대영이 다시 창문을 두드렸다. 그의 입가에 어색하게 머물러 있던 미소가 지워졌다.
 해인은 잠긴 도어록을 풀었다. 대영이 문을 열고 조수석에 올라탔다. 해인은 코로 숨을 들이마셨다. 대영에게서 옅은 술 냄새가 났다.
 "지금 도착한 거야?"

"좀 전에."

해인이 대영을 보았다. 핏발이 서 피곤한 기색이 역력한 눈이었다.

"깨우지."

"어제 잠복하면서 한숨 못 잤을 거 같아서 기다렸어. 마침 통화할 사람도 있었고."

"그래."

"어젠 어떻게 된 거야?"

"치과의사가 설수연을 차로 쳤어. 사고가 아니라 노린 거야. 치과의사는 사고 전에 골목을 한 바퀴 돌고는 차를 역방향으로 주차했어. 설수연이 나올 때까지 움직이지 않고 기다렸고. 아마도 다른 사람들처럼 '당신의 비밀'에서 꼬리를 잡힌 것 같아."

"치과의사 핸드폰 당신이 챙겼어?"

해인이 신형 휴대폰을 들어 보여주었다. 전원은 꺼진 채였다.

"휴대폰에 설수연의 사진이 있어. 옷차림이나 배경으로 봐서 유흥업소에서 일했던 것 같아."

"설수연이 업소에서 일했다? 두 사람, 정상적인 부부관계는 아니었다는 거네."

"확실히."

대영이 해인의 얼굴을 보았다. 해인은 그의 탐색하는 듯한 눈빛에 소름이 돋았다.

"진범은 설수연이 업소에서 일할 때부터 알던 사이 같아."

"놈은 이해관계가 없는 치과의사에게 청부를 맡기면서 가지고 있던 설수연의 사진을 보냈을 거고."
"맞아."
"사진을 보낸 연락처는?"
"저장되지 않은 번호인데 최근 통화내역에 중복되어 남아 있었어. 이게 그놈 번호인 거 같아."
해인이 전화번호를 메모한 종이를 내밀었다. 이미 수사팀은 치과의사의 통화내역을 파악해 대포폰에 대한 수사를 하고 있을 것이다. 대영이 종이를 받았다.
"정 반장한테 알아볼게. 대포폰이겠지만."
"진범이 보낸 설수연의 사진을 보면 전체 사진의 일부를 잘라 내 따로 편집한 것 같았어."
"어쩌면 원본 사진엔 사주한 진범이나 신원을 특정할 만한 인물이 찍혀 있을지도 모르겠군."
"설수연이 일했던 업소를 찾을 수 있을까?"
"설수연이 의식은 회복했대. 수사에 협조할 거 같진 않지만."
"치과의사는?"
"단순 사고라고 주장하고 있어. 마주 오던 차를 피한 것뿐이라고."
"치과의사 핸드폰을 수사팀에 넘기는 건 어때?"
"현장에서 적법하게 수거한 게 아니라서 법적인 증거가 안 돼. 조작 가능성이 있는 위법한 증거니까."
"그래도 신문할 때 압박할 수는 있지 않을까?"
"변호사가 끼어들면 그것도 안 통해. 만약 치과의사가 청부한 사실을 인정한다 해도 치과의사도 진범의 정체에 대해선 모를 거야. 당신만 불리해져. 핸드폰을 입수한 경위를 밝히면 당신이 고의적으로 증거를 훼손한 거라 의심할 테니까."

"그렇겠네. 이제 어쩌지?"

"진범을 잡아야지."

"짐작 가는 거라도 있어?"

"범행동기를 찾아야 풀어갈 텐데 그나마 동기가 있던 장 의원 쪽도 아니고. 뭐랄까, 죽은 사람들 간의 일관성이 없어."

해인은 고개를 끄덕였다. 그녀 역시 같은 걸 찾고 있었다.

"사건과 관련돼서 죽은 사람들과 살아있는 사람들을 가르는 뭔가 패턴이 있는 거 같긴 한데 딱 떨어지는 걸 못 찾겠어. 차이가 뭘까?"

톡톡, 대영이 손톱으로 보조석 손잡이를 두드렸다. 해인은 대영의 핏줄이 튀어나온 손이 계속 신경 쓰였다. 지금의 대영은 그녀가 평소 알고 있던 대영일까 의심스러웠다.

"사건과의 관련성?"

툭, 대영이 가볍게 대답했다. 해인이 잠깐 생각하다 고개를 저었다.

"그건 아닌 것 같아. 직접적으로 개입한 나나 토막시체를 운반한 고상필은 어떤 위협도 없었으니까. 반면에 몸통을 제외한 나머지 부분을 운반한 김준은 살해됐어. 사건에 직접적으로 개입하지도 않은 경비원 송 씨 아저씨는 죽었고. 설수연은 죽이려고 했는데 치과의사는 살았어."

"하긴, 사건현장을 조작한 나는 그대로 두고 실종신고를 한 설수연을 죽이려 한 것만 봐도 사건에 연관된 정도는 아니네."
"기준이 뭘까?"
해인의 질문에 그녀 스스로는 물론 대영도 답을 하지 못했다. 머릿속으로 사람들의 조합을 이렇게도 묶어보고 저렇게도 묶어보았지만 딱 떨어지는 답을 찾지는 못했다. 설수연을 제외하면 모든 관련자의 공통점이 '당신의 비밀'이라는 것뿐, 명확한 건 없었다.
해인은 '당신의 비밀'에 꼬리를 잡힌 평범한 사람들이 범행에 개입하게 된 이유를 생각하다 이질적인 한 명이 있다는 걸 깨달았다. 묶여 있는 사람들의 무리에서 한 사람만 밖으로 비어져 나왔다.
"'당신의 비밀'을 통해 꼬리를 잡힌 사람들은 왜, 살인사건에 개입하게 됐을까?"
대영은 뭘 이런 걸 묻느냐는 표정으로 그녀를 보았다. 해인이 대답을 기다리자 그가 마지못해 대답했다.
"약점을 잡힌 사람들이니까 어쩔 수 없잖아."
"맞아. 그렇긴 한데 평범한 사람이 살인사건에 개입한 이유가 그게 다는 아닌 것 같아."
"또 뭐가 있어?"
"자신이 한 일이 살인사건인지 몰랐던 거야. 나만 해도 정치적인 선물을 전달하는 거라고 생각했거든. 횡령이라는 꼬리를 잡힌 사람은 단순히 캐리어를 유기하는 일이었으니까 한 거고. 불륜이 들통날까 봐 캐리어를 유기한 김준도 마찬가지고."

"아, 그럴 수 있겠네. 당신도 캐리어에 시체가 들어 있는 줄 알았으면 운반했을 리 없지. 내 경운 좀 다르지만."

"다들 자신의 비밀이 공개되는 것보다 진범이 사주한 일을 하는 게 심리적으로 허들이 낮았던 거야."

"다시 말하면 사주한 일을 하는 게 자신의 비밀이 공개되는 것보단 도덕적으로든 법적으로든 형량이 작다?"

"꼭 객관적인 형량은 아니더라도 적어도 심리적으론 그렇게 느낀 거지."

"그러네. 비밀이 드러나는 것보단 어떤 식으로든 범행에 협력하는 게 상대적으로 쉬웠을 테니까."

"근데 예외가 한 명 있어, 치과의사. 지금까지와는 달리 자신이 뭘 하고 있는지 알면서 설수연을 노렸어."

"논리대로라면 치과의사의 비밀이 설수연을 살해하려고 했던 것보다 형량이 세야 해. 살인은 진짜 중대범죄니까. 그런데 살인보다 센 비밀이 있을 리 없잖아?"

"그러니까."

해인이 말을 멈췄다. 그제야 대영은 해인이 말하는 의도를 알아챈 듯했다.

"그러니까 당신은 치과의사가 설수연을 죽이려고 했던 게 아니라는 거네?"

해인이 고개를 끄덕였다.

"치과의사는 겁만 주려고 했던 거야. 최악의 경우라 해도 단순

교통사고 정도."

"왜, 죽이지 않고?"

"사람들의 비밀을 쥐고 흔드는 정도로 살인청부를 할 수는 없어. 살인죄의 형량은 사형까지 가능하니까 심리적인 허들이 높을 수밖에 없거든. 결국 살인을 하려면 진범이 직접 나서야 해. 근데 그럴 수 없었던 거지. 누군가 설수연을 지켜보고 있을지 모르니까, 우리처럼."

"죽이지는 않아도 입을 다물게 할 이유는 있다?"

"내 생각은 그래."

"설수연은 정신을 차린 후에도 어떤 질문에도 제대로 대답하지 않고 있어. 술에 취해 제대로 기억하지도 못한다고 하고. 어쩌면 협박이 제대로 먹힌 건지도 모르겠네."

"설수연이 입을 다물어야 하는 이유는 뭘까?"

"설수연은 나태곤의 법률적 배우자라는 것 외에는 사건과 직접적으로 관련된 게 없어. 협박을 받을 만큼 중요한 참고인도 아니고."

"설수연이 실종신고를 해서 나태곤의 신원이 밝혀졌잖아. 거기에 뭔가 있는 거 아닐까?"

"설수연은 한강에서 발견된 토막시체가 나태곤일지 모른다고 DNA 검사를 요구했어. 보통은 실종신고를 하는 게 먼저인데 말이지. 그게 좀 이상하긴 했지."

"실종자인 나태곤과 신원불상인 토막시체의 DNA는 시간이 걸려서 그렇지 절차상 언젠가 대조하게 되잖아. 결과적으로 설수연이 제공한 DNA 샘플과 토막시체의 DNA가 일치했고."

"그건 그렇지."

"다시 원점인가?"

잡힐 듯 잡히지 않는 실마리를 찾는 기분이었다. 사건의 몸통을 흔들 실마리가 도무지 보이지 않았다.

대영이 한참 만에 입을 열었다.

"아무리 생각해봐도 결국 사건과 관련해서 설수연의 입을 막을 이유는 하나밖에 없어. 법률적 배우자만이 할 수 있고 실제로 한 일."

"신원 확인! 나태곤은 날 때부터 버려져서 법률적으로나 생물학적인 가족이 전혀 없어."

"나태곤의 신원 확인을 해줄 수 있는 유일한 사람이 설수연이야. 그래서 그 당연한 일을 했어. 그런데 뒤늦게 협박을 해서라도 설수연의 입을 막으려는 이유가 뭘까?"

"그걸 모르니까 문제인 거잖아."

"만약에 시체가 나태곤이 아니라면? 설수연이 제공한 DNA 샘플도 나태곤의 것이 아니었다면 어떨까?"

대영이 툭 던진 질문에 해인은 전율했다. 그동안 이렇게 저렇게 수십 번 묶어봐도 늘 애매하던 조합이 단숨에 두 부류로 묶였다.

"그게 기준이야! 죽은 사람과 산 사람을 나눈 기준."

해인의 날카로운 목소리가 비명처럼 튀어나왔다.

"죽은 사람은 모두 진범의 얼굴을 본 거야. 살아있는 사람은 보지 못한 거고."

"진범이 자신의 얼굴을 본 사람을 살려두지 않은 이유가 있다는 거네?"

"그래야 말이 돼. 설수연을 협박해 입을 다물게 한 것도 설명이 되고."

"그 이유가 나태곤?"

"맞아!"

"다시 정리해보자. 살해당한 사람은 나태곤이 아니야. 설수연은 죽은 사람의 DNA를 나태곤의 DNA라고 경찰에 제공해 시체를 나태곤으로 만들었어. 여기에 논리적인 허점은 없지?"

"설수연은 최근에 지금의 집으로 도망치듯 이사를 왔다고 했어. 아마 그녀도 나태곤이 자신을 죽일지도 모른다고 생각해 숨은 거야."

"모든 정황이 나태곤이 살아있다는 것으로 모이네."

"그런데 나태곤은 왜, 설수연을 살려두었을까? 가장 위험한 요소인데."

"설수연은 나태곤이 일부러 만들어놓은 알리바이 같은 증인이야. 그녀가 있어야 한강에서 발견된 시체의 신원을 나태곤으로 만들 수 있으니까."

"시체가 나태곤으로 증명된 지금이라면 살려둘 이유가 없잖아?"

"당신 말대로 다른 사람의 꼬리를 쥐고 흔든다 해도 살인을 청부할 수는 없었을 테니까."

"결국 살해하려면 나태곤이 직접 나설 수밖에 없는데, 자신의 정체가 밝혀지면 모든 게 수포로 돌아가니까 협박으로 끝냈다는 거네."

"게다가 설수연이 살해되면 경찰은 나태곤 살인사건의 연장선상에 설수연을 놓고 수사할 거야. 수사가 끝나지 않고 위험부담은 커지는 거지. 그래서 나태곤은 치과의사를 흔들어 설수연을 협박한 거야. 언제라도 찾을 수 있고 죽일 수 있다는 공포를 심어 설수연이 입을 다물게 한 거지."

"근데 왜 이렇게까지 한 걸까? 사망보험금 때문이라고 보기엔 금액이 약한데."

"시체 때문이지."

"시체?"

"나태곤이 살해한 누군가의 시체."

"아!"

감탄사인지 신음인지 알 수 없는 소리가 해인의 입 밖으로 튀어나왔다. 나태곤이 누군가를 살해하고 그 살인사건을 묻으려고 시체를 자신의 것으로 만들었다는 뜻이었다.

"나태곤은 살인을 살인으로 덮었어. 자신이 누군가를 살해한 살인사건을 자신의 살인사건으로 만들어 빠져나간 거야. 고아라는 걸 이용해서."

"처음부터 자신이 살해한 사체를 몰래 유기하면 되는데 왜 이렇게 복잡하게 꾸몄을까?"

"현장증거를 보면 나태곤은 자신의 집에서 누군가를 죽였어. 설수연을 6개월 전에 알리바이로 만들어두었을 정도니까 오랫동안 계획한 걸 거야. 당신이나 나나 그 계획의 일부였을지도 모르지. 피해자가 나태곤의 집에 아무런 경계심 없이 왔다면 그는 면식관계야. 그런 사람을 죽여 시체를 유기했으면 시체가 발견돼 신원이 밝혀진 순간 살해동기와 주변 인물 수사에서 자신이 빠져나갈 수 없다는 걸 알았던 거야. 그래서 나태곤은 자신이 죽인 누군가의 시체를 자신의 시체로 둔갑해 유기한 거지. 수사를 한다 해도 나태곤의 살인범을 잡기 위한 수사가 될 테니까 당신이나 나처럼 엉뚱한 사람이 범인으로 몰리거나 미제가 되겠지. 나태곤은 드러난 증거를 지울 시간을 벌어 안전해질 거고."

해인은 태곤이 범행을 위해 자신과 관계를 맺고 이용했다는 대영의 추론에 사실 여부를 떠나 비참함을 느꼈다.

"가설대로라면 나태곤이 살해한 사람은 누굴까?"

해인이 가장 근본적인 질문을 했다.

"이제부터 찾아봐야지. 나태곤과는 면식관계고 범행동기가 분명한 인물이니까 인과관계가 드러나겠지."

"나태곤의 주변 인물 중에서 생활반응이 없는 인물이 있는지 확인해보면 알 수 있지 않을까?"

"그렇게 티 나는 인물이면 이미 추려서 수사가 진행됐을 거야. 사건 관계자가 잠수 타면 범인으로 보고 일단 잡는 게 형사들의 본능이니까. 정 반장에게 나태곤의 통화내역에 대해 기초수사를 한 데이터가 남아 있을 거야. 전화해볼게."

대영이 휴대폰을 들여다보았다. 곧 통화연결음이 작게 들렸다. 해인은 막연한 상황에서 방향성이 생긴 것 같아 안도했다. 비참한 감정은 안도감 뒤편으로 가라앉았다. 온몸을 타고 돌던 저릿한 느낌이 잦아들며 피곤이 몰려왔다. 해인은 시트에 등을 붙이고 눈을 감았다.

몇 초인지 몇 분인지 모를 잠에서 깼다. 해인은 눈을 뜨기도 전에 시선이 느껴졌다. 대영이…… 그녀를 보고 있는 것 같았다. 곧 잠결에도 대영이 전화를 하는 기척이나 목소리를 듣지 못했다는 걸 깨달았다. 허공을 움켜잡던 핏발이 서고 충혈된 대영의 눈이 떠올라 눈을 뜨고 마주 볼 수 없었다. 쿵쿵, 심장 뛰는 소리만 그녀의 귓속을 가득 채웠다. 입속에 침이 가득 고였지만 소리가 날까 봐 삼킬 수 없었다. 눈꺼풀 너머에서 대영의 손이 자신의 목을 움켜잡으려 노리고 있는 것 같았다.

대영의 시선이 얼굴에 머물렀다. 간지럽기도 하고 소름 돋기도 하는 감각이 계속됐다.

해인이 천천히 눈을 떴다. 눈앞에 대영의 눈이 보였다. 흠칫 놀랐지만 내색할 수는 없었다. 핏발이 서서 붉게 번들거리는 눈은 아니었다. 그렇다고 평소의 속을 알 수 없는 무심한 눈도 아니었다. 그의 눈이 미묘하게 번들거리고 있었다. 지금의 대영은 누굴까? 심장 소리가 멈췄다.

"왜?"

"아니, 아무것도 아니야. 같이 수사하는 형사들 눈치가 보이는지 정 반장이 바로 전화를 받지 않네. 부재중전화 찍힌 거 보면 금방 전화 올 거야."

해인의 시선이 대영의 손으로 향했다. 허벅지 위에 얌전하게 올려놓은 두 손이 휴대폰을 쥐고 있었다. 해인이 짧게 숨을 내뱉었다.

대영이 해인의 시선을 따라 고개를 돌렸다. 해인 쪽으로 기울어졌던 그의 몸이 제자리로 돌아갔다. 대영은 어색한 듯 울리지 않는 휴대폰의 액정을 보여주었다.

해인이 고객을 끄덕였다. 하지만 다시 눈을 감지 못했다. 침묵 속에서 공기 중 산소 밀도가 빠르게 줄어드는 것 같았다. 점점 더 숨을 쉬는 것이 답답해졌다. 그녀의 머릿속에서 대영의 눈이 지워지지 않고 계속 번들거리며 노려보고 있었다.

눈치챘나? 해인의 표정이 어색하게 굳었다. 대영은 머릿속의 생각을 들킨 것 같아 그녀의 눈을 똑바로 볼 수 없었다. 그는 머릿속에서 중얼거리던 말이 입 밖으로 튀어나온 건 아닌지 불안했다.

나태곤이 살아있다. 대영은 처음부터 해인이 살인을 저질렀을 거라 의심하지 않았다. 그녀는 그럴 사람이 아니니까. 하지만 그런 믿음과는 별개로 불안한 마음까지 지울 수는 없었다. 해인에게 중요한 사람은 대영이 아니고 나태곤이다. 그녀가 나태곤과 짜고 그를 이 사건에 끌어들였을 가능성은 여전히 남아 있었다. 두 사람 중 한 명이거나 혹은 두 사람이 공모한 살인사건을 은폐하기 위해, 살인사건의 진범으로 자신을 엮기 위해 끌어들였는지 모른다.

객관적으로 생각해보면 이 사건과 관련된 거의 모든 부분에 대영의 흔적이 남아 있었다. 대영은 사건현장의 증거를 훼손했고 오피스텔 CCTV를 가져갔다. 그리고 그에게 CCTV를 넘겨준 오피스텔 경비원은 죽었다. 사체의 나머지 부분을 운반한 김준을 살해하도록 정보를 제공한 사람 역시 대영이었다. 설수연의 현재 거주지를 알려준 사람도 그였다. 그리고 결정적으로 대영에겐 나태곤을 살해할 만한 동기까지 있었다.

만약, 해인까지 나서서 그럴듯한 증언을 덧붙인다면 대영이 혐의를 벗을 방법은 없었다.

대영은 해인의 눈치를 살폈다. 그녀는 눈에 띄게 불안해하고 있었다. 그녀의 시선이 대영의 손에 머물렀다. 생각해보면 지금까지 해인은 순간순간 대영을 두려워했다. 그녀는 대영이 나태곤을 살해한 것은 아닌지 의심해 두려워하고 있었다. 그런데 나태곤이 살아있다는 결론에 도달한 지금에도 그녀는 여전히 대영을 두려워하고 있었다. 그녀가 진짜 두려워하는 것은 두 사람이 계획한 살인사건의 실체가 드러나는 것이 아닐까? 대영은 고개를 돌렸다. 굳은 표정을 보여줄 수 없었다.

위잉, 대영의 휴대폰이 진동했다. 등록되지 않은 번호였다. 대영은 휴대폰 액정을 기울여 해인에게도 보여주었다.

"정 반장일 거야. 혹시 추적이라도 당할까 봐 매번 폰을 빌려서 전화를 하더라고."

대영이 통화 버튼을 누른 뒤, 해인도 들을 수 있게 스피커폰으로 전환했다.

"왜, 또? 뭐 좀 나왔어?"

정 반장의 짜증스러운 목소리가 튀어나왔다.

"전화 끊은 지 얼마나 됐다고 뭐가 나오겠어. 그만 좀 쪼아."

"여기 분위기 보면 그런 말 못 한다. 지금 형사과장한테 죄다 갈리고 있어."

"알았어. 정 반장, 나태곤 통화목록에서 다수 통화자 추렸지? 혹시, 잠수 탄 사람 있어?"

"다수 통화자는 추려봤는데 완전히 잠수 탄 인물은 없어. 대부분 통화는 됐고, 참고인 조사 일정을 조율 중인데 수사의 초점이 그쪽에 있지 않으니까, 아직 크게 진전은 없어."

대영은 수사의 초점이 어디에 있는지 알 수 있었다. 다수 통화자에 범행동기도 있고, 사망한 피해자의 아내를 살해하려던 현장에 있던 사람, 현재 위치가 불투명한 사람. 누가 봐도 가장 유력한 용의자는 해인이었다.

"그 자료 좀 보내줘. 통화내역 중에 신원 확인 안 되는 대포폰은?"

"그것도 있지. 나태곤 죽은 뒤로는 전혀 연락이 없는 번호."

"추적은?"

"핸드폰 꺼놓고 잠수 중."

"해당 번호의 통화내역이랑 역발신 추적은 했어?"

"그게, 한참 중국 쪽 애들이 보이스피싱으로 쓰던 거라 과거 내역은 파볼 게 없어. 나태곤과 통화한 뒤로는 오직 나태곤이랑만 통화했고."

수사가 거기서 끝났다는 걸 대영은 알 수 있었다. 태곤이 지속적으로 그렇게 통화한 사람은 누굴까?

대영이 해인을 보았다. 그녀가 고개를 저었다. 대영은 그녀의 고갯짓에도 모든 의심을 털어낼 수는 없었다.

"혹시, 해인 씨가 아는 게 없을까?"

"있었으면 내가 벌써 확인했지."

"그래……. 그리고 조심해. 해인 씨 수배됐다."

"부탁한 자료는 바로 좀 보내줘."

전화가 끊어졌다. 대영은 흘깃 해인을 보았다. 그녀는 고개를 돌려 창밖을 보고 있었다. 창 너머로는 주차장의 낡은 벽밖에는 보이지 않았다. 그는 어떤 말도 건넬 수 없었다. 무거운 침묵이 흘렀다.

윙, 휴대폰이 진동했다. 정 반장이 자료를 보내준 모양이었다. 대영은 자료를 터치해 파일을 열었다. 엑셀로 정리된 표를 확대하자 맨 위에 해인의 이름이 있었다. 이름 옆에 있는 숫자는 통화를 한 횟수 같았다. 세 자리의 숫자. 해인의 시선이 느껴졌다. 그녀가 그의 손끝을 따라 같은 걸 보고 있었다. 그가 셀을 터치하자 통화를 한 세부내역이 화면 가득 떴다. 해인은 하루에도 몇 번씩 문자와 전화를 주고받았다. 대영은 흥신소에서 보낸 불륜의 증거를 확인하는 남편처럼 손끝이 떨렸다. 세 자리의 숫자와 통화한 시간이 그녀가 배신한 총량처럼 느껴졌다. 저 많은 통화를 하는 동안 대영과는 몇 번이나 대화를 했을까?

대영은 자신이 당장이라도 손을 뻗어 해인의 목을 움켜잡을까 봐 손가락을 바쁘게 움직여 세부내역을 닫았다. 그가 표를 위로 올려 다음 항목을 확인했다.

"저, 같은 사무실 상사잖아."

"알아. 두 번째 다수 통화자는 장원식 의원이네."

대영은 고개도 돌리지 않고 대수롭지 않다는 듯이 말을 받았다. 그녀의 얼굴을 똑바로 봤다간 머릿속의 생각이 표정으로 낱낱이 드러나 들킬 것 같았다.

장원식 의원 옆에 있는 숫자 역시 세 자리였다. 의원실의 수행비서와 몇몇 알 만한 이름이 대영의 손가락 끝에서 밀려 올라갔다. 대영의 머릿속엔 의원실 모두를 합한 통화량보다 많은 해인과의 통화량이 계속 맴돌았다.

그의 손가락이 대포폰이라고 표시된 번호에 멈췄다. 대영은 번호의 상세내역을 터치했다. 나태곤과 최근까지 통화한 기록이 있었다. 그리고 통화패턴이 조금 특이하다는 걸 알 수 있었다. 통화의 대부분이 나태곤이 발신한 패턴이었다. 통화시간도 짧게는 몇 분에서 몇십 분까지 있는 걸로 봐서 용건이 있는 통화였다. 일방적인 통화패턴을 보면 나태곤과 대포폰의 주인은 수직적인 관계일 가능성이 컸다. 이를테면 부하 직원 같은.

"업무 관련해서 이 번호 본 적 있어?"

"기억엔 없어. 혹시 핸드폰에 저장된 번호가 있는지 검색해볼까?"

대영은 고개를 저었다. 그는 나태곤이 살아있는 한 해인을 온전히 신뢰할 수 없었다. 그녀가 휴대폰을 켜면 경찰의 추적은 물론이고 나태곤에게 정보가 새어 나갈 수도 있었다.

"일단 넘어가자. 당신 핸드폰 켜지면 실시간으로 위치가 파악돼 우리가 움직이기 힘들어지니까."

"그래."

대영은 다시 목록을 내렸다. 표를 한참 밀어 올렸는데도 중복 통화자에 설수연의 이름은 없었다.

"설수연의 이름이 없어."

"의원실의 누구도 나태곤에게 아내가 있다는 걸 몰랐어."

해인의 말이 대영의 귀에는 변명처럼 들렸다. 마치 자신은 나태곤이 유부남인 줄 모르고 불륜을 저질렀다고 변명하는 것 같았다. 배신감이 휘몰아쳤다. 핏발이 선 것처럼 눈알이 뻑뻑했다.

"통화내역만 봐도 설수연과는 알리바이용 위장 부부야. 이제 나태곤이 죽인 진짜 피해자만 찾으면 되겠네."

해인이 몸을 부르르 떨었다. 눈치챈 걸까? 대영은 고스란히 감정이 드러난 표정을 지우기 위해 마른세수를 했다.

"나이 때문인지 작은 글자를 오래 봤더니 눈이 침침하네."

"통화내역만으로 살해된 피해자를 찾을 수 있을까?"

'찾지 못하길 바라는 거야?'라는 날 선 말이 목구멍까지 올라왔다. 대영은 쇳소리를 낼 것 같은 목소리를 최대한 눌렀다.

"무슨 수를 써서라도 대가를 치르게 해야지. 자기가 저지른 살인을 덮으려고 다른 사람들을 이용하고 죽인 쓰레기잖아."

뱉어놓고 나서 대영은 자신의 말 속에 감정이 실려 있다는 걸 느꼈다. 살기, 다른 사람은 몰라도 대영 자신은 알 수 있었다. 머릿속에 떠오른 감정이 어떤 필터도 거치지 않고 입 밖으로 새어 나왔다. 대영은 날것의 감정이 자꾸 자신을 격하게 유도하는 것 같아 불안했다. 마치 스스로의 의지로 통제되지 않는 자신을 전지적 시점으로 바라보고 있는 기분이었다.

해인이 춥다는 듯이 소름이 돋은 팔을 문질렀다. 조건반사 같은 본능적인 반응이었다. 그녀도 대영의 말에 담긴 살기를 느꼈는지 몰랐다.

대영은 다시 목록으로 시선을 돌렸다. 그의 손가락이 다시 멈췄다. '김한결'이라는 이름으로 통화한 횟수는 두 자리였다. 그런데 빈번하던 김한결과 나태곤과의 통화가 어느 순간 갑자기 끊겼다.

"이 사람 알아?"

대영이 해인에게 휴대폰 액정을 보여주었다.

"김한결? 의원실 사람은 아니야. 다른 의원실 쪽도 아니고."

"꽤 자주 통화했어. 근데 갑자기 통화가 뚝 끊겼어."

"사업하는 사람일 수도 있어. 의원실 보좌관은 정재계 쪽 사람들이랑 어울릴 수밖에 없거든. 로비도 심하고. 그러다 이슈가 사라지면 만날 일이나 통화할 일도 없어지는 거지."

"그러려면 수신과 발신이 비슷한 비율로 이루어져야 하는데, 거의 대부분 나태곤만 발신했어. 일방적인 관계야. 뭔가 지시를 한 것처럼."

"행사 같은 거 준비할 때면 그런 식으로 전화할 수 있어. 이벤트가 끝날 때까지 확인하고 또 확인해야 하니까."

해인은 현장에서 겪은 현실적인 가능성에 대해 얘기하고 있었다. 하지만 대영에겐 수사에 혼선을 주기 위해 일부러 이유를 가져다 붙이는 것처럼 느껴졌다.

"좀 쉬었다 하자."

대영은 휴대폰을 내려놓고 눈을 감았다. 머릿속에는 정리되지 않은 생각과 의심이 동시다발로 고개를 쳐들고 있었다.

'불륜은 범죄가 아니다.'

대영은 머릿속의 생각을 지울 수 있는 주문을 입속에서 웅얼거렸다.

"난 그저, 다른 각도에서도 점검해야 한다는 뜻이었어."

해인이 대영의 반응을 보고 변명처럼 덧붙였다.

"알아, 당신도 잠깐 쉬어."

대영은 예민한 신경이 누그러들 때까지 머릿속으로 '불륜은 범죄가 아니다'라는 말을 수없이 되뇌었다. 숨 쉬는 소리조차 들리지 않는 침묵이 진공상태처럼 이어졌다.

대영은 눈을 감고 증거들을 곱씹었다. 그러다 김한결과 통화가 끊어진 시점과 대포폰의 통화가 시작된 시점이 교차하고 있다는 걸 깨달았다. 그는 곧바로 눈을 뜨고 휴대폰의 화면을 움직여 두 번호의 통화패턴을 확인했다. 찾았다!

"김한결과의 통화와 대포폰의 사용 시점이 미묘하게 이어져. 김한결과 통화를 하지 않는 시점부터 대포폰으로 발신한 내역이 등장하고 있어. 나태곤은 김한결과는 정기적으로 통화를 계속했는데 대포폰과의 통화가 시작되면서 완전히 끊겼고."

"정말? 대포폰의 통화패턴은 어떤데?"

해인이 다급하게 되물었다.

"김한결과 마찬가지로 대포폰과의 통화패턴도 일방적인 발신이야. 통화한 시간도 비슷하고."

"김한결이 대포폰 사용자네!"

"그런 것 같아. 이 자식부터 털어봐야지."

해인이 대영을 보았다. 대영은 혹시라도 아직까지 지우지 못한 감정의 흔적들이 얼굴에 남아 있을까 봐 그녀를 마주 보지 못했다.

"당신, 참 유능한 형사야. 수사팀에서도 찾지 못한 통화패턴을 혼자 찾아내는 걸 보면."

"유력한 용의자가 뜨면 다들 거기 매달릴 수밖에 없잖아. 나한텐 그런 유력한 용의자가 옆에 있으니 패턴을 본 거고. 결국 당신 덕인가?"

농담처럼 던진 말이긴 했지만 대영은 미소를 지을 여유까지는 없었다. 해인도 웃지 않았다. 그녀가 대영을 보았다. 대영은 그녀의 시선을 피해 고개를 돌렸다.

"처음부터 알고 있었던 거지? 당신은 유능한 형사니까."

"뭘? 나태곤 살아있다는 거? 알았으면 직행했지."

"아니, 나와 불륜관계라는 거. 언제부터야?"

"그게 중요한가?"

"알고 싶어."

"익숙한 패턴이 깨지면서부터?"

"누구를 만나는지도 처음부터 알았겠네?"

"내가 모르는 다른 패턴이 당신에게 생긴 걸 보고 일회성이 아니라는 걸 알았어. 같은 패턴으로 움직이는 사람을 찾는 건 어렵지 않았고."

"왜, 가만히 있었어?"

"불륜은 범죄가 아니니까."

"그래, 당신은 ······형사니까."

"맞아."

대영은 가볍게 미소 지으려고 입꼬리를 양쪽으로 늘렸다. 해인의 시선이 그의 미소에 머물렀다. 대영은 한 손으로 더듬더듬 조수석의 도어록을 찾았다. 도어록을 움켜잡은 그의 손에 힘이 들어갔다. 대영은 정지된 화면 속의 사람처럼 한참을 그대로 있었다.

19

해인은 도어록을 움켜잡은 대영의 손등에 핏줄이 튀어나오는 걸 놓치지 않았다. 그는 형사로서 이성적으로 행동했지만 순간적으로 드러나는 감정마저 제어하지는 못하고 있었다. 그리고 그런 순간이 점점 잦아지는 것 같았다. 해인은 대영이 지금 드러내는 게 살기라는 걸 새삼 깨달았다.

해인은 나태곤이 살아있다는 추론의 결과마저 의심스럽기 시작했다. 태곤이 살아있다는 추론은 '당신의 비밀'이 존재한다는 것이 전제였다. 만약 '당신의 비밀' 자체도 대영이 꾸민 거짓이라면 태곤이 살아있다는 추론의 결과도 올바르지 않았다.

대영의 휴대폰은 컵홀더에 세워져 있었다. 휴대폰에서 따로 저장해둔 사진 폴더를 찾거나 대영의 사건 당일 동선을 확인할 수 있으면 진실에 다가갈 수 있을 것 같았다. 해인은 대영이 돌아보지 않기를, 휴대폰을 두고 내리기를 바랐다. 기대와는 달리 대영이 해인을 돌아보았다. 그의 눈빛이 붉게 번들거렸다.

"이 차 수배됐을 텐데 김한결 주소지까지 어떻게 가지?"

해인이 대영의 눈을 피하지 않고 물었다. 그녀는 대영의 시선이 자신에게 머물러 있기를 바랐다.

"수배된 번호판을 다른 차와 바꿔 달아야겠어."

대영이 쥐고 있던 도어록을 풀었다. 그는 휴대폰이 컵홀더에 있는 걸 인식하지 못한 채 내렸다. 대영이 번호판을 떼기 위해 SUV 앞에 쪼그리고 앉았다. 그의 시선에 사각지대가 생겼다.

해인은 재빨리 대영의 휴대폰의 홈 버튼을 눌렀다. 여전히 잠겨 있지 않았다. 그녀는 통화목록부터 확인했다. 손끝에서 휴대폰 번호들이 올라갔다. 최근에 통화한 저장되지 않은 번호는 정 반장일 것이다. 연달아 찍힌 유선번호는 그녀가 건 공중전화번호다. 통화목록을 내렸지만 대포폰과 통화한 흔적은 없었다. 그러다 손가락이 멈췄다.

'사_두일'

며칠 전 그녀가 캐리어를 끌고 가는 사진과 대영의 쏘나타 사진을 보낸 인물이었다. 통화내역을 보면 대영이 두 번의 전화를 했고, 얼마 후에 사_두일에게서 전화가 왔다. 통화시간은 4분 18초. 아무래도 사_두일이 사건과 연관된 건 분명해 보였다. 해인은 사_두일의 전화번호를 외웠다.

대영이 엉거주춤 일어섰다. 그의 손에 SUV의 번호판이 들려 있었다. 해인은 휴대폰의 액정을 껐다. 각도 때문에 보이진 않겠지만 어두운 차 안에 퍼지는 휴대폰 불빛으로 그가 눈치챌 수 있었다.

대영이 번호판을 들고 옆에 주차된 차량 앞으로 가서 쪼그려 앉았다. 주차하고 오랫동안 운행을 안 했는지 먼지를 뒤집어쓴 차였다.

해인은 문자메시지를 열었다. 목록을 올리기도 전에 사_두일이라는 이름이 보였다. 터치하자 대영이 협박조로 보낸 메시지가 보였다.

'전화해라. 5분 안에 전화 안 오면 네 내연녀 주소랑 페라리 차 넘버 '당신의 비밀'에 깔 거니까.'

대영이 보낸 메시지 밑에는 사_두일이 전송한 휴대폰 번호가 있었다. 정황상 대영의 협박에 사_두일이 누군가의 휴대폰 번호를 알려준 거라고 봐야 했다. 대영의 메시지를 보면 '당신의 비밀'이 사건의 트리거인 건 분명했다.

해인은 기본 폴더들을 살펴보다 '내파일'이라는 폴더를 찾았다. 폴더 안에는 내장메모리와 SD카드를 선택할 수 있는 하위 메뉴가 있었다. 잠깐 망설이다 해인은 SD카드를 선택했다. SD카드 안에도 서너 개의 영어로 된 폴더가 있었다. 첫 번째 폴더를 열었다. 섬네일에 뜬 걸 보면 프로그램과 관련된 파일들인 것 같았다. 두 번째 폴더를 열었다. 엑셀과 한글 문서 파일들이 들어 있었다.

대영이 허리를 펴고 일어섰다. 해인은 반사적으로 휴대폰의 액정을 껐다. 대영은 옆 차에서 떼어낸 번호판을 들고 SUV 앞으로 걸어왔다. 대영이 해인을 슬쩍 보았다. 해인은 가볍게 고개를 끄덕였다. 자동차의 번호판을 이렇게 쉽게 떼서 바꿀 수 있다는 걸 그녀는 상상조차 해본 적이 없었다. 대영이 SUV 앞에 쪼그리고 앉았다. 대영의 휴대폰을 확인할 수 있는 시간이 얼마 남지 않았다.

해인은 다음 폴더를 열었다. 섬네일에 사진들이 주르륵 떴다. 찾았다!

가장 최근에 찍은 사진은 장원식 의원을 배웅하는 사람들의 모습이었다. 대영이 '당신의 비밀'에 올린 사진이리라.

손가락으로 섬네일을 내렸다. 어제 확인한 설수연의 빌라를 찍은 사진과 피 묻은 손을 찍은 사진이 손끝에서 밀려 내려갔다. 주차장 바닥에 흐른 피를 찍은 사진과 깨진 유리 조각 위에 핏방울이 튄 섬네일도 지나갔다. 대영이 사진 앱에 있던 걸 SD카드로 옮긴 모양이었다. 대영이 사진에서 숨기고 싶었던 게 뭔지 생각하며 섬네일을 내렸다.

한강에서 건져 올린 캐리어가 지나갔다. 지하주차장에서 홈드레스를 입은 여자와 SUV의 운전석에 앉은 남자의 사진을 내렸다. 해인은 다음 사진에서 손가락을 멈췄다. 태곤의 오피스텔 내부를 찍은 사진이었다. 혈흔이 가득한 바닥과 피가 튄 화장실, 혈흔 사이로 남은 족적 등을 찍은 사진이 20여 장이 있었다. 섬네일로 보는 것만으로도 피비린내를 맡을 수 있었다. 초점이 맞은 건 물론이고 감식을 하듯 찍은 걸로 봐서 대영이 현장의 증거를 훼손할 때 찍은 사진으로 보였다. 사진을 넘겼다. 다음은 초점이 맞지 않은 태곤의 토막시체와 해인의 사진이었다. 사진이 저장된 시기로 봐서 대영이 사진을 받고 현장을 훼손한 건 사실인 듯했다. 사진의 초점이 흔들린 것만으로 대포폰으로 사진을 보낸 사람이 대영이라고 추론할 수는 없었다. 정보가 더 필요했다.

다시 사진을 넘겼다. 사진을 넘길수록 대영의 시간은 거꾸로 흘렀다.

다음 사진은 태곤의 오피스텔 외관을 찍은 평범한 사진이었다.

사진을 넘겼다. 이번에도 오피스텔 외관을 찍은 사진이었다. 해인은 두 장의 사진이 비슷해 보이지만 조금씩 각도가 다르다는 걸 깨달았다. 각각 찍은 날짜도 달랐다. 대영은 사건이 터진 이후에도 오피스텔 앞에서 잠복을 하고 있었다. 대영은 해인이 확인을 위해 오피스텔에 드나들던 순간이나 송 씨 아저씨가 떨어지던 순간에도 오피스텔 밖에서 지켜보고 있었는지도 몰랐다.

해인은 한기를 느꼈다. 그녀는 대영의 움직임을 확인하며 사진을 넘겼다. 다음은 초점이 흔들려 무엇을 찍은 것인지 알아볼 수 없는 사진이었다. 얼마 전에 그녀가 확인한 사진이었다. 해인은 사진의 시간 순서를 보고 섬뜩한 느낌에 몸이 덜덜 떨려왔다. 붉은빛의 사진이 먼저였고, 다음이 토막시체, 캐리어를 끌고 가는 해인의 사진으로 이어졌다. 그리고 그다음이 현장을 훼손하는 사진이었다. 해인은 저장된 사진이 범행의 흐름대로 찍혀 있다는 걸 깨달았다.

해인이 또 한 번 사진을 넘겼다. 태곤의 오피스텔의 출입구를 찍은 사진이 몇 장 이어졌다.

쪼그려 앉아 있던 대영이 일어섰다. 번호판을 바꿔 다는 작업이 끝난 모양이었다. 해인은 휴대폰의 액정을 끈 뒤 컵홀더에 도로 넣었다. 대영은 먼지가 묻어 더러워진 손을 바지에 문질러 닦으며 조수석 쪽으로 걸어왔다. 그가 문을 열었다.

"내가 운전할까?"

"이래도 돼?"

해인은 자신의 목소리가 떨리는 것을 느꼈다.

"괜찮아. 순찰 중인 경찰 눈에만 띄지 않으면 추적 못 해."

"앞뒤 번호판이 달라도 안 걸려?"

"단속카메라에는 앞쪽 번호판만 찍히니까 괜찮아. 맨손으로 뒤쪽 번호판까지 교체하는 건 무리야."

"생각보다 쉽네."

"내가 운전할게. 검문이나 교통한테 걸리면 수배된 용의자를 검거해 본서로 이송 중이라고 하면 될 거고."

대영이 농담처럼 어색하게 웃었다.

"그냥 내가 운전할게. 그게 편해. 검문에 걸리면 당신이 옆에서 나한테 총이라도 겨눠."

시동을 건 순간 모든 주도권은 핸들을 잡은 사람에게 넘어간다. 해인은 지금 상황에서 대영에게 운전을 맡길 수 없었다. 언뜻언뜻 보이는 대영의 붉게 충혈된 눈이 그녀를 불안하게 만들었다. 대영이 조수석에 올라탄 뒤 문을 닫았다.

"나 총 없어."

대영이 농담처럼 받았다.

"그럼, 수갑이라도 차지 뭐."

해인도 농담처럼 대꾸했다. 이번엔 둘 다 희미하게 웃었다.

"김한결의 주소지는 구로야."

해인이 차를 출발시켰다. 경찰의 검문 정도는 대영이 옆에 있는 한 따돌릴 수 있었다. 하지만 또 그가 옆에 있어 불안하기도 했다. 대영이 범행 날짜에 찍은 초점이 흔들린 붉은빛이 가득한 사진이 해인의 머릿속을 가득 채웠다. 그날 대영은 술에 취해 있었을 거다. 통제하지 못한 다른 인격이 튀어나왔을지도 모른다.

"혹시, 잠복할 때 술 마셔?"

"이렇게 느닷없이?"

대영이 장난처럼 넘겼다.

"좀, 그랬나?"

"뭐, 가끔은."

"마시면 기억은 하고?"

대영의 얼굴에 머물던 미소가 사라졌다.

"왜?"

그의 눈빛이 뾰족한 바늘처럼 해인을 찔렀다. 그녀는 얼굴의 핏기가 바늘구멍으로 빠져나가는 것처럼 느껴졌다.

"당신한테 술 냄새가 나길래."

"그래?"

대영이 소매 끝을 들어 냄새를 맡았다.

"샤워를 너무 못 해서 그런가."

해인은 주차장 입구에 다다르자 가볍게 브레이크를 밟았다.

"열릴까?"

대영의 시선이 자동인식기로 향했다. 인식기가 번호판을 인식하고 나서 차단기가 올라갔다. 바꿔 단 번호판이 상가 입주자의 번호판이었던 모양이었다.

"다행이네."

해인이 혼자서 질문과 대답을 했다. 대영은 차단기가 올라가자 창밖으로 시선을 옮겼다. 해인이 가속페달을 천천히 밟았다.

좁은 이면도로를 벗어나 주도로에 진입할 때까지 검문 중인 경찰이나 순찰차와는 마주치지 않았다. 곁눈질로 슬쩍 본 대영은 이미 눈을 감고 있었다. 그제야 해인은 땀이 밴 손바닥을 슬며시 옷에 닦았다.

고속도로의 과속단속 카메라가 나타날 때마다 해인은 필요 이상으로 브레이크를 깊게 밟아 속도를 줄였다. 단속되지 않는다는 걸 알면서도 부지불식간에 브레이크를 밟았다.

"미안, 놀라서 브레이크를 밟았네."

"너무 신경 쓰지 마. 무슨 일이 있어도 내가 해결할게."

"그래."

해인이 다시 가속페달을 밟았다. 엔진 소음이 커졌고 대영은 눈을 감았다. 고속도로에 접어들면서 해인은 차들 사이에서 안정감을 찾았다.

눈을 감기는 했지만 대영은 코끝을 맴도는 알코올 냄새에 잠을 잘 수가 없었다. 그의 소매 끝에서 실제로 소주 냄새가 나는지 아니면 머릿속에 잠들어 있던 코끼리를 해인이 깨운 건지 알 수 없었다. 눈을 감고 있자 코끼리는 점점 더 구체적인 모습으로 구현되었다. 달착지근한 맛과 식도를 타고 넘어가는 소주의 뜨거운 느낌이 생생해졌다. 등줄기에서 미지근하게 열이 나기 시작했다.

대영은 차창을 살짝 열었다. 고속도로를 빠져나와 제 속도를 내지 못하는 탓에 바람마저 시원하지 않았다. 대영은 이마에 맺힌 땀을 닦아냈다.
"거의 다 와 가는데 구체적으로 어디야?"
대영은 김한결의 주소지를 지도에서 확인했다.
"가산디지털타워 13층. 지하철역 부근이야."
위치로 보아 거주지라기보다는 사무실로 사용했던 장소 같았다. 해인은 신호에 걸려 정차한 짧은 시간 동안 스트레칭을 했다.
"고생했어. 바꿔줄까?"
"다 왔는데 뭘."
대영의 말이 끝나기도 전에 해인은 핸들을 잡았다. 그녀는 신호에 걸려 몇 번 더 정차를 했지만 더 이상 스트레칭을 하지 않았다. 대영은 열감이 진해지자 차창을 완전히 내리고 얼굴을 내밀었다.
"더워?"
"답답해서."
"저 건물인 거 같지?"
대영은 고개를 끄덕이고는 창문을 올렸다. 해인은 가산디지털타워 지하주차장에 주차를 했다. 머릿속에서 깨어난 코끼리가 대영을 조급하게 만들었다. 엘리베이터로 향하는 대영의 발걸음이 빨라졌다. 해인이 반걸음 뒤에서 그를 쫓아왔다.
1305호의 문은 굳게 잠겨 있었다. 대영은 출장 열쇠수리공을 불러 문을 땄다. 그의 경찰 신분증은 이런 때에 유용했다.
서너 평 남짓의 사무실은 창문조차 없어 마치 고시원 같았다.

집기라고 해도 책상 한 개와 선반이 전부라 썰렁했다. 책상 위엔 모니터가 비뚤게 놓여 있었고, 컴퓨터 본체는 보이지 않았다. 전화기는 선이 뽑힌 채 한쪽으로 치워져 있었다.
"사용하지 않은 지 좀 된 것 같지?"
해인의 물음에 대영은 손끝으로 책상 위를 훑었다. 묻어나는 먼지의 양이 많지 않았다. 그는 손가락을 비벼 먼지를 털어냈다.
"보기보다 그렇게 오래된 것 같지는 않아."
대영이 책상 서랍을 열었다. 첫 번째 서랍은 비어 있었고, 두 번째 서랍엔 어디에 사용하는지도 모를 선들과 충전기들이 엉켜 있었다. 철제 선반에도 눈에 띄는 건 없었다. 한눈에 보기에도 버리고 갔음직한 쓸모없는 것들만 남아 있었다.
"아무래도 근래에 사무실을 정리한 것 같아."
"시점이 대충 맞는 거 같은데, 살해된 사람이 김한결이 맞겠지?"
해인의 질문은 질문보다는 확인에 가까웠다. 대영은 해인의 목소리에서 미세한 떨림 같은 걸 느꼈다. 그녀는 대영을 떠보고 있었다. 대영은 대답하지 않았다. 해인이 그의 눈치를 보다 되물었다.
"정황은 딱 들어맞잖아. 안 그래?"
그녀는 조급해 보였다. 대영은 목덜미의 밴 땀을 닦아내며 문으로 향했다.
"관리실에 가보자. 김한결이 사무실을 자의적으로 뺀 건지 확인해보면 좀 더 확실해지겠지."
대영이 앞서자 해인도 그를 따라 사무실을 나왔다. 해인은 반 걸음 뒤처져서 그를 따라왔다. 같은 길을 걸어도 같이 걷지는 않왔다. 대영은 해인과의 거리를 실감했다.

관리실 직원은 대영이 내민 경찰 신분증에 협조적으로 나왔다. 그는 1305호의 계약사항을 확인하더니 관리비는 정상적으로 자동이체 되고 있고, 사무실을 내놓았다는 얘기도 듣지 못했다고 했다. 대영은 관리실에 등록된 김한결의 휴대폰 번호와 차량번호를 수첩에 메모하고는 돌아섰다. 등 뒤에서 해인의 목소리가 들렸다.

"1305호는 등록된 업종이 뭐였나요?"

"여기 입주사들은 대부분 인터넷 기반 비즈니스예요. 요건에 맞는 이상 관리실에서 따로 확인하지는 않으니까 자세한 건 모르고요."

"그렇군요. 언제 입주했나요?"

"입주한 지 3년 됐네요."

대영은 질문이 끝날 때까지 해인을 기다렸다. 관리실에서 확보한 김한결의 휴대폰 번호는 나태곤의 통화목록에서 확보한 대포폰도 아니었고, 김한결 명의의 휴대폰 번호도 아니었다. 아마도 과거에 김한결이 개인적으로 사용하던 폰인 것 같았다.

대영을 따라 해인도 관리실을 나왔다. 이번에도 그녀는 반걸음 뒤에서 그를 따라왔고, 대영 역시 재촉하거나 걸음을 늦추지 않았다.

"김한결의 차량번호로 사건 당일 움직인 동선을 확인할 수 있지 않을까?"

해인의 목소리가 바로 옆에서 들렸다. 갑자기 뒤처진 반걸음을 따라잡을 만큼 적극적이었다.

"경찰청 자료를 확인하는 건 지금으로선 위험부담이 커."

해인이 수배된 상황에서 대영이 경찰청의 자료를 공식적으로 확인하는 건 모두에게 주목받을 일이었다. 게다가 김한결이 한강 살인사건과 연관된 게 밝혀지면 대영은 또 다른 흔적을 남기는 셈이고 점점 더 빠져나갈 수 없게 된다. 혹시, 해인이 원하는 게 이건가? 같은 길을 걸으면서도 서로 목적지가 다른 것 같았다.

"아, 그렇겠구나."

"수사팀이 눈치채서 앞서가면 우린 아무것도 확인하지 못한 채 손 놓고 있어야 해. 통화내역부터 확인해보자. 김한결이 수사 선상에 오르지 않는 이상 통신사를 통해서 알아보는 건 괜찮을 거야. 인적사항 확인해서 가족도 만나보고."

"김한결이 아니면?"

"걱정 마. 내가 찾아낼 거니까."

주차장까지 나란히 걷는 동안 해인은 또 반걸음 뒤처졌다. 그녀가 유지하고 싶은 심리적 거리 같았다.

대영이 자연스럽게 조수석에 올라탔고, 해인은 운전석에 앉아 시동을 걸었다.

"어디로 갈까?"

"일단 을지로에 있는 이동통신사 본사부터 가보자."

"공문도 없이 개인의 통화내역을 넘겨줄까?"

"담당자랑 안면이 있어. 급하다고 하면 도와줄 거야. 전에도 이런 식으로 도움받은 적이 있거든."

해인은 더 묻지 않고 차를 빼 지하주차장을 빠져나갔다. 환한 빛 속에서 그녀의 얼굴이 적나라하게 보였다. 그녀는 불안해 보였고, 창백하게 질려 있었다.

"혼자 갔다 올게. 기다릴래?"

"아니."

이동통신사로 가는 동안 그녀는 자주 주변을 두리번거렸고, 자꾸 곁눈질로 대영을 살폈다. 공범을 옆에 태운 채 앞뒤 번호판이 다른 차를 몰고 서울청 주변을 돌아다니는 수배범 같은 모습이었다.

"괜찮을 거야."

"응? 그래."

이동통신사의 주차장에 도착해 주차까지 한 후에도 해인은 굳어진 얼굴 표정을 풀지 않았다. 여전히 뭔가 숨기고 있는 사람처럼 대영의 눈치를 살폈다. 대영이 안전벨트를 풀고 조수석 문을 열려다 멈췄다.

"왜?"

해인의 불안한 눈빛이 그를 따라왔다.

"혹시, 내가 모르는 뭔가가 더 있는 건 아니지?"

대영이 해인에게 낮은 목소리로 물었다. 해인은 질문이 끝나기도 전에 고개를 돌려 정면을 보았다.

"무슨 뜻이야?"

해인이 한참 만에 되물었다. 지금까지 보이던 불안한 기색은 어디에도 없었다. 마치 그사이 가면을 쓴 것 같았다.

"아니, 그냥……."

대영이 대답할 말을 찾지 못해 얼버무렸다.

"김한결이란 이름은 처음 들어봤어."

해인은 정답을 말하듯 단호하게 대답했다.

"갔다 올게."

대영이 휴대폰을 주머니에 넣고 차에서 내렸다. 문을 닫자 등 뒤에서 해인이 도어록을 잠그는 소리가 들렸다.

대영은 그녀가 가면을 쓰기 전, 질문을 질문으로 지우기 전에 그녀의 손을 보았다. 핸들을 쥐고 있던 그녀의 손이 하얗게 질려 있었다.

20

해인은 핸들을 쥐고 있던 손을 펴 기도하듯 깍지를 꼈다. 핏기가 가셔 창백한 손이었다. 대영은 술을 마신 사람처럼 얼굴색이 점점 붉게 물들었고, 눈엔 핏발이 섰다. 해인은 대영의 이런 변화가 무서웠다. 대영이 끝맺지 못한 '그냥'이라는 단어 뒤에 생략된 말이 점점 더 공포스럽게 다가왔다. 태곤과 김한결이 저지른 범죄가 드러나고 그녀 역시 연루되어 있다면 그냥 넘어가지 않겠다는 경고 같았다.

대영이 손을 떨고 있었다. 지금 그가 사진을 찍으면 초점을 맞출 수 있을까? 어쩌면 이젠 술을 마시지 않아도 술 취한 자아가 튀어나오게 된 건지도 몰랐다.

대영이 차 문을 닫았고, 해인은 반사적으로 도어록을 잠갔다. 그녀는 대영이 걸어가는 모습을 눈으로 좇았다. 그의 발걸음이 흐트러지지는 않는지, 평소와 다른 걸음걸이는 아닌지 지켜보았다. 대영이 주차장을 가로질러 유리문 안으로 사라졌다.

해인은 비로소 등을 의자에 기댔다. 김한결이 살해된 피해자라는 게 밝혀지면 모든 게 해결될 것이다. 그런데도 여전히 불안했.

30분 남짓 뒤에 대영이 돌아왔다. 멀리서 그가 오는 걸 보고 해인은 도어록을 풀었다. 여전히 땀을 흘리고 있었고, 핏발이 선 눈도 변함없었다.

"받았어?"

대영이 프린트된 종이 뭉치를 내밀었다. 종이의 두께만 봐도 김한결이 해당 번호를 계속 사용했다는 걸 알 수 있었다. 해인은 실내등을 켜고 목록을 훑었다. 그녀의 손이 빠르게 날짜를 되짚어 갔다. 사건 당일은 물론이고 그 후에도 전화를 사용한 기록이 있었다. 그녀는 첫 장을 넘기기도 전에 고개를 들고 대영을 보았다.

"생활반응이 있잖아? 한강의 시체가 발견된 후에도 통화를 했어."

"핸드폰 사용자가 김한결이 아닐 수도 있어. 아니면 나태곤이 생활반응을 조작했을 가능성도 있고."

대영은 이미 목록을 보고 온 듯 대수롭지 않게 대답을 했다.

"명의자가 김한결이 아니야?"

"명의자는 김한결이 맞아."

해인은 대영의 태도가 의심스러웠다. 객관적으로 보면 김한결이 살아있다고 보는 쪽이 더 합리적이었다.

해인의 손가락이 목록을 따라 내려가다 멈췄다. 손가락이 멈춘 부분을 따라 길게 손톱자국이 그어졌다. 시체가 발견되고 나서 통화한 번호였다. 중복된 통화내역이 과거에도 있는 걸로 봐서 생활반응을 조작하기 위해 아무렇게나 발신한 건 아니었다.

"시체가 발견되기 전에도 같은 번호와 통화한 흔적이 있어. 나태곤이 생활반응을 조작하기 위해 전화를 했다면 김한결의 지인에게 전화를 거는 건 위험부담이 너무 커."
통화시간도 3분이 넘어 용건이 있는 통화라는 걸 추측할 수 있었다.
"여길 봐. 여기도 같은 번호로 통화했잖아. 통화시간도 3분이 넘고."
해인이 통화목록을 넘겨서 다시 같은 번호를 손가락으로 짚었다.
"여기도 같은 번호로 통화한 내역이 있어. 통화시간도 2분 30초로 비슷하고. 가까운 사람이라는 거지."
"김한결이 폰을 바꾸면서 사용하던 폰을 다른 사람에게 넘긴 걸 수도 있어."
해인이 통화내역을 넘겨 김한결이 휴대폰으로 나태곤과 통화하기 전의 기록을 훑었다. 그녀의 손가락이 멈춘 곳에 같은 번호가 또 있었다.
"이것 봐. 김한결이 오피스텔에 입주하던 시점에도 같은 번호로 통화한 내역이 있어. 김한결이 통화한 게 맞아. 시체는 김한결이 아니야."
해인의 손톱이 종이를 뚫을 것처럼 깊게 자국을 만들었다. 김한결의 생존으로 나태곤이 살아있다는 가설도 불투명해졌다. 원점으로 돌아왔다.
"단정 짓기는 일러. 여전히 나태곤이 생활반응을 조작했을 가능성은 남아 있으니까."
해인은 논리적이지 않은 대영의 반응이 의아했다.

"통화주기나 시간으로 봐서 가까운 지인과 안부전화를 한 거야. 가족 같은. 나태곤이 생활반응을 조작하려고 일부러 이런 사람을 골라 전화를 했다는 게 말이 안 돼. 상대방이 눈치채고 신고할 수도 있잖아."

"그런 관계의 인물이니까 전화를 한 걸 수도 있어. 규칙적으로 오던 전화가 끊기면 실종신고를 할지 모르니까."

가능성이 전혀 없는 건 아니었지만 대영은 결론에 끼워 맞춘 궤변을 늘어놓고 있었다.

"그럼 확인해보는 수밖에."

해인이 대영에게 손을 내밀었다.

"뭐?"

"핸드폰 줘봐. 전화해서 직접 물어보게."

해인은 김한결에게 낭비할 시간이 없었다. 나태곤이 살해당한 걸 밝혀내든, 나태곤이 죽인 피해자를 밝혀내든 빨리 해내야 했다. 대영이 당황한 기색을 보였다.

"잠깐만, 김한결의 휴대폰 위치부터 확인해보고."

해인이 대영의 말에 고개를 끄덕였다. 대영은 통신사 담당자에게 전화를 걸었다.

"김한결의 휴대폰 위치추적 됐나요?"

"휴대폰 전원이 꺼졌어요. 최종 위치는 가산디지털단지 부근이고요."

"다시 켜지면 바로 문자 주세요. 실시간 위치추적 걸어주시고요."

"이미 걸어놓았습니다. 켜지면 바로 문자가 갈 겁니다."

"협조해주셔서 감사드려요."

대영이 전화를 끊었다.

"김한결은 마지막 통화 후에 더 이상 통화한 기록이 없어. 핸드폰은 꺼진 채고."

"내가 김한결이 반복해서 통화한 번호로 전화를 해볼게. 그럼 확실해지겠지."

대영이 고개를 끄덕이고는 자신의 휴대폰을 내밀었다.

해인이 대영의 휴대폰을 받아 전화를 걸었다. 곧 통화연결음이 들렸다. 그녀는 스피커폰으로 전환했다.

"여보시오."

발음이 불분명한 노인의 목소리였다.

"안녕하세요. 저는 김한결 씨 회사 동료인데요. 김한결 씨 아시죠?"

"한결이?"

해인은 대영을 보며 고개를 끄덕였다. 친근하게 부르는 걸 보면 그녀의 말대로 노인은 김한결의 가족인지도 몰랐다.

"예, 김한결 씨요."

"무슨 일이요?"

"지난주에 김한결 씨와 통화한 적 있으시죠?"

"아, 왜 그러냐니까?"

노인이 역정을 냈다.

"죄송합니다. 김한결 씨가 며칠 전부터 출근을 안 하는데 무슨 일이 있나 해서요."

"당신 회사 동료 맞아?"

노인의 목소리가 또렷해졌다. 그의 목소리에서 경계심이 느껴졌다. 대영이 몸을 휴대폰 쪽으로 기울였다.

"안녕하세요. 어르신, 저는 용산서 오대영 형사입니다."

"이번에는 형사야? 어디 할 일이 없어 늙은이한테 사기를 쳐!"

노인의 큰 목소리엔 노기가 담겨 있었다. 지지직거리는 노이즈가 섞일 정도였다.

"사기 아닙니다. 저희가 김한결 씨를 찾고 있는데요, 최근엔 사무실에 출근을 안 했더라고요."

"난 몰라, 끊어!"

노인은 어떤 망설임도 없이 보이스피싱 전화를 대하듯 전화를 끊었다.

"노인네가 뭔가 알고 있는 거 같지?"

대영이 해인에게 동의를 구했다. 해인도 같은 생각이었다. 김한결과 가까운 사이인 게 분명한데 출근을 안 했다는 말에도 단호하게 전화를 끊었다.

"가족인 것 같은데 김한결을 찾아도 전혀 동요하지 않고 전화를 끊었어. 김한결이 어디에 있는지 알고 있다는 거야. 우리가 잘못 짚었어."

해인의 말에 대영은 수긍하지 않는 눈치였다.

"가족이라면 이름이 나오는 순간 놀라거나 당황하기 마련인데 반응이 이상해. 없는 걱정도 만들어서 할 만한 노인네가 단호하게 전화를 끊었어. 이런 경우라면 비슷한 경험이 있거나 전화가 올 걸 예상하고 있었던 거지."

"김한결과 같이 생활하고 있거나 어떤 식으로든 연락하고 있다면 우리의 말이 터무니없게 들릴 수 있잖아."

"노인네가 마지막으로 한 말이 '몰라'였어. 당신 말대로 김한결의 근황을 알고 있었다면 다른 반응을 보였을 거야. 만나봐야겠어. 직계 가족이면 DNA 샘플도 확보하고."

대영은 해인이 말할 틈을 주지 않았다. 그는 형사로서 자신의 촉을 확신하고 있었다. 해인은 대영이 왜 확률이 낮아진 김한결에게 집착하는지 알 수 없었다.

"미심쩍으면 확인해보는 것도 좋지. 주소는?"

해인은 더 이상 말꼬리를 잡지 않았다. 어차피 확인해야 할 거라면 빨리하는 편이 낫다.

"정 반장한테 알아봐야 하는데, 설명이 길어지니까 일단 김한결이 통신사에 가입할 때 남긴 주소지로 가보자. 가족이라면 김한결은 따로 나왔다고 해도 노인네는 계속 거기에 살고 있을지 모르니까."

대영이 주소지를 내비에 입력했다. 김한결의 가입 당시 주소지는 영등포로 현재 위치와 멀지 않았다. 안내가 시작됐다.

※

노인은 전화를 끊고 한참을 그대로 있었다. 남자의 말대로 한결을 찾는 전화가 왔다. 어제와 오늘이 크게 다르지 않은 70대 노인에게 전화를 기다리는 하루하루는 피가 마르는 시간이었다.

한결은 다감하게 자주 전화하는 아들은 아니었다. 아들은 한 달에 한 번 정도 전화를 했고, 서로 일상적인 안부를 물어보면 할 말이 없어지는 조금쯤 서먹한 관계였다. 한결은 광합성을 하는 식물처럼 혼자 큰 아들이기에 노인은 어떤 부담도 주고 싶지 않았다. 그래도 아들은 매달 꼬박꼬박 제법 많은 돈을 보냈다. 노인은 그 돈을 쓰지 않고 차곡차곡 쌓아두었다. 아들이 보내는 돈이 없어도 혼자 사는 살림 정도는 꾸려갈 수 있었다.

한결은 평소와는 달리 안부전화를 한 지 일주일 만에 다시 전화를 했다. 노인은 평소와 다른 패턴에 통화 버튼을 누르기도 전에 심장부터 덜컥 내려앉았다. 전화기 너머의 한결은 살짝 들떠 있는 목소리였다. 한결은 곧 목돈이 생긴다면서 넓은 아파트로 이사를 가서 함께 살자고 했다. 노인은 목돈이 생긴다는 말에 불안을 느낄 새도 없이 함께 살자는 아들의 말에 행복했다.

노인의 행복이 절망으로 바뀌는 데는 오래 걸리지 않았다. 며칠 전 한결의 휴대폰으로 전화가 걸려왔다. 노인은 전화를 받기도 전부터 속도 없이 들떴다. 아들과 같이 저녁을 먹으며 반주를 곁들이는 삶을 꿈꿨다. 하지만 전화기 너머의 남자는 한결이 아니었다. 남자는 한결이 경찰에 쫓기고 있다고 했다. 노인은 다리에 힘이 빠져 그대로 주저앉았다. 남자는 한결이 여자아이들을 이용해 음란물을 만들어서 인터넷에 팔다가 경찰에 쫓겨 해외로 도피했다고 전했다. 인터넷으로 만든 무슨 방이 어떻고 하는

데 노인은 하나도 알아들을 수 없었다. 다만 한결이 영원히 돌아올 수 없을 거라는 남자의 말에 울음이 터져 나왔다. 노인은 모아둔 돈이 좀 있는데 방법이 없겠느냐고 남자에게 애원했다. 남자는 돈으로 해결할 수 있는 문제가 아니라고 단호하게 잘랐다. 그리고 한결이 남긴 음성메시지라며 노인에게 들려주었다. 한결은 문제가 생겨 해외로 나가게 되었다고 아파트로 이사 가는 건 좀 더 있어야 한다고 했다. 한결의 목소리가 분명했다.

노인은 한결이 목돈이 생긴다고 했을 때 말리지 못한 걸 뼈저리게 후회했다. 노인은 남자에게 한결과 통화할 수 있게 해달라고 부탁했다. 남자는 발신번호 역추적 때문에 지금은 휴대폰을 사용할 수 없다고 했다. 노인은 남자가 조금은 의심스러웠다. 남자도 그런 낌새를 챘는지 한결에게 부탁받았다며 노인에게 1000만 원을 송금했다. 노인은 아무리 생각해도 현금 1000만 원이나 들여서 자신을 속여 얻을 게 없어 보였다. 전해주지 않아도 될 돈을 송금할 만큼 남자는 믿을 만했고, 진심으로 한결을 돕고 있는 것 같았다. 노인은 남자에게 전적으로 의지할 수밖에 없었다.

남자는 마지막 인사를 끝으로 전화를 끊으려 했다. 노인은 한결을 도와달라고 남자에게 죽자고 매달렸다. 한결을 다시 볼 수 없다는 건 노인에게 지옥과도 같았다. 노인은 목숨이라도 내놓을 테니 한결을 살려달라고 했다.

한참 만에 남자는 한결을 추적하는 형사들이 노인에게 전화를 할 거라며 그들만 따돌리면 돌아올 방법이 있을 거라 대답했다. 남자는 어떻게든 형사들만 처리하면 당장이라도 돌아올 수 있다고 장담했다. 노인은 '처리'라는 말의 뜻을 되묻지 않아도 어감으로 알아들었다. 노인은 몇 날 며칠을 고민했다. 그는 자신의 삶에서 한결을 빼면 아무것도 남은 게 없다는 걸 알았다. 하지만 자신의 몸뚱이조차 움직이기 버거운 노인이 형사를 처리하기엔 역부족이었다. 칼 같은 흉기로는 어림도 없었다. 노인은 청산가리나 농약을 구해서 먹일까도 생각했지만 그들이 아무것도 입에 대지 않으면 이것도 불가능했다. 노인은 그들의 의지에 맡겨두는 것보다 확실한 방법이 필요했다. 이를테면 총 같은. 노인은 수렵용 총을 알아보다가 소지하려면 수렵면허가 필요하고 수렵허가 기간이 아니면 경찰서에 보관해야 한다는 걸 알고 포기했다.

노인이 전전긍긍하던 중 한결에게서 문자가 왔다. 문자는 아무런 설명도 없이 뉴스의 링크를 보냈다. 빌라의 4층에서 가스폭발로 한 명이 사망했다는 내용이었다. 노인은 뉴스를 보고서 비로소 방법을 찾았다. 노인은 뉴스를 더 찾아봤다. 가스폭발로 집이 무너진 경우도 있었고, 몇 명이 사망한 사고도 있었다. 살인이 아니고 사고면 한결이 돌아오는 게 더 쉬울 것도 같았다.

방법을 찾은 노인은 형사들의 전화를 기다렸다. 그리고 마침내 오늘 전화가 왔다. 곧 형사들이 그를 찾아올 것이다.

노인은 머릿속으로 짠 계획대로 가스레인지와 연결된 부분의 고무가스관을 잘랐다. 그리고 미리 사둔 호스를 고무관에 연결한 뒤 화장실로 끌고 갔다. 노인은 화장실 배수구와 환풍기 구멍을 테이프로 막았다.

노인은 심호흡을 한 뒤 가스밸브를 열었다. 망설임이나 죄책감 같은 건 없었다. 노인에겐 세상 무엇보다 한결이 더 중요했다.

냄새가 진해지며 가스가 차오르기 시작했다. 뭔가가 썩는 냄새가 순식간에 짙어졌다. 노인은 호스가 지나갈 만큼의 문틈을 남겨두고 문을 닫았다. 그는 테이프로 열린 문틈을 막았다. 노인은 얼마나 가스밸브를 열어놓아야 자신을 포함해 방문한 형사를 날려버릴 수 있을지 몰라 형사들이 올 때까지 그냥 두기로 했다.

노인은 라이터를 손에 움켜쥐었다. 담배를 끊은 지 20년이 넘어서인지 라이터의 촉감이 익숙하지 않았다. 그는 엄지손가락을 움직여 라이터를 켰다. 불꽃이 피어올랐다. 준비는 끝났다. 비현실적이어서인지 손도 떨리지 않았다.

노인은 관처럼 좁은 방 안에 앉아 형사들을 기다렸다. 한결에게 문자메시지라도 보낼까 하다가 죽어서까지 짐이 될까 봐 그만두었다. 짐이 되는 건 지금까지의 삶만으로도 충분했다.

딩동, 딩동. 초인종이 울렸다. 몇 년 만에 처음 울린 소리였다. 노인은 천천히 몸을 일으켰다. 그는 가스밸브를 잠그고 호스를 뽑아서 둘둘 말았다. 그는 화장실 문에 붙어 있는 테이프를 떼어내고는 화장실 문을 닫았다. 눈치챌 정도인진 모르겠으나 희미하게 가스 냄새가 났다. 노인은 작은 의심마저 지우기 위해 창문을 열었다.

쿵쿵쿵, 초인종 소리에 반응이 없자 방문객은 문을 두드렸다.
"안에 계신 거 압니다. 경찰입니다."

남자의 목소리였다. 노인은 호스를 싱크대 서랍에 넣고는 라이터를 손아귀에 쥐고 주먹을 쥐었다.

"김한결 씨 때문에 왔습니다. 문 좀 열어주세요."

"누구시오?"

노인의 목소리는 끝이 갈라져 있었다. 노인은 목이 탔다.

"경찰입니다. 뭐 좀 여쭤볼 게 있어서요."

노인이 문을 반쯤 열었다. 초췌한 얼굴의 남자와 반걸음 뒤에 피곤해 보이는 여자가 서 있었다. 남자가 경찰 신분증을 보여주었다.

"김한결 씨 아시죠?"

노인은 몸을 틀어 남자가 들어올 수 있도록 일부러 길을 터주었다.

"내가 애비요."

남자가 앞장서고 여자가 목례를 하고는 집으로 들어왔다. 여자의 시선이 집 안을 훑었다. 노인은 안쪽으로 그들을 안내했다. 남자가 방 안을 둘러보다 자리에 앉았다. 여자는 서서 노인을 지켜보았다. 노인은 문을 등지고 섰다. 계획대로였다. 아무도 빠져나갈 수 없다.

"무슨 일 때문입니까?"

"김한결 씨가 실종된 거 같아서요."

남자가 대답했다.

"실종이요?"

노인은 남자의 말이 거짓말이라는 걸 알았다. 실종신고를 하지 않았는데 경찰이 먼저 알고 실종자 가족을 찾아오는 일은 없다.

"김한결 씨 핸드폰이 꺼져 있습니다. 사무실도 정리한 상태고

요."

"나는 모릅니다."

"며칠 전 온 통화에선 무슨 말씀을 나누셨나요?"

경찰은 이미 통화기록까지 확인하고 온 모양이었다.

"그냥 안부 같은 거라 세세하게 기억나지 않습니다."

"근데 경찰이 아드님의 실종 때문에 왔다고 하는데도 놀라지 않으시네요. 아드님 전화도 꺼져 있는데 말이죠."

"평소에도 자주 연락하지는 않았습니다. 무소식이 희소식이죠."

"자, 이제 형사들이 찾아왔으니 무소식이 나쁜 소식이 됐습니다. 괜찮으십니까?"

노인은 남자 형사의 말에 당황했다. 그가 알고 싶은 건 한결의 행방일 것이다.

"해외여행이라도 갔나 보죠. 다 큰 자식이 어디 간다고 말하고 갑니까?"

"해외여행을 자주 가는 편입니까?"

"필리핀에서 일 때문에 몇 년 산 적도 있었습니다."

노인이 감정을 담지 않고 말했다. 일 때문에 필리핀에서 몇 년 산 건 사실이었다. 그리고 그는 한결이 진짜 외국에 여행 간 거라 생각하기로 했다. 그때까지 남자 뒤에서 듣고만 있던 여자가 입을 열었다.

"아버님, 우린 김한결 씨가 실종된 게 아니라 살해됐을 가능성에 무게를 두고 수사 중이에요."

"살해요?"

"마지막 통화하실 때 아드님이 분명했나요? 혹시, 다른 사람 목소리는 아니었나요? 평소와 달리 이상한 점은 없었을까요?"

여자는 뭔가 아는 것처럼 구체적으로 물었다. 정말 한결에게 무슨 일이 있는 건 아닐까, 노인은 살짝 불안해졌다.

"아들 목소리도 못 알아듣는 아비가 세상 어디에 있답니까?"

노인은 여자의 말이 신경 쓰였지만 단호한 어조로 대답했다. 그는 라이터를 쥐고 있는 손에 힘을 주었다. 라이터의 딱딱한 촉감이 그를 조바심 나게 했다.

"우린 김한결 씨가 어떤 위법을 저질렀는지는 관심 없습니다. 김한결 씨가 피해자인지 확인하는 게 목적입니다. 생존이 확인되면 적어도 우리는 더 이상 추적하지 않을 겁니다."

어떤 경찰이 위법을 저지른 걸 알면서 그냥 둔단 말인가. 게다가 휴대폰 너머의 남자는 한결이 여자아이들을 이용해 음란물을 만들다가 외국으로 도피했다고 했다. 여자가 속이고 있는 거다.

"화장실에 좀 가야겠는데, 더 물어볼 말이 있습니까?"

"다녀오세요."

"늙으면 화장실에 자주 간답니다."

노인은 엉거주춤 일어섰다. 여자는 여기서 질문을 끝낼 생각이 없는 것 같았다. 노인은 화장실에서 라이터를 켜면 여자의 모든 질문을 한 번에 끝낼 수 있을 거라 생각했다.

21

대영은 집 안에 들어온 순간부터 일반적이지 않은 패턴이 거슬렸다. 노인은 경찰이라고 밝혔음에도 문을 바로 열지 않았다. 그렇다고 경찰을 피하기 위해 숨죽여 숨어 있던 것도 아니었다. 현관문 밖에서도 가만히 움직이는 노인의 기척이 들렸다.

노인은 김한결을 아느냐고 묻는 질문에 '애비'라고 답했다. 그런데 경찰 신분증을 들고 아들을 찾아왔다는데도 놀라거나 겁먹지 않았다. 연을 끊고 사는 사이도 아닌 아버지의 태도치고는 너무 태연했다. 해인의 짐작대로 노인이 아들의 행방을 알고 있다고 보는 게 타당했다.

노인은 문을 열고는 두 사람을 순순히 집 안으로 들였다. 노인이 그들을 밖에 세워두고 뭘 했는지 알 수 없을 정도로 집 안은 단출했다. 노인 혼자 산 지 오래된 듯 옷걸이에 걸린 옷이나 주방에 설거지를 해놓은 그릇들도 한 사람분이었다. 시선 어디에도 다른 사람이 머문 흔적은 없었다. 대영은 아직 쌀쌀한 날씨인데 창문이 열려 있는 게 걸렸다. 도주로를 확인한 건가? 대영은 창문을 통해 밖을 보았다. 상가건물의 3층, 70대 노인이 뛰어내려 도망가긴 어려운 높이였다. 방문자를 위한 단순 환기? 깔끔한 성격이라면 노인 냄새를 지우려 창문을 열어두었을 수 있었다. 그제야 대영은 노인이 문을 두드리기 전부터 그들을 집 안에 들일 생각이었다는 걸 깨달았다. 대화가 길어질 거라 예상한 걸까? 그렇다는 건 대답과는 달리 형사들이 집을 방문한 목적을 짐작하고 있었다는 뜻이다.

노인은 대영과 해인을 안쪽으로 안내한 뒤 문을 등지고 앉았다. 평소의 대영은 도주 위험 때문에라도 자신이 문을 등지고 앉았다. 하지만 지금은 열린 창문이 더 신경 쓰였다.

노인이 무슨 일 때문이냐고 묻자 대영은 김한결이 실종된 거 같다고 대답했다. 노인은 김한결의 실종을 믿지 않는 눈치였다. 대영이 김한결의 휴대폰이 꺼져 있고, 사무실도 정리한 상태라고 알렸다. 노인은 자신은 모르는 일이라면서도 조금도 동요하지 않았다. 노인이 김한결의 행방에 대해 알고 있는 건 분명했다.

대영은 며칠 전 김한결과 통화한 내용을 물었다. 노인은 세세하게 기억나지 않는다고 답했다. 대영은 대답하기 전 노인의 시선이 왼쪽 천장을 향하는 걸 보았다. 일반화할 수는 없지만 뭔가 거짓말을 꾸며낼 때 무의식적으로 나타나는 행동패턴이었다. 노인이 뭔가를 숨기고 있는 건 분명했다.

대영은 노인의 반응을 보기 위해 왜 놀라지 않느냐며 공격적인 질문을 했다. 노인은 예상했던 질문이라는 듯 무소식이 희소식이라고 답했다.

대영은 무소식이 나쁜 소식이 됐다며 다시 물고 늘어졌다. 노인은 당황한 기색이 역력했다. 통증이 있다는 듯이 주먹 쥔 손으로 무릎을 두드렸다. 이는 무의식적인 행동으로 대답할 시간을 번 것이다. 대답을 꾸며낼 때 나타나는 일반적인 반응이었다.

노인은 아들이 해외여행이라도 갔을 거라며 무심하게 대답했다. 대영은 '해외'라는 단어가 걸렸다. 거짓말을 하다 보면 숨기고 싶은 사실을 숨기느라 중요하지 않은 사실을 부지불식간에 흘리는 경우도 있다. '여행'이 숨기고 싶은 거짓말이라면 '해외'는 사실에 기반한 걸 수도 있다.

대영은 김한결의 출입국 기록을 확인해야겠다고 마음먹었다. 노인은 어떤 질문을 해도 김한결의 행방에 대해 털어놓지 않을 것이다.

"아버님, 우린 김한결 씨가 실종된 게 아니라 살해됐을 가능성에 무게를 두고 수사 중이에요."

살해, 해인이 노인을 흔들어놓을 생각으로 작정하고 말을 뱉었다.

"살해요?"

되묻는 노인의 눈빛이 마구 흔들렸다. 틈이 생겼다. 사실은 노인도 김한결의 생사에 대해 확신하지 못하는 게 분명했다. 김한결의 생존에 미심쩍은 부분이 있다는 의미였다.

해인도 이를 눈치채고 마지막 통화를 할 때 김한결과 직접 통화를 했는지, 의심스러운 정황은 없는지 파고들었다. 노인은 아들 목소리도 못 알아듣는 아비가 어디 있느냐며 단호하게 말했지만 그의 주먹 쥔 손이 떨리는 것까지 감추진 못했다.

해인이 김한결의 위법에 대해 관심 없다고 마지막 카드를 보여주었다. 노인의 시선이 화장실로 향했다.

노인은 해인의 마지막 카드가 속임수라고 판단했는지 담담한 모습으로 화장실에 가겠다며 질문을 끝내고자 했다. 해인이 화장실에 다녀오라는 말로 질문을 끝내지 않겠다는 의지를 보여주었다. 노인이 엉거주춤 일어났다. 대영은 집에 들어온 후로 노인이 한 번도 주먹 쥔 손을 펴지 않았다는 걸 깨달았다. 주먹의 모양을 보니 뭔가 작은 물건을 쥐고 있는 것 같았다.

"늙으면 화장실에 자주 간답니다."

노인은 필요 없는 변명을 덧붙이고는 화장실을 향해 몸을 돌렸다. 여전히 노인은 주먹을 풀지 않고 있었다. 노인이 주먹 안에 쥐고 있는 게 뭘까? 대영은 노인이 화장실 문을 열기 전에 그의 손목을 잡았다.

"왜, 왜 이러는 거요?"

노인이 놀라서 말을 더듬거렸다.

"손에 쥐고 있는 게 뭡니까?"

노인은 주먹을 풀지 않은 채 다른 손으로 화장실 문의 손잡이를 잡고 있었다. 대영이 손목을 잡은 손에 힘을 주었다. 결국 노인이 주먹을 폈다. 라이터가 바닥에 떨어졌다.

"볼일 볼 때 담배가 당기거든요."

라이터를 가지고 있는 게 범죄는 아니다. 노인의 손목을 잡고 있던 대영의 손아귀에 힘이 빠졌다. 노인이 다시 라이터를 주워 들었다.

그 순간 대영은 '당신의 비밀'이 떠올랐다. 늙은 사람들의 비밀을 지렛대로 아무런 죄의식 없이 범행을 하도록 만들었다. 놈이 원하는 게 뭘까?

대영은 열린 창문과 닫힌 화장실 문, 주먹 쥔 노인의 손에서 나온 라이터가 연관돼 있다고 생각했다. 대영이 다시 라이터를 쥔 노인의 손을 잡았다. 노인이 대영을 밀쳤다. 대영은 노인의 급습에 몇 걸음 떠밀렸다. 노인은 대영에게 잡히지 않은 손으로 화장실 문의 손잡이를 잡고 돌렸다. 문이 살짝 열렸다. 뭔가가 썩는 악취가 났다. 노인이 손에 쥔 라이터로 불을 붙이려 손가락을 움직였다.

가스폭발! 대영은 노인의 쥐고 있는 라이터를 덮치듯 움켜잡았다.

"화장실 문 좀 닫아! 아무래도 가스를 채워놓은 거 같아."

해인이 화장실 문을 닫았다. 대영은 노인의 손에서 라이터를 빼앗아 창밖으로 던졌다.

"가스 맞아. 신고해야겠어."

해인이 대영의 휴대폰으로 119에 신고하고는 건물에 있는 사람들을 대피시켰다. 대영 역시 노인을 끌고 밖으로 나갔다.

"누가 시킨 겁니까?"

노인은 아무 대답도 하지 않았다. 해인이 대영에게 고갯짓을 하고 자리를 피했다. 119에 신고했으니 그들이 경찰에 공조를 요청할 것이다. 이 근처를 순찰 중인 차량이 있다면 119보다 먼저 도착할 수 있다. 그들에게 노인을 넘기기 전에 대답을 들어야 했다. 대영은 노인의 침묵이 초조했다.

"아드님이 죽었는지 모릅니다. 시체라도 찾고 싶으면 협조하세요. 마지막 통화할 때 아드님과 직접 통화한 거 아니죠?"

노인의 눈에서 눈물이 떨어졌다.

"어떤 남자가 한결이 핸드폰으로 전화를 했습니다. 범죄에 연루돼 아들이 해외로 도피했다고 했어요. 한결이 남긴 음성메시지라며 목소리도 들려줬고요. 경찰의 추적 때문에 한결이 직접 통화를 할 수 있는 상황이 아니라고 했습니다."

노인은 김한결의 생존을 모르고 있었다. 사이렌을 울리며 순찰차가 먼저 도착하고, 곧 소방차 여러 대가 도착했다. 사이렌 소리에 말소리조차 잘 들리지 않았다.

"왜 가스폭발을 계획한 겁니까?"

"남자가…… 형사들만 처리하면 한결이가 돌아올 수 있을 거라 했습니다. 난 살 만큼 살았으니 미련은 없었고요. 미안합니다."

"가스폭발, 어르신이 직접 계획한 겁니까?"

"직접 한 거 맞아요."

대영은 노인이 직접 가스폭발을 계획했다는 것이 의심스러웠다. 살인을 하더라도 보통은 자신이 살 방법으로 범행을 계획한다. 수면제나 청산가리 같은 걸 먹이면 노인은 살 수 있었다. 그럼에도 모두를 한꺼번에 흔적도 없이 날려버리는 가스폭발을 범행수법으로 삼은 데는 이유가 있을 것이었다.

"혹시, 이것도 김한결의 핸드폰으로 전화한 남자가 시킨 것 아닙니까?"

노인은 바로 대답하지 않았다. 대영은 노인의 침묵에서 이미 대답을 예상할 수 있었다.

"한결이 핸드폰으로 뉴스 링크를 보내줬어요. 가스폭발 기사였고요. 궁리해봐도 이 방법밖에 없다는 생각이 들었습니다."

놈은 대영과 해인뿐만 아니라 노인도 한꺼번에 날리고자 했다. 의도가 있었다.

"그 말을 액면 그대로 믿고 가스폭발까지 계획했단 말입니까?"

"한결에 대해 잘 알고 있었어요. 그리고 한결이 부탁한 거라며 돈을 보냈어요. 1000만 원이나. 누가 돈을 줘가며 이런 걸 속이겠습니까?"

나태곤, 그놈 짓이다. 대영은 놈의 의도를 짐작하고는 분노를 넘어 살의까지 느꼈다.

"머리카락 서너 개만 뽑아 가겠습니다. DNA 확인이 필요하거든요."

"한결을 찾으면 꼭 알려주십시오. 부탁합니다."

"알겠습니다."

대영은 노인의 머리카락 서너 개를 뽑아 수첩에 끼워 넣었다. 현장 상황을 파악한 순찰경관이 노인을 향해 걸어왔다. 대영은 노인을 순찰경관에 넘겼다. 참고인 조사가 필요하다는 순찰경관의 말에 대영은 경찰 신분증을 보여주고 양해를 구했다. 수사 중인 사건 때문에 나중에 관할서로 직접 찾아가겠다고 휴대폰 번호를 남겼다.

순찰경관이 노인을 차에 태우는 것을 보고 대영도 해인이 있는 공영주차장 쪽으로 걸음을 옮겼다. 태연한 모습이었지만 해인과 함께 빨리 이곳을 벗어나야 한다는 생각에 걸음이 빨라졌다.

※

눈앞에서 경찰차와 구급차 들이 요란한 사이렌을 울리며 줄지어 지나갔다. 해인은 몸이 덜덜 떨렸다. 신고를 하고 사람들을 대피시킬 때는 미처 자각하지 못했던 현실적인 공포가 뒤늦게 찾아왔다. 대영이 먼저 눈치채지 못하고 노인이 화장실에 들어가 라이터를 켰으면 지금쯤 형체도 알아볼 수 없을 정도로 산산이 찢겨나갔을 것이다. 해인은 머릿속에 그려진 영상을 지우기 위해 필사적으로 다른 생각을 했다.

그녀는 '당신의 비밀'을 떠올렸다. 노인이 계획한 가스폭발도 지금까지 벌어진 사건들의 연장선에 있는 건 명백했다. 사건과 직접 관련 없는 사람이 이유 없이 사건의 핵심에 개입하는 패턴도 비슷했다. 하지만 비밀을 지렛대 삼아 노인을 조종한다 해도 가스폭발을 사주할 수 있을지는 회의적이었다. 세상의 어떤 비밀도 자신의 목숨과 처음 본 두 사람의 목숨을 해칠 만큼 치명적이진 않았다. 사람들을 조종해 범행을 하게 만든 패턴은 비슷했지만 가스폭발은 선을 넘었다.

해인은 눈을 감고 노인과 나눴던 대화를 찬찬히 복기했다. 중요한 키워드 몇 개가 이어졌다. 노인은 아들이 실종됐다는 말에 동요하지 않았고, 살해됐을 가능성에 대해서만 동요했다. 노인은 아들의 행방을 알고 있었지만 생사를 직접 확인하지는 못한 것 같았다. 마지막 통화는 아들과 한 게 아니었을 가능성이 컸다. 아무래도 대영의 촉이 맞아떨어진 것 같았다. 노인을 사주한 배후에 누가 있을까? 설수연을 노린 치과의사나 노인의 범행을 보면 사주한 범인이 전과는 다르게 범행을 쪼개지 않고 있었다. 어쩌면 놈도 막다른 길에 몰렸는지도 몰랐다. 놈과 가까워졌다는 의미였다. 눈을 떴다.

"역시 나태곤인가?"

해인은 조그맣게 중얼거렸다. 하지만 여전히 대영이 범행 날짜에 찍은 초점이 흔들린 붉은빛이 가득한 사진이 걸렸다. 그날 무슨 일이 벌어졌던 걸까?

저만큼 대영이 걸어오고 있었다. 대영은 주위를 둘러보고는 조수석에 탔다.

"괜찮아?"

"어떻게 됐어?"

"노인네는 경찰에 넘겼고. 현장은 처리 중."

"김한결은?"

"범죄에 연루돼 해외 도피 중이라는데 직접 통화한 적은 없대. 아무래도 한강에서 발견된 시체가 맞는 거 같아."

"범행동기는?"

"쫓고 있는 형사들만 날리면 김한결이 해외에서 돌아올 수 있다고 했나 봐."

"그걸 그대로 믿었대?"

"사람 심리를 잘 아는 놈이야. 노인네한테 김한결 핸드폰으로 전화를 했고, 김한결이 부탁한 거라며 1000만 원을 보냈어. 돈을 뜯어내도 매달릴 상황인데 오히려 돈을 보냈으니 노인이 믿을 수밖에 없지."

"치밀하네."

"그것뿐이 아니야. 우리도 우리지만 놈은 노인까지 가스폭발로 함께 날리려고 했어."

"함께?"

"놈은 우리의 움직임을 예측하고 있는 것 같아. 그래서 우리와 김한결의 DNA와 비교할 대상자인 노인네를 같이 날리려고 한 거야. 그러면 한강에서 발견된 시체는 나태곤으로 확정되는 거지."

"이것도 나태곤 짓이라는 거네. DNA 확보는?"

"멸균면봉이 없어서 머리카락으로."

"쓰레기봉투에 든 것도 확인해야겠지? 부패됐을지도 모르는데 검출되려나?"

"현장 훼손할 때 따로 멸균봉으로 혈흔을 채취해둔 게 있어."

"그 와중에도 그걸 했어?"

"형사니까, 범인은 어떻게든 잡아야지."

"그럼, 국과수로 갈게."

"응. 가면 긴급으로 검사해줄 박사님을 알아."

해인은 차의 시동을 걸고 출발했다. 주변 통제와 주민 대피를 위해서인지 경찰차가 속속 도착했다. 해인은 좁은 골목길을 빠져나갈 때까지 순찰차와 마주치지 않기를 바랐다.

영등포에서 국회대로를 타고 양천구에 있는 국과수까지 가는 데는 채 30분이 걸리지 않았다. 해인은 국과수 정문이 보이자 앞뒤 번호판이 다르다는 걸 정문 경비원이 눈치챌까 봐 조마조마했다. 설사 번호판을 눈치채지 못한다 해도 민간인 신분인 해인에게 신분증과 방문 기록을 요구할까 봐 불안했다. 신분증을 조회라도 하면 수배 사실이 드러날 것이다.

정문에 도착해 창문을 열었다. 대영이 경찰 신분증을 보여주며 가볍게 목례를 하자 경비원은 바로 차단기를 올렸다.

국과수는 규모에 비해 좁은 터에 있어 주차할 공간이 턱없이 부족했다. 이미 주차장엔 이중주차를 한 차들로 빽빽했다. 해인은 진입로로 돌아 나와 본관 옆에 차를 세웠다.

"당신은 어디든 가서 쉬고 있는 게 좋을 것 같아. 결과 나오려면 오늘 밤늦게나 새벽은 돼야 해."

대영이 차에서 내려 본관 뒤편에 있는 DNA분석센터로 들어갔다. 해인은 빨리 벗어나는 게 좋겠다고 생각했다. 서울청 소속의 형사들이 수시로 드나드는 곳이었다. 그녀는 차를 출발시켰다.

한강에서 발견된 시체가 김한결로 밝혀지면 대영의 혐의는 벗겨진다. 대영이 아니면 나태곤이 살인자다. 그런데 대영은 그날 왜, 피투성이 사진을 찍었을까? 사진을 SD카드로 옮겨놓은 걸 보면 실수로 찍힌 사진은 아니었다. 연속되는 사진들의 흐름으로 볼 때, 사건 당일에도 대영이 태곤의 오피스텔 앞에서 잠복을 한 건 분명했다. 대체 그는 뭘 한 걸까?

차단기가 열렸다. 해인은 국과수를 빠져나왔다.

22

"일치해. 두 사람은 친자관계야."

"나태곤이 살아있다는 건 분명해졌네."

예상 못 한 결과는 아니었지만 해인은 충격을 받았다. 막연하던 것이 구체화되자 뒤통수를 얻어맞은 것처럼 얼얼했다.

이제 김한결의 시체를 자신의 시체로 조작했던 나태곤이 살인 사건의 가장 유력한 용의자가 됐다.

"나태곤의 오피스텔에서 채취한 DNA는?"

"그것도 일치했어. 나태곤의 오피스텔에서 김한결이 살해됐어."

"진짜, 나태곤이 진범이라는 건데……. 생활반응도 끊어진 놈을 어떻게 잡지?"

"우선 김한결의 생활반응을 추적해봐야지."

나태곤이 김한결을 살해하고 그의 명의로 자신의 삶을 이어가고 있을 개연성은 충분했다.

"생활반응은 확인해봤고?"

"팀장님이 확인하는 대로 알려주기로 했어."

"팀장님한테는 오픈한 거야?"

"지금껏 혼자 막아주고 있었으니까, 위에 티 낼 기회는 줘야지."

"그럼, 이제 기다리면 되겠지."

"일단은."

"근데 지금까지 죄다 대포폰에, 아무런 관계도 없는 사람들을 끌어들여 범행을 저질렀어. 흔적을 남겼을까?"

"어딘가 빈틈은 있겠지. 지금 당장 찾아내기는 쉽지 않겠지만."

윙, 대영의 휴대폰이 진동했다. 대영이 액정을 보여주었다. 안 팀장이었다. 대영이 스피커폰으로 전화를 받았다.

"팀장님, 확인해보셨어요?"

"내가 직접 확인했다. 앞에 과장님 앉혀놓고 국과수에 전화해서 김한결이 부친 DNA랑 한강 토막시체랑 일치한다고 확인시켜줬지. 네가 그때 과장님 표정을 봤어야 하는데."

"그거 말고요, 김한결 생활반응 확인해보셨냐고요."

"지가 공부 잘한 거 빼고 현장에서 잔뼈 굵은 형사들보다 나은 게 뭐야?"

안 팀장은 이 순간을 즐기려는 듯 대영이 거듭 물어도 제 할 말만 했다.

"팀장님! 이제 겨우 토막시체 신원 밝힌 거예요. 나태곤 잡아야죠."

"알았다, 알았어. 네가 그동안 내 설움을 몰라서 그런다."

"고맙습니다. 커버해주셔서."

"근데 나태곤 잡는데, 죽은 김한결 생활반응은 왜 확인하라는 거야?"

"나태곤이 살아있으면서 죽은 척을 했으니까, 죽은 김한결은 살아있는 척을 해야 할 것 같아서요."

"아, 그럴 수 있겠네."

"아직 확인 안 해보셨어요?"

"근데 다 죽은 척뿐이야. 아니 죽은 건 죽은 건데, 아무튼 김한결 명의로 개설된 통장, 의료보험, 인터넷 로그기록 어느 것 하나 최근 생활반응은 없어."

"출입국 기록은요?"

"없어. 유일하게 산 척이라곤 핸드폰 통화내역 정도야."

"애들 시켜서 통화내역이랑 최종 발신 위치, 역발신한 번호의 신원까지 확인해서 저한테 보내주세요."

"알았다. 이제 어떻게 할 거야?"

"나태곤 잡아야죠."

"그걸 왜 너 혼자 해? 이제 팀에 합류해."

"주변 캐고 있으니까 뭐 좀 나오면 바로 공유할게요. 잡아도 우리 팀에서 잡아야죠."

"하긴 복귀하면 과장이 너 숨 쉬는 거까지 보고하라고 할 거다."

"그러니까 조금만 더 시간을 주세요. 뭐라도 들고 들어갈게요."

"좋아, 이젠 말발이 좀 서니까 버텨보자."

"부탁드려요."

전화를 끊었다. 김한결 쪽에서 추적할 만한 생활반응이 나온 건 없었다. 나태곤은 실수로 흔적을 남길 놈이 아니다. 그는 계획적이었고 자신을 누구보다 잘 컨트롤하는 캐릭터였다.

"예상대로네. 어떻게 하지?"

"토끼를 쫓으려면 일단 숨어 있는 굴에서 나오게 해야지."
"그러니까 어떻게?"
"세상에 놈의 비밀을 공개하는 수밖에."
"'당신의 비밀'에 올리자고?"
"아니, '당신에 비밀'에 올려봐야 놈이 구매해서 블라인드시킬 거야. 그리고 한두 명이 알아봐야 놈은 굴 밖으로 안 나올 거고."
"그럼, 언론에 바로 터뜨리자고?"
"응. 당신이 선배들한테 소스를 흘려."
"스스로 굴 밖으로 나올지 확신할 수 없잖아."
"나올 거야. 언론이 떠들어대서 세상 모두가 나태곤이 살아있는 걸 알게 되면 더는 숨을 이유가 없어지니까."
"뻔히 용의자가 될 줄 알면서도 나올까?"
"용의자지 진범은 아니니까. 놈은 우리가 범행을 증명하지 못하리라는 걸 알아."
"DNA가 나왔고 증거가 있잖아?"
"내가 쥐고 있는 증거는 이미 가치가 훼손됐어. 법정에서 써먹지 못해. 그냥 쓰레기봉투에 든 쓰레기일 뿐이야."

해인은 나태곤의 손에 철저히 놀아난 것 같아 부끄러웠다.

"법정에선 쓰지 못해도 자백하도록 압박하는 덴 쓸 수 있지 않을까?"
"일반적인 놈이면 그렇지. 당신이 보기엔 어때?"

해인은 고개를 저었다. 나태곤은 해인을 지렛대 삼아 대영이 살인사건의 현장을 훼손하도록 만들었다. 그런 그가 자신이 예측

한 결과에 겁먹을 리 없다.

"오히려 놈은 내가 훼손한 증거를 내밀길 기다리고 있을 거야. 이걸 내미는 순간, 당신과 나는 김한결 살인사건의 유력한 용의자로 되치기당할 테니까."

해인은 자신도 모르게 몸을 떨었다. 사실 따지고 보면 김한결 살인사건에서 나태곤이 연루된 흔적이라곤 설수연을 사주해 DNA를 제공한 것밖에는 없었다. 반면 대영과 해인이 남긴 흔적은 증거를 훼손한 결정적인 것부터 시체를 운반한 것까지 차고 넘쳤다. 객관적으로 보면 두 사람이 진범으로 보이는 것은 당연했다.

"설수연을 다그쳐보는 건 어때? 죽을 뻔한 데다 나태곤이 살아 있는 게 공식화되면 받을 보험금도 없으니까 협조적일 것 같은데."

"설수연이 증언한다 해도 겨우 공문서위조나 공무집행방해 정도야. 그마저도 증언할 가능성이 없지. 죽을 뻔했으니까."

"어렵네."

해인은 나태곤이 사람들의 꼬리를 잡고 몸통을 흔들기 위해 사용한 대포폰에 공통점이 없을까 생각했다. 개별적으로 파편화된 사건을 관통하고 가장 많은 교집합을 가진 게 대포폰이었다.

"나태곤이 지금까지 비밀을 이용해 몸통을 흔드는 데 사용한 대포폰을 확인해보면 뭔가 공통점이 나오지 않을까?"

"이를테면?"

"대포폰을 사용한 기지국의 위치가 같다거나, 대포폰의 과거

사용이력이 겹친다거나, 그것도 아니면 대포폰을 구한 루트가 같다거나 하는."

"삽질이긴 한데, 적어도 두 건 이상 겹치면 해볼 만은 해. 운이 좋아 대포폰을 구매한 쪽에서 증언을 해주거나 사용하던 시간의 주변 CCTV라도 건지면 가능성이 있지."

"그래도 어렵겠지?"

"지지부진하겠지."

나태곤의 범행을 증명할 만한 증거는 없었고, 그의 소재를 파악하는 데도 시간이 얼마나 걸릴지 알 수 없었다.

대영이 손가락으로 휴대폰 액정을 톡톡 두드렸다. 그는 의식하지 못하는지 계속해서 손가락으로 액정을 두드렸다. 해인은 대영의 생각이 어디로 흐르고 있는지 궁금했다.

"저, 목적이 정당하면 방법이 틀려도 괜찮을까?"

짧은 침묵을 깨고 대영이 물었다. 혼잣말 같은 질문이었다. 해인은 대영의 눈이 붉은빛으로 번들거리는 걸 보았다.

"무슨 뜻이야?"

"김한결을 살해하고, 경비원 송 씨를 죽음으로 내몰고, 사건과 관련 없는 사람을 흔들어 김준을 살해한 놈이잖아. 거기에 가스폭발로 애먼 사람 세 명을 날리려고 했던 놈이고. 놈을 꼭 합법적인 방법으로 잡을 필요가 있느냔 말이지."

형사답지는 않았지만 그럴듯한 말이었다. 그럼에도 해인은 바로 대답할 수 없었다. 대영의 눈이 붉게 빛났다. 단순히 번호판을 바꿔 달거나 속도위반 정도의 위법을 말하는 것 같지는 않았다.

"사적인 응징을 하자는 거야?"
"아니, 그건 아니고."
"그럼?"
"죽은 증거를 살려보자는 거지."
"어떻게?"
"김한결의 토막 난 몸통을 제외하고 나머지를 운반한 사람이 김준이야. 그리고 김준은 죽었어. 아직까지 서대문서에서는 피해자인 김준에 대해 어떤 조사도 하지 않았고."
"현장에서 범인이 검거됐고, 자백까지 했으니까 따로 피해자를 조사할 필요는 없잖아?"
"그러니까 우리가 가지고 있는 증거를 김준에게 심자는 거야. 그럼 김준과 나태곤이 연결된 흔적만 있으면 가치 있는 증거로 되살아나는 거지."
"아, 그건 증거조작이잖아?"
"없는 증거를 조작하자는 게 아니야. 이미 있는 증거의 출처를 합법적으로 세탁해 증거력을 되살리자는 거지. 내가 진실을 조작하는 건 아니잖아?"
해인은 대답할 말을 찾지 못했다. 대영의 말대로 하면 적법하게 수거하지 않아 훼손된 증거의 효력이 되살아날 것이다.
"나태곤을 풀어주고 싶은 게 아니면 당신은 모르는 척해."
대영이 쐐기를 박듯 말했다. 해인은 그가 자신을 시험대 위에 올려놓고 저울질하는 것 같았다. 대답을 기다리는지 대영이 해인을 보았다. 그의 눈은 술에 취한 사람처럼 풀려 있었고, 더 붉어져 있었다.

"할 거면 같이 해."

대영이 고개를 끄덕였다. 긴장을 한 탓인지 옆구리를 타고 식은땀이 흘러내렸다.

"어디에 심을 거야?"

"자동차는 감식팀이 서로 견인했고, 일단 주거지부터 확인해봐야지. 아니면 사무실."

"주소는?"

"장한평 중고차매매시장 근처."

해인은 차를 출발시켰다. 내비게이션은 국회를 지나 마포대교를 건너는 경로로 길 안내를 시작했다. 눈앞에 보이는 국회가 멀게 느껴졌다. 불과 며칠 만에 그녀는 전국에 수배되었고, 증거를 조작하기 위해 김준의 집으로 가는 길이었다.

"증거를 심는다 해도 나태곤이랑 김준의 연관성을 어떻게 증명하지? 당신이 떼어 간 CCTV를 인과관계도 없이 가져다 놓을 수도 없고."

"김준이 시체의 다른 조각을 옮긴 배경에 '당신의 비밀'과 나태곤이 있을 거야. 그렇다면 김준의 통화내역이나 핸드폰에서 뭐라도 나오겠지. 당신이 말한 대로 대포폰이라도 겹치는 게 있을 거고."

"그래도 지금은 피해자일 뿐이잖아. 수사가 김준에게까지 옮겨 갈까?"

"나태곤이 잡히기 전까진 수사가 광범위하게 흘러갈 수밖에 없어. 슬쩍 혐의를 끼워 넣어야지."

"시간이 좀 걸리겠네."

해인은 사건 해결이 길어져 수배가 계속될까 봐 초조했다. 핸들을 잡고 있었지만 마음대로 방향을 바꿀 수 없는 차에 탄 것 같았다. 반사적으로 가속페달을 깊게 밟았다. SUV가 강변북로를 내달렸다.

"생각보다 좀 빨리 갈 수도 있지. 내가 김준 살해사건 담당자인 서대문서 형사한테 혐의를 흘리려고."

"그편이 객관성을 확보하는 데 좋을 수도 있겠네."

어찌 됐건 지금 길을 안내하는 사람은 대영이었다. 해인은 강변북로를 빠져나와 답십리역 쪽으로 우회전했다. 대영은 장한평 중고차매매시장이 가까워지자 내비게이션 대신 이면도로로 길잡이를 했다. 이면도로로 들어서자 주변은 온통 차량과 관련된 업체들의 간판이 가득했다. 중고차매매 업체부터 정비업체, 부품가게 등이 빼곡했다. 해인은 대영이 시키는 대로 1열로 주차된 불법주차 차량들 틈에 차를 세웠다.

"지금부터는 김준 오피스텔에 들어가기까지 누구의 기억에도 남으면 안 돼."

"김준 오피스텔 현관문은 어떻게 하려고?"

"열쇠수리공을 불러서 교체해야지. 당신은 여기서 쓰레기봉투를 정리해줘."

"열쇠수리공은 당신을 기억하잖아."

"경찰 신분증을 보여주면 괜찮을 거야."

"나중에 열쇠수리공이 뉴스에서 보고 오늘 일을 기억하면?"
"기억한다 해도 시간 차가 크지 않으니까 자신이 문을 열어줘서 증거채취를 한 거라 생각할 거야."
"그렇겠네."
 사실 뉴스에 사건이 보도된다 해도 초점은 나태곤의 살인에 맞춰지지 수거한 증거에 있지 않다. 경찰에서도 나태곤의 살인을 증명하는 증거에 대해 자세하게 브리핑하지도 않는다. 대영의 말대로 열쇠수리공은 증거조작의 변수가 되지 못할 것이다.
 해인은 가까운 편의점에서 라텍스 장갑과 검정 비닐봉투를 사서 차로 돌아왔다. 양손에 라텍스 장갑을 끼고 트렁크를 열었다. 쓰레기봉투는 두 개로 한쪽엔 침대시트와 옷가지, 피에 젖은 수건 등이 있었고, 다른 쪽은 그녀의 흔적과 혈흔을 닦아낸 페이퍼타월이 있었다. 해인은 쓰레기봉투에서 혈흔과 태곤의 흔적만 따로 모아서 검정 비닐봉투에 담았다. 해인은 자신이 쓰던 물건을 골라내며 대영이 느꼈을 감정에 대해 생각했다. 부끄러웠다.
 정리를 끝내고 해인은 운전석에 앉아 대영을 기다렸다. 한참 만에 나타난 대영을 보고 해인이 내렸다.
"현관문 열었어?"
"가자."
 대영이 검정 비닐봉투를 들고 앞서 걸었다. 거리에 오가는 사람들은 많았지만 누군가의 눈에 띌 만큼 두 사람은 특별하지 않았다.
 오피스텔 로비에서 외출복 차림의 30대 중반의 여자와 마주쳤다. 해인은 움찔했지만 여자의 시선이 휴대폰에 머무는 것을 보고 안심했다. 해인은 대영을 따라 엘리베이터에 설치된 CCTV를 피해 비상계단으로 5층까지 올라갔다. 대영은 여섯 자리의 비밀번호를 눌러 현관문을 열었다. 김준의 오피스텔 내부는 단출했다. 가구라고는 침대밖에 없었고 TV조차 없었다. 빌트인인 냉장고와 책상, 그 위에 있는 노트북 컴퓨터가 전부였다.

"당신이 김준이라면 혈흔이 가득한 쓰레기봉투를 어디에 둘 것 같아?"

"난 집에 가지고 들어오지 않지. 바로 폐기했을 거야."

"대부분 그렇겠지. 근데 김준은 가지고 들어와야 했어. 왜일까?"

"나태곤에게 꼬리를 잡혀 증거인멸을 돕긴 했지만 나중에 독박을 쓰긴 싫었던 거야. 혹시라도 잘못된다 해도 살인이 아니고 증거인멸로 끝내고 싶었던 거지."

"그래, 그럼 중요하게 보관을 했을 거야."

대영이 냉장실 문을 열었다. 물과 소주와 맥주가 있을 뿐 텅 비어 있었다. 해인은 대영의 시선이 소주병에 머무는 것을 보았다. 대영은 머릿속의 생각을 지우듯 냉장실 문을 닫고 냉동실 문을 열었다. 텅 빈 냉동실 안에는 얼음 트레이만 들어 있었다. 대영은 냉동실에 비닐봉투를 쑤셔 넣었다.

"다음은 나태곤에게 청부를 받은 흔적을 남겨둬야 해."

"이를테면?"

두 사람은 방 안을 둘러보았다. 책상 옆으로 중고차업체 로고가 찍힌 작은 탁상달력이 세워져 있었다. 김준은 달력에 간단하게 메모를 해 스케줄을 표시하는 듯했다. 대영은 책상에 있던 볼펜으로 김준과 같은 방식으로 달력에 동그라미를 그렸다. 사건이 발생한 날짜였다.

다음으로는 책상 서랍을 뒤져 접착식 메모지 묶음을 꺼냈다. 그는 달력의 메모를 한참 보더니 허공을 향해 볼펜을 움직여 글씨를 썼다. 김준의 글씨체를 흉내 내는 것 같았다. 잠시 후 대영은 메모지에 '여의도오피스텔 1002호'라고 적었다. 그러고는 메모지를 떼어내 점퍼 주머니에 구겨 넣었다.

"잘 안된 거야?"

"아무리 똑같이 흉내 내도 필적감정을 하면 들통나. 하지만 뒷장에 약하게 자국만 남겨놓으면 필압이나 삐친 각도 등을 비교하는 필적감정이 불가능해지지. 겨우 뭘 적은 건지 알아볼 수 있을 정도거든."

대영은 아무 의미도 없는 개별적인 몇 개의 증거를 조작해 김준이 사건 당일 나태곤의 오피스텔에 갔다는 걸 유추하게 했다. 이제 수사팀이 나태곤과 김준이 통화한 흔적만 찾아내면 이 사건을 종결시킬 수 있을 것이다. 대영이 살해당해 증언할 수 없는 김준을 대신해 진실을 만들어냈다.

그를 지켜보던 해인이 멈칫했다. 메모지에 남은 볼펜 자국을 햇빛에 비춰보는 대영의 눈이 붉게 번들거렸다. 대영이 햇빛 속에서 웃고 있었다.

"혹시, 이래서 쓰레기봉투를 폐기하지 않고 가지고 있던 거야?"

"형사가 현장증거를 어떻게 폐기해. 처음부터 이렇게 쓰려고 계획했던 건 아니야."

갑자기 해인은 모든 게 의심스러워졌다.

지금까지 찾아낸 정황증거들을 보면 토막시체로 발견된 김한결의 죽음과 인과관계가 성립하는 인물은 나태곤이 유일했다. 하지만 대영이라면 그 인과관계조차도 조작이 가능할 것 같았다. 대영은 마음만 먹으면 그녀든 다른 누가 됐든 김한결의 살인범으로 만들 수 있었다. 그녀는 대영이 김준의 주소를 어떻게 알고 있는지도 의심스러웠고, 그가 내비게이션의 안내 없이 어떻게 이면도로를 이용해 김준의 오피스텔을 바로 찾아올 수 있었는지 의심스러웠다. 또 그가 열쇠수리공을 불러서 문을 연 것도 맞는지 의심스러웠다.

"이 정도면 빠져나갈 수 없을 거야."

해인은 대영의 말이 마치 자신에게 하는 것처럼 들렸다. 그녀는 대영이 현관문의 비밀번호를 누를 때 눈여겨보지 않은 걸 후회했다. 두 사람은 밖으로 나왔다. 등 뒤에서 도어록이 잠기는 소리가 들렸다.

해인은 차로 돌아와 시동을 걸었다. 되도록 빨리 김준의 집에서 멀어져야 할 것 같았다. 목적지는 정해져 있지 않았지만 급하게 차를 출발시켰다.

"어디로 갈까?"

"일단 여기서 좀 멀어져야겠지?"

이면도로를 나와 주도로에 진입하면서 그녀는 강변북로로 방향을 잡았다. 이곳을 가장 빨리 빠져나가는 방법이었다.

윙, 대영의 휴대폰이 진동했다. 그가 액정을 보여주었다. 안 팀장이었다. 경찰서 출입기자 시절 해인은 강력팀에 울리는 전화벨 소리만 들어도 사건이 터진 걸 알았다. 영화나 드라마에서 살인범이 등장하기 전에 깔리는 배경음악처럼 벨 소리가 긴장을 고조시켰기 때문이다. 기자로서 촉이 예민하던 시절이었다. 지금이 마치 그때와 같았다. 대영의 휴대폰 진동음이 사건의 전조처럼 들렸다. 대영은 전화를 받지 않았다.

"급한 거 같은데 안 받아도 돼?"

"김준 거주지 주변의 기지국을 사용한 흔적이 남으면 안 돼."

"아까, 김준 현관문 딸 때 열쇠수리공 불렀잖아?"

"그때도 공중전화 썼지."

해인은 얼마 전 공중전화를 쓰기 위해 일부러 우체국을 찾아갔던 날을 떠올렸다. 요즘은 공중전화가 눈에 쉽게 띌 만큼 흔하게 있지 않았다. 그런데 그 짧은 시간에 처음 와본 동네에서 공중전화를 찾고, 열쇠수리공을 불러 도어록을 교체했다고? 해인은 대영이 점점 더 의심스러웠다.

차가 강변북로에 들어서자 대영이 안 팀장에게 전화를 걸었다. 그는 해인과 공유하려는 듯 스피커폰으로 전환했다. 통화연결음이 채 한 번도 울리기 전에 안 팀장이 전화를 받았다.

"너 거기 어디야? 당장 들어와!"

"무슨 일 있습니까?"

"나태곤이 제 발로 용산서로 찾아왔어. 널 찾는다."

해인은 놀라서 하마터면 급브레이크를 밟을 뻔했다. 그녀가 곁눈질로 대영의 반응을 살폈다. 휴대폰을 쥔 대영의 손에 핏줄이 튀어나왔다.

"이, 이렇게 빨리요?"

대영은 흥분해서 말을 더듬었고 목까지 빨갛게 달아올랐다.

"혹시 너랑 뭔 일 있는 거 아니지?"

"예?"

"나태곤이 너 아니면 아무 말도 안 하겠다고 묵비 중이다."

도발이었다. 나태곤은 아직까지 자신이 대영의 꼬리를 쥐고 있다고 확신하고 있는 것 같았다.

"과장이 너 찾아오라고 난리다. 빨리 와."

"바로 가겠습니다."

"아, 참 어떻게 알았는지 기자들도 진을 치고 있으니까 조심해서 들어와."

대영이 전화를 끊었다. 해인은 대영의 눈이 붉게 충혈돼 있을 거라 짐작했지만 똑바로 보지 못했다. 대영에게 섣부르게 말을 걸 수도 없었다.

해인은 강변북로를 빠져나와 용산역으로 향했다. 용산역의 쇼핑센터로 들어서 주차장에 차를 세웠다.

"잠깐만 기다려."

"여긴, 왜?"

"잠깐 쉬어. 피곤해서 눈이 빨게."

대영은 술에 취한 사람처럼 얼굴이 벌겋게 상기돼 있었고, 눈에도 핏발이 서 있었다. 대영은 무슨 말인가를 하려다 입을 다물었다.

"금방 갔다 올게."

해인은 차에서 내려 쇼핑센터의 남성복 매장으로 갔다. 그녀는 캐주얼한 재킷과 흰색 셔츠를 사서 주차장으로 돌아왔다.

"이걸로 갈아입어."

"어?"

"당신한테서 술 냄새 나. 기자들도 기다린다면서."

"아."

대영이 점퍼와 구겨진 피케셔츠를 벗고 셔츠와 재킷으로 갈아입었다. 한결 스마트해 보였다. 해인은 나태곤과 일대일로 붙는 상황에서 대영이 초라해 보이지 않기를 바랐다.

"벗은 건 뒷자리에 둬. 내가 가져갈게."

대영이 갈아입은 옷을 쇼핑백에 넣어 뒷자리에 두었다.

"잘하고 와. 이제 당신한테 달렸네."

해인은 용산서로 올라가는 진입로에 대영을 내려주었다. 여전히 앞뒤가 다른 번호판이 신경 쓰였다.

"당신 핸드폰 음성사서함에 메시지 남길게. 밤에 확인해."

해인은 언덕길을 올라가는 대영의 뒷모습이 완전히 사라질 때까지 보고 있었다. 대영이 시야에서 벗어나자 그녀는 뒷자리에 있는 쇼핑백에서 점퍼를 꺼내 주머니를 뒤졌다. 손가락 끝에 구겨진 종잇조각이 만져졌다. 대영이 김준의 원룸에 증거로 심은 메모지의 원본이었다. 해인은 구겨진 메모지를 펼쳤다. 볼펜으로 눌러쓴 '여의도오피스텔 1002호'라는 글자가 선명했다. 이것과 김준의 오피스텔 메모지에 남은 볼펜 자국을 비교하면 동일성을 증명하는 건 어렵지 않았다. 이로써 해인은 대영이 김한결 살인 사건의 증거를 조작했다는 결정적인 증거를 손에 쥐었다.

해인은 차를 출발시켰다. 그녀는 방향지시등을 켜고 핸들을 틀어 차선을 옮겼다. 오랜만에 마음먹은 대로 운전을 하는 기분이었다.

23

낮은 조도의 진술녹화실에 나태곤이 앉아 있었다. 대영은 매직미러를 통해 나태곤을 지켜보았다. 그는 아침에 일어나 면도를 하고 주름 하나 없이 잘 손질된 양복을 입고 출근한 사람 같았다. 대영은 해인이 급하게 사준 재킷과 셔츠의 빳빳한 느낌이 어색했다. 어쩌면 늘 후줄근한 그의 점퍼와 구겨진 피케셔츠 차림이 해인의 눈에 거슬렸는지도 모른다. 그는 소매 끝을 걷어 올렸다. 주먹 쥔 손에 힘이 들어갔는지 전완근이 솟아올랐다.

나태곤의 앞에는 최정필 형사가 앉아 있었다. 며칠째 집에 들어가지 못해 기름진 머리와 구겨진 티셔츠, 피곤에 찌든 얼굴이었다. 모르는 사람이 보면 누가 용의자이고 누가 형사인지 알 수 없을 정도였다.

"성명?"

최 형사가 가장 기본적인 인정신문을 했다. 하지만 나태곤은 대답하지 않았다. 나태곤에게선 범죄자의 불안이나 도망자의 초조함이 느껴지지 않았다. 그는 여유로웠다.

"계속 묵비하실 겁니까?"

나태곤은 대답하지 않았다. 그가 고개를 돌려 매직미러를 보았다. 대영과 시선이 마주쳤다.

"너 불러달라고 얘기한 뒤에 계속 저러고 있다."

"성명? 이름 몰라요?"

최 형사의 목소리가 커졌지만 나태곤은 동요하지 않았다. 대영의 혀끝에서 욕설이 맴돌았다. 나태곤이 최 형사를 보았다. 그의 입가에 미소가 머물렀다.

"쟤가 진짜 김한결을 살해한 진범이 맞긴 하냐? 어째 내 감으론 좀 흐리다."

"제가 들어가보겠습니다."

"오 반장, 근데 쟤랑 진짜 뭐 있는 건 아니지?"

"형사랑 살인범 사이에 있긴 뭐가 있겠어요."

"알았다. 근데 쟤가 진짜 김한결을 죽였다 해도 인정할까?"

"유도를 하든 겁을 주든 뭐라도 해봐야죠."

"될까? 증거가 없는데."

대영이 진술녹화실의 문을 열고 들어갔다. 나태곤과 최 형사의 시선이 대영에게 모였다. 나태곤에게서 시원한 느낌의 애프터 셰이브 로션 냄새가 났다. 나태곤이 미소 지었다.

"나한테 맡기고 최 형산 밥이라도 먹고 와."

"알겠습니다."

최 형사가 일어서며 나태곤을 노려보았다. 사나운 표정 뒤에 증거를 쥐고 있지 않은 형사의 패배감이 묻어났다.

대영이 의자에 앉았다. 나태곤의 시선이 CCTV의 붉은 점에 머물렀다. 대영은 아무 감정도 담지 않고 낮은 목소리로 물었다.

"인정신문부터 하죠. 성명?"

"오대영 반장님, 맞죠?"

"이름?"

"이해인 씨 남편."

대영은 얼굴에 열이 오르는 게 느껴졌다. 혀끝에서 욕설이 맴돌았다. 나태곤의 시선이 또 CCTV의 붉은 점에 멈췄다. 대영은 나태곤에게 말려들지 않도록 스스로를 냉각시켜야 했다. 부러 몸을 뒤로 빼서 거리를 뒀다.

"인정신문부터 거부하시는 겁니까? 변호사 올 때까지 기다릴까요?"

"전, 오 반장님이랑 얘길 하려고 온 건데요."

나태곤은 정치판에서 굴러온 보좌관답게 노련했다. 그는 감정을 드러내지 않으면서 상대방을 도발했다.

"그럼 묻는 말에 대답을 하시죠."

"이름은 나태곤, 주소는 서울시 영등포구 여의도동······."

"좋아요. 여기 왜 오신 거죠?"

대영은 개방형 질문을 했다. 예, 아니오로 대답하는 질문은 지금처럼 증거가 없는 상황에서 형사에게 불리했다. 사건을 구성해낼 정보가 필요한 쪽은 대영이었다.

"진실을 듣고 싶으세요?"

나태곤은 계속 도발을 했고, 대영은 점점 자신이 말려들고 있다는 생각이 들었다.

"말장난하자는 겁니까? 형사가 우스워요?"

"기회를 드리는 겁니다. 변호사가 와서 제가 여길 나가게 되면 영원히 진실은 묻히는 거죠."

나태곤은 '진실'이란 이름의 정보를 무기로 힘의 우위를 느끼고 싶어 하는 듯했다. 대영은 나태곤을 뚫어지게 쳐다보던 시선을 아래로 내렸다. 놈이 원하는 걸 들어주는 건 쉽다. 그는 칼자루를 나태곤에게 넘겨주었다.

"좋습니다. 진실을 들어보죠."

"그럼, 저것부터 꺼주시죠."

나태곤은 손가락으로 CCTV를 가리켰다. 대영은 속으로 미소 지었다. CCTV를 두고 대영과 나태곤이 나눌 수 있는 얘기는 아무도 궁금해하지 않을 형식적인 질문과 대답이었다. 안부를 묻는 것과 다를 바 없었다.

대영은 '계속 요구해'라는 말을 소리를 죽이고 입 모양만으로 발음했다. 카메라를 등지고 있었으니 그의 입 모양이 찍히지는 않았을 것이다. 나태곤이 의도를 알아들었다는 듯이 손가락을 까닥 움직였다. 대영은 주먹으로 소리가 나도록 테이블을 쳤다.

"조사받는 게 장난 같니? 이, 씨발놈아."

대영은 일부러 위압감을 주며 욕설을 내뱉었다. 지금까지 녹화된 테이프는 삭제할 수밖에 없다. 나중에 법정에 가더라도 강압에 의한 진술이었다고 놈이 주장하면 앞으로 어떤 진술을 하든 증거로 채택할 수 없게 된다. 나태곤이 CCTV를 꺼달라고 한 진술은 삭제될 것이다.

"CCTV를 꺼주지 않으면 한마디도 안 할 겁니다."

대영이 난처한 얼굴로 매직미러를 쳐다보았다. 잠시 후, 녹화 중임을 알리는 CCTV의 빨간색 불빛이 꺼졌다. 대영은 마이크의 스위치를 꺼버렸다. 이제 매직미러 뒤편에 있는 안 팀장과 최 형사는 나태곤의 입 모양만으로 진술 내용을 추측할 수밖에 없다.

"마이크 껐으니까 지금부터 최대한 입술을 움직이지 말고 대답해."

나태곤이 손가락을 까닥거렸다.

"죽은 김한결 알지?"

"알죠."

"왜 죽였어?"

대영은 나태곤을 떠보기 위해 처음부터 핵심을 찔렀다. 나태곤은 당황하는 기색 하나 없이 느긋했다. 놈은 우리가 사건과 관련해 범행을 입증할 어떤 증거도 가지고 있지 않다는 걸 알고 있는 듯했다. 대영은 나태곤이 계속 자신만만하고 여유로운 채로 있길 바랐다. 김준의 집에 심어둔 증거로 나태곤을 낚았을 때 놈의 표정을 상상하는 것으로 대영은 지금을 견뎠다.

"대화를 하자고 했더니 처음부터 신문을 하시네. 이럴 거면 CCTV를 끌 필요도 없었는데."

그가 매직미러를 향해 입을 크게 벙긋거리며 말을 했다.

"전, 안, 죽, 였, 습, 니, 다."

나태곤이 소매 끝을 올려 노골적으로 손목시계를 보았다. 톡, 톡, 톡, 놈은 초침이 움직이는 속도에 맞춰 시계를 두드렸다. 대영은 의자를 소리가 나도록 바싹 당겼다. 그는 일부러 기 싸움에서 패배한 형사처럼 초조한 티를 냈다.

"좋아, 왜 나야?"

나태곤도 상체를 숙여 가까이 다가왔다. 두 사람의 거리가 가까워졌다.

"탁월하잖아요. 아, 이건 칭찬이에요."

"미리 설수연과 혼인신고를 할 정도면 우발적인 건 아니라는 건데, 왜 오피스텔을 현장으로 만든 거지?"

"좋아요. 이제 질문을 좀 세련되게 하시네요. 김한결은 성인 여자와 관계를 맺지 못할 정도로 쫄보예요. 그래서 인터넷으로 어린 여자아이들을 이용해 욕심을 채웠죠. 쓰레기 같은 놈이죠. 그런 김한결을 어디로 불러낼 수 있겠어요. 부른다고 오겠어요? 그나마 익숙한 곳, 몇 번 와본 곳이니까 온 거예요. 게다가 현장을 완벽하게 청소해줄 청소부가 오피스텔 밖에 대기하고 있었으니까 이만한 곳이 없잖아요."

나태곤은 대영을 도발하기 위해 일부러 '청소부'라는 단어를 썼다. 대영은 그걸 알면서도 얼굴이 달아올랐다.

"그 청소부가 네 생각처럼 청소를 하지 않을 수도 있었잖아. 통제할 수 없는 걸 계획이라고 하지는 않지."

"살해당한 사람이 나태곤이었잖아요. 당신이 죽이고 싶어 한. 그러니까 청소부가 현장을 훼손해 해인 씨를 지킬 거라는 건 예상할 수 있는 거죠."

이번에도 도발이었다. 대영은 얼굴부터 머릿속까지 열기로 가득 찼다. 놈에게 말리고 있었다. 대영은 김준의 집 냉장고에 넣어둔 쓰레기봉투를 떠올렸다. 터질 것처럼 솟구치던 열기가 가라앉기 시작했다. 지금은 나태곤이 자신의 무용담을 떠들어댈수록 대영에게 유리했다. 놈은 대영이 아직 맞추지 못한 범행의 조각을 스스로 맞춰줄 것이다.

"오피스텔 경비원 송 씨는 어떻게 죽인 거지?"

"금세 촌스러워지셨네. 전 아무도 안 죽였다니까요."

"좋아, 송 씨는 왜 옥상에서 떨어진 거야?"

"그 양반도 쓰레기예요. 아동성범죄자였거든요. 떨어질 만하죠?"

"그래서 옥상에서 스스로 떨어졌다는 거야?"

"아, 물론 사소한 이유가 좀 더 있긴 하죠. 아들이 이번에 로스쿨에 들어갔거든요."

"왜, 벼랑 끝으로 몬 거야?"

"오 반장님을 보호하려 한 것도 있어요. 반장님이 CCTV를 떼어 간 걸 그 양반이 알잖아요."

"캐리어를 맡길 때 네 얼굴을 봐서가 아니고?"

"뭐, 그것도 이유죠."

"그것 때문에 떨어트린 건 아니고?"

"떨어진 거라니까 그러시네. 아동성범죄자가 아니었으면 떨어졌을까요? 인과응보죠. 생각해보세요. 입을 다물게 하는 건 떨어지게 하는 것보다 쉬워요."

대영은 할 말이 없었다. 나태곤의 말대로 송 씨가 아동성범죄자가 아니었다면 옥상에서 스스로 떨어지진 않았을 것이다.

"운반책인 김준은 어떻게 한 거야? 변수가 많았을 것 같은데."

대영은 심드렁하게 별거 아니라는 듯이 질문을 던졌다. 나태곤이 김준을 이용한 증거만 잡으면 완전히 끝장낼 수 있다. 머릿속까지 타올랐던 열기가 빠르게 냉각됐다.

"그 인간도 쓰레기예요. 김준의 유일한 취미생활이 유부녀 데리고 노는 거였어요. 데리고 놀다가 여자가 들러붙거나 짜증 나게 굴면 남편이나 아이한테 헐벗은 사진을 보냈어요. 그것 때문에 자살한 여자도 있어요. 누가 죽였어도 죽일 놈이었죠. 그걸 아니까 내가 시키는 대로 한 거고요."

"가방을 송 씨에게 맡겼으면 김준이 살해당할 이유는 없었던 거 아닌가?"

"지 무덤 지가 판 거죠. 중고차 팔던 놈이라 그런지 사람을 믿지 않아요. 직접 오피스텔로 와서 얼굴 보고 가방을 전달받았어요. 김준은 내 얼굴을 봐야 두 번 다시 귀찮게 안 할 거라 생각했을 거예요. 뭐, 덕분에 나도 일을 디테일하게 시킬 수 있었고요."

"결국 김준의 입을 막으려고 여자의 남편에게 정보를 흘려 죽였잖아?"

"말씀드렸잖아요. 누가 죽였어도 죽일 만한 쓰레기였다니까요."

대영은 나태곤의 말에서 자신이 팔아먹은 비밀 때문에 김준이 죽었다는 자책감을 떨칠 수 있었다.

"설수연은 제 역할을 다했는데 왜 노린 거지?"

"술집 애들은 도무지 사람을 믿지 않아요. 많이 당해서 그런가? 아무튼 내가 보험금은 다 가지라고 했는데, 그걸 못 믿고 혼자 먹겠다고 잠수를 탔어요. 이런 애들은 지가 불리해지면 술술 불기 마련이죠."

"이것만으로도 널 보험사기 공동정범으로 기소할 수 있어. 네 밀대로 설수연은 살아있고 불리해지면 술술 불 테니까."

하, 하, 하 나태곤이 대영을 조롱하듯 짧게 끊어서 웃었다.

"반장님, 보험사기라니요? 아무도 보험금 신청을 하지 않았는데요? 설수연은 자신이 불리해져야 술술 불 텐데 불리해지지 않았잖아요."

나태곤은 제 발로 용산서에 오면서 이 정도 질문을 예상하지 못했겠냐는 듯이 막힘없이 대답했다. 대영의 혀끝에서 욕설이 자꾸 맴돌았다.

"보험사기를 모의한 게 아니라면 왜 김한결의 시체를 나태곤이라고 속였는지 법정에서 판사를 납득시킬 수 있을까?"

나태곤은 이마저도 예상하고 있었다는 듯 여유로웠다.

"현직 경찰간부한테 스토킹을 당했거든요. 경찰간부는 자신의 아내와 제가 불륜관계라고 오해하고 있었어요. 집 앞에서 매일 지켜보고 있는데 제가 죽어야 끝날 것 같더라고요. 김한결이 살해되던 날에도 반장님이 주먹을 휘둘러서 제 코뼈며 입술이며 죄다 터졌잖아요. 진단서도 있는데, 이 정도면 믿어줄 것 같지 않아요?"

대영은 당황했다. 그의 기억엔 아무것도 남아있지 않았다. 그는 나태곤의 말에서 자신이 피 묻은 손 사진을 찍은 이유를 뒤늦게 알 수 있었다. 스토킹을 한 흔적은 놈의 말대로 사진으로 남았고, 폭력을 행사한 증거도 남았다. 대영은 나태곤에게 농락당했다고 할 만큼 완벽하게 졌다. 나태곤의 시선이 대영의 얼굴에 머물렀다.

"내가 술에 취해 기억하지 못하는 것도 네 계획에 있나?"

"물론이죠. 그래서 차에 소주도 몇 병 넣어드렸는걸요. 잘 마셨죠?"

대영은 처음으로 알코올중독이 부끄러웠다. 머릿속이 열기로 가득 찼다.

"널 공무집행방해나 공문서위조로라도 잡아넣을 거야."

대영은 더 이상 위협이라고도 할 수 없는 초라한 협박장을 내밀었다. 어차피 지금 칼자루를 쥔 건 나태곤이었고, 놈이 대영의 숨겨둔 칼을 눈치채지 못하면 그만이었다.

"총기를 가지고 있는 현직 경찰간부의 스토킹과 폭력에 생명의 위협을 느끼고 있었다면 공무집행방해나 공문서위조 정도는 정상참작이 되지 않겠어요?"

나태곤은 다른 전과가 없는 초범이었다. 거기에 유능한 변호사가 가세하면 놈은 오늘 밤 용산서를 제 발로 걸어서 나갈 것이다. 이제 대영에게 남은 건 김준과 나태곤을 엮는 수밖에 없었다.

"졌군."

대영은 패배를 인정해 나태곤을 안심시켰다. 그가 이겼다고 확신하는 순간 풀어진 긴장감 사이로 진실이 드러날 것이다.

"그 난장판을 깨끗하게 처리해준 반장님 덕분이죠. 고마워요."

대영은 수치심에 다시 얼굴을 벌겋게 달아올랐다. 그는 감정을 숨기며 별거 아니라는 듯 물었다.

"김한결과는 어떻게 알게 된 사이지? 살해된 현장을 보면 꽤 친밀한 관계로 보이던데."

"역시, 전문가는 다르네요. 그래서 계획을 짜게 된 거지만요."

"반항한 흔적도 없고, 족적도 없어. 김한결은 신발을 벗고 집에 들어갔고 방심한 틈에 한 방에 당했어. 중첩된 비산혈흔을 보면 넌 김한결이 쓰러진 상태에서 계속 공격했으니까 처음부터 죽일 작정이었고."

"또 잊어먹으셨네. 전 아무도 안 죽였다니까요."

"그래, 넌 아무도 안 죽였고 김한결은 그냥 너의 집에서 죽은 걸로 하지. 무슨 사이야?"

대영에게 아직 남은 카드가 있다는 걸 나태곤이 눈치채기 전에 다시 물었다. 관계를 알면 살인의 동기를 유추할 수 있을 것이었다.

"김한결이 제 일을 도와줬어요. 겁쟁이 변태긴 해도 컴퓨터 실력만큼은 쓸 만했거든요."

"역시 해킹이나 뭐 그런 걸 도와줬겠군."

"맞아요. 정치 바닥엔 그런 게 좀 필요하거든요."

"더 이해가 안 되는데? 정치를 위해서라면 사회적인 생명인 이름까지 버리면서 김한결을 제거할 이유가 뭐지?"

"원하는 게 다르면 조정이 필요하니까요."

"꼬리를 잡혔나?"

나태곤은 바로 대답하지 않고, 손가락을 꼬리처럼 살랑살랑 흔들었다.

"그런 셈이죠."

김한결을 죽이고 이름을 버릴 정도의 비밀, 아니 이름을 버려서라도 지켜야 하는 비밀이 뭘까?

세상의 모든 비밀! 답이 나왔다. 대영이 숨겨둔 칼을 칼집에서 살짝 뽑았다.

"'당신의 비밀'을 김한결이 만들어서 운영했군?"

나태곤이 제 발로 용산서에 찾아왔다는 얘기를 듣고 대영은 새로운 비밀이 업데이트됐는지 '당신의 비밀'에 접속했다. 하지만 메시지로 온 새로운 URL을 눌러도 접속되지 않았다. 너무 공교로웠다. 대영은 나태곤이 '당신의 비밀'을 운영자라고 확신했다. 나태곤이 김한결을 살해한 동기가 밝혀진 만큼 폐쇄된 '당신의 비밀'의 로그기록 등으로 놈을 엮을 수 있다.

"세상의 모든 비밀을 차지하기 위한 싸움인가?"

"김한결은 기술자에 불과했어요. 모든 아이디어와 초기에 생성된 비밀은 다 제가 만들어놓은 거죠. 그렇게 몇 년이 지나자 세상의 모든 비밀을 손에 쥘 수 있게 됐어요. 세상을 마음대로 주무를 권력이 생긴 거예요. 국회의원 따위와는 비교할 수도 없는 권력이."

"장원식 의원도 꼬리를 잡혔나?"

"장 의원뿐만 아니에요. 세상에 혼자만 알고 있는 비밀은 없거든요. 정적의 뒷덜미를 내주고 내 손에 칼을 쥘 수 있으면 누구라도 비밀을 털어놓아요. 장 의원은 이번 임기를 끝으로 감옥에 갑니다. 이런 식으로 몇 명을 날리면 나머지는 알아서 꼬리를 내놓을 테니까요."

"대단한 권력이군. 경비원부터 국회의원까지."

"비밀은 그래서 치명적이죠."

"비밀의 힘이 커지니까 김한결이 주도권을 잡고 싶어 했나?"

"김한결은 비밀을 팔아먹고자 했어요. 비밀과 비밀을 맞바꾸는 게 아니고 돈으로 비밀을 사고팔 수 있게 하려 한 거예요. 비밀을 누구나 돈으로 살 수 있다면 힘이 없어져요. 돈만이 권력이 되잖아요."

"그래서 네가 사이트의 운영권을 넘겨받기 위해 거액을 주는 척 김한결을 집으로 유인한 거고?"

"너무 욕심을 내더라고요. 변태 기술자에 불과한 놈이."

"그 정도 비밀을 주무르고 있었으면 죽이지 않고도 끝낼 수 있을 것 같은데?"

"김한결이 살아있는 한 늘 위태로울 테니까요."

"나도 '당신의 비밀'에 대해 알게 됐는데?"

"오 반장님이 '당신의 비밀'을 알기 때문에 지금 제 말을 믿는 거잖아요."

"그래서 일부러 '당신의 비밀'에 끌어들인 건가?"

"처음엔 김한결의 아버지와 함께 가스폭발로 날려버리려 했죠. 깔끔하잖아요."

"나중엔?"

"반장님이 토막 난 시체가 김한결이라는 걸 밝혀주는 것도 좋겠다 싶더라고요. 반장님이 시체의 신원을 밝히면 전 다시 제 이름으로 살 수 있잖아요. 제 죄라고 해봐야 스토커를 피해 신원미상의 시체를 저로 조작한 정도니까요."

"이 모든 걸 처음부터 계획한 건가?"

"반장님이 잘해줘서 여기까지 왔어요. 곧 끝날 거예요. 세상의 모든 비밀이 내 손에 있으니까요. 용산서 안에도 저를 도와줄 사람은 많습니다. 검찰에도 법원에도 국회에도 많고요. 오 반장님은 저 절대 못 잡아요."

"김준에게 운반시킨 캐리어는 어떻게 처리했지? 시신은 아버지에게 온전히 돌려줘야지."

"죽은 김준이 알겠죠."

"그래, 김준은 알겠지? 그래서 말이야, 죽은 김준의 핸드폰을 내가 확보했거든. 김준같이 의심이 많은 애들은 찜찜한 건 꼭 기록에 남겨두거든. 김준이 움직인 GPS를 분석하면 시체를 유기한 장소도 추정할 수 있겠지."

"의심은 김준만 많은 게 아니에요. 김준의 핸드폰과 제 핸드폰은 같은 날 같은 곳에서 서로 보는 눈앞에서 부쉈어요. 세상에 남은 증거는 없어요. 김준의 GPS을 분석해 시체의 나머지 조각을 찾아낸다고 해도 나랑은 상관없고요."

나태곤이 대영의 히든카드를 보고선 그 정도로는 이기지 못한다는 듯이 웃으며 말을 했다. 대영이 숨겨둔 칼을 뽑았다.

"결정적인 증거는 나한테 있지."

나태곤의 얼굴에 당황한 빛이 스쳤다.

"아, 쓰레기? 그걸 아직까지 폐기하지 않았다는 거네요?"

"형사가 증거물을 폐기할 수는 없잖아."

"그거 반장님이 현장을 훼손한 증거일 뿐이잖아요. 지금은 그나마 증거력도 소멸됐고. 그걸로는 아무것도 못 해요."

"완벽하게 증거를 지울 수 있다면 죽은 증거를 살려내는 능력도 있지 않을까?"

"증거를 조작하겠다는 뜻이네요?"

"증거력을 되살려내는 거지."

"말은 그럴듯하지만 결국 출처를 조작해 증거력을 되살리려는 거잖아요."

"어때? 이제 좀 쫄리지? 여기서 나가면 김준의 오피스텔을 감식할 거야. 거기서 김한결을 살해할 때 나온 흔적이 대량으로 발견되지. 증거를 분석하면 그게 네 오피스텔에서 나온 거라는 걸 밝히는 것엔 큰 어려움이 없어. 수사팀은 김준의 차량 동선을 추적해 당일 네 오피스텔에 간 것도 찾아낼 거고. '당신의 비밀'의 로그기록으로 네가 범행을 하고 사주한 정황도 찾아낼 거야. 그럼, 넌 끝이지."

"멋지네요."

나태곤이 조롱하듯 엄지손가락을 추켜세웠다.

"제가 반장님이 현장을 지우고 증거를 조작했다는 객관적인 증거도 없이 제 발로 여기에 왔을까요? CCTV를 반장님만 가지고 있을까요? 현장을 훼손한 것도 중죄인데, 증거까지 조작한 게 밝혀지면 나락으로 가실 텐데. 아, 그리고 아무도 믿지 말아요. 내 손에 뭐가 있을지 모르잖아요."

나태곤이 세웠던 손가락을 뒤집었다. 대영은 나태곤이 허세를 부리는 건지, 진짜 뭔가를 쥐고 있는 건지 알 수 없었다. 대영은 점퍼 주머니에 넣어둔 종잇조각에 생각이 미쳤다. 그가 김준의 집에서 증거를 조작하기 위해 나태곤의 오피스텔 이름을 적어놓은 원본 종잇조각이었다. 재킷의 주머니에 손을 넣었다. 종잇조각이 만져질 리 없었다. 해인이 사준 옷으로 갈아입으면서 미처 챙기지 못한 탓이었다. 어쩌면 그녀가 원했던 건 술 냄새가 나지 않는 멀끔한 모습의 대영이 아니라 조작의 증거로 남은 종잇조각이었는지 몰랐다.

정말로 해인이 나태곤의 조력자라고? 대영은 몸 어디에선가 통증이 느껴졌다. 통증은 어디라고 할 것도 없이 옮겨 다녔다. 발끝이었던 통증이 갈비뼈를 지나 머리끝까지 타고 갔다가 다시 손가락 끝으로 옮겨갔다. 그녀의 불륜을 처음 눈치챘을 때보다 더 아팠다. 익숙해지지 않는 통증이었다.

"못 믿겠죠?"

나태곤은 질문은 다분히 중의적이었다. '무엇을'이 생략된 놈의 질문에서 빈칸을 채워 넣어야 하는 건 대영이었다. 대영은 나태곤의 말을 그대로 믿지 않았지만 그렇다고 해인에 대한 의심을 완벽하게 배제할 수도 없었다. 따지고 보면 한강에서 발견된 토막시체의 신원이 김한결로 밝혀졌다는 건 대중적인 정보가 아니었다. 김한결 부친의 가스폭발 미수사건도 보도조차 안 된 시점에 나태곤은 자수를 했다. 누군가 실시간으로 대영의 수사 진행 상황을 알려주어야 가능한 일이었다.

대영은 담배 연기처럼 숨을 깊게 내뱉었다. 위험요소를 안고 법정에서 해인의 진실을 확인하고 싶지는 않았다.

"못 믿겠으면 확인해보세요."

나태곤은 여전히 당당했다. 대영은 자리에서 일어났다.

"변호사 오면 해결해."

대영이 진술녹화실을 나왔다. 안 팀장과 최 형사가 기다리고 있었다.

"뭐래?"

"지가 안 죽였답니다."

나태곤의 웃음소리가 귓가에 맴돌았다.

"그럼 왜, 죽은 김한결인 척한 거래?"

"해인과의 불륜을 오해한 제가 자기를 노린다고 생각했다나 봐요. 한마디로 과대망상이죠."

나태곤의 웃음소리는 스타카토처럼 끊어져 계속해서 그의 귓가를 울렸다. 매직미러 너머에서 나태곤이 대영을 보고 있었다. 놈은 비웃고 있었다.

"뭐라 뭐라 오래 얘기하더만."

안 팀장이 의심스러운 눈빛으로 대영의 표정을 살폈다.

"결국은 다 지가 안 죽였다는 얘기예요."

"그럼 이제 어떻게 해?"

"풀어줘야죠."

"영장도 안 쳐보고?"

"영장 친다고 나오겠어요? 쟤가 우리보다 법조계에 아는 사람이 더 많을 걸요."

　대영은 부속실의 문을 열고 나왔다. 다른 팀은 퇴근했는지 불이 켜져 있는 곳은 그가 방금 나온 진술녹화실뿐이었다. 기자들의 눈을 피하려고 복도의 불을 꺼놓아 더 어둑했다. 대영은 휴대폰을 손에 쥐고 걸었다. 휴대폰의 액정에서 나온 흔들리는 빛이 발자국처럼 따라왔다. 그는 해인에게 종잇조각을 가지고 있냐고 물어야 할지 망설였다. 그녀가 어떤 대답을 하든 자신이 온전히 믿을 수 있을지 자신할 수 없었다. 복도의 끝은 자동판매기에서 나오는 불빛으로 환했다.

　대영은 늘 문 앞에서 망설였다. 그리고 그는 결코 문을 열지 않았다. 결국 '시간'만이 답할 수 있는 문제였다. 지금도 그랬다.

24

비밀이 있는 사람에겐 꼬리가 있다. 그리고 언젠가 그 꼬리가 몸통을 흔드는 순간이 온다. 태곤은 자신이 손에 쥔 꼬리를 놓지 않았다. 김한결도 없으니 그를 방해할 사람은 없었다. 태곤은 세상의 모든 꼬리를 손에 쥐고 몸통을 흔들어버리리라 마음먹었다.

태곤은 변호사를 따라 용산서 후문을 향해 걸었다. 정문 쪽에는 아직까지 뻗치기를 하는 기자들이 남아 있었다. 경찰서를 나오는 동안 아무도 그들을 막아서지 못했다. 어둠에 젖은 땅에서 물기가 느껴졌다.

변호사가 후문에 세워놓은 차를 타고 태곤은 용산서를 빠져나갔다.

"어디로 가실 겁니까?"

"이제 집으로 가야죠."

"경찰이 더 귀찮게는 못 할 겁니다. 근거도 없고요."

"고맙습니다."

"혹시라도 문제가 생긴다 해도 제가 계속 팔로업할 거니까 걱정하지 않으셔도 됩니다."

"부탁드리겠습니다."

"그럼, 이제 그 건은 지워주시는 겁니다."

"물론이죠. 제 기억에서도 지워드리겠습니다."

"댁까지 모셔다드리겠습니다."

오피스텔 앞에 차를 세운 변호사는 차에서 내려 태곤에게 깍듯이 인사를 했다.

"잘 끝내고 연락드리겠습니다."

"고생하셨습니다. 쉬십시오."

그는 갓 법복을 벗어 끗발이 좋은 변호사였다. 관례적인 전관예우를 믿고 그에게 변호를 맡기기 위해 돈가방을 들고 줄을 선 의뢰인들은 많았다. 꼬리를 쥐고 있지 않았다면 돈도 안 되는 태곤의 사건을 맡지 않았을 것이다.

변호사는 꼬리를 잡힌 개처럼 몸을 흔들며 차에 탔다. 그가 다시 한번 인사한 뒤 여전히 꼬리를 잡힌 몸짓으로 멀어졌다.

태곤은 깊게 심호흡을 했다. 여의도의 익숙한 공기였다. 멀리 국회의사당 건물이 보이자 그는 비로소 현실로 돌아온 걸 실감했다. 당장이라도 장원식 의원이 검거되기 전에 갈아탈 말을 정해야 했다. 태곤은 머릿속으로 몇몇 중진급 의원들의 얼굴을 떠올렸다. 아직까지 태곤이 몸통을 흔들 수 있는 꼬리를 쥐고 있는 의원은 많지 않았다. 하지만 상관없었다. '당신의 비밀'이 다시 열리면 꼬리는 점점 더 치명적인 걸로 업데이트될 것이다.

태곤은 로비를 가로질러 엘리베이터를 탔다. 여전히 엘리베이터 안의 CCTV를 수리한 흔적은 없었다. 그는 자신이 쳐다보는 모습이 CCTV에 녹화되고 있는지 궁금했다.

태곤은 디지털 도어록의 번호를 누르고 현관문을 열었다. 현관 센서등이 켜졌다. 묵은 공기와 함께 살짝 비릿한 냄새가 섞였다. 과학수사요원들이 헤집어놓은 집 안은 손잡이 하나하나에도 타인의 흔적이 남아 있었다. 태곤은 내일이라도 집을 옮겨야겠다고 마음먹었다. 센서등이 꺼졌다. 태곤은 손을 휘적거려 센서등을 다시 켰다.
 눈앞에 전신 방오복을 입고 마스크와 고글까지 낀 남자가 서 있었다. 미처 태곤이 반응하기도 전에 남자가 들고 있던 망치를 휘둘렀다.
 번개 치는 섬광 같은 통증이 찾아왔다. 그리고 센서등이 꺼졌는지 사방이 어두워졌다.
 희미한 의식 속에서 태곤이 제일 처음 느낀 건 통증이었다. 머리가 깨질 듯 아팠다. 통증은 구체적이었고 태곤은 비로소 자신이 망치로 머리를 맞고 기절했었다는 걸 깨달았다. 머리카락이 축축하게 젖어 들러붙은 걸 보면 출혈도 제법 있는 것 같았다. 테이프로 입이 막혀 있었고, 힘을 줄 때마다 가는 줄이 손목과 발목의 살을 파고들었다.
 후, 태곤은 코로 숨을 뱉어냈다. 그나마 결박당했다는 건 긍정적인 시그널이었다. 적어도 방오복을 입은 남자가 노리는 것이 목숨 말고도 있다는 뜻이니까.
 태곤은 눈을 떴다. 원목무늬가 프린트된 오피스텔 바닥이 눈앞에 있었다. 방오복을 입은 남자가 불을 켠 모양이었다. 태곤은 통증 때문에 눈을 제대로 뜨지 못해 실눈을 뜨고 눈동자를 옆으로 굴렸다. 얇게 바닥을 덮은 먼지가 보였다.

태곤은 정신을 잃기 전 상황을 복기했다. 누군가가 집에 먼저 들어와 있었다. 침입자는 신발싸개는 물론 후드까지 뒤집어쓴 채 전신 방오복을 입고 있었다. 전신 방오복을 입었다는 건 단순히 자신의 신원을 숨기겠다는 의도를 넘어 훨씬 전문적인 의미가 포함돼 있었다. 지문이나 DNA조차 남기지 않으려 작정했다는 뜻이다. 돈 될 거 하나 없는 열 평 남짓한 오피스텔에서 그렇게까지 전문적으로 노릴 거라곤 태곤밖에 없었다. 그런데도 놈은 바로 죽이지 않고 태곤을 결박을 해놓았다. 왜?

드르르륵, 캐리어의 바퀴가 바닥을 구르는 소리가 들렸다. 곧 부직포로 된 신발싸개를 씌운 발이 그의 시야 안으로 들어왔다. 신발은 그의 눈앞에서 멈췄다. 태곤은 눈을 감지 않았다. 죽이려고 마음먹었으면 기회는 많았다. 상대는 태곤에게 뭔가 원하는 게 있었다. 상대가 원하는 것을 주면 살 수 있다.

눈앞에 남자가 쪼그리고 앉았다. 태곤이 아무리 눈알을 굴려도 남자의 목까지밖에 시선이 닿지 않았다. 남자의 옆에는 위협처럼 캐리어가 있었다.

"'당신의 비밀'의 관리자 아이디와 비번?"

태곤은 바로 남자가 누구인지 알 수 있었다. '당신의 비밀'의 관리자가 태곤이라는 걸 아는 유일한 사람, 오대영 반장.

'당신의 비밀'을 넘긴다면 살 수 있을까. 태곤은 자신이 전부 넘긴다 해도 살 가능성은 희박할 거라 생각했다. 오 반장에게는 법으로 처벌하지 못한 범인을 단죄한다는 명분이 있었고, 아내의 내연남을 살해한다는 이성을 마비시킬 분노도 있었다. 게다가 들키지 않게 현장을 처리할 능력까지 있었다. 이 중에 무엇이라도 균열을 내야만 살 가능성이 희박하게라도 생긴다.

태곤은 두 눈을 크게 껌벅거렸다. 그의 말을 따르겠다는 대답의 의미였다. 오 반장이 망치를 치켜들었다. 태곤은 눈을 질끈 감았다.

"눈을 뜨면 네 머리통을 바로 으깨버릴 거야. 큰 소리를 내도 마찬가지고."

오 반장이 태곤의 입을 막고 있는 테이프를 뗐다.

"살려만 주면 '당신의 비밀'을 넘기겠습니다."

태곤은 필사적으로 생각했다. 명분이든 분노든 능력이든 균열을 내 오 반장을 설득해야 했다. 신문실에서 오 반장이 해인을 믿지 못하도록 흔들어 증거조작을 무력화시켰던 것처럼.

"넌 조건을 걸 만한 처지가 아니야."

해인과의 관계에 대해 변명하는 건 답이 아니었다. 변명은 분노의 심지만 키울 뿐이다. 능력에 대해서도 설득할 만한 거리가 없었다. 그는 이미 증거를 완벽하게 지우는 데 성공한 경험이 있다. CCTV는 여전했고, 경비원 이 씨도 꼬리가 있었다.

명분, 태곤에게 남은 카드였다. 오대영은 술에 취하면 제대로 기억을 하지 못했다. 그리고 그날 계획대로 오대영은 술에 취해 있었다. 어떻게든 몸통을 흔들어야 했다.

"그날 김한결을 죽인 건 저 혼자가 아닙니다. 아무것도 기억 못 하는 겁니까?"

눈꺼풀 너머 어떤 움직임도 느껴지지 않았다.

"오피스텔에 너 말고 누가 또 있었다고?"

몸통이 흔들렸다. 태곤은 자신이 쥔 것이 오대영의 꼬리라 확신했다.

"그날 김한결이 살해되던 현장에 반장님도 있었습니다."

이 순간만 빠져나가면 된다. 정치판에서 구르는 동안 사람들의 심리를 흔드는 데는 도가 텄다. 감정적인 사람을 구슬리는 데는 누구보다 자신이 있었다.

"그날, 문을 두드렸습니다. 술에 취해서 기억하지 못하시는 겁니까?"

"내가 문을 두드렸다고?"

"해인 씨가 오피스텔에 있었으니까요."

태곤은 오대영의 숨소리가 거칠어졌다고 느꼈다. 몸통이 흔들리고 있는 게 분명했다.

"그날 김한결의 숨이 끊어지는 순간, 반장님은 아무것도 하지 않았습니다. 해인 씨 때문에 죽어가는 걸 같이 지켜본 거죠. 우린 결국 같은 배를 탄 겁니다."

"네가 김한결을 살해하는 걸 해인이가 그냥 지켜만 보고 있었다고?"

"네. 공범이나 다름없어요. 이제 같이하시죠. 제가 세상을 흔들 수 있는 꼬리를 드리겠습니다."

그는 형사였고, 실제로 살인을 할 수 있는 사람은 생각보다 많지 않다. 그에게 새로운 명분을 주고 타협해야 하는 순간이다.

"핸드폰 메모장에 관리자로 접속하는 방법이 적혀 있습니다."

그가 주머니를 뒤져 휴대폰과 지갑, USB를 꺼냈다. 잠시 후 액정을 손끝으로 두드리는 소리가 몇 번 이어졌다.

"세상을 흔들 수 있는 꼬리를 가졌는데 위험을 감수하고 저를 죽일 필요가 있을까요? 이번에도 완벽하게 흔적을 지울 수 있으리라 장담할 수 없잖아요. 상황이 그때와 달라졌으니까요."

"좋아."

"제가 있어야 '당신의 비밀'을 더 키울 수 있습니다."

"눈떠."

살았다. 태곤이 눈을 떴다. 고글 안으로 빨갛게 충혈된 눈이 태곤을 내려다보고 있었다. 그가 망치를 치켜들었다.

"잠깐만요, 저를 죽여도 해인 씨가 남잖아요. 설마 두 사람을 죽이고도 빠져나갈 수 있으리라 생각하시는 건 아니시죠?"

태곤은 대영의 마지막 명분을 건드렸다. 오대영의 망치가 허공에 머물러 있었다.

"난 그날 문을 열지 않았어."

퍽, 둔탁한 소리와 함께 빛이 사라졌다. 몇 번 더 묵직한 충격이 계속됐다. 통증을 느낄 새도 없었다.

"열었다 해도 내 몸통을 흔들 꼬리를 남겨둘 수는 없지."

25

형사과장의 방은 용산서 본관 1층 복도 끝에 있었다. 대영은 불빛이 새어 나오는 복도의 닫힌 방들을 지났다. 안 팀장의 목소리가 귓가에 맴돌았다.

"형사과장이 나태곤 신문할 때 CCTV 끈 걸 알았다. 아무래도 이번엔 그냥 안 넘어갈 거 같아. 그러니까 넌 무조건 잘못했다고 해. 토 달지 말고."

"김한결 신원 특정한 것도 전데 심하게야 하시겠어요?"

"너 과장한테 찍혔잖아. 혹시 징계받으면 내가 나중에 따로 말씀드릴 테니까 넌 '알겠습니다' 하고 나와. 알았지? 들이박고 지구대로 밀려나지 말고. 참, 너 술 마신 거 아니지?"

"저 술 끊었어요."

대영은 술을 마시지 않아도 손이 떨리지 않았다. 더 이상 조급하거나 불안하지도 않았다. 모두 나태곤 덕이었다.

똑똑, 형사과장의 방문을 두드렸다. 형사과장은 대영을 보자마자 가까이 오라고 손짓했다. 그는 이번에도 아이에게 벌을 주듯 대영을 책상 앞에 세워놓았다. 그는 그만큼 그릇이 작았다.

"너, 미쳤어? CCTV를 끄면 어떡해?"

"수사보고서 올린 대로 CCTV 끄지 않으면 변호사 올 때까지 묵비하겠다고 해서 들어줄 수밖에 없었습니다."

"그래서 뭐라도 알아낸 게 있어? 없잖아!"

"장원식 의원이 탈당하고 저쪽으로 넘어가는 것 때문에 불안을 느껴서 상황을 이용했을 뿐이라고 진술했습니다."

"알아, 나도 보고서 읽었어. 그럼 나태곤이 그렇다고 그러면 '예, 알겠습니다' 하고 풀어줘야 해?"

"잡아둘 증거가 없었습니다."

"공문서위조나 공무집행방해로 영장 치고 털어볼 생각은 못 해? 형사 하기 싫지?"

"나태곤이 선임한 변호사가 영장판사 출신이고 전관예우 빨로 승률이 백 퍼센트랍니다. 영장 쳐도 안 나옵니다."

"그래서 풀어줬다고? 너 CCTV 끄고 걔한테 뭐 받아먹었지? 당신 와이프 상사라며? 승진이라도 약속받은 거 아냐?"

"그런 거 아닙니다."

"그럼, 나 행시 출신이라고 이런 식으로 물 먹이는 거야?"

"……."

"서장님이 이 사건에 대해 얼마나 관심이 많은데 이걸 이렇게 망쳐? 김한결이 살인범은 어떻게 잡을 거야?"

"단서가 없어서 시간이 좀 걸릴 것 같습니다."

"너같이 열정도 없고 머리도 없는 새낀 형사 할 자격이 없어. 지구대 보내줄 테니까 가서 주취자들 싸움이나 말려."

"과장님, 그래서 제가 만회할 만한 사건 하나를 내사 중인데

요."

"뭔데, 사이즈가 얼마나 큰 건데?"

과장의 태도가 금방 누그러졌다. 그는 만년필의 뚜껑을 열고는 메모지에 '2팀 내사'라고 적은 뒤 밑줄을 그었다. 대영은 만년필의 반짝이는 금색 펜촉이 마음에 들었다.

"그게, 피해자를 성폭행한 경찰간부에 대한 첩보가 있어서요."

과장의 얼굴빛이 바뀌었다. 하지만 과장은 아무렇지도 않은 듯 손가락으로 톡, 톡 책상을 두드렸다.

"그게 살인사건이랑 비교할 사이즈가 돼? 괜히 잘못 건드려서 여파가 서장님한테까지 미치면 우리 다 엿 되는 거야."

"근데, 그 발정 난 개 같은 놈이 수사 소스를 넘겨주고 피의자한테는 성상납을 받았다네요. 그중엔 미성년자도 있다던데요."

책상을 두드리던 과장의 손가락이 부들부들 떨리고 있었다. 꼬리를 쥐고 있을 때, 몸통을 흔들 수 있다.

"진행은?"

"아직은 내사 중이라 사실 확인은 못 했습니다. 근데 사진은 몇 장 입수했습니다."

"사진, 볼 수 있나?"

"보여드릴 수는 있지만, 진짜 보시게요?"

과장이 대영의 시선을 피했다.

"과장님, 아무래도 사이즈가 너무 작죠? 다른 사건을 알아봐야 할까요?"

"작긴 하지. 김한결 사건 미제 뜨는 상황에 내부자를 조지면 모양새도 좀 그렇고. 그만 나가봐. 토막시체 신원 특정한 거랑 CCTV 건을 엮어서 서장님께 잘 말씀드려볼 테니까 걱정하지 말고."

대영은 고개를 숙이고 돌아섰다. 몸통을 흔들 필요가 없어지면 꼬리야 잘라버리면 그만이다. 그는 만년필의 금색 펜촉을 떠올렸다. 반짝이는 게 기념품으로 적당했다. 대영은 생각만으로 얼굴이 달아올랐다.

본관을 나와 별관으로 향하다 주차장 끝에 있는 흡연구역으로 들어섰다. 안 팀장이 담배를 피우고 있었다.

"잘 끝났어? 뭐래?"

"토막시체 신원 특정한 거랑 CCTV 끈 거랑 엮어서 서장님께 잘 말씀드려주신답니다."

"과장이 그래? 드디어 이 건을 끝으로 본청으로 가려나 보다."

"팀장님……."

안 팀장이 꼬리를 말아 다리 사이로 숨기려는 개처럼 시선을 발끝으로 내렸다. 꿀꺽, 그의 목젖이 크게 움직였다.

"왜? 무슨 애길 하려고 이렇게 뜸을 들여?"

"신경 써주셔서 감사드린다고요."

"에이, 싱겁긴. 내 새끼 날리는 건 못 보지."

안 팀장이 담뱃불을 튕겨서 끄고 본관 쪽으로 걸어갔다. 대영은 담배 연기를 길게 뱉어냈다. 안 팀장의 꼬리를 쥐고 있었지만 몸통을 흔들 이유는 없었다. 그는 휴대폰으로 '당신의 비밀'에 접속해 안 팀장을 탈퇴시켰다.

※

　나태곤이 자수했다. 뒤를 쫓던 해인과 대영은 닭 쫓던 개처럼 멈춰 설 수밖에 없었다. 같은 방향을 보고 뛰던 걸 끝내자 그녀는 대영과 마주 보아야 했다. 그동안 나태곤의 뒤를 쫓느라 덮어두었던 걸 꺼낼 때였다.
　해인은 하룻밤을 집에서 보냈다. 대영은 날이 밝아도 집에 돌아오지 않았다. 다음 날도 또 그다음 날도 대영은 집에 돌아오지 않았다. 어쩌면 대영은 의도적으로 해인과 마주 보는 걸 피하고 있는지도 몰랐다.
　태곤은 자수한 당일 풀려났다. 뻗치기를 하던 기자들이 아침에서야 나태곤이 조사를 마치고 새벽에 귀가했다는 것을 알고 경쟁적으로 속보를 쏟아냈다. 해인은 기사들을 하나하나 꼼꼼히 읽어보았다. 기사들은 공통적으로 경찰이 체포영장을 청구하지 않았다는 것과 향후 재조사를 위한 일정을 잡지 않았다는 걸 언급했다.
　해인은 하루가 지날 때마다 기사를 다시 검색했다. 추가된 정보 없이 이슈를 끌고 가기 위한 기사가 계속됐다. 해인은 전문가의 의견이 언급된 기사를 터치했다. 전문가는 긴급체포시한도 채우지 않고 귀가시킨 것과 체포영장 청구도 없었다는 것, 재조사를 위한 날짜조차 언급하지 않는 것으로 보아 나태곤의 살인혐의는 대체로 소명된 걸로 예측했다.
　해인은 대영이 체포영장을 청구하지 않은 게 의아했지만 대형 로펌의 전관예우 변호사까지 동원한 결과라 수긍했다. 하지만 곧 대영이 심어둔 증거가 김준의 집에서 발견되면 나태곤은 빠져나 갈 수 없을 거라 기대했다.

다시 하루, 이틀이 지나도 김준의 주거지에서 김한결의 혈흔이 발견됐다는 보도는 없었다. 나태곤이 체포됐다는 기사도 없었다. 그럼에도 여전히 나태곤은 의원실로 출근하지 않았고 전화 연락 조차 없었다. 휴가가 끝났음에도 의원실 누구도 나태곤이 다시 출근할 거라 생각하지 않았다. 이번 스캔들로 그의 정치 생명이 끝장났다는 걸 모두 암묵적으로 동의한 듯했다.

사흘째 되던 날에도 김준의 집에서 증거가 발견됐다는 기사는 없었다. 사건이 종결되지 않고 진행형이라는 것에 불안한 긴장이 계속됐다. 해인은 심어둔 증거를 대영이 터뜨리지 않는 이유를 알 수 없었다. 몇 번을 망설이다 의원실 전화로 나태곤에게 전화 를 걸었다. 용건이 있었던 건 아니었고 단지 그의 생존이 궁금했 을 뿐이었다. 통화연결음 대신 전원이 꺼져 있다는 안내 멘트가 나왔다.

나태곤이 자수를 했다는 건 사회적인 활동을 하겠다는 의미임 에도 경찰서를 나온 뒤로 그는 어떤 흔적도 남기지 않았다. 해인 은 불안했지만 그렇다고 대영에게 전화를 걸어 나태곤에 대해 물 을 수도 없었다. 남편에게 내연남의 근황을 묻는 것도 문제였지 만 진짜 이유는 따로 있었다.

해인은 대영이 심어놓은 증거가 발견되지 않는 것과 나태곤의 실종이 인과관계가 있는 게 아닌지 의심스러웠다. 시간이 지날 수록 불안의 강도가 세졌다. 신문사 선배에게 전화를 걸어 나태곤에 대해 업데이트된 정보가 있는지 물었다. 선배는 오히려 해인에게 아는 게 없는지 물어왔다. 나태곤은 자수하기 전과 다름없이 실종됐다. 이번에도 그의 자발적인 실종일까? 해인은 고개를 저었다. 다시 나타났다는 건 사라질 이유가 없어졌다는 의미니까.

해인은 뭐라도 확인하기 위해 태곤의 오피스텔을 찾았다. 불안의 실체를 두 눈으로 확인하고 싶었다. 한참 동안 현관문 앞에 서서 인기척이 있는지 확인했다. 문의 안쪽은 조용했다. 그녀는 라텍스 장갑을 끼고 도어록의 비밀번호를 눌렀다. 경쾌한 소리와 함께 문이 열렸다. 아직까지 비밀번호는 바뀌지 않은 채 그대로였다. 오피스텔 내부는 그녀가 마지막으로 왔을 때와 크게 다르지 않았다. 다만 고여 있던 공기의 냄새가 조금 달랐다. 그전과는 달리 비릿한 냄새는 짙어졌고, 뭔가 썩은 듯한 냄새는 사라졌다.

해인은 몸을 낮추어 창문으로 들어오는 빛에 의지해 바닥을 살폈다. 발자국 같은 건 보이지 않았다. 바닥을 살피다 먼지 하나 없다는 걸 깨닫고 소름이 돋았다. 바닥은 마치 금방 청소를 끝낸 것처럼 깨끗했다. 나태곤이 실종되고 경찰이 한차례 현장감식을 했다고는 하지만 이런 식으로 흔적을 지우지는 않는다. 그들은 뭔가를 찾는 사람이지 지우는 사람이 아니다.

누군가 나태곤의 오피스텔에 들어와 청소했다. 왜? 해인은 옷장 문을 열었다. 나태곤이 돌아온 흔적은 없었다. 책상에도 변화된 흔적은 없었다. 침대도 그때와 마찬가지로 시트와 이불이 사라진 채 사용한 흔적은 없었다.

나태곤이 돌아온 건 아니었다. 누가 왜, 청소를 했을까?

그녀는 욕실의 불을 켰다. 타일과 도기가 새것처럼 반짝거렸다. 비릿한 냄새가 짙게 풍겼다. 그녀는 물때 하나 없이 깨끗한 욕실을 보며 청소한 지 오래되지 않았다는 걸 알았다. 나태곤은 실종됐고, 오피스텔은 깨끗했다.

해인은 그날 이후 집으로 돌아가지 않았다. 대영을 마주 볼 자신이 없어서가 아니라 그가 무서웠다. 그리고 부적처럼 가지고 있던 종잇조각을 구겨서 버렸다. 대영이 증거를 조작했다는 증거였다.

집으로 돌아가지 않은 날부터 그녀의 집은 길 위에 있었다. 집은 머물 수 있는 공간이 아니라 지나가야 하는 길이 되었다. 하루가 끝나고 모두가 집으로 돌아갈 때에도 그녀에게 집은 목적지가 되지 못했다. 어쩌면 나태곤과 관계를 맺는 순간부터 이미 길 위의 삶은 시작되었는지 모른다.

해인은 몸을 눕힐 공간은 마련했지만 길 위에서 잠을 자고 밥을 먹는 기분이었다. 계획을 하고 집을 나온 것이 아니어서 입고 있던 옷가지가 그녀가 가진 전부였다. 그래도 그녀는 집에 잠깐 들릴 생각조차 하지 못했다. 대영을 마주칠까 두려웠다. 필요한 물건은 사면 그만이었다.

언덕을 올라가는 차의 전면 창으로 햇빛이 쏟아졌다. 해인은 햇빛 가리개를 펼쳤다. 집을 내놓았다는 대영의 문자가 아니라면 집에 가는 건 더 나중이 되었을 것이다. 해인은 중요한 몇 가지라도 챙기기 위해 차를 몰고 아파트에 들어섰다. 차단기가 열렸다.

해인은 가까운 주차장을 지나쳐 일부러 CCTV의 화각 안에 주차를 했다. 그녀는 이렇게라도 집에 온 알리바이를 만들어두고 싶었다. 그녀는 차에서 내려 캐리어를 꺼냈다. 오는 길에 새로 산 하드케이스 캐리어였다. 길 위에서의 삶과 어울렸다.

해인은 마침 지나가는 경비원에게 일부러 인사를 했다. 경비원은 그녀의 회색 캐리어를 보고 여행에서 돌아오시는 거냐고 인사말을 건넸고 해인은 그렇다고 대답했다. 해인은 경비원의 기억에 자신이 인상적으로 남기에 충분한 시간 동안 눈을 맞춘 뒤 집으로 향했다.

집은 사람이 살지 않는 것처럼 온기가 없었고 생활의 흔적 또한 없었다. 하지만 나태곤의 오피스텔 바닥처럼 바닥에 먼지 한 점 없는 걸 보면 대영이 아예 집을 비워두지는 않았다는 건 알 수 있었다. 다만 식탁이나 분리수거함에 술병이 없는 거나 빨래 바구니가 비어 있는 것을 보면 대영 역시 집에서 생활을 하고 있는 건 아니었다.

해인은 캐리어를 펼쳐놓고 눈에 띄는 것들을 담았다. 결혼 전부터 가지고 있던 것들을 주로 담았고, 이미 새로 사 필요 없는 것들은 그냥 두었다. 몇 번을 왔다 갔다 하는 동안 캐리어가 가득 찼다.

짐을 챙기다 문득 대영이 집 안의 어떤 것에도 손대지 않았다는 걸 깨달았다. 대영의 삶도 길 위에 있는 듯했다. 해인은 그가 집을 내놓은 이유를 짐작할 수 있었다.

해인은 캐리어를 닫고 집 안을 둘러보았다. 그녀의 시선이 장식장에 머물렀다. 장식장의 한 칸이 비어 있었다. 여행길에서 사온 기념품들과 상패, 액자 같은 것을 모아두었던 장식장이었다. 뭘 치운 걸까? 그녀가 기억하는 한 집 안에서 유일하게 달라진 흔적이었다. 해인은 장식장을 살펴보다 대영이 지금까지 받은 상패와 기념패, 진급할 때마다 떼어놓은 계급장 같은 것들이 사라졌다는 걸 알았다. 아마도 대영의 신변에 바람직하지 않은 변화가 생긴 모양이었다. 인사이동? 만약 김한결 살인사건이 미제가 되면서 지구대로 쫓겨났다면 형사로서 자존심이 강한 그가 이 모든 걸 치웠어도 이상할 게 없었다. 비워진 장식장을 보던 해인은 한쪽 끝에 놓인 눈에 익은 USB를 발견하고 집어 들었다. USB의 표면에는 알파벳이 새겨져 있었다.

해인은 다리의 힘이 풀려 주저앉았다. USB에 새겨진 알파벳은 'NTG', 나태곤의 영문 이니셜이었다. 나태곤이 늘 주머니에 넣어 가지고 다니던 거였다. 이 장식장은 기념품을 두는 곳이었다.

해인은 정신없이 집 안을 구석구석 뒤졌다. 함정에 빠진 것처럼 불안했다. 자신이 미처 보지 못한 곳들을 훑었다. 냉장고 문을 여는 순간엔 자신도 모르게 숨을 참았다. 냉장고 안은 텅 비어 있었고 음식물은 물론 술병조차 없었다. 발코니의 창고 안과 옷장의 옷을 헤쳐서 뒤편까지 살폈다. 역시 눈에 띄는 건 없었다.

마지막으로 허리를 숙여 침대 밑을 보는 순간에는 심장이 미친 듯이 뛰었다. 침대 밑에 캐리어 두 개가 있었다. 그녀가 사서 토막 난 김한결을 운반했던 캐리어와 같은 상표의 회색 하드케이스였다. 캐리어에 나태곤의 토막 난 시체가 들어 있을지 모른다고 생각하자 호흡이 가빠지고 토할 것처럼 속이 뒤틀렸다. 해인은 엎드린 채 숨이 정상적으로 돌아올 때까지 한참을 그대로 있었다. 만약 캐리어 안에 나태곤의 토막 난 시체가 들어 있다면 그녀는 유력한 용의자로 특정될 것이다. 그녀에겐 치정과 배신이라는 유력한 살인의 동기가 있으니까.

천천히 호흡이 가라앉았다. 해인은 팔을 뻗어 침대 밑에 있는 캐리어의 손잡이를 움켜잡았다. 떨리는 손끝을 타고 서늘한 촉감이 느껴졌다. 그녀는 캐리어가 비어 있기를 바라며 팔에 힘을 줬다. 손가락에 묵직한 무게가 느껴졌다. 기분 나쁜 무게였다.

캐리어는 새것으로 광택이 번뜩였다. 바퀴에 묻은 먼지가 아니라면 백화점에 전시된 상품으로 보일 정도였다. 해인은 두 손으로 캐리어를 세웠다. 두 손에 느껴지는 무게에서 김한결의 조각난 시체가 떠올라 섬뜩했다. 이마에 땀이 뱄다.

해인은 하드케이스를 연결한 지퍼 부분에 코를 대고 냄새를 맡았다. 시체가 썩는 냄새는 나지 않았다. 그녀는 캐리어의 자물쇠를 눌렀다. 열리지 않았다. 그녀는 번호키를 돌려 초기 설정값인 '0, 0, 0, 0'과 '1, 1, 1, 1'로 번호를 맞춰보았지만 열리지 않았다. 그녀는 대영의 생일과 그녀의 생일, 전화번호, 결혼기념일 등으로 번호를 조합해보았지만 열리지 않았다.

해인은 번호를 맞추는 걸 포기하고 두 손을 늘어뜨린 채 멍하니 앉았다. 지금이라도 경찰에 신고를 할까? 경찰이 말을 믿어줄까? 결론은 빠르게 나왔다. 대영이 의도적으로 해인에게 혐의를 덮어씌운 거라면 김준의 집에 증거를 심어놓은 것처럼 이미 결정적인 증거를 어딘가에 심어놓았을 터였다. 그녀가 백화점에서 구매해 김한결 토막살인에 사용한 캐리어와 상표부터 색깔까지 같은 캐리어가 이를 증명했다.

뭘 할 수 있을까? 해인은 무력감에 한참을 그대로 있었다. 해가 지는지 방 안이 어둑해졌다. 그녀는 의미 없는 짓이라는 걸 알면서도 캐리어에 남은 지문을 닦아내고 침대 밑으로 밀어 넣었다.

해인은 거실로 나와 식탁 의자에 앉았다. 집에 돌아왔는데도 길 위에 앉아 있는 기분이었다. 초점이 잡히지 않는 눈으로 집 안을 둘러보았다. 시선이 닿는 어느 곳에도 대영이 이 집에서 생활한 흔적은 남아 있지 않았다. 이 집 자체가 대영이 쳐놓은 덫이었다.

해인은 대영을 기다렸다. 해가 지자 어둠 속으로 그녀의 모습도 지워졌다. 그녀는 언제까지 대영을 기다려야 할지 알 수 없었다. 늦었지만 지금이라도 대영과 대화를 해야 할 것 같았다.

이제 그녀는 혼자서 집을 떠날 수 없었다.

26

대영은 머릿속에 동시다발적으로 떠오르는 생각을 지우려 술을 마셨고, 오늘 하지 않아도 되는 일에 몰두했다. 끊임없이 수사 보고서를 읽고 통화내역을 확인했다. 그것마저 없으면 잠복을 하거나 연예인의 가십 기사라도 읽었다. 그래도 불쑥불쑥 생각이 머릿속을 채웠다. 그의 삶은 더 피폐해졌다. 세상은 인과율대로 흘러가지 않았다. 죄지은 자와 벌을 받는 자는 상당 부분 일치하지 않았다.

나태곤을 조각 내 캐리어에 담으면서 처음으로 생각으로부터 자유로워졌다. 머리는 맑았고, 술을 마시지 않아도 초조하거나 불안하지 않았다. 인과율이 적용되지 않던 세상은 그가 조정한 아주 작은 차이만큼 수정되어 흘러갔다. 대영은 몇 달 만에 불면증에 시달리지 않고 푹 잘 수 있었다.

대영은 담배를 피워 물었다. 경찰서 주차장 너머로 해가 지고 있었다. 그는 참았던 숨처럼 담배 연기를 뱉어냈다. 조금쯤 시원한 기분이 들었다. 지금쯤 해인이 빈 아파트에서 나태곤의 USB와 캐리어를 찾아냈으리라.

해인이 집을 떠나고 대영은 캐리어를 집에 옮겨놓았다. 그리고 더 이상 집으로 돌아가지 않았다. 그가 캐리어를 옮긴 흔적은 모두 지워졌다. 오피스텔 경비원 이 씨는 하드디스크를 넘겨준 뒤 일을 그만두었고, 대영의 아파트에는 CCTV의 사각지대가 많았다.

담배 연기가 어둑해진 하늘로 흩어졌다. 해인은 대영이 그랬던 것처럼 껍데기뿐인 집에서 그를 기다리고 있을 것이다. 그녀는 태곤의 토막 난 시체를 옆에 두고 집을 떠날 수 없다는 것을 자각하겠지. 하루가 지나고 다시 하루가 지날 때마다 지난 시간을 복기해 빈집을 떠날 수 없는 이유를 찾아내겠지. 그녀는 지금까지 자신이 했던 모든 것이 나태곤을 살해한 증거가 되리라는 걸 깨닫고 있을 것이다.

설수연을 구하려던 행동은 차로 치려고 했다는 사실로 둔갑해 자신의 범행동기가 치정이라는 걸 깨닫게 될 것이다. 김한결을 유기할 때 사용한 캐리어를 구매한 기록은 태곤을 살해한 증거로, 태곤의 오피스텔에 방문한 모습은 CCTV에 남아 결정적인 증거가 되리라는 걸 알게 될 것이다. 혹시라도 캐리어를 연다면 쓰레기봉투에 들어 있던 자신의 물건들을 보게 되겠지. 그리고 그녀의 물건들과 DNA가 자신의 범행을 증명하는 직접증거라는 걸 알게 되겠지.

대영은 한숨처럼 길게 담배 연기를 뱉어냈다. 그는 휴대폰에 저장된 사진들을 하나씩 삭제했다. 나태곤의 오피스텔 외관을 찍은 사진이 지워졌고, 초점이 맞지 않은 피투성이 손을 찍은 사진도 삭제했다. 깨진 유리컵도 삭제했고, 핏자국이 가득한 나태곤의 오피스텔 내부도 삭제했다. 그는 그렇게 자신의 시간들을 하나씩 지워나갔다. 언제 찍었는지 기억에도 없는 기자 시절의 해인의 사진이 지워졌다. 바람에 날려 떨어지는 벚꽃 잎 같던 그의 시간들이 손끝에서 지워졌다. 사진을 모두 지우고 나자 그는 앙상해졌다.

대영은 휴대폰을 물끄러미 보았다. 해인이 침대 밑에 있는 캐리어를 발견하고도 남았을 시간이었다. 하지만 휴대폰은 잠잠했다. 해인과 대영은 서로 짐작만 할 뿐 서로 어떤 것도 묻지 않았다. 그는 나태곤과는 상관없이 오래전에 그녀와의 관계가 끝났다는 걸 깨달았다. 해인은 그를 믿지 못했고 그도 마찬가지였다. 대영은 해인과의 관계가 끝난 시점을 알 것 같았다.

윙, 휴대폰이 진동했다. '당신의 비밀'에 새로운 비밀이 업데이트돼 등록을 요청하는 알림이었다. 그는 '당신의 비밀'에 접속했다. 블록들이 넘어지며 화면 끝으로 달려갔다.

새롭게 등록된 비밀은 '#용산서', '#형사과장'을 태그해놓았다. 대영은 비밀을 승인한 뒤 20코인을 주고 비밀을 블라인드시켰다. 그는 필터까지 타들어간 담뱃불을 끄고 새 담배에 불을 붙였다. 그는 형사과장의 동선을 파악해줄 적당한 사람의 꼬리를 쥐기 위해 비밀들을 하나씩 확인했다. 흥분 때문인지 손이 떨렸다.

이제 곧 대영은 형사과장의 금빛 펜촉이 있는 만년필을 기념품으로 갖게 될 것이다. 그는 설레기 시작했다.

당신의 비밀

2쇄 발행 2024년 12월 11일

지은이 이종관
펴낸이 배선아
펴낸곳 고즈넉이엔티

출판등록 2017년 3월 13일 제2022-000078호
주　　소 서울특별시 마포구 성지1길 35, 4층
대표전화 02-6269-8166　**팩스** 02-6166-9199
이 메 일 gozknockent@gozknock.com
홈페이지 www.gozknock.com
블 로 그 blog.naver.com/gozknock
페이스북 www.facebook.com/gozknock
인스타그램 www.instagram.com/gozknock

ⓒ 이종관, 2024
ISBN 979-11-6316-594-1 03810

잘못된 책은 구입하신 서점에서 교환해 드립니다.
이 책은 저작권법에 따라 보호받는 저작물이므로 무단 전재와 복제를 금합니다.
이 책의 전부 또는 일부 내용을 재사용하려면 사전에 저작권자와 본사의
서면 동의를 받아야 합니다.